AF307858

Fiona Leitch ist eine Roman- und Drehbuchautorin mit einer bewegten Vergangenheit. Sie hat für Fußball- und Automagazine, Geburtsvideos und Versandhauskataloge geschrieben, als DJ auf illegalen Raves in London aufgelegt, wurde von einer Kinderfernsehmoderatorin während einer Studiodebatte zurechtgewiesen und war das australische
Gesicht einer Reihe von Fernsehspots für ein Reinigungsmittel. Durch all das kennt sie sich sehr gut mit dem Albernen aus, was ihr dabei hilft, humorvolle Geschichten zu schreiben.

Fiona Leitch

Deutsche Erstausgabe Mai 2024

Copyright © 2024 dp Verlag, ein Imprint der
dp DIGITAL PUBLISHERS GmbH
Made in Stuttgart with ♥
Alle Rechte vorbehalten

DER TOD VERLANGT APPLAUS

ISBN 978-3-98998-152-2
E-Book-ISBN 978-3-98778-493-4

Copyright © 2021, Fiona Leitch
Titel des englischen Originals: A Sprinkle of Sabotage

Übersetzt von: Rebekka Hoge
Covergestaltung: Fenja Wächter
Umschlaggestaltung: ART.Core Design
Unter Verwendung von Abbildungen von
adobe.com: © franciscojavier, © apichart, © Nattapol_Sritongcom,
© VRD
shutterstock.com: © 2023 Francisco Borrella, © 2018 lazyllama,
© 2021 Flegere, © 2021 embeki

Korrektorat: Katrin Ulbrich
Satz: dp DIGITAL PUBLISHERS GmbH
Druck und Bindung: Books on Demand GmbH, Norderstedt

Das Werk darf – auch teilweise – nur mit
Genehmigung des Verlages wiedergegeben werden.

KAPITEL 1

„Ich bin bereit für meine Nahaufnahme, Mr DeMille."

Daisy und ich waren gerade in der Küche beim Frühstück, als wir uns beim Klang der Stimme meiner Mutter umdrehten.

„Was zur –", spuckte ich aus, da ich mich beinahe an meinem Tee verschluckte. Daisys Mund klappte weit auf und ein Stück halb gekauter Toast fiel heraus. Germaine, unser pelziges Spitz-Hundebaby, die unter dem Tisch auf Reste gehofft hatte, nutzte die Gunst der Stunde und verschlang es.

Meine siebzig Jahre alte Mutter posierte im Türrahmen, eingehüllt in ein bodenlanges schwarzes Abendkleid, das mit Pailletten besetzt war, von denen einige nur noch am seidenen Faden hingen. Sie hatte einen grell-pinken Pashmina-Schal um ihre Schultern gelegt und trug den dazu passenden Lippenstift. Lange Diamantohrringe baumelten an ihren Ohren, die ich als welche aus meinem eigenen Fundus von Verkleidungsschmuck erkannte und die ich seit Jahren nicht mehr getragen hatte. Ich nahm an, dass sie sich bei ihren Haaren an einer eleganten Hochsteckfrisur versucht hatte, aber es sah eher so aus, als hätte eine Elster ihr Nest auf ihrem Kopf errichtet, ein billiges Krönchen reingestopft und es dann mit einer sehr freigiebigen Nutzung von Haarspray davon abgehalten, sich zu bewegen.

Daisys Sinne erholten sich, bevor es meine taten. „Das ist ... das ist ein gewagtes Outfit, Oma", sagte sie mit einer Diplomatie, die für ihr zartes Alter ungewöhnlich war. Mum strahlte sie an und ich schluckte schwer; ich konnte sie so doch nicht aus dem Haus lassen. Es war 8.30 Uhr an einem Samstagmorgen im verschlafenen Cornwall und sie erinnerte mich an eine Frau von zweifelhaftem Ruf, allerdings im fortgeschrittenen Alter.

„Du siehst sehr ... Das Kleid ist ... Es ist ziemlich ..." Mir fehlten die Worte und das passierte nicht oft. Wenn man ein Bulle ist – ich war mal einer, in einem früheren Leben – erlebt man viele bizarre Dinge, bei denen die eigenen Worte entscheidend dafür sein können, ob eine Situation sich friedlich auflöst oder man sie zum Explodieren bringt. Allerdings war es dabei bisher nie um meine Mutter gegangen. Ich griff zurück auf den einen Satz, welcher der letzte Ausweg der überforderten Polizisten der Welt war. „Also, was haben wir hier?"

Mum versuchte mir einen Blick zuzuwerfen, der angekratzte Würde ausdrücken sollte, stattdessen wirkte sie, als hätte sie Verstopfungen. „Heute ist das Casting, oder nicht?", sagte sie in einem Ton, der suggerierte, dass ich wissen sollte, wovon sie sprach. Aber das tat ich nicht.

„Was für ein Casting? Wovon redest du da?"

Sie schnalzte mit der Zunge, wie eine Frau, die andeuten wollte, wie schwierig es heutzutage war, gutes

Personal zu finden, und zog einen Flyer aus ihrem goldenen Lamé-Handtäschchen, das sie umklammert hatte. Ich nahm ihn entgegen und las ihn für Daisy vor.

„Wollten Sie schon immer mal in einem Film sein? Das ist Ihre Chance! Statisten gesucht für ein historischen Drama, das im Oktober in Polvarrow House, Penstowan Cross, gefilmt wird. Wird gut bezahlt. Casting am Samstag, dem 27. September, ab 10 Uhr.'" Ich sah Mum an. „Also deswegen bist du aufgebrezelt wie Audrey Hepburn nach einem Drogentrip? Deswegen musste ich dich gestern nach Hause fahren, damit du ein Outfit holen kannst?" Mum hatte ein eigenes Haus, aber sie lebte mehr oder weniger bei uns, jetzt, da wir zurück nach Penstowan gezogen waren. Gleichzeitig genoss sie aber ihre Unabhängigkeit – ohne den nervigen Umstand, das eigene Badezimmer putzen zu müssen.

„Ich wollte *eigentlich* mehr nach Downton Abbey aussehen", sagte Mum vorwurfsvoll. „Die Filmleute haben am Mittwoch beim Kaffeeklatsch vorbeigeschaut." Die örtliche Kirchengemeinde veranstaltete jede Woche einen Senioren-Kaffeeklatsch, welcher die Brutstätte für Gerüchte, Skandale und Diskussionen über … ach, ich weiß nicht, Kompressionsstrümpfe, Tabletten gegen Sodbrennen und Bestattungsversicherungen war. Worüber sollten die sonst reden?

„Sie haben uns gebeten, ein gutes Wort für sie einzulegen, denn sie werden viele Statisten brauchen. Ich hab ihnen gesagt, dass meine Tochter mich hinbringen würde."

„Wäre eine gute Idee gewesen, *mir* das auch zu sagen", grummelte ich, aber es machte mir nicht wirklich etwas aus. Ich hatte für heute ohnehin noch nichts geplant.

Daisy drehte sich zu mir um, die Aufregung stand ihr ins Gesicht geschrieben, und ich wusste, was sie sagen würde, noch bevor sie den Mund öffnete.

„Ja, du kannst mitkommen", sagte ich, „obwohl ich nicht versprechen kann, dass sie jemanden in deinem Alter brauchen können." Ich drehte den Flyer um; da waren mehr Informationen über den Film auf der Rückseite. „Hier steht, es ist ein historisches Fantasydrama – was auch immer *das* ist – mit einer Topbesetzung, inklusive –" Ich schnappte nach Luft und sah Daisy mit weit aufgerissenen Augen an. „Zack Smith!"

Daisy sah aus, als würde sie gleich vom Stuhl fallen. „Zack Smith? Oh mein Gott, du machst Witze! Er ist *unglaublich*!"

„Wer zum Kuckuck ist Zack Smith?", fragte Mum, während sie weiter ins Zimmer hoppelte und einen ihrer hohen, aber weit geschnittenen Schuhe abstreifte.

„Erinnerst du dich an den Film, den wir vor kurzem abends geschaut haben, mit dem Soldaten, der was mit dem Geheimdienst zu tun hatte und den sie, ohne sein Hemd, vom London Eye baumeln ließen?" Daisy errötete ein wenig. Sie würde in ein paar Wochen dreizehn werden und ich wusste, dass es nur noch eine Frage der Zeit war, bis sie Jungs entdeckte, und es schien, als würde es langsam losgehen.

„Der dicke Kerl mit den langen Haaren?" Mum verzog das Gesicht, während sie versuchte, sich zu erinnern.

„Nein, Oma", sagte Daisy ungeduldig. „Du denkst an den falschen Film. Der, bei dem sie ihn durch die U-Bahn jagten und ihn dann im London Eye festhielten und er dann in den Fluss sprang und entwischte. Der junge schwarze Typ mit dem Sixpack."

„Ich hab nie ganz verstanden, wieso er am Ende kein Shirt mehr anhatte", sagte ich. „Abgesehen davon, dass man seinen Waschbrettbauch bewundern konnte, der wohl einen bleibenden Eindruck bei dir hinterlassen hat."

„Gar nicht!", protestierte Daisy erhitzt. „Und selbst wenn, was soll's? Ich wette, du bist auf David Hasselhoff oder irgendwen anderen kitschigen abgefahren, als du in meinem Alter warst."

„Der Hoff? Für wie alt hältst du mich?", fragte ich verärgert. „Es war Mr Darcy …"

„Ja, du weißt schon, dass das eine erfundene Figur ist, oder?"

Daisy sah mich an, als wäre ich eine Spinnerin. Wobei sie da nicht ganz Unrecht hatte.

„Aus dem Fernsehen", erklärte ich. „Colin Firth, wie er mit einem tropfnassen Hemd aus dem See steigt, war ein besonderer Moment in meinen prägenden Jahren als Teenager."

„Uh ja, dieser Colin", sagte Mum. „Der ist ein gutaussehender Typ. Mit dem würde ich meine Heizdecke teilen."

„Mum!", rief ich entsetzt.

Sie lachte. „Erzähl mir nicht, dass du dich lieber mit einem guten Buch ins Bett legen würdest als mit Mr Darcy selbst! Für den würde ich mir sogar die Trickhüfte einsetzen lassen."

„Ehrlich, du bist – Was meinst du mit Trickhüfte?"

Ich bereute die Worte in der Minute, da ich sie ausgesprochen hatte; ich wollte *nicht* wissen, was eine Trickhüfte war, nicht von meiner eigenen Mutter.

„Erinnerst du dich an Margery? Die mit Alf, dem Metzger, verheiratet ist? Die mit dem Bart?“ Ich nickte. Die arme Margery hatte tatsächlich eine unglückliche Menge an Kinnhaar, mehr sogar als ihr teiggesichtiger Mann. „Sie hat sich vor ein paar Jahren eine neue Hüfte einsetzen lassen, aber es ist nie richtig verheilt. Sie hat mir erzählt, dass die manchmal aus dem Gelenk springt, wenn die beiden ...“ Sie warf mir einen vielsagenden Blick zu und nickte.

Daisy und ich sahen einander an, entsetzt.

„Mir wird übel“, sagte Daisy und legte den Toast, den sie gehalten hatte, mit einem schmerzverzerrten Gesicht ab. „Ich werde wohl nie wieder was essen können.“

„Es ist immer eine gute Idee, den Mann in deinem Leben glücklich zu machen“, sagte Mum. „Was glaubst du, weshalb Margery die neue Spülmaschine bekommen hat?“

***

Ich war seit Jahren nicht mehr in Penstowan Cross gewesen. Es war einer dieser unbedeutenden Orte, wo man nur hinging, wenn man dort lebte. Eigentlich war es eine verlassene Landstraßenkreuzung. An einer der vier Ecken stand eine Kirche, an der anderen ein heruntergekommener Pub, dann war da eine noch heruntergekommenere Werkstatt (eine Zapfsäule für Autos, eine für Traktoren) und eine Handvoll Pferde. Man müsste eine Münze werfen, um zu entscheiden, ob der Pub oder die Kirche mehr Besucher anzog, aber keins von beidem hatte so viel zu tun wie die Werkstatt, und alle drei hatten bessere Zeiten gesehen. Keine der vier Straßen, welche die Kreuzung ausmachten, führte an einen besonders interessanten Ort, abgesehen von (oder vielleicht einschließlich) der, die nach Penstowan selbst führte. Und natürlich die, die nach Polvarrow House führte.

Ich packte alle, inklusive Hund, ins Auto und wir fuhren los.

„Margery und Alf", begann Mum. Daisy und ich erzitterten bei dem Gedanken an die Gymnastikübungen, die Margery wohl veranstaltet hatte, um eine neue Spülmaschine zu bekommen. „Die wohnen hier die Straße runter, auf dem neuen Land."

„Welches neue Land?", fragte ich. Die Kreuzung lag vor uns.

„Die neuen Eigentümer von Polvarrow haben ein bisschen von ihrem Land verkauft, oder nicht?"

„Oder nicht? Keine Ahnung." Mum schien manchmal zu vergessen, dass ich die meiste Zeit der letzten zwanzig Jahre weg gewesen war, und das Hin und Her des Lebens in ihrem kleinen Teil von Cornwall schaffte es leider nicht in die Londoner Abendnachrichten.

„Doch, doch, die haben die Gegend wieder richtig aufgemotzt", sagte Mum.

Und wie sich zeigen sollte, hatte sie damit nicht gescherzt.

Der Pub war komplett umgestaltet worden. Die Malerarbeiten waren frisch, Tische waren fröhlich auf der Grasfläche davor arrangiert und ich konnte sehen, dass der Biergarten ums Eck, nun, wie ein Biergarten aussah, statt wie ein Stück Niemandsland im Kalten Krieg. Hängende Blumentöpfe zierten die Vorderseite des Gebäudes, noch voller Blüten, obwohl wir schon weit im Herbst waren.

Die alte Werkstatt war übernommen worden, mitsamt einem dieser Firmenlogos, die einem förmlich ins Gesicht sprangen, mehr Tanksäulen (und höheren Preisen) und einem örtlichen Supermarkt. Und trotz der Tatsache, dass man eine Kirche als solches nicht umgestalten konnte, sah sie wesentlich heller und einladender aus; ein Ort, um sich zu versammeln und zu danken, statt furchtbare Sünden zu gestehen und eine Dosis Höllenfeuer zu kassieren.

Ich bog ein, in Richtung Polvarrow House. Ich war bisher einmal im Herrenhaus gewesen, als mein Exmann Richard, alias ‚dieses betrügerische Schwein‘, und ich unsere Hochzeit geplant hatten. Ich hatte diese Wahnsinnsidee von einem Empfang in einem Herrenhaus, und während eines Besuch bei meinen Eltern (ich war allein, wie immer) hatte ich gehört, dass die Besitzer daran dachten, eine Hochzeitslocation daraus zu machen, um Geld für die Instandhaltung des Hauses zu verdienen. Ich hatte es niemandem gegenüber erwähnt – um ehrlich zu sein, konnte ich mich damals nicht entscheiden zwischen dem großen Kleid und einer schicken Hochzeit oder einfach nur irgendwo hinzufliegen, wo es heiß war, und am Strand zu heiraten (letztendlich machten wir keines von beidem) – und ich nahm mir einen Nachmittag frei, um mich mal umzusehen.

Es war *fürchterlich.* Das Haus hatte von außen einigermaßen in Ordnung ausgesehen, obwohl die

Grünflächen etwas wilder zugewachsen waren als ich gehofft hatte und nichts gemein hatten mit fein säuberlich getrimmten Hecken oder gemähten Rasen mit Streifenmuster, die ich mir vorgestellt hatte; aber einmal drinnen, erschloss sich einem das volle Ausmaß des Verfalls und der Vernachlässigung, dem das Gebäude zum Opfer gefallen war. Statt wunderschöner zeitgemäßer Dekoration, auf die ich gehofft hatte, handgemachter Wandschoner, Stuckverzierungen und Vergoldungen, war da Raufasertapete – dieses seltsame geprägte Papier, das man anbrachte und dann darüber malte. Es war darüber gemalt worden, mit Zigarettenrauch geprägtem Gelb; oder vielleicht war *gar nicht* darübergestrichen worden und die Farbe hatte sich durch Generationen von Kettenrauchern entwickelt. Die Möbelstücke waren ein bizarrer Mix aus Antiquitäten, von denen die meisten eine neue Polsterung vertragen hätten, und zusammensteckbarem Kram von Ikea. Da waberte ein komischer, muffiger und unangenehmer Geruch von irgendwoher herum, und der Gedanke, meine Gäste einzuladen, sich hier zu setzen und etwas zu essen, das in dieser verschimmelten Jauchegrube von einer Küche zubereitet werden würde, verwandelte mein Inneres in Wackelpudding. Nein, danke. Ich entschuldigte mich schnell und ging, aber nicht ohne einen Blick von absoluter Hilflosigkeit und Verzweiflung von Seiten der Besitzer zu kassieren. Sie taten mir leid, belastet mit diesem monströsen Haus, aber nicht leid *genug*. Ich hoffte, dass die neuen Eigentümer genauso viel Magie an ihrem eigenen Haus angewandt hatten wie an dem Dorf.

Wir fuhren durch das Eingangstor des neuen Besitzes, welcher voller grasbewachsener Sackgassen, internen Garagen und identischen, kastigen, aber fein getrennten Häusern war. Er mündete schließlich in einer langen Zufahrt zu Polvarrow House. Das schmiedeeiserne Tor stand offen, war glänzend schwarz gestrichen, mit einem verschnörkelten *PV* Monogramm, das in Gold herausstach; da war kein Anzeichen von dem Rost, der es beim vorherigen Besuch verdorben hatte.

Wir fuhren eine Allee von Ulmen entlang, deren Blätter begannen, ihre Farbe von einem beinahe Limettengrün zu gelb zu wandeln, und schließlich einen Bronzeton annehmen würden, während der Herbst im Land Einzug erhielt. Auf der rechten Seite grenzte ein fein gemähter Grünstreifen an riesige Büsche – uralte Rhododendren und Azaleen, wie es aussah, obwohl ich keineswegs ein Blumenexperte bin und das wohl die einzigen Pflanzen sind, die ich erkenne. Dahinter lagen die rückwärtigen Gärten der neuen Häuser, abgegrenzt durch einen schwarzen Eisenzaun.

Die Allee machte eine Kurve nach links, weg von dem Gelände, und wir wurden mit einer ersten Aussicht auf Polvarrow House selbst belohnt, welches so viel gepflegter aussah als bei meinem letzten Besuch. In Bällchenform geschnittene Büsche standen in steinernen Töpfen entlang der Zufahrt, und ein steinerner verzierter Brunnen, der, als ich ihn das letzte Mal gesehen hatte, gesprungene Stellen hatte und mit grünem Moos bewachsen war, spuckte nun Fontänen von Wasser in die Luft, die mit einem sanften Platschen im Becken darunter landeten.

„Wow", sagte Daisy und ich musste ihr zustimmen.

„Es ist wunderschön, oder?" erwiderte ich.

„Das Haus hab ich nicht gemeint", erklärte sie, und dann sah ich, was sie gesehen hatte.

Es sah aus, als sei Hollywood – oder zumindest der Hinter-den-Kulissen-Teil – nach Cornwall gekommen. Da war ein ganzes Dorf an Zelten aufgebaut, Wohnwagen und Trucks, die auf dem Kies neben dem Haus parkten. Es schien, als würde im Moment nicht gefilmt werden, aber trotzdem war ordentlich was los – Filmleute, die mit Klemmbrettern herumliefen und wichtig aussahen, in Handys sprachen und wild gestikulierten. Ich parkte neben einem freundlich aussehenden älteren Mann, der wohl die einzige Person war, die stillstand, und ließ das Fenster herunter. Er lehnte sich bereits zu mir, bevor ich überhaupt etwas sagen konnte.

„Hallo! Sind Sie wegen des Castings hier?", fragte er. Wir alle drei nickten. „Wunderbar! Folgen Sie einfach der Auffahrt um die Ecke und parken Sie dort, dann folgen Sie den Schildern." Er trat mit einem Lächeln zurück und zeigte uns, wo wir hin sollten.

Wir fuhren um das Haus herum, auf die Rückseite von Polvarrow House. Der Parkplatz war gerammelt voll und ich erkannte einige der Wagen. Wir parkten und stiegen aus. Ich hatte Mum überreden können, sich etwas weniger Exzentrisches anzuziehen, indem ich sie mit einem anschließenden Besuch im örtlichen Gartencenter bestach. Sie liebte es, dort herumzustöbern und sich Pflanzen anzusehen, obwohl sie genauso braune Daumen hatte wie ich und dort selten etwas kaufte. Sie hatten dort auch ein wirklich gutes Café und ich hatte vor langer Zeit gelernt, dass meine Mutter so ziemlich alles für einen warmen Früchtekuchen und eine nette Tasse Tee tat.

Wir folgten den Schildern, die in Richtung ‚Casting‘ wiesen, zurück zur Vorderseite des Hauses und in ein großes Zelt. Der nette Mann, mit dem wir vorhin gesprochen hatten, stand davor und lächelte, als er uns entdeckte.

„Sie haben einen Parkplatz gefunden? Wunderbar!“, rief er enthusiastisch.

„Sind Sie der Regisseur?“, fragte Daisy.

Er lachte. „Oh, ach du liebe Güte, nein“, sagte er. „Ich habe mit all dem nichts zu tun. Ich bin David Morgan, der Eigentümer von Polvarrow.“

„Ihnen gehört das hier?“, fragte ich. „Es ist wunderschön. Ich war einmal hier, vor Jahren, als der letzte Besitzer noch hier war, und es war in einem ganz schön schlimmen Zustand.“

Er nickte. „Ja, sie waren nette Leute, aber ich denke, die Reparaturen wurden zu viel für sie. Es ist wirklich teuer, ein Haus wie dieses instand zu halten.“

„Aber sicher ist es das wert.“

Er drehte sich um und sah sich stolz das Haus an. „Ja. Ja, das ist es.“

Wir alle bewunderten Polvarrow House für einen Moment, als –

„Nosey!“ Wir drehten uns alle um, um meinen ältesten Freund auf der Welt zu entdecken, Tony Penhaligon, der im Eingang des Zeltes stand und ein Blatt Papier umklammerte. Er winkte uns. „Bist du auch gekommen, um dich einzutragen?“

„Sag mir nicht, *deine* Mutter hat dich auch hierher geschleppt?“, fragte ich, während Germaine, mit wedelndem Schwanz, zu ihm hinüber rannte. Sie war immer froh, ihn zu sehen. Er kniete sich hin und begrüßte sie.

„Niemand hat mich hergeschleppt", sagte er und lachte, als Germaine erst seine Hand und dann seine Taschen abschnüffelte. „Es tut mir leid, Süße, aber heute habe ich keine Leckerlis für dich."

„Ich hab auch keine erwartet", erwiderte ich.

Er richtete sich wieder auf, die Augenbrauen hochgezogen. „Du weißt, dass ich mit dem Hund gesprochen habe?"

Ich seufzte. „Ja. Ich bin's gewohnt, dass sie mehr Aufmerksamkeit bekommt als ich. Also, du willst wirklich in diesem Film mitspielen?"

„Na klar!" Tony nickte aufgeregt. „Ich wollte immer auf die große Leinwand. Erinnerst du dich nicht an die ganzen Schulaufführungen?"

„Uh, ja!", rief Mum. „Ich erinnere mich. Du warst in *Der Wind in den Weiden*."

„Rate mal, wen ich gespielt habe?" Tony wandte sich an Daisy, die versuchte, den Hund zu beruhigen.

„Den Wind", murmelte ich.

„Du warst eifersüchtig, weil ich die Hauptrolle bekommen habe, und was warst du? Oh ja, ein altes Waschweib!"

„Du musstest dich mit einem grün bemalten Gesicht vor allen auf die Bühne stellen", machte ich klar.

„So eifersüchtig ..."

„Müssen wir vorsprechen?", fragte Daisy. „Machen sie Probeaufnahmen, wie man's immer im Fernsehen sieht?"

„Nein“, sagte Tony. „Du füllst nur dieses Formular aus und wartest darauf, dass sie dich aufrufen. Sie schauen dich mal an, um zu sehen, ob du richtig aussiehst –“

„Ob man richtig aussieht?“, fragte ich.

„Es ist ein historisches Drama, oder nicht? Keine Tattoos oder Nasenringe.“ Tony zwinkerte Mum zu. „Versteck besser deine Tattoos, Shirley!“

Mum kicherte. Ich verdrehte die Augen. Tony schaffte es immer, meine Mum um seinen kleinen Finger zu wickeln, besser als ich es konnte, was wohl kaum fair war.

„Und das ist alles?“, hakte Daisy nach. Sie war bei dem Gedanken daran, sich vor alle hinstellen und schauspielern zu müssen, aufgeregt, aber auch nervös gewesen, nahm ich an, und nun sah sie erleichtert aus.

Tony nickte. „Das ist alles. Nichts, worüber man sich Sorgen machen müsste. Hier.“ Er führte uns in das Zelt. Drinnen stand ein langer Tisch, der voll mit Formularen und Tassen voller Kugelschreiber war. Eine gelangweilt aussehende Frau saß dahinter und scrollte auf ihrem Handy. Sie sah kaum auf, als wir eintraten. An der Zeltwand war eine Reihe Stühle aufgestellt worden, die meisten davon waren besetzt, während am anderen Ende ein weiterer Tisch stand, hinter dem ein Mann und eine Frau saßen. Er schrie: *„Der Nächste!“*, und der Inhaber des Stuhls, der ihnen am nächsten war, stand auf, übergab das Formular und wartete dann peinlich berührt vor ihnen. Alle auf den Stühlen standen auf und rutschten auf den nächsten Stuhl.

Mum und Daisy nahmen beide ein Formular und setzten sich, um sie auszufüllen. Tony sah mich erwartungsvoll an, aber ich schüttelte den Kopf.

„Nein. Mich verlangt es nicht danach, auf der großen Leinwand zu erscheinen."

„Wirklich? Das glaube ich dir nicht."

„Ich will wirklich nicht."

„Du willst bloß nicht wieder als Wäscherin gecastet werden." Tony grinste und ich tat, als ob ich ihm eine verpassen wollte, der er einfach auswich. „Nein, ehrlich, denk doch mal darüber nach. Es ist wirklich einfach. Alles, was du tun musst, ist rumzustehen und ab und zu mal ‚Rhabarber, Rhabarber' zu rufen oder so was. Die bezahlen dir einen Hunderter und füttern dich, nur fürs Kostüm tragen."

„Hundert?" Das war verführerisch, aber … nein. „Du brauchst doch nicht etwa Geld, oder? Der Laden läuft doch gut?" Tony führte das einzige Kaufhaus der Stadt, welches seiner Familie seit einigen Generationen gehörte.

„Der Laden läuft prima, ich will nur ein Filmstar werden. Wie gut, dass ich einen netten Boss habe." Er sah mich ernst an. „Wie viel hast du im Moment zu tun?"

„Genug", sagte ich, aber ich hatte tatsächlich überhaupt keine Arbeit. Mein Catering Business kam erst langsam in die Gänge, aber es war nicht die richtige Jahreszeit für Hochzeiten oder Outdoor Events, und die Weihnachtsfeier-Saison fing erst in ein paar Monaten an. Um ehrlich zu sein, lebte ich gerade von meinen Ersparnissen, und die würden nicht mehr lange reichen.

„Wirklich?" Tony senkte seine Stimme. „Komm schon, Jodie. Das ist leicht verdientes Geld. Ich mache mir Sorgen um dich."

„Das musst du wirklich nicht."

„Doch, das muss ich. Ich will nicht, dass dir das Geld ausgeht und du wieder zurück nach London ziehst; ich habe mich daran gewöhnt, dass du wieder hier bist." Er lächelte. „Ich brauche dich hier, um mich rauszuboxen, wenn ich in Schwierigkeiten gerate. Nicht, dass ich eine weitere desaströse Hochzeit plane oder ähnliches." Mein erster Job, den ich – wieder zurück in Penstowan – hatte, war das Catering für Tonys Vermählung mit seiner ehemaligen Verlobten Cheryl, und zu sagen, es wäre nicht nach Plan verlaufen, wäre eine Untertreibung. Die Leiche seiner Exfrau war in den Büschen der Hochzeitslocation aufgetaucht und Cheryl hatte aus Angst die Kurve gekratzt, weshalb es so wirkte, als hätte sich Tony beider entledigt.

Ich sah ihn an. „Das solltest du besser nicht. Ich denke nicht, dass Nathan mich eine weitere Mordermittlung hindurch ertragen würde."

„Oh, ich weiß ja nicht. Ich glaube, ihm gefällt das ..." Tony sah sich um, als der Mann hinter dem Tisch wieder ausrief: „Der Nächste!"

„Also schön, dann setz dich wenigstens zu uns."

Wir gingen zu Daisy und Mum. Sie waren aufgeregt und plauderten mit Tony, aber ich saß da und dachte: *Ein Hunderter für einen Tag, nur fürs im Kostüm rumstehen?* Ich könnte tatsächlich einen Hunderter am Tag gebrauchen. In ein paar Wochen war Daisys dreizehnter Geburtstag und ich wusste, was ich ihr schenken wollte, aber ich wusste nicht, ob ich mir das leisten konnte. Und das Pornomobil – mein Cateringwagen, der wegen dem, äh, *interessanten* Geschäft seines Vorbesitzers so hieß – hatte ein klapperndes Geräusch entwickelt, das nicht mal mehr durch ein voll aufgedrehtes Radio übertönt werden konnte, was normalerweise meine gängige Reparatur-Strategie war. Ich hoffte, dass es nur eine temporäre Unpässlichkeit war und kein Todesröcheln, aber ich fürchtete, dass es das Letztere war.

Ich stupste Tony an. „Bist du dir sicher, dass sie so viel zahlen?"

„Jepp. Ich hab gefragt."

„Für wie viele Tage werden die uns wohl brauchen?"

„Ich weiß nicht, aber die sind nur für zwei Wochen hier. Offenbar haben sie das meiste des Films schon in Schottland gefilmt." Er kicherte. „Ich dachte, du wärst nicht interessiert?"

„Bin ich nicht." Ich senkte meine Stimme. „Aber Daisy braucht einen neuen Computer, also wollte ich ihr einen richtig guten zum Geburtstag schenken. Sie interessiert sich für Fotografie, und ich will ihr diese ganzen Programme schenken, und all das zusammengenommen ist wirklich teuer."

„Dann mach das hier, um Himmels willen! Das wird lustig! Und wir können Zeit miteinander verbringen!" Tony sprang auf und nahm ein weiteres Papier, dann setzte er sich und warf es mir in die Hände. „Füll das aus und hör auf, so dumm zu sein."

Also hörte ich auf, dumm zu sein. Wie konnte ich so eine Summe Geld ablehnen, dafür, dass ich ein vornehmes Kleid anziehen und vornehm aussehen würde, in einem vornehmen Haus? Ich füllte das Formular aus und wartete darauf, dass ich an der Reihe war. Die Casting-Leute kamen endlich zu uns, sahen uns vier an, nickten und schickten uns mit dem Versprechen weg, dass sie sich mit dem Zeitplan für den Film melden würden. Sogar zu Daisy sagten sie, sie würde einen Anruf bekommen, obwohl sie vermutlich nur für einen Tag gebraucht werden würde.

„Also, das war's dann", sagte Mum. „Ich bin bereit für meinen warmen Früchtekuchen, Mr DeMille."

KAPITEL 2

Es war knapp eine Woche später, als ich den Anruf bekam. Daisy war in der Schule und Mum wurde nicht am Set gebraucht (ich hatte die Sprache schon drauf), also ließ ich sie auf den Hund aufpassen und machte mich auf den Weg nach Polvarrow House.

„JA!" Meine Freundin Debbie sprang mich in der Sekunde an, da ich meinen Wagen verließ. Sie war eine laute (sehr laute) Frau aus Manchester und sie hatte meinen Highschool Schwarm geheiratet (der immer noch ein wunderbarer Mann war, allerdings mit vierzig nicht mehr ganz die Sahneschnitte, die er mit sechzehn gewesen war), aber mit ihr hatte man immer Spaß und ich war sehr froh darüber, dass sie, nach Tonys unglücklicher Hochzeit vor ein paar Monaten, mit Callum und ihren beiden Kindern nach Penstowan gezogen war.

„Tony sagte, dass du dich hier eingetragen hast", sagte sie und zog mich in eine schnelle Umarmung, ließ mich dann los und glättete den Stoff ihres Kleides. „Das wird richtig lustig, oder? Was hältst du von diesen Röcken?"

Sie drehte sich kurz für mich. Ich musste zugeben, dass sie *wahnsinnig gut* in ihrem Kostüm aussah. Es war ein langes Seidenkleid in Pfauenblau-grün – meiner Lieblingsfarbe. Es war ein Empire-Schnitt, die Art, die eng unter der Brust saß, dann weiter wurde und so alle molligeren Stellen versteckte. Und es hob einige Stellen hervor, die an Debbie wirklich nicht hervorgehoben werden mussten. Ich nickte in Richtung ihres beeindruckenden Dekolletés.

„Da könntest du ein Fahrrad drin abstellen“, sagte ich und sie kicherte.

„Ich weiß! Gut, oder nicht? Ich hab Callum ein Selfie geschickt und er wäre beinahe hierhergekommen, um mich von meinem Korsett zu befreien.“

„Also, wann ziehst du dein Kostüm an?“, sagte ich und sie lachte wieder.

„Schätzchen, wir werden *so* viel Spaß haben ... Na los, geh und schnapp dir dein Kostüm!“ Sie schubste mich in Richtung eines großen Wohnwagens, der neben den alten Ställen geparkt war.

Der Wagen war das pure organisierte Chaos. Die Kostümbildnerin, eine Frau in ihren Fünfzigern mit einem Wust an krausem Haar, einer winzigen Brille auf ihrer Nase und einem Maßband um ihren Hals, pflügte durch eine Schar von Statisten, die sich alle in ihre Kleider quetschten und sich einander die Reißverschlüsse zuzogen.

„Nicht daran ziehen; Sie zerreißen sonst den Stoff“, ermahnte sie eine der Frauen, die ich aus dem örtlichen Supermarkt kannte. „Einatmen.“

„Wenn ich noch tiefer einatme, werde ich blau“, murmelte die Frau. Ich lächelte sie voller Mitleid an.

„Dann passen Sie wenigstens zum Kleid“, sagte die Kostümbildnerin. Sie wandte sich an mich. „Name?“

„Jodie Parker“, sagte ich und streckte mich nach einem Kleid, das an der Stange in meiner Nähe hing. Sie schnappte mir das Kleid weg.

„Moment mal ..." Sie sah sich das Klemmbrett in ihrer Hand an, dann sah sie an mir hoch und runter mit einem dünnen Lächeln. „Ah ja, Sie gehören nicht zu dieser Gruppe. Hier rüber." Sie führte mich weg von den Reihen wundervoller Seidenkleider zu einer anderen, die nach einer Reihe von Kartoffelsäcken aussah.

Das soll wohl ein Scherz sein, dachte ich, als sie mir mein Outfit reichte ...

***

„Oh mein Gott!" Tony war die letzte Person, die ich in diesem Aufzug sehen wollte, also war er natürlich der Erste, den ich traf, als ich das Zelt verließ.

Ich blickte ihn finster an. „Sag kein *Wort*", grummelte ich.

Er verkniff sich das Grinsen, aber es blieb nicht lange verschwunden. „Es tut mir leid, ich kann ... ich kann nur nicht glauben, dass du schon wieder die Rolle des Waschweibs ergattert hast!" Er lachte, aber es war eher mitleidig als dass er sich über mich lustig machte.

„Das ist nicht fair", grummelte ich und war mir bewusst, dass ich wie Daisy klang, der gesagt wurde, dass sie unter der Woche nicht bis nach neun Uhr aufbleiben durfte. „Ich meine, hast du Debbie gesehen? Sie sieht fantastisch aus. Dieses Kleid, das sie bekommen hat –"

„Ich dachte, du wärst nicht der Typ für Kleider?", fragte Tony verständlicherweise, da er mich bisher nur in Jeans und T-Shirt gesehen hatte. Als Erwachsene zumindest.

„Bin ich auch nicht. Ich bin aber auch nicht der Kartoffelsack tragende Typ." Ich ließ mich auf eine Bank fallen. „Das werde ich nie ungeschehen machen können. Ihr gehört alle zur Aristokratie und ich bin eine Magd."

Tony lächelte und setzte sich neben mich. „Wenn es dir ein Trost ist, das hier ist nicht das bequemste Outfit, das ich je getragen habe." Er zog am Kragen des Hemds. Er war gerüscht.

„Das *ist* eine Wahnsinnsbluse, die du da trägst", kicherte ich.

„Jap. Ich kann förmlich sehen, wie sich der Trend durchsetzt, bis ihn alle Freitagabend im King's Arms Pub tragen. All die Kerle, die auf ein Pint reinkommen, nachdem sie den ganzen Tag fischen waren, werden ganz verrückt nach dieser Rüschenbluse sein." Er lächelte mich an und ich fühlte mich besser, obwohl der Stoff meines furchtbaren Kleides sich wie Sackleinen anfühlte und ich schon spüren konnte, wie er unter meinen Armen rieb.

„Dir ist klar, dass ich jede Menge Fotos von dir in dieser Bluse machen werde – und diese Hosen! Wie eng ist bitte diese Hose?"

„Mein Würstchen und die beiden Fleischbällchen fühlen sich an, als wären sie eingeschweißt worden", sagte Tony und stellte sich auf seine zwei Beine, um mir exakt vorzuführen, wie eng die Hose war. Lieber Gott, die waren *wirklich* recht eng.

Ich schluckte schwer. Was hatte ich gerade gesagt? Oh, ja.

„Ich werde eine Menge Fotos von dir in diesem Aufzug machen, und sobald du mich nervst, wird ein neues veröffentlicht ..."

Wir saßen und beobachteten, wie Mitglieder der Crew hin und zurück über das Gelände tippelten und aus den Trailern, die auf dem Kies geparkt waren, rein- und raushüpften. Tony zeigte auf einen der Wagen.

„Siehst du den großen da? Das ist Faith Mackenzies Trailer."

„Faith Mackenzie? Ich wusste nicht, dass sie dabei ist. Wer sonst noch?"

„Na ja, Zack Smith ist der große Star. Ich wette, du weißt, dass *er* dabei ist." Ich nickte heftig und er grinste. „Was ich so mitbekommen habe, ist er der junge Anwärter auf den Thron oder der rechtmäßige Erbe oder so was. Du weißt, wie diese Dinge funktionieren. Faith ist die böse Königin und sie ist mit Jeremy Mayhew verheiratet."

„Wer ist das? Der Name kommt mir bekannt vor."

„Er hat den Bullen in dieser Serie vor ein paar Jahren gespielt, *Bagnall.* Der aus dem Norden. Zuletzt war er in *Game of Thrones*, darin hatte er einen grausamen Tod."

„Hatte den nicht jeder?", sagte ich. „Ich weiß, was du meinst. Ich dachte, er wäre vor Jahren an einer Alkoholvergiftung oder so was gestorben." Mayhew war ein Schauspieler aus Liverpool, gutaussehend, mit einem rauen Gesicht, was man früher wohl einen ‚harten Kerl' genannt hätte – im Prinzip ein Trinker mit einem Wutproblem und einer Prise frauenfeindlichem Sexismus. Faith hatte das Alter erreicht, in dem man sie als ‚Liebling der Nation' bezeichnete. Sie hatte als Model begonnen, dann hatte sie in den achtziger Jahren in ein paar kleinen Hollywoodfilmen mitgespielt, bevor sie ein Stammgast im britischen Fernsehen wurde und schließlich Langzeitmitglied einer Langzeitseifenoper. „Woher weißt du das alles eigentlich? Das ist doch erst unser erster Tag am Set."

„Ich rede mit Menschen."

„Damit meinst du wohl, dass du genauso neugierig bist wie ich!"

Tony grinste und schüttelte den Kopf. „Ich bin nicht neugierig, ich bin eine gesellige Person. Und dann ist da noch die andere Hälfte des Liebespaares, denn so was braucht man immer. Eine weitere Schauspielerin, von der ich noch nie gehört habe, Kim Tacky-irgendwas. Japanerin, glaube ich."

Ich dachte angestrengt nach. „Kimi Takahashi? Sie war vor ein paar Jahren in so einem Superheldenfilm, in dem die Maschinen sich erheben."

„*Terminator*?"

„Nein, nein, ein neuerer Film, einer für Kinder. Daisy war wie besessen davon. Kimi hat einen Toaster oder so was gespielt." Tony lachte auf. „Ich meine es ernst! Sie war so was wie *die Seele* einer vierseitigen Sandwichmaschine –"

Tony legte seine Hand auf mein Bein, um sich wieder zu fangen, während er herzlich lachte. Normalerweise wäre es mir nicht aufgefallen, aber diese engsitzenden Hosen hatten eine ziemlich beunruhigende Wirkung auf mich.

„Hör auf, du machst mich fertig", keuchte er. „Oh Gott, diese Hosen sind so eng. Einmal niesen und der Schritt ist *hinüber*." Und das gab mir nun auch den Rest.

Wir ernteten ein paar seltsame Blicke, dieses seltsam gekleidete Pärchen, das sich auf einer Bank kaputtlachte, während alle anderen Leute um sie herum ihre Arbeit machten, aber letztendlich machte es das nur schwerer, aufzuhören.

Aber wir hörten – irgendwann – damit auf und als Debbie zu uns kam, untersuchte sie unsere geröteten Gesichter und mit Tränen gefüllten Augen neugierig. Nicht lange danach wurden wir ans Set gerufen – in den großen Ballsaal.

Polvarrow House hatte keinen großen Ballsaal gehabt, als ich das letzte Mal da gewesen war, aber nun schon.

„Wahnsinn", sagte ich, während wir in den Raum gescheucht wurden, und sogar Debbie, die wirklich nicht schnell zu beeindrucken war, pfiff durch ihre Zähne.

„Verdammte Axt!"

Der Raum war hell und groß, mit hohen Fenstern auf jeder Seite, durch die man das Gelände sehen konnte. Das letzte Mal, als ich diesen Raum gesehen hatte, hatte er einen Neuanstrich bitter nötig gehabt und war mit Möbeln vollgestellt gewesen. Nun hatte er all die geschichtlichen Details, die ich mir damals erhofft hatte: einen großen marmornen Kamin an einem Ende, weiße Stuckgesimse und dekorative Verzierungen an der Decke. Es gab einen riesigen Spiegel über dem Kamin und jemand hatte mit der Vergoldung etwas übertrieben, aber wenn ich genau hinsah, konnte ich erkennen, dass viel davon nur goldene Farbe war; die Filmleute hatten ein paar temporäre Veränderungen vorgenommen, um den Raum noch beeindruckender aussehen zu lassen, als sein Gerüst es vermuten ließ. An den

Fenstern hingen schwere goldene Samtvorhänge und überall waren Lichter und Kerzen, die sich auf dem Marmor und dem Gold widerspiegelten; der Raum war für abends ausgestattet worden.

„Alles klar, willkommen!" Eine offiziell aussehende, aber lächelnde junge Frau stand vor den versammelten Statisten. „Mein Name ist Lucy. Ich bin der erste AD", – eine Frau in der Menge der Statisten hob die Hand –, „der erste Assistent Director, das heißt die erste Regieassistentin. Ich bin quasi die Vermittlerin zwischen unserem Regisseur Sam Pritchard und allen anderen." Die Frau senkte ihre Hand. Lucy lächelte wieder. „Okay, wie Sie sehen, sind wir auf einem Ball. Wir werden in dieser Szene unseren jungen Thronanwärter kennenlernen, den lieben Zack. Es wird ein bisschen Tanz geben, aber alles, was Sie tun müssen, ist rumzustehen und sich zu amüsieren. Sie sollen aussehen, als hätten Sie Spaß, aber denken Sie daran, dass wir uns in einer Art Parallelwelt des 18. Jahrhunderts befinden, also nichts zu Wildes." Sie fixierte Tony mit einem strengen Blick. „Denken Sie daran, Sie sind nicht mit Ihren Kumpels im Pub!" Alle lachten höflich und Tony verbeugte sich ein bisschen, verzog aber das Gesicht als seine Hosen aufgrund der Bewegung ein Ächzen von sich gaben. Sie wandte sich an mich und meine Kollegen vom Hauspersonal; da war noch ein großer, linkischer Kerl in einer engen Dieneruniform, der gequält herumzappelte. *Reibung*, dachte ich. „Also Ihre Gruppe muss sich im Raum verteilen, als wären Sie jederzeit bereit, zu Diensten zu sein. Also passen Sie auf, aber starren Sie niemanden direkt an; Sie sind Personal, vergessen Sie das nicht." Meine Kollegen und ich nickten, aber eine rebellische kleine Stimme in mir stimmte nicht zu; ich war immer noch sauer wegen meines Kostüms.

Das Walkie-Talkie an Lucys Gürtel knackte und sie antwortete, hielt eine Hand hoch, um uns vom Reden abzuhalten, während sie zuhörte.

„Okay, wenn Sie alle hier warten könnten ...", sagte sie und stürmte davon.

Wir standen herum und warteten. Und warteten. Meine Füße begannen zu schmerzen und im Raum wurde es immer heißer. Alle schienen wichtige Dinge zu tun zu haben – Kabel ausrollen und sie mit Klebeband festkleben, um Stolperfallen zu vermeiden, Möbel abstauben und sie einen winzigen, aber wichtigen Zentimeter nach links zu verschieben, dann zurück nach rechts, dann, nein, zurück nach links, die Kamera justieren – aber wir Statisten standen nur rum. Und warteten.

„Verdammt nochmal, ist das langweilig", sagte Debbie gähnend. Tony zog am Schritt seiner Hosen herum. Einige Crewmitglieder wanderten herum und schalteten die großen Scheinwerfer aus, damit sie nicht überhitzten. Und dann standen sie auch herum, plapperten und ich bekam den Eindruck, dass dieses Herumhängen keine ungewöhnliche Sache war.

„Ach, was solls", grummelte ich und machte mich auf zu einem Stuhl am Kamin. Der zappelige Diener sah schockiert aus, bis die meisten der Statisten meinem Beispiel folgten und sich irgendwo eine bequeme Möglichkeit zum Sitzen oder Stehen suchten. Tony schob einen Stuhl quer durch den Raum und erntete dafür einen bösen Blick von einem der Möbel rückenden Crewmitglieder, aber den ignorierte er. Er stellte ihn neben meinen und wies Debbie an, sich dort zu setzen, dann platzierte er sich auf dessen Lehne, während er seine fest eingepackte Leistengegend langsam niederließ, bis sie beinahe auf meiner Augenhöhe war. Ich drehte mich vorsichtig zur Seite.

Die Filmleute begannen sich ihre Uhren und Telefone anzusehen. Es gab Gemurmel und Diskussionen. Vielleicht war diese lange Wartezeit *doch* nicht normal. Ich beobachtete eine Gruppe bei einer der Kameras, und es sah aus, als hätten sie einen der jungen Männer ausgewählt, der losziehen und herausfinden sollte, was los war, als Lucy, der erste AD, wieder hereingestürmt kam.

„Tut mir leid, Leute, wir machen jetzt Mittagspause", sagte sie und wandte sich zum Gehen. Einer der Kameraleute rief ihr durch das allgemeine Stöhnen hinterher.

„Was ist los, Luce?"

„Gar nichts. Faith hat gerade nur eine Art kleinen Unfall ..."

Kapitel 3

Natürlich spitzte ich bei diesen Worten die Ohren. Für mich war ‚eine Art kleiner Unfall‘ oft das Codewort für ‚ein verdammt großes Desaster‘, besonders, wenn es mit der Betonung und dem Gesichtsausdruck einherging, die Lucy anschlug und den sie präsentierte. Ich folgte Tony und Debbie aus dem Saal und fragte mich, welche Art von ‚Unfall‘ der Filmerei heute Morgen den Riegel hatte vorschieben können.

„Lasst uns was essen", schlug Tony vor. Essen ist in meinen Augen immer eine gute Idee, obwohl, wenn jemand anderes kochte, entsprach es oft nicht meinem Standard. *Wirklich schade, dass sie mich nicht für das Catering engagiert haben,* dachte ich. Ich fragte mich, ob Polvarrows Küche nun auch besser und in einem hygienischeren Zustand war als bei meinem letzten Besuch.

Aber ich bekam nicht die Chance, das herauszufinden, denn wir wurden nach draußen geleitet, in die Nähe des alten Kutscherhauses, wo ein klassischer Airstream Wohnwagen geparkt war – einer von diesen richtig langen, silbernen Retro-Anhängern, die aussehen wie ein Projektil, der pure amerikanische Stil der fünfziger Jahre. *Natürlich,* dachte ich und erinnerte mich an einen meiner Kollegen in der Cateringschule. Er hatte mir damals erzählt, dass er sich nach dem

Abschluss mit einem mobilen Cateringgeschäft selbstständig machen und sich dabei auf Film- und Fernsehsets spezialisieren würde, denn die drehten nicht immer an Orten mit Küchen, zumindest nicht solche, in denen man jeden Tag und über mehrere Tage für eine große Menge an Leuten kochen konnte. In den Räumlichkeiten hier würde man auf jeden Fall Probleme bekommen.

Eine Klappe an der Seite des Wohnwagens war geöffnet und bildete eine Theke, und innen war eine fantastisch zugeschnittene Küche zu erkennen. Auf der Ablagefläche war eine Reihe Tabletts mit Pasta zu erkennen, eine weitere mit Würstchen und Burgern, Tofu, Reis, Gemüse – es schien, als würden bei diesem warmen Buffet alle Arten der Ernährung bedient, egal wie ungewöhnlich sie waren. Außerdem waren auf der Ablage noch Behälter mit Salaten und Sandwiches zu sehen. Das Radio war laut aufgedreht und der Koch, ein Typ mit olivfarbenem Teint in seinen Dreißigern, sang mit, entweder war es ihm nicht bewusst oder es kümmerte ihn einfach nicht, dass sich inzwischen eine Schlange gebildet hatte. Er drehte sich um, immer noch singend, und hielt eine Pfanne mit einem herrlich duftenden Curry, die er dem Buffet hinzufügte. Dann knallte er einen großen Stapel Teller daneben und lächelte die Reihe hungriger Filmleute an.

„Buon appetito!", rief er. „Haut rein!"

Das Essen sah wunderbar aus, roch auch so und mir gefiel auf jeden Fall der Anblick des Currys. Aber da war eine lange Schlange Menschen vor uns und ich wusste, wir würden noch eine ganze Weile warten müssen, bis die alle durch waren.

„Hmm …" Ich murmelte leise vor mich hin, aber wohl nicht leise genug, denn Tony drehte sich schnell zu mir.

„Ich kenne dieses ‚Hmm'", sagte er, „was denkst du?"

„Ich denke nur darüber nach, mich vielleicht ein bisschen umzusehen …"

***

Mein kleiner Spaziergang führte mich über den Kiesweg, zurück zu der Bank, auf der Tony und ich vorhin unseren Lachanfall gehabt hatten. Es waren einige Leute vor dem großen Wohnwagen versammelt, den er als Faith Mackenzies ausgemacht hatte. Ich erkannte ihren Schauspielkollegen Jeremy Mayhew, den ich für gewöhnlich in harten zeitgenössischen Dramen sah, in denen er ausnahmslos in Jeans und Lederjacke herumlief. Er war gut gebaut, etwas stämmig und wirkte in den Kniebundhosen und Reiterstiefeln etwas seltsam, aber immerhin war sein Hemd weniger gerüscht als Tonys (ich nehme an, zu viele Rüschen würden von dem bösen Charakter seiner Figur ablenken). Ich hatte ihn einmal in den Wiederholungen dieser albernen Polizeiserie aus den Achtzigern gesehen, und als Jungspund war er ziemlich heiß gewesen, aber die vielen Jahre des Trinkens hatten zu den offensichtlichen Anzeichen geführt – wie den rot gefärbten Wangen und der Nase, die typisch für Alkoholiker war. Er war immer noch attraktiv, auf eine raue, sinnliche Art – die Art von Typ, mit der man Spaß hatte, solange man mit Ausschweifungen und einem Kebab anstelle eines edlen Dinners und einem Abend in der Oper einverstanden war.

Neben ihm stand ein junger Mann, der groß und schlank war und eine Baseballkappe trug. Ich nahm an, er war etwa in meinem Alter (in den Vierzigern), aber er hatte etwas Junges an sich, und das Superhelden-Shirt und die schwarz eingefasste Brille, die er trug, ließen ihn wie den typischen Filmnerd wirken. Daran, wie sich die Menschen in seiner Gegenwart verhielten, schien er aber doch jemand Wichtiges zu sein. Lucy gehörte auch zu ihnen, und ab und zu drehte sie sich um, um sicherzugehen, dass ihnen nicht zu viel Aufmerksamkeit geschenkt wurde; sie versuchte offenbar, den Vorfall herunterzuspielen. Ein Kleinwagen mit den Worten *24 Stunden Schlosser* mit einem Schloss und Schlüssel als Logo an der Seite, kam herangefahren und ein Mann – ich nehme an, der Schlosser – sprang heraus und griff sich seinen Werkzeugkasten aus dem hinteren Teil des Wagens. Lucy eilte zu ihm, sprach schnell mit ihm und führte ihn dann zu dem Wohnwagen. Die kleine Gruppe teilte sich und der Mann mit dem Werkzeug baute sich vor der Tür auf und untersuchte sie.

„Du bist ja *so* neugierig …" Ich erschrak, als Tony neben mir auftauchte, zwei Hot Dogs mit Brötchen in der Hand. Er reichte mir eines. „Zwiebeln und Ketchup, aber kein Senf."

„Danke." Ich nahm es ihm ab und biss einmal rein, wobei ich Ketchup auf meiner Nase verteilte. Er schüttelte den Kopf und wischte mir die Soße mit einem Finger vom Gesicht.

„Dreckspatz. Dich kann man nirgendwo mit hinnehmen. Was siehst du dir da an?"

Ich antwortete nicht gleich. Wir sahen zu, wie der Schlosser ein Spezialwerkzeug herausholte und vorsichtig das Schloss bearbeitete.

„Faith hat sich eingeschlossen", sagte ich.

Tony lachte. „Also nichts zu Dramatisches."

„Nein." Ich nahm einen weiteren Bissen Wurst. „Wer ist der Kerl mit der Baseballkappe?"

Tony kniff die Augen zusammen. „Ich glaube, das ist Sam Pritchard. Der Regisseur." Er schluckte einen Bissen Wurst herunter. „Lustig, oder? Ich habe alle seine Filme gesehen, aber ich könnte ihn in einer Menschenmenge nicht erkennen, selbst wenn mein Leben davon abhängen würde."

„Mmm ..." Ich sah zu, wie der Regisseur (wenn er das wirklich war) mit Lucy sprach und dann davoneilte. „Wie sperrt man sich denn in einem Wohnwagen ein?"

„Was meinst du damit?" Tony betrachtete die Szenerie weniger interessiert als ich.

„Na ja, das ist ein Wohnwagen, nicht Fort Knox. Der wird ein einfaches Yale-Schloss haben, oder nicht?" Ich hatte als Teenager in einer Urlaubsregion schon einige Wohnwagen geputzt. Die meisten meiner Freunde hatten Ferienjobs gehabt, bei denen sie dasselbe hatten tun müssen. „Wenn man reingeht und die Tür zuzieht, schließt es, oder? Also kann niemand von außen rein, jedenfalls nicht ohne Schlüssel."

„Ja." Tony saugte ein kleines Stück Zwiebel auf, das drohte, von seinem Brötchen zu fallen.

„Aber alles, was man von innen tun muss, ist, den kleinen Knauf zu drehen, und die Tür geht auf. Warum macht sie das nicht einfach?"

Tony sah mich an. „Dein sechster Sinn kitzelt wieder, nicht wahr?"

Ich zuckte mit den Schultern. „Das ist das Polizeitraining. Das verlässt einen nie ... Vielleicht ist sie zusammengebrochen. Vielleicht geht es ihr schlecht und sie kommt nicht an die Tür ran." Wir beobachteten, wie der Schlosser vom Schloss abließ und sich bückte, um sehr vorsichtig durch das Schlüsselloch zu sehen. Jeremy, der in der Nähe geblieben war, ging auf die Tür zu und sagte etwas, die Worte an den Wohnwagen gerichtet, dann trat er wieder zurück.

„Hmm", murmelte ich. „So viel zu meiner Theorie." Ich merkte, wie Tony sich verwirrt zu mir drehte. „Er hat nicht geklopft oder geschrien oder ähnliches, oder? Also ist die Person im Trailer – vermutlich Faith – einfach nur auf der anderen Seite der Tür. Und weder Lucy noch der Regisseur sehen wirklich besorgt aus, nur ein bisschen gestresst. Also ist Faith nicht bewusstlos oder so etwas." Ich blickte mich um. „Niemand ist panisch genug dafür, dass sie krank wäre. Die sehen alle eher nach Technikern aus, nicht wie Mediziner."

„Na, das ist doch schon mal gut, oder nicht?", sagte Tony, der langsam das Interesse verlor.

„Ja, aber warum öffnet sie dann nicht einfach die Tür?" Ich sah zu, wie der Schlosser sich an die Regieassistentin wandte und in Richtung Schloss gestikulierte. Sie trat wieder vor und sah auch durch das Schlüsselloch, aber sie konnte offensichtlich nichts erkennen, denn sie zuckte mit den Schultern. Der Schlosser zeigte auf die Tür und es wirkte, als sei er mit seinem Latein am Ende.

Ich machte mich auf den Weg, aber Tony hielt mich am Arm zurück.

„Moment mal, was machst du da?“

Ich lächelte. „Ich wollte meine Hilfe anbieten. Und herausfinden, was da los ist.“

„So, *so* neugierig ...“

***

Ich schritt über den Kies und hielt direkt neben Lucy und dem Schlosser an, die noch immer miteinander sprachen.

„... Mechanismus ist verkeilt“, sagte er und hielt inne, während sie mich beide anstarrten.

„Ich bin gerade ein bisschen beschäftigt“, erklärte Lucy. „Was ist los? Ein Problem mit Ihrem Kostüm?“

„Nein ...“, begann ich und unterbrach mich dann aber. *„Sieht es aus*, als gäbe es ein Problem mit meinem Kostüm?“ Ich zupfte verlegen daran.

Jeremy Mayhew hatte auch angehalten, um mich von oben bis unten zu beurteilen, wandte sich aber ab (ich war ein bisschen beleidigt, dass er so schnell beschlossen hatte, dass ich nicht mehr wert war, als einen kurzen Blick) und sprach wieder zu der Tür.

„Schau dir das Schloss noch einmal an, Schätzchen. Siehst du den kleinen Knauf? Dreh mal dran –“

„Um Himmels willen, Jeremy, ich weiß, wie man eine verdammte Tür öffnet! Ich habe mich nicht selbst eingeschlossen!“ Ich erkannte Faiths Stimme, die aus dem Inneren des Wagens kam; sie klang genauso wie ihre Figuren aus dem Fernsehen. Und sie war kurz davor zu explodieren.

Lucy starrte mich immer noch an und wartete darauf, dass ich mich erklärte.

„Nein, tut mir leid, ich bin nur gekommen, um nachzusehen, ob Ms Mackenzie vielleicht gerne etwas zu Essen hätte, während sie in ihrem Wohnwagen festsitzt?", sagte ich und versuchte, so hilfsbereit wie möglich zu klingen. „Ich könnte ihr einen Teller aus dem Foodtruck bringen."

„Oh ja, bitte!", schrie Faith, bevor Lucy überhaupt reagieren konnte. „Warum hast du nicht daran gedacht, Lucy?"

Die Regieassistentin warf mir einen bösen Blick zu, als wäre es meine Schuld, dass der Wohnwagen ein kaputtes Schloss hatte.

„Ich schicke gleich jemanden ...", begann Lucy, aber Faiths geisterhafte und etwas erschöpfte Stimme unterbrach sie.

„Nein, lass es sie machen. Sie ist ja schon hier und bietet es an. Wie ist Ihr Name?"

„Jodie", antwortete ich. „Gibt es ein Fenster, durch das wir uns unterhalten können? Ist vielleicht einfacher, als die Tür anzuschreien ..."

„Auf der Rückseite", sagte Faith. Ich lief um den Wohnwagen herum. Da gab es ein breites Fenster, von dem ich annahm, dass es etwa die Länge der Lounge haben musste, aber es war zu weit oben, um vom Boden aus hindurchzusehen, und für etwas Privatsphäre waren schwere Vorhänge angebracht worden. Ich sah mich um; in der Nähe stand eine Plastikbox. Ich kippte die Kabel, die sich darin befanden, aus und trug die Box rüber zum Fenster, stellte mich gerade darauf, als sich die Vorhänge bewegten und das Fenster ein wenig geöffnet wurde.

Faith Mackenzie, ehemaliges Model, Filmstar und Rangälteste einer Seifenoper, blickte heraus. Obwohl sie in ihren späten Fünfzigern war (oder vielleicht den frühen Sechzigern – niemand kannte ihr wahres Alter), wirkte sie wie eine viel jüngere Frau. Sie hatte wunderbare Haut, glänzendes Haar und eine schmale Figur; alles deutete darauf hin, dass sie viel Zeit (und Geld) darauf verwendete, sich um ihr Aussehen zu kümmern. Ich konnte sie mir nicht vorstellen, wie sie das Haus je mit weniger als einem Gesicht voll Make-up verließ – und sicher nicht in Jogginghosen und T-Shirt, es sei denn, sie war wirklich unterwegs zum Training –, nicht einmal, um schnell die Straße runter eine Packung Kekse und Milch zu holen; die einzige Zeit, zu der meine Trainingsklamotten heutzutage noch ausgeführt wurden. Sie hatte außerdem ein freundliches Lächeln, sogar jetzt, wo sie sich furchtbar langweilen musste und langsam ungeduldig wurde.

„Huhu!", trällerte sie. „Hallo Jodie, das war Ihr Name, nicht? Danke, dass Sie an mich gedacht haben."

„Oh, ach, das ist doch nichts", sagte ich locker. Ich musste zugeben, ich war ein bisschen verlegen; ich war nie ein großer Fan von Seifenopern gewesen, aber seit Mum mehr oder weniger bei uns eingezogen war, hatten wir alle angefangen, sie zu gucken. Und obwohl Faith offensichtlich gerade eine Pause vom Filmen von *Mile End Days* machte, liefen die Folgen mit ihr trotzdem noch und wir hatten sie am gestrigen Abend tatsächlich als Pub-Inhaberin Clara Brown gesehen. Clara war eine vorlaute Cockney-Matriarchin, jemand, den man nicht auf dem falschen Fuß erwischen wollte, und, was ich so mitbekommen hatte, war die Rolle in diesem Film dasselbe in Grün, mit einem feineren Akzent.

Ich räusperte mich. *Oh mein Gott, ich rede mit Clara! Mum wird ausrasten.* „Also, was ist denn da drinnen los? Geht es Ihnen gut?"

Sie verdrehte die Augen, aber eher aufgrund der Situation, denn wegen mir, nahm ich an. „Die dämliche Tür klemmt. Die sind der Meinung, dass ich mich aus Versehen selbst eingeschlossen habe, das habe ich aber nicht. Die denken alle, ich bin eine alte Tante in den Wechseljahren. Und wenn Jeremy noch einmal versucht, mit mir durch diese Tür zu reden, dann schwöre ich bei Gott ..."

Ich lachte mitfühlend. „Also, ich habe gerade mitbekommen, dass der Schlosser sagte, der Mechanismus wäre verkeilt. Das bringt sie hoffentlich zum Schweigen. Ich nehme mal an, dass Sie nicht aus dem Fenster klettern können?"

Faith seufzte. „Ich bin *tatsächlich* eine alte Tante in den Wechseljahren und eine gefeierte Schauspielerin. Auf keinen Fall quetsche ich mich durch ein Wohnwagenfenster. Kann nicht einfach jemand die Tür aufbrechen? Da draußen müssen doch eine Menge kräftiger junger Männer sein."

„In welche Richtung geht die Tür auf?", fragte ich. „Nach innen oder nach außen?"

„Nach außen."

„Dann müsste sie jemand von innen aufbrechen. Ich nehme nicht an, dass Sie das versuchen möchten", sagte ich und lachte.

„Nicht wirklich."

„Dachte ich mir." Ich sah mir das Fenster noch einmal an. „Lässt sich das Fenster noch weiter öffnen?"

***

„Du willst, dass ich *was* tue?" Tony sah aus, als würden seine Bauklötze wirklich staunen.

„Du passt schon durch das Fenster. Mach schon, du willst doch immer der Held sein."

„Will ich? Daran erinnere ich mich gar nicht."

„Alles klar, aber du wolltest *schon immer* ein Schauspieler sein, und wenn du dich mit Faith gut stellst, kriegst du vielleicht eine Sprechrolle." Ich schubste ihn ein bisschen. „Mach schon."

„Jodie ..."

Ich setzte mein ernstes Gesicht auf. „Ich glaube an dich, Tony. Und um ehrlich zu sein, bin ich nicht kräftig genug, um die Tür einzutreten, sonst würde ich es selbst machen."

Er sah mich einen Moment an, dann lachte er.

„Also gut, ich gehe rein."

Faith sah aus dem Fenster, während wir auf sie zugingen. Lucy hatte meine Rückkehr zum Wohnwagen mit dem Essenstablett ignoriert, welches Gino, der singende Foodtruck Besitzer, zubereitet hatte. Das Gesicht des Filmstars leuchtete hungrig auf, was ich zuerst auf den Pasta-Salat schob, den ich dabeihatte, aber dann stellte ich mit Entsetzen fest, dass es Tony war, denn sie angeierte. Hmm. Vielleicht war das letzten Endes doch keine so gute Idee.

„Hier ist Ihr Essen", sagte ich und reichte es nach oben. Tony, der größer war, nahm mir den Teller ab und reichte ihn durch das offene Fenster.

„Miss Mackenzie", sagte er mit einer kleinen Verbeugung. *Ja, ja schon klar, übertreib mal nicht, Tone,* dachte ich. *Sie ist nicht die Königin; sie spielt bloß eine.*

Sie lächelte. „Bitte, nennen Sie mich doch Faith", säuselte sie und nahm ihm den Teller ab. Sie hatte ein so wunderschönes Lächeln und strahlte Tony wie die Sonne an. Hmm ...

„Nun, wenn Sie einen Schritt zur Seite machen würden, Miss ... Faith, dann komme ich zu Ihnen rein."

„Uh, sind Sie hier, um mich zu retten, oder sind Sie der Nachtisch?", kicherte sie und hob anzüglich eine Augenbraue an. Meinen Blick zog sie auf jeden Fall an. *Hmm ...*

Tony lachte. „Fangen wir erst einmal mit der Tür an", sagte er. Er stellte sich auf die Plastikbox, dann zog er sich weit genug nach oben, dass sein Oberkörper auf einer Höhe mit dem Fenstersims war. Einen Moment lang dachte ich, dass er doch nicht reinpassen würde – er hatte ein paar Pfund zugelegt, seit ich wieder zurück war, da ich ihn ein bisschen zu oft verköstigt hatte –, aber die engen Hosen waren ein Beweis, dass er sich doch wieder ein wenig um seine Figur kümmerte, und er schaffte es, sich durch das Fenster zu zwängen, bis nur noch seine Füße herausguckten. *Er trainiert wieder,* dachte ich zustimmend.

Ich konnte gedämpftes Gekicher aus dem Inneren des Wohnwagens hören und dann musste Faith ihn wohl an den Armen gepackt und hineingezogen haben, denn er verschwand aus meinem Sichtfeld.

„Verdammt", schrie er.

„Geht es dir gut?", fragte ich besorgt.

„Diese bescheuerten Hosen ..."

Faith lachte und plötzlich konnte ich Tony vor meinem inneren Auge sehen, wie er auf der Wohnwagencouch neben einer lüsternen Faith saß, nur in seinen Unterhosen. Was, wenn er die Tür nicht aufbekam? Dann wären sie für, ich weiß nicht wie lange, dadrinnen eingepfercht und ich rechnete ihm keine allzu guten Chancen aus. *Falls er sich überhaupt wehren würde,* dachte ich. Ich sprang auf die Plastikbox und versuchte mich hochzuziehen.

Tony sah aus dem Fenster. „Mir geht's gut, nur ein Riss in meiner ... Was machst du denn da?"

Ich sah lässig zu ihm nach oben – oder so lässig, wie es möglich war, wenn man an einem Fensterrahmen hing, ein Bein so weit nach oben gestreckt, wie es nur ging, während ich in ein hässliches Dienerinnenkostüm gekleidet war. „Ich dachte, du könntest vielleicht Hilfe brauchen."

„Sei nicht blöd. Geh nach vorne und warne die anderen, dass ich gleich versuchen werde, die Tür einzutreten." Sein Kopf verschwand wieder und ich stand noch eine Sekunde da, wütend darüber, dass ich es überhaupt vorgeschlagen hatte und dass Tony zugestimmt hatte (obwohl das auch meine Schuld war, weil ich ihn dazu gedrängt hatte), aber am meisten war ich sauer auf Faith, weil sie eine viel attraktivere Aussicht für einen Mann war als eine mittellose Alleinerziehende mit einem Geschäft, das in die Binsen ging, und einem Bäuchlein, das beständig gegen ein braunes Leinenkleid ankämpfte. Nicht, dass ich darauf achtete.

Der Schlosser packte gerade ein und Lucy diskutierte mit ein paar Crewmitgliedern, während Jeremy männlich, aber letztlich nutzlos, herumstand.

„Wir könnten versuchen, die Tür aus den Angeln zu heben und sie abzunehmen", sagte einer von ihnen zögerlich.

„Nicht nötig", verkündete ich. „Sie treten besser zurück." Lucy sah mich an, aber bevor sie etwas sagen konnte, drang ein Schrei aus dem Trailer, eine Mischung aus Bruce Lee mit Verstopfung und einer Banshee, und die Tür krachte auf. Tonys Wucht hatte ihn durch die Tür und die Luft fliegen lassen, er verfehlte die Stufen, die von der Tür zum Boden hinunter führten, und galoppierte auf mich zu. Ich schwankte heftig unter seinem Gewicht, aber irgendwie schaffte er es, aufrecht zu bleiben und mich gleichzeitig zu halten, zog mich in seine Arme, bevor ich ins Gras plumpsen würde.

„Oh, mein Held!" Faith stand im Türrahmen. Sie nahm eine verdächtig schmeichelnde Pose ein, halb zur Seite gewandt, drapiert im Türrahmen, während das Licht durch das offene Fenster hinter ihr einfiel und sie mit einem warmen Schimmer umrahmte, beinahe eine Aura. Sie stellte sicher, dass sie jeder im besten Licht gesehen hatte (oder war ich einfach nur gemein?), bevor sie aus dem Wagen trat und zu Tony eilte. „Geht es Ihnen gut?"

„Ja", erklärte Tony und ließ mich ungalant los. „Keine gebrochenen Knochen."

„Oh, da bin ich ja *so* froh. Es war *so* nett von Ihnen, zu kommen und mich zu retten." Sie wand ihren Arm durch seinen. „Kommen Sie doch mit und essen mit

mir zu Mittag. Wir müssen Sie wieder zu Kräften bringen."

Wegen WAS?, dachte ich. Ich warf Tony einen ver-
nichtenden Blick zu. „Mir geht's auch gut, danke der
Nachfrage."

Faith wandte sich mit einem Lächeln im Gesicht an
mich, aber ich vertraute ihr nicht länger. „Natürlich, Jodie, danke für Ihre Hilfe. So, jetzt gehen wir aber zum
Mittagessen." Und dann führte sie Tony davon.

KAPITEL 4

Ich zog meine Jeans und meinen Hoodie wieder an und verließ den Kostümwagen, ohne zurückzublicken. Der Morgen war mit wesentlich weniger Hollywood Glamour, als ich erwartet hatte, durchzogen gewesen.

Jetzt, da Faith aus ihrem Wohnwagengefängnis befreit war, konnte der Drehtag losgehen, aber es war so viel Zeit verschwendet worden, dass der Regisseur beschlossen hatte, eine andere Szene abzudrehen und die im Ballsaal auf einen anderen Tag zu verschieben. Meine Gruppe Hausdiener wurde entlassen, aber Debbie wurde gebeten zu bleiben und ihr wurde *noch ein weiteres* wunderschönes Kleid gegeben, das sie tragen sollte. Es schien außerdem, dass Tony Faiths neue Lieblingsperson am Set war (obwohl er ein bloßer Statist war), und ich dachte mir, es war wohl nur eine Frage der Zeit, bis mein Scherz, er könnte ein paar Zeilen zu sprechen bekommen, Wahrheit wurde.

„Dämliche Filmleute", murmelte ich zu mir selbst. Ich war froh, vom Haken zu sein. Ich war so in Eile, dass ich einfach ins Auto sprang und den Rückwärtsgang einlegte, ohne auch nur zurückzusehen.

„Hey!", kam ein Schrei und jemand hämmerte mit seiner Hand gegen die Seite meines Wagens. Ich fluchte, sah auf ... und blickte, als derjenige auf das Fenster an der Fahrerseite zuging, direkt in die (zugegeben traumhaften) Augen von Zack Smith ...

Ich ließ mein Fenster herunter, wurde rot und war absolut entsetzt. „Es tut mir so leid, ich habe dich gar nicht gesehen ...“ *Wie konnte jemand IHN übersehen?*

Er hielt eine Hand hoch, um mich zu unterbrechen. „Schon okay. Es ging gar nicht um mich; sondern um den Kleinen hier.“ Er bückte sich und hob einen Hund hoch, einen dieser winzigen, japsenden, langhaarigen, rattenartigen Dinger – ein Pekinese, vermutete ich. Nichts im Vergleich zu meinem Spitz. „Die Hündin meines Co-Stars. Ich habe mich bereit erklärt, mit ihr rauszugehen, während sie in der Maske ist, aber ganz unter uns, das ist ein verfluchter Alptraum. Und ich krieg das hier einfach nicht hin ...“ Er hielt dieselbe Art von Leine, die ich auch für Germaine hatte – eine Rollleine. Die Hündin zappelte und jaulte in seinen Armen und er ließ sie wieder nach unten, wobei er ihr einen bösen Blick zuwarf. „Das Vieh rennt immer weg und ich krieg's nicht hin, dass die Leine sich nicht dauernd ausrollt.“ Die Hündin machte sich gerade schon wieder davon und Zack bückte sich, um sie am Halsband zu packen. Es war aus dunkelrosafarbenem Leder und mit glitzernden Diamantsteinchen verziert. Ich öffnete die Autotür, ließ ihn zurücktreten und streckte meine Hand nach der Leine aus.

„Ich habe dieselbe Art für meinen Hund“, erklärte ich, ließ die Nylonleine zurückschnalzen und drückte den Verschlussknopf am Plastikgehäuse. „Hier. Drück einfach den Knopf hier, um die Leine auf der Länge zu stoppen und einzurasten, die du möchtest.“ Ich lächelte, denn ich erinnerte mich daran, dass ich bei

Germaine genau dasselbe Problem gehabt hatte, als ich
sie geerbt hatte. Sie hatte Tonys verstorbener Exfrau
gehört, die, deren Leiche im Gebüsch aufgetaucht war,
und irgendwie war der Hund bei mir geblieben; zunächst unfreiwillig, aber es hatte nicht lange gedauert
(etwa fünf Minuten, die ich in ihr süßes, pelziges kleines Gesicht starrte) bis ich mich in sie verliebt hatte.

„Diese kleinen Hunde sind für gewöhnlich sehr intelli-
gent und ziemlich gut darin abzuhauen. Wie ist ihr
Name?“

„Es heißt Princess.“

„Hör auf, ‚es‘ zu ihr zu sagen!“, verlangte ich. „Du würdest es auch nicht mögen, wenn man dich ‚es‘ oder
‚Vieh‘ nennt.“

Er grinste. „Nein, würde ich nicht. Hast recht. Ich bin
Hunde nur nicht gewohnt. Gehörst du zum Film?“

„Ich bin eine der Statistinnen, aber ich bin mir nicht
sicher, ob ich für so was gemacht bin.“

„Zu viel rumstehen?“

„Woher …?“

Er lachte auf. „Das ist das Erste, was alle sagen, wenn
sie ans Set kommen. ‚Ich hatte keine Ahnung, dass man
so lange warten muss.‘ Im Prinzip sind es ein paar Minuten voll Action, eingequetscht zwischen Stunden
voller Langeweile. Aber haust du ab?“

„Nur bis morgen. Ich brauche das Geld.“ *Und es kann
sein, dass ich meinen besten Freund vor Faith Mackenzie retten muss.*

„Ha! Das tun wir doch alle. Bis dann und vielen Dank.“
Er winkte mir mit der Leine zu, dann trat er zurück und
mit Princess, dem Pekinesen, aus dem Weg. Ich stieg

zurück in den Wagen und fuhr davon, mit dem Gefühl, dass der Morgen doch nicht *so* doof gewesen war.

***

Ich fuhr in die Stadt, um ein paar Sachen im Supermarkt zu holen. Zack mit dem Hund zu sehen, hatte mich daran erinnert, dass mein eigener vierbeiniger Freund kaum noch Leckerlis hatte, und wenn ich so darüber nachdachte, hatten die zweibeinigen Hausbewohner auch kaum noch etwas. Ich schnappte mir einen Korb, dann überlegte ich es mir anders und nahm einen Wagen (man findet *immer* mehr im Supermarkt, als man erwartet). Während ich mich durch den Obst- und Gemüsegang schob, entdeckte ich die mir bekannte (und attraktive) Gestalt des DCI Nathan Withers, der sich durch die Äpfel wühlte.

Ich beschloss sofort, dass ich einen Apfelstreusel backen würde.

„Hallo Fremder!", rief ich und griff nach einer Tüte Granny Smiths.

Nathan erschrak ein bisschen, dann sah er mich an. „Sorry, ich war völlig in Gedanken", sagte er und lächelte.

„Das hab ich gemerkt. Wo bist du gewesen? Ich hab dich lange nicht mehr gesehen." Oh oh, das klang, als hätte ich Ausschau nach ihm gehalten. Was ich getan hatte, aber das würde ich ihn doch nicht wissen lassen. „Nicht, dass ich dich gesucht hätte oder so ..."

Er lächelte müde. „Schön zu wissen, dass mich jemand vermisst hat. Ich musste zu Hause vorbeischauen. Ich bin erst gestern Nacht zurückgekommen."

„Zu Hause? Meinst du Crosby? Ist alles in Ordnung?"

„Nicht wirklich. Mein Vater ist im Krankenhaus. Herzinfarkt." Jetzt, wo ich ihn richtig ansah, anstatt ihn nur lüstern zu betrachten, bemerkte ich, wie blass und müde er aussah.

„Nathan, das tut mir so leid! Wird er sich wieder erholen? Wie verkraftet es deine Mutter?" Er sah einen Moment lang so traurig aus, dass ich mir wünschte, ich hätte nicht gefragt. „Tut mir leid, du musst nicht darüber reden. Ich bin nur neugierig."

„Du, neugierig? Niemals." Er lächelte wieder und dieses Mal wirkte es echter. „Es ist nett, dass du dich sorgst."

Ich warf einen Blick in seinen Einkaufswagen. Er war voll mit Fertiggerichten für eine Person und Tüten mit vorbereitetem gefrorenem Zeug. „Ich bin sogar so besorgt, dass ich dir heute Abend ein anständiges Essen zubereiten werde", sagte ich. „Das meine ich ernst. Beende deinen Einkauf und dann komm zu uns; das heißt, wenn du nicht im Dienst bist?"

Er zögerte eine Sekunde, dann nickte er. „Danke, Jodie. Es ist echt hart, so weit weg von zu Hause zu sein, nicht?"

Ich legte meine Hand auf seinen Arm, aber das fühlte sich absolut unzureichend an. Ich wollte ihn wirklich gerne umarmen, aber das ist das Problem mit aufgestauter sexueller Spannung: Es macht die unschuldigste, herzlichste Geste unangemessen. Und ich fühlte dieses Mal wirklich mit meinem Herzen für ihn, nicht mit anderen Körperteilen ...

***

Mum öffnete die Ofentür und schnupperte.

„Bei diesem Abendessen hast du dir ja richtig Mühe gegeben", sagte sie. „Wozu das Ganze?"

„Ach, es ist nichts", meinte ich, vielleicht ein bisschen zu defensiv. „Ich wollte nur etwas Nettes kochen."

Es *war* nett. Ich hatte einen köstlichen Lachs und neuseeländischen Seehecht beim örtlichen Fischerhändler geholt (wir hatten tatsächlich einen Fischhändler! Nach Jahren in London, wo man keine andere Möglichkeit hatte, als alles im Riesensupermarkt nebenan zu kaufen, fühlte sich das so luxuriös an). Ich hatte Lauch in Butter angebraten und ein wenig Spinat dazugegeben, dann eine reichhaltige, cremige Soße gekocht, der ich ein paar Fäden Safran hinzufügte, die in einem Teelöffel heißem Wasser gezogen hatten. Den Fisch schnitt ich in große Stücke und rührte ihn, gemeinsam mit dem Gemüse, in die Soße und ließ ihn köcheln, während ich Kartoffeln pürierte, mit Butter, Milch und einer Handvoll Käse. Dann schichtete ich die Fischmischung in eine Auflaufform, den Kartoffelbrei darüber und eine weiteren Handvoll Käse obendrauf. Es war cremig und samtig und das perfekte Trostessen.

„Wenn ich nicht für Kunden kochen kann, dann muss ich eben für dich und Daisy kochen", erklärte ich. Ich wandte mich an Daisy, die gerade in die Küche gekommen war, und der Hund folgte ihr auf dem Fuße. „Deckst du bitte den Tisch, mein Schatz?" Sie gab ein lautes dramatisches Seufzen von sich – offensichtlich behandelte ich sie wie eine bessere Sklavin, da ich sie ab und zu zwang, den Tisch zu decken und Geschirr zu spülen –, dann zog sie die Besteckschublade auf. „Oh, du stellst besser noch einen Teller auf den Tisch", fügte ich beiläufig hinzu. Alle drei (inklusive Germaine) sahen mich an und ich merkte, wie meine Wangen erröteten.

„Kommt Tony vorbei?", fragte Mum.

„Nein, Nathan kommt." Mum öffnete ihren Mund, um etwas zu sagen, doch ich sprang schnell ein. „Und bevor du etwas sagst, nein, es ist kein Date – nicht mit euch dabei –, er hat nur schlechte Neuigkeiten von zu Hause bekommen und ich wollte sichergehen, dass es ihm gut geht."

Mum und Daisy sahen sich bedeutungsvoll an.

„Und ihr könnt jetzt damit aufhören, euch so anzugucken!", sagte ich nervös. „Er ist nur ein Freund."

Die Klingel läutete. *Nochmal Glück gehabt.*

„Ich geh schon", sagte Mum mit einem Glitzern in den Augen.

„Oh nein, das wirst du auf gar keinen Fall", sagte ich und stellte mich ihr in den Weg. „Und denkt dran, was ich gesagt habe. Er macht gerade eine schwierige Zeit durch. Und jemand muss sich um ihn kümmern."

„Er muss umsorgt werden." Mum grinste.

Ich ignorierte sie und ging, um unseren Gast hereinzubitten.

Nathan stand mit einer Flasche Wein, einer Schachtel Pralinen und einem Blumenstrauß auf der Türschwelle. Er lächelte mit einer ganz untypischen Schüchternheit, die mein Herz in der Brust flattern ließ, und hielt die Weinflasche hoch.

„Ich wusste nicht, was ich mitbringen sollte, also habe ich mal alles abgedeckt", erklärte er.

Ich lachte. „Mum nimmt den Wein, Daisy wird die Schokolade essen und ich nehme die Blumen", sagte ich.

„Wirklich? Irgendwie habe ich mir vorgestellt, wie du dich betrinkst und dich über die gefüllten Pralinen hermachst." Er grinste.

„Verdammt, kennst du mich gut."

Er folgte mir in die Küche, wo Mum und Daisy pflichtbewusst warteten. Es war so offensichtlich, dass ihnen gesagt worden war, sich ordentlich zu verhalten, dass es peinlich war.

Wie auch immer, sobald wir uns alle an den Tisch gesetzt hatten und den Fischauflauf verspeisten, wurde die Atmosphäre wesentlich entspannter und wir unterhielten uns angenehm. Wenn Tony zum Essen kam (er war nie wirklich eingeladen, er war nur einfach oft zufällig da, um irgendwas für mich zu erledigen, immer gerade dann, wenn wir uns zum Essen setzen wollten ...), fühlte es sich mehr so an, als sei ein weiteres Familienmitglied am Tisch, denn wir kannten uns schon so lange und meine Eltern hatten seine Eltern auch schon jahrelang gekannt. Mittlerweile, in anderen Momenten – wie heute zum Beispiel, als er diese engen Hosen anhatte – wusste ich nicht mehr so genau, *was* ich fühlte. Aber er tratschte immer gerne mit meiner Mum und auch mit Daisy; er hatte wirklich einen guten Draht zu ihr, obwohl er selbst kein Vater war. Er war auf jeden Fall ein besseres männliches Vorbild als ihr eigener nutzloser, abwesender Vater.

Aber mit Nathan musste es anders sein. Wir waren erst vor ein paar Monaten Freunde geworden (zunächst waren wir eher Feinde), als ich mich in eine

Mordermittlung eingemischt hatte, und wir hatten nun schon ein paar Fälle gelöst. Er hatte gelacht, als ich mich zum ersten Mal als Privatermittlerin bezeichnet hatte (was ich nur tat, weil seine Arroganz mich genervt hatte), aber er lernte mich zu respektieren und fragte mich manchmal sogar um Rat. Ich bin eine gute Polizistin gewesen; ich war nie bei der Kriminalpolizei, wie er, aber das hatte ich selbst so gewählt, denn ich liebte es auf Streife zu sein und mit den Menschen auf der Straße zu reden (und ihnen gelegentlich hinterher zu jagen und Handschellen anzulegen). Ich hatte die Einheit verlassen, damit Daisy sich keine Sorgen um mich machen musste, so wie ich mich immer um meinen Vater gesorgt hatte, als er Chief Inspector der Penstowan Polizei gewesen war, aber es gab nicht einen Tag, an dem ich es nicht vermisste. Na ja, vielleicht vermisste ich es nicht *jeden* Tag, aber öfter, als ich es erwartet hatte. Aber Daisy war glücklicher, also bereute ich es kein bisschen.

Nathan redete, wieder mehr er selbst als vorhin im Supermarkt, aber schließlich waren auch Mum und Daisy mit am Tisch und er wollte sicher nicht alles vor der ganzen Familie abladen. Er nahm sich noch einmal vom Fischauflauf, aber als Mum ihm eine dritte Runde anbot, schob er den Teller von sich.

„Danke, Shirley, aber ich bin pappsatt", verkündete er. „Das war wundervoll. Fischauflauf ist eins meiner Lieblingsgerichte."

„Ich weiß", sagte ich gedankenverloren, dann verfluchte ich mich dafür; das sollte ein zwangloses Essen unter Freunden sein, nicht eine kulinarische Frontalattacke auf einen potenziellen Liebhaber. „Ich meinte, ich wollte sowieso Fisch kochen, und ich weiß, dass manche Menschen ein Problem mit Fisch haben, also habe ich mir zuerst Sorgen gemacht, aber dann erinnerte ich mich daran, dass du mal gesagt hast, wie sehr du Fischauflauf magst –" *Hör auf zu reden, Jodie!* Daisy sah mich komisch an, aber Mum, Gott segne sie, sprang ein und lenkte Nathan mit unsinnigem Geplapper ab.

„Jodie erwähnte, dass Sie keine guten Nachrichten von zu Hause erhalten haben", sagte sie. Meine Dankbarkeit ihr gegenüber verpuffte sofort. Ich sah sie böse an.

„Ich bin mir sicher, dass Nathan nicht darüber sprechen möchte", sagte ich und schickte ihr eine telepathische Nachricht, dass ich ihr Abführmittel in den Abendkakao mischen würde, wenn sie nicht das Thema wechselte. Aber ich musste das Mittelchen gar nicht erst auspacken.

„Ist schon gut", erklärte Nathan und lächelte mich an. „Ja, mein Vater hatte am Sonntagmorgen einen Herzinfarkt. Einen ziemlich schweren. Aber er hat einen Stent eingesetzt bekommen und es geht ihm damit ganz gut."

„Was ist ein Stent?", fragte Daisy.

„Eines der Dinge, die einen Herzinfarkt verursachen, ist, wenn die Arterien verstopft sind", erklärte Nathan. Er war sehr ruhig, überhaupt nicht verärgert darüber, dass Daisy nachfragte, und es erinnerte mich an eine andere Unterhaltung beim Abendessen, als sie etwa fünf Jahre alt gewesen war. Sie hatte ihren Vater gefragt, ob er ihr erklären könne, wie Donner und Blitz zustande kamen, und er sagte ihr schroff, sie solle es googeln, wahrscheinlich, weil er nicht zugeben wollte, dass er es selbst nicht wusste. „Sie können ganz verstopft werden mit Fett und so etwas, wenn man sich nicht gut ernährt. Deine Mum geht sicher, dass du gesunde Sachen isst, aber mein Dad mag seine Donuts leider zu sehr."

„Ich hasse Donuts", sagte Daisy. Sie wollte offensichtlich etwas Unterstützendes sagen, wusste aber nicht genau, was.

„Ich mag sie ganz gerne. Ich bin schließlich Polizist, nicht wahr? Wir *müssen* quasi in unseren Autos rumsitzen und Donuts essen." Nathan lächelte ihr zu. „Wie auch immer, die Ärzte gehen da rein und holen den ganzen Dreck aus den Arterien und dann schieben sie den Stent rein. Wenn der einmal an Ort und Stelle ist, pustet er sich sozusagen auf und hält die Arterie auf, damit sie nicht wieder verstopft." Er zuckte mit den Schultern. „So oder so ähnlich. Ich bin kein Arzt."

„Also erholt er sich jetzt im Krankenhaus?", fragte ich.

Er nickte. „Ja. Ich bin gleich nach dem Infarkt hingefahren, um sicherzugehen, dass es ihm gut geht, und ich bin bei meiner Mutter geblieben, bis er alle Operationen hinter sich hatte. Ich wäre länger geblieben, aber sie hat gesagt, ich soll meinen Urlaub nicht weiter an sie verschwenden." Er lachte leise. „An wen sollte ich es sonst verschwenden?"

Mich, dachte ich automatisch, aber ich konnte schließlich auch nicht einfach für eine Woche Leidenschaft in Torremolinos mit ihm verschwinden und Daisy mit Mum allein zu Hause lassen.

Ich schüttelte meinen Kopf, und alle Gedanken an Romantik an der Costa del Sol davon, und begann, die leeren Teller zu stapeln.

„Nun, du weißt, wo du uns finden kannst, wenn du Gesellschaft brauchst", sagte Mum und mein Herz schwoll an. Ja, sie war ein bisschen schrullig, quasselte ohne Punkt und Komma, sie blamierte mich ständig und ließ bei allen möglichen Männern auffällige Hinweise über den Mangel eines Ehemanns an meiner Seite fallen, aber sie war warmherzig und lieb und hatte ein Herz für Heimatlose und Streuner. Nathan war zu muskulös und gutaussehend, um ein Streuner zu sein, aber er musste einsam sein, so weit weg von seiner Familie. Obwohl, Gott weiß, es hatte schon Zeiten gegeben, als ich so weit weg wie möglich von meiner sein wollte ...

„Wie auch immer", sagte ich, um das Thema zu wechseln, bevor wir uns in die Waltons verwandelten oder so. „Ich habe noch gar nicht von meinem Tag erzählt. Ich bin Statistin in dem Film, den sie in Penstowan Cross drehen", erklärte ich Nathan. Dann wandte ich mich an Daisy. „Ich habe heute Zack Smith kennengelernt."

„Nein!" Sie sah mich mit großen Augen an. „Was ist passiert?"

„Ich habe fast seinen Hund überfahren. Na ja, sie ist nicht wirklich sein Hund; er ist für eine Freundin mit ihr rausgegangen. Lange Geschichte."

Nathan lachte. „Wieso überrascht mich das nicht?" Er sah mich mit einem so warmen und ehrlichen Lächeln an, dass die Erinnerung an Tonys enge Kniebundhosen sich ins Nichts auflöste.

„Oh ... und Mum, ich habe mit Faith Mackenzie gesprochen. Sie hatte sich in ihrem Wohnwagen eingeschlossen und Tony musste durch ein Fenster klettern und die Tür aufbrechen."

„Oh, Tony ist also auch dabei?" Nathans Lächeln wankte einen Moment, oder bildete ich mir das ein?

Ich nickte. „Jap. Faith scheint Gefallen an ihm gefunden zu haben. Sie schließt ihn das nächste Mal wahrscheinlich mit ein." Ich lachte, aber plötzlich war ich mir nicht mehr sicher, ob ich das lustig fand.

„Wie schließt man sich denn selbst in einem Wohnwagen ein?", fragte Nathan belustigt. „Sich ausschließen, ja, aber *einschließen*? Diese Stars sind nicht gerade die schlausten, oder?"

„Genau das habe ich auch gedacht!", rief ich. „Nicht den Teil, dass sie nicht schlau ist – ich hatte eine recht lange Unterhaltung mit ihr und diese Frau weiß *genau,* was sie tut –" Ups, das klang gehässig. Was war nur los mit mir? „Die hatten einen Schlosser da und alles, aber der konnte das Schloss nicht aufbrechen. Er konnte seine Werkzeuge nicht mal ins Schloss kriegen."

„Sekundenkleber", sagte Mum. Wir sahen alle zu ihr; das war seltsam, selbst für sie.

„Was soll damit sein?"

„Im Schloss. Du erinnerst dich wahrscheinlich nicht daran. Einer der Freunde deines Vaters, Vinnie Butler –"

„Klingt wie ein hartgesottener Bursche", murmelte Nathan mir zu und ich unterdrückte ein Kichern.

„Vinnie hatte diese Wohnwagen auf seiner Farm, drüben in Crackington Haven. In dem Jahr, in dem die Sonnenfinsternis hier war."

„Ich glaube, die war *überall*, Oma", wandte Daisy ein.

„Ja, das weiß ich doch, du freches Mädchen!", sagte Mum und verdrehte spielerisch die Augen. „Wir hatten hier eine Menge Touristen, die hierherkamen, weil wir eine bessere Sicht darauf hatten, als der Rest des Landes. Es war 1998 oder vielleicht 1999 – ein paar Jahre, bevor du nach London gegangen bist. Jedenfalls beschloss Vinnie, diese Wohnwagen aufzustellen; er wollte sie für diese Woche an Touristen vermieten, aber eine Woche vor der Sache ging jemand herum und sabotierte alle Wohnwagen, damit er es nicht konnte."

„Indem er Sekundenkleber in die Schlösser spritzte." Ich warf Nathan einen bedeutungsschweren Blick zu.

„Glaubst du, da hat jemand mit Absicht das Schloss zerstört? Warum sollte das jemand tun?", fragte er.

„Eddie meinte, dass Vinnie jemanden verärgert hatte. Es gab eine Menge Campingplätze in der Umgebung; ich nehme an, dass sie dachten, er würde ihnen das Geschäft wegnehmen", erklärte Mum.

„Nein, ich meine, der Wohnwagen heute. Um Faith zu erschrecken, vielleicht?"

„Wenn das die Absicht war, hat es nicht funktioniert", sagte ich und erinnerte mich an den raubtierartigen Blick, mit dem sie Tony bedacht hatte. „Ich glaube, dazu bräuchte es mehr als das."

„Also was wurde erreicht?"

„Außer, dass der Morgen, an dem gefilmt werden sollte, verschwendet wurde und dass sich eine Menge Leute geärgert haben? Nichts." Ich stand auf. „Nachtisch?"

KAPITEL 5

Nathan blieb den Rest des Abends. Er half mir beim Abwasch – meine Sklavin Daisy nutzte die Gunst der Stunde für einen (nicht gerade unüblichen) freien Abend und verschwand nach oben – und Mum fragte ihn nach seinen Eltern, wie alt sie waren, wie seine Mutter so war ... Es war ein ziemlich hartes Verhör, aber um ehrlich zu sein, fühlte es sich nicht unangenehm an oder als würde Mum ihn ausquetschen wollen, und Nathan schien ganz offen dafür zu sein.

Um neun Uhr zog er seine Jacke an. Ich nahm die Leine und pfiff nach Germaine, die scheinbar schon fest in ihrem Bettchen geschlafen hatte. Sie war in Sekunden bei mir, was mich vermuten ließ, dass sie doch die ganze Zeit wach gewesen war und nur darauf gewartet hatte, dass ich meinen Hintern in Bewegung setzte und sie ausführte.

„Ich bring dich noch zu deinem Auto", sagte ich und er lachte.

„Es ist direkt vor eurer Tür, aber okay."

Er wünschte Mum eine gute Nacht, rief die Treppe hoch nach Daisy und dann verließen wir das Haus.

Es war kühl. Der Tag war schön und sonnig gewesen, und nicht zu kalt – ein perfekter Herbsttag, um genau zu sein –, aber jetzt war da diese scharfe Kälte in der

Luft, eine Erinnerung daran, dass der Winter, bevor wir es richtig merkten, hier sein würde.

„Da ist es", sagte Nathan, als wir – dreißig Sekunden nachdem wir die Wärme des Hauses verlassen hatten – auf der Höhe seines Autos waren, und wir lachten. Er schüttelte den Kopf. „Ach, komm, ich gehe noch mit dir und dem Hund."

„Bist du sicher? Ich führe sie nur die Straße entlang, damit sie pinkeln kann."

Er nickte. „Ich habe die letzte Woche entweder damit verbracht die Autobahn hoch und runterzufahren oder an einem Krankenhausbett zu sitzen. Wird mir guttun, die Beine mal ordentlich zu strecken."

Germaine trottete vor uns her, schnüffelte an Laternen und Grasbüscheln, die entlang des schmalen Rasens sprießten. Sie hatte eine besondere Routine, die sich niemals veränderte. Es gab bestimmte Plätze, die sie sorgfältig untersuchen musste, nur für den Fall, dass sie diese heute Abend damit beglücken würde, sie zu bepinkeln; aber sie erledigte, wie sonst auch, ihr Geschäft an derselben Stelle, am Ende der Straße. Manchmal ging sie sogar so weit, dass sie damit experimentierte, ihr Bein zu heben, als ob sie sich den Winkel ihres Urinstrahls ausrechnete, aber er schien für sie immer ungenügend zu sein und so wandte sie sich an den nächsten Ort. Streng genommen hoben Hündinnen ihr Beinchen überhaupt nicht zum Pinkeln, aber ich hatte mal gelesen, dass herrische Weibchen es taten, um ihr Territorium zu markieren. Germaine befand sich in einer langfristigen Fehde mit dem dicken, alten Labrador ein paar Häuser weiter und ich nahm an, dass sie ihm zeigen wollte, wem diese Straße wirklich gehörte. Ich hatte zu meiner Zeit in der Freitagnachtschicht der Met einige Junggesellinnenabschiede in den Südlondoner Nachtclubs erlebt, die sich ähnlich verhielten ...

„Es ist hart, weit weg von seinen Eltern zu sein, wenn sie älter werden", sagte ich, während ich beobachtete, wie Germaine sich auf ein paar wehrlose gelbe Blümchen stürzte. Sie hatte ein Problem mit gelben Pflanzen. „Ich weiß noch, wie das war, als ich in London lebte, zu der Zeit als mein Dad starb."

„Das war aber doch ein Unfall", sagte Nathan. „Es war so plötzlich, du hättest nichts tun können. Du hattest nicht mal die Chance, dich zu verabschieden."

„Nein", sagte ich und drehte mich, um den Hund zu beobachten.

Nathan berührte meinen Arm sanft. „Sorry, das hätte ich nicht sagen sollen. Ich weiß, wie viel dir dein Vater bedeutet hat." Er seufzte. „Meine Mum kommt so gut klar und so schlimm es vielleicht klingt, bin ich froh, dass es so rum passiert ist. Ist das schlimm?" Er blickte mich an, seine Augen plötzlich voller Tränen.

Ich schüttelte den Kopf. „Nein, das ist es nicht. Mein Dad war dieser große, starke Bulle, der viele schlechte Leute eingesperrt hat und die Verantwortung über drei Wachen hatte, aber wenn meine Mum zuerst gegangen wäre, wäre er verloren gewesen." Ich lächelte ihm zu. „Frauen der Generation unserer Eltern sind es gewohnt, sich um alles und jeden zu kümmern, oder? Unsere Väter gingen raus und verdienten das Geld, aber unsere Mütter schmissen den Haushalt; sie planten das Geld ein, sie bezahlten die Rechnungen, kümmerten sich um die Kinder und gingen sicher, dass alle saubere Hosen haben."

Er lachte. „Genau das meine ich. Mein Dad wüsste nicht einmal, wie er die Waschmaschine anschalten muss."

Ich betrachtete ihn scherzhaft von oben bis unten. „Wird Zeit, dass du das auch mal lernst."

Er hielt seine Hände nach oben. „Woah, Ms Parker, das klingt verdächtig nach Sexismus. Du solltest wissen, dass ich ein Fachmann an der Waschmaschine bin, *und* ich kann einen Dyson von einem anderen Staubsauger unterscheiden."

„Kochen kannst du aber nicht."

Er grinste. „Deshalb habe ich mich mit einer Köchin angefreundet. Entschuldigung, einer *privaten Ermittlerin*, die in weniger als zwei Minuten ein Dessert zaubern kann. Schoko-Lava-Kuchen in der Mikrowelle? Genial."

Ich wischte sein Lob metaphorisch mit einer schnellen Handbewegung weg. „Oh, wirklich, das ist doch nichts. Ich werde mir doch für jemanden wie dich kein Bein ausreißen, oder?"

Er lachte. „Und schon hast du mich in die Schranken gewiesen."

„Gern geschehen."

Wir hielten an, als Germaine endlich einen Platz gefunden hatte, der ihrer besonderen Aufmerksamkeit wert war, und ihr Bein hob. Ich drehte mich um – ich erwartete nicht, dass das arme Ding vor einem großen Publikum abliefern würde –, nur um zu merken, dass Nathan wesentlich näher war, als ich erwartet hatte, und ich landete beinahe in seinen Armen. Wir lächelten uns an. Es wäre romantisch gewesen, wenn da nicht das Geräusch von Germaines hündischem Feuerwehrschlauch gewesen wäre. Und doch ...

Nathans Handy klingelte und die Stimmung (oder was auch immer es war) war hinüber, bevor sie überhaupt begonnen hatte. Er holte es aus seiner Hosentasche hervor und warf einen Blick darauf.

„Es ist meine Mum", verkündete er und sah besorgt aus.

„Soll ich dich allein lassen?", fragte ich. Er schüttelte den Kopf und ging dran.

„Alles klar, Ma, ist alles in Ordnung?" Sein Liverpool-Akzent trat deutlich stärker hervor, als wenn er mit mir sprach. „Ist Dad –? Ich, nein, das passt schon. Bleib dran." Er hielt das Telefon weg von sich. „Alles ist gut; sie ruft nur an, um Gute Nacht zu sagen."

„Dann lass ich dich mal in Ruhe telefonieren", sagte ich, und er nickte. Er hob das Telefon wieder an sein Ohr. „Ja, ich bin noch da. Ich bin mit einer Freundin unterwegs. Ich verabschiede mich nur kurz ..." Er grinste mich an und ich fühlte, wie meine Wangen zu glühen begannen. Dieses Grinsen machte etwas mit mir. „Ja, genau sie ... Moment." Er senkte das Telefon wieder, als ich mich zum Gehen wandte. „Jodie! Warte. Danke für heute Abend. Ich brauchte wirklich Gesellschaft."

„Ich bin froh, dass ich es war", sagte ich und kümmerte mich nicht einmal darum, dass es nach ein bisschen viel für zwei Menschen klang, die angeblich nur Freunde waren. Ich lehnte mich hinüber und gab ihm einen Schmatzer auf die Wange, dann zog ich an der Leine und zerrte die arme Germaine, mitten im Strullern, davon.

Daisy war schon im Bett, als ich nach Hause kam. Ich war froh zu sehen, dass sie aus dem Besuch unseres Gastes keinen Riesenvorteil ziehen wollte und über die Schlafenszeit aufzubleiben versuchte, denn sie hatte sich bettfertig gemacht und wartete geduldig darauf, dass ich mit dem Hund zurückkam.

Sie saß da und las einen meiner alten Agatha Christie Romane, markierte die Seite vorsichtig mit einem Lesezeichen, das sie auf einem Schulausflug nach London gekauft hatte (im Geschenkeshop des Tate Modern), bevor sie es auf ihrem Nachttischchen platzierte. Sie war gut erzogen: kein Knicken der Ecken der Seite, um sie zu markieren, oder (Gott bewahre) des Buchrückens. Sie liebte Bücher, genauso wie ich und auch Mum. ‚Man kann viel über eine Person erfahren, wenn man sieht, wie sie ein Buch behandelt‘, hatte meine Mutter mir einmal erklärt, und sie hatte Recht. Ich hatte einem Typen, mit dem ich vor Jahren ausging, einmal ein Buch geliehen. Er brauchte eine Ewigkeit, um es mir zurückzugeben, und als er es schließlich tat, entdeckte ich, dass er *SEINEN NAMEN AUF DIE VORDERSEITE GESCHRIEBEN HATTE*, wie ein Monster. Ich war entsetzt. Er sagte, er hätte es getan, weil er es mit zur Arbeit genommen hatte, um es in der Pause zu lesen, aber ich vermutete eher, dass er nie beabsichtigt hatte, es zurückzugeben. Leser, ich verließ ihn. Richard (das betrügerische Schwein) hatte niemals, zumindest nicht, dass ich mich erinnern konnte, ein Buch *gelesen*, was einem alles sagte, was man über ihn wissen sollte, und mehr.

„Gutes Buch?“, fragte ich.

„Das weißt du doch; du hast es schon gelesen", sagte sie, und ich lachte.

„Ist wahr. Dann leg dich mal hin. Zeit zu schlafen."

Sie klopfte auf das Bett, Germaine sprang hoch und kuschelte sich an ihre Füße. Ich hatte mit so guten Vorsätzen darüber angefangen, dass der Hund nicht nach oben kommen durfte, und nun schlief sie jede Nacht in Daisys Bett. Sie stand manchmal nachts auf und kuschelte sich sogar zu mir, und obwohl ich es hasste, geweckt zu werden, machte es mir nichts, wenn es der Hund war, denn es war schön, ein bisschen Zuneigung zu erfahren, auch wenn es von jemandem war, der noch haariger und müffelnder war als mein Exmann.

„Ich mag Nathan", sagte Daisy plötzlich.

Ich sah sie überrascht an. „Tust du das?"

„Jap. Und Oma mag ihn auch."

„Oma mag *alle* Männer, besonders die gutaussehenden und ledigen." Ich lehnte mich herunter und gab ihr einen Kuss auf die Wange.

„Wenn du je einen Freund haben möchtest, dann macht mir das nichts, weißt du", erklärte sie. „Ich will, dass du glücklich bist."

„Oh, Süße, ich *bin* glücklich!" Ich blinzelte heftig. Ich war manchmal *so* eine gefühlsduselige Tussi. Es passte nicht ganz zu meinem Polizeitraining, aber scheinbar konnte ich absolut nichts dagegen tun. Ich setzte mich auf das Bett und breitete meine Arme für eine Umarmung aus. Sie setzte sich auf und umarmte mich tatsächlich zurück, was leider nicht mehr oft genug vorkam, wenn das Kind erstmal zum Teenager wurde, und dann tauchte Germaines Nase unter meinem Arm auf, während sie sich zwischen uns quetschte. Wir lachten und machten ihr Platz.

„Wie könnte ich mit euch beiden in meinem Leben denn nicht glücklich sein?", sagte ich und küsste sie noch einmal. „Ich habe alles, was ich brauche, genau hier."

***

Ich ließ sie schlafen und Mum ging eine Stunde später ins Bett. Ich setzte mich aufs Sofa, kuschelte mich mit einer Tasse heißer Schokolade in der Hand in eine Decke und dachte über die Ereignisse des Tages nach.

Ich dachte an Tony, wie er die Tür von Faiths Wohnwagen aufgebrochen hatte. War das Schloss wirklich manipuliert worden oder war es beschädigt gewesen? Wenn es fehlerhaft gewesen wäre, hätte der Schlosser es doch bemerkt, aber wenn es sabotiert worden war ... Wieso? Nichts war dadurch erreicht worden.

Ich dachte an Zack Smith. Er hatte ein freundliches Lächeln und wenn ich zwanzig Jahre jünger wäre, hätte mich unsere Begegnung vorhin sicher sprachlos hinterlassen, doch ich war inzwischen in einem Alter, wo es möglich war, die Schönheit von etwas zu erkennen, ohne es besitzen zu wollen. Wo wir bei dem Thema des Besitzes waren ... Ich dachte kurz an Tonys enge Hosen, aber wandte mich schnell davon ab, da es mich in gefährliche und unbekannte Gefilde führte (ich meine, hallo, es war *Tony,* über den ich hier nachdachte!).

Ich dachte über Nathan nach und darüber, wie nett es gewesen war, Zeit miteinander zu verbringen, als Freunde, nur zusammen zu sein, ohne an einem Fall zu arbeiten (oder darüber zu streiten). Ich hoffte, dass er sich nicht zu viele Sorgen um seinen Vater machte; ich wusste genau, wie es war, wenn man meilenweit weg von den Lieben war, denen es nicht gut ging. Mums sich anhäufende Gesundheitsprobleme (die immer noch recht harmlos waren) hatten eine große Rolle bei der Entscheidung gespielt, zurück nach Penstowan zu ziehen.

Ein weiterer unwillkommener Gedanke kam mir. Was, wenn dieselben Sorgen Nathan dazu brachten, zurück in den Norden zu ziehen?

Aber als meine Augenlider begannen zu sinken und ich mich auf den Weg ins Bett machte, war der letzte Gedanke, der mir in den Kopf kam, der an seinen Anruf, kurz bevor wir uns Gute Nacht gesagt hatten. Was er zu seiner Mum gesagt hatte. „Ich bin bei einer Freundin … Ja, genau sie." *Nathan hat seiner Mutter von mir erzählt,* dachte ich und schlief mit einem warmen Gefühl ein, das mich umgab und das nicht nur an meiner Bettdecke lag.

***

Ich wachte am nächsten Morgen zu einer Textnachricht von Debbie auf, die mich um eine Mitfahrgelegenheit nach Polvarrow House bat. Ich ließ Daisy an der Schule raus und fand meine glamouröse Statistenkollegin am Tor vor, wo sie gerade ihre eigenen Sprösslinge abgesetzt hatte.

Sie plapperte aufgeregt über den gestrigen Drehtag – sie war den Nachmittag über geblieben und hatte tatsächlich ein bisschen Action mitbekommen. Ich überlegte, ob ich ihr von dem Essen mit Nathan gestern erzählen sollte, aber ich wusste, dass sie eine große Sache daraus machen würde und es sich für sie so anhören würde, als wäre es ein Date oder so was gewesen (und das war es sowas von nicht, nicht mit Mum und Daisy im Zimmer, und mit Germaine und ihrer wählerischen Blase).

Wir fuhren auf die Kiesauffahrt und machten uns auf den Weg zum Kostümwagen, in dem zweifellos ein atemberaubendes Kleid auf Debbie und ein weiterer Kartoffelsack auf mich warten würden.

„Du bist also zurück?"

Wir beide wirbelten herum, als wir die Stimme hörten. Zack Smith stand vor dem Trailer und zog kräftig an einer E-Zigarette. Er lächelte mir freundlich zu. Er trug ein aufwändigeres, nicht weniger enges Kostüm, als Tony es gestern getragen hatte, aber wo Tony wie eine Mischung aus tuntigem Piraten und achtziger Jahre Schnulzenrocker ausgesehen hatte, wirkte Zack wie –

„Sexyness am Stiel!", keuchte Debbie und ihr Mund klappte auf. Ich stupste sie heftig und sie schloss ihren Kiefer mit einem Schnappen wieder.

„Ich hab dir ja gesagt, ich brauch das Geld. Wo ist deine Freundin?", fragte ich.

Er sah sich schnell um, plötzlich alarmiert. „Was? Oh mein Gott, ich hab es verloren ..." Er sah zurück zu mir und grinste. „Nee, ich habe Kimi gesagt, dass es mir beinahe – sorry, *sie* – mir beinahe von einer Irren überfahren wurde, und sie hat sich tierisch aufgeregt. Die fragt mich nicht nochmal ..." Er warf mir ein breites Lächeln zu und ich hatte das Gefühl, dass er nicht gerade traurig darüber war, die Zeiten als Hundesitter hinter sich zu haben.

„Wie schade. Es schien für mich so, als würden du und der Hund langsam Freunde werden." Ich lächelte. „‚Princess und Zack.' Klingt doch schön."

Er lachte laut auf. „Ja, klar. Einer dieser kleinen Köter passt wirklich zum Image, oder?" Er beendete seinen Zug und packte die Zigarette weg. „Wie auch immer, ich mach mich besser mal auf den Weg. Bis später."

Er stieg in den Wagen und schloss die Tür. Ich ging in Richtung Kostüme und ließ Debbie mit offenem Mund hinter mir stehen.

„Warte! Wie hast du –? Was war –? Oh mein Gott!"

Ich lächelte vor mich hin und lief weiter. Ich hatte vielleicht ein hässliches Kostüm, dafür war ich aber der Kumpel des Stars.

***

Also ja, ich hatte *wirklich* noch das hässliche Kostüm, aber wenigstens wurde Debbie heute das fragwürdige Vergnügen zuteil, eine billige Plastikkrone zu tragen, die viel zu groß war und mit elf Milliarden Haarklammern befestigt werden musste, damit sie ihr nicht über die Augen rutschte. Offenbar hatte der Regisseur Sam, der, soweit ich wusste, es gestern gar nicht in den Ballsaal geschafft hatte, beschlossen, dass die Szene ‚mehr Glitzer' gebrauchen konnte, also hatte jede Frau und jeder Hund ein bisschen Bling-Bling für sein Outfit bekommen. Jeder natürlich, bis auf die verdammten Bediensteten. Wir verließen den Wohnwagen, grum-melten beide wegen dem Scheuern der Klamotten und

Debbie hielt ihre Tiara fest, die ständig zu fallen drohte. Sie sah aus wie ein kleines Mädchen, das sich als Disney Prinzessin verkleidet hatte. Es war vielleicht böse und kleinlich von mir, aber ihr dämlicher Kopfschmuck half mir, mich besser zu fühlen. Ich hoffte, es würde im Film realistischer aussehen.

„Morgen, die Damen!" Tony sah aufgekratzt aus. Ich fragte mich, was er wohl gestern Abend gemacht hatte, während ich mit Nathan zu Abend gegessen hatte. Ich hatte gestern Abend fast ein Klopfen an der Tür erwartet, zumindest eine SMS, in der er mir von seinem Nachmittag mit den Stars erzählte und mich bat, ihn zu füttern.

„Die haben deine Hose also wieder geflickt?", schnaubte ich.

„Die Kostümbildnerin mit dem krausen Haar wollte mich schon wegen des Risses anschnauzen, aber dann stürmte Faith herein und erzählte ihr, dass ich ihr Held war, also ..." Tony grinste. Ich ignorierte die leise Stimme, die fragte: *Ihr Held???* Sie war armselig und nicht der Aufmerksamkeit wert. Aber sie hörte trotzdem nicht auf zu reden.

Das Geräusch von lauten Stimmen gegenüber des Hofes ließ uns alle in die Richtung der Trailer der Stars blicken. Es war eine junge, weibliche Stimme mit einer Mischung aus einem unverkennbar amerikanischen Akzent und etwas anderem, das ich nicht ganz ausmachen konnte ... Ein Hauch Japanisch, vielleicht? Was ich ausmachen konnte, war, dass die Besitzerin dieser Stimme sehr, sehr wütend war.

„Ich habe dir *einen Job* gegeben, das ist alles, nur *einen Job,* und was tust du?" Da war eine Pause, in welcher die Person, die angeschrien wurde, vermutlich antwortete, wahrscheinlich mit einem eingeschüchterten Ton in der Stimme. „Du hast sie da drinnen eingesperrt? Wo ist sie denn dann? Wo ist mein –" Dann folgte ein Strom an sehr undamenhaften, aber sehr innovativen Flüchen. Ich meine, ich hatte fast zwanzig Jahre auf den harten Straßen von Südlondon gearbeitet, also wenn ich schockiert war, dann war es schlimm. „– mein Baby? Wo ist meine Princess?"

„Oh Gott, war Zack etwa wieder Hundesitter?", fragte ich und schüttelte meinen Kopf, als wären wir beide die besten Freunde und das hier ein typischer Vorfall. Tony sollte wissen, dass er nicht der Einzige war, der Freundschaft mit den Stars geschlossen hatte. Tony sah mich verwirrt an, wandte sich dann an Debbie, aber sie antwortete nicht, da die Tür des Wohnwagens aufgestoßen wurde und eine Harpyie herausgestürmt kam – eine junge und wunderschöne, ja, aber trotzdem, eine Harpyie.

„Und *das* ist Kimi Takahashi", sagte ich. Wir sahen zu, wie sie über den Hof rannte und *„Princess! Princess! Mami braucht dich!"* schrie. „Also, die scheint ja richtig nett und überhaupt nicht labil zu sein …"

Kimi, gekleidet in ein fließendes Seidenkleid und mit ihrem Haar aus dem Gesicht gekämmt, verschwand hinter der Ecke des Gebäudes. Hinter ihr, im Rahmen der Wohnwagentür, stand eine fast identische, weniger glamouröse Version von ihr – eine Schwester, nehme ich an, vielleicht sogar ein Zwilling. Sie merkte, dass ich sie beobachtete, und starrte zurück, wartete darauf, dass ich nachgab, also tat ich das aus Prinzip (natürlich) nicht. Sie gab auf und seufzte schwer – ich bemerkte es an der übertriebenen Art, wie sie die Schultern hochzog und fallen ließ – dann folgte sie Kimi.

„Also", sagte ich und freute mich, dass Tony immer noch verwirrt darüber war, dass ich Zack so nebenbei erwähnt hatte, als wären wir Freunde. „Ich nehme an, wir sollten Lucy finden und fragen, wann wir ans Set müssen."

Wir wanderten ein wenig herum, nickten den anderen Statisten zu, die alle etwas verloren herumstanden, bis wir zu Lucy kamen, die total fertig aussah. Tony öffnete den Mund, um zu sprechen, doch sie unterbrach ihn gleich.

„Sie haben keinen Hund gesehen, oder?" Sie klang unglaublich genervt, bemühte sich aber, es nicht zu zeigen.

„Kimis Hund? Nein", antwortete ich.

„Sie ist ein Pekinese."

„Ich weiß. Wir haben sie nicht gesehen."

„Wir haben aber Kimi gesehen", sagte Tony grinsend.

„Und wir haben sie gehört", fügte Debbie hinzu.

„*Jeder* hat sie gehört", murmelte Lucy, die offensichtlich dachte, dass der Jungstar eine kleine Diva war. „Wieso hat sie den verdammten Hund überhaupt mitgebracht … Egal, halten Sie die Augen offen, okay? Und wir werden heute im Ballsaal drehen. In zwanzig Minuten, bitte." Sie entdeckte jemanden auf der anderen Seite des Hofes. „Glen! Warte." Und weg war sie.

„Dann können wir genauso gut in den Ballsaal gehen", meinte Tony. „Faith geht davon aus, dass sie Sam davon überzeugen kann, mir ein bisschen Text zu geben."

„Wen?", fragte ich kleinlich, obwohl ich genau wusste, wen er meinte.

„Den Regisseur."

„Oh, richtig. Ein bisschen Text wofür?", sagte ich und dachte: *Davon geht Faith also aus, was?* Was ziemlich dämlich war, nachdem ich eben so getan hatte, als seien ich und Zack BFFs. Tony warf mir einen Blick zu, der vielleicht wirklich sagte: *Wieso führst du dich so auf?* Oder vielleicht fühlte ich mich einfach nur schuldig. „Tut mir leid, ich weiß, was du meinst, ich wollte lustig sein und bin gescheitert. Ich hoffe, sie schafft es. Lasst uns den langen Weg laufen, okay? Wir werden noch lange genug rumstehen."

Wir folgten der Route, die Kimi und ihre Schwester eingeschlagen hatten, um das Haus herum, vor zu der Seite, wo die wundervolle Fassade von Polvarrow House von dem zusammengeschusterten Sammelsurium an Trucks und Zelten des Drehs verdeckt wurde; die ganze Produktion hatte ein komplettes Wellblechhüttendorf der Mittelklasse entstehen lassen. Aber wenn man vom Haus wegsah, konnte man immer noch die wunderschönen Gärten genießen: eine breite Rasenfläche, mit einem Bereich für Croquet auf der einen Seite; ein mittelalterlicher Knotengarten mit einer niedrigen Buchshecke, die in einem aufwendigen Muster angelegt war und deren Freiräume mit Lavendel und anderen duftenden Pflanzen gefüllt waren; und natürlich ein Springbrunnen. Weiterhin gab es einen großen dekorativen See, der komplett künstlich angelegt war, aber mit Pflanzen und Bäumen am Rand und Ufer gut in die Landschaft eingebunden war. Und etwas anderes war dort, direkt in der Mitte des Sees.

„Princess! Princess! Hilfe, mein Baby!“ Kimi stand hilflos am Ufer des Sees, kreischend, während ihre Schwester zögerlich einen Fuß in das kalte Wasser steckte. Sie war nur ein kleines Stückchen weit drinnen, aber das Wasser ging ihr schon bis zu den Knien und sie schien nicht erpicht darauf, weiter hineinzugehen.

„Oh verdammt, wie ist der Hund denn da hingekommen?“, sagte ich. Wir rannten rüber zu Kimi und bevor ich überhaupt nachdenken konnte, zog Tony bereits die Schuhe aus und sprang hinein …

KAPITEL 6

Tony watete durch das Wasser, so weit hinein, wie er konnte, und schwamm dann in die Mitte. Die dämliche Hündin kämpfte darum, über Wasser zu bleiben, was ihr vermutlich durch ihr langes, haariges Fell und ihr Gezappel erschwert wurde und sie tatsächlich weiter und weiter hinaus auf den See trieb.

Tony erreichte sie schließlich und konnte sie packen, dann wandte er sich um und kraulte zurück an das Ufer des Sees. Mittlerweile sahen die meisten der Schauspieler und der Crew zu, aber niemand kam ihm zu Hilfe. Es war natürlich ‚nur‘ ein Hund und Tony offensichtlich ein kräftiger Schwimmer – einer der Vorteile, wenn man am Meer aufwuchs.

Als er das seichte Wasser erreichte, stand er auf, stapfte tropfnass und voll mit Teichalgen heraus und scheuchte ein paar überraschte Enten vor sich her.

„Ach, du meine …“, stieß Debbie neben mir hervor und ich merkte, wie mir die Kinnlade herunterklappte.

Tonys weißes Hemd war natürlich durchweicht und fast gänzlich transparent und klebte an einer, bisher völlig unvermuteten Ansammlung von Bauchmuskeln, wohldefiniert mit einem Anflug von Brusthaar, obwohl er etwas zu weit weg war, als dass ich ordentlich sehen konnte, und vielleicht bildete ich es mir auch nur ein. Während er auf uns zu kam, wurde ich zurücktransportiert an den Abend des 15. Oktober 1995 und ich saß zu Hause mit meiner Mutter, aß Quality Street Schokopralinen (Mum hatte eine fast abgelaufene Box bei ihrem Job im Supermarkt gekauft) und sah fern, BBC1, mir noch völlig unbewusst, dass mir ein bahnbrechender Moment in meinem jungen Leben bevorstand. Ich packte gerade eines der grünen Dreieck-Bonbons aus, blendete Mums Geschnatter aus, warf mir die Schokolade in den Mund und erstickte dann beinahe daran. Mum hörte auf zu reden. Auf dem Bildschirm schritt Mr Darcy, ungeheuer männlich, aus dem See von Pemberley und in die Herzen der Frauen (und ohne Zweifel auch in die einiger Männer) der Nation.

Vor der versammelten Filmcrew schritt Tony also wie Mr Darcy aus dem Wasser, seine Wirkung wurde nur ein wenig von der Tatsache getrübt, dass er einen zappelnden, klatschnassen Hund in den Armen hielt und ihm ein Haufen Algen über seiner linken Schulter hing. Er bemerkte, dass ihn alle beobachteten, und sah sich überrascht um, dann fing er meinen Blick auf und grinste. Mein Herz klopfte ein wenig lauter und ich war angeekelt davon, dass ich so berechenbar war.

Als er trockenen Boden erreichte, rannte Kimi zu ihm und warf sich ihm um den Hals, drückte dabei sowohl den Retter als auch die Gerettete an ihre in Seide gehüllte Brust. Ich bemerkte, dass sie weinte – sie liebte ihren Hund wohl wirklich –, aber sie brachte es zustande, nicht hässlich zu heulen oder eine Schniefnase zu bekommen. Es ist nicht fair, dass manche Frauen einfach bei allem wunderschön aussehen. Ich habe es bisher immer geschafft, dass Gegenteil davon zu tun. Jedes Mal, wenn ich beim Friseur war (recht selten), komme ich mit einer fantastischen Frisur heraus und sofort öffnen sich die Himmelsschleusen, der Wind nimmt Fahrt auf und ich sehe am Ende so aus, als sei ich nicht gerade aus dem Friseursalon gekommen, sondern aus dem Auge eines Orkans.

„Holt jemand dem Mann mal ein Handtuch!" Faith stampfte an mir vorbei und einen Moment lang dachte ich, sie würde Kimi beiseite schubsen, um zu ihm zu gelangen. Ich sah vor meinem inneren Auge, wie sich jede von ihnen einen seiner Arme griff und zerrte, und der arme Tony – der arme, tropfnasse, *gut definierte* Tony – tatsächlich zerlegt wurde ... in zwei Teile, jeweils einen Arm und einen halben muskulösen Torso (und ein Threepack?) für jede Dame. Aber es gab für Faith keinen Grund physische Gewalt anzuwenden, denn ein Blick dieser Frau, von der ich langsam überzeugt war, dass sie nicht die süße und nette Lady war, die einem im nationalen Fernsehen suggeriert wurde, genügte, um die junge, wunderschöne Anwärterin ihrer Trophäe zu berauben und ihn freizugeben.

„Wer *ist* dieser Typ?", murmelte eines der Crewmitglieder hinter mir. „Ist das nicht der, der gestern um Faith herumscharwenzelt ist?"

Der Mann neben ihm lachte. „Er ist bloß einer der Statisten und versucht, sich ein paar Zeilen Text zu verschaffen", sagte er und beide kicherten.

Ich sah rot. „*Tatsächlich*", begann ich und wandte mich ihnen zornerfüllt zu, „ist Tony Penhaligon einer der nettesten, freundlichsten Menschen, die Sie je kennenlernen werden. Er ist immer da, wenn man ihn braucht, wie Faith gestern, die in ihrem Wohnwagen eingeschlossen war, und keiner von Ihnen hatte das

Hirn oder die Muskeln, sie da rauszuholen. Er würde Ihnen sein letztes Hemd geben, wenn Sie es dringender bräuchten als er."

Beide Männer schienen geschockt.

„Alles klar, Liebes, tut uns leid", sagte einer von ihnen und hielt seine Hände vor seinen Oberkörper, um sich zu schützen. (Wovor? Vor mir? Sicher nicht) Aber ich war nicht so einfach abzuwimmeln.

„Expertentipp: Lästern Sie nie über jemanden, wenn die Möglichkeit besteht, dass sein bester Freund direkt in Ihrer Nähe steht!", zischte ich. (Ich hatte es nicht vor, aber so kam es einfach heraus.) „Außerdem bin ich nicht Ihr Liebes. Wenn Sie mich jetzt entschuldigen würden ..." Und dann stürmte ich davon, nicht ganz sicher, wohin, instinktiv allerdings in Richtung Foodtruck, während mir plötzlich klar wurde, dass ich eine Szene gemacht hatte.

„Jodie! Warte!" Debbie rannte mir hinterher. Ich ging um die Ecke des Hauses und hielt inne, ließ sie aufholen. Ich fühlte, wie meine Wangen brannten. „Verdammt, die haben dich auf dem falschen Fuß erwischt, was?"

„Du hast gehört, was sie über Tony gesagt haben", erklärte ich. „Die kennen ihn doch gar nicht."

„Nicht so wie du", sagte sie und schenkte mir ein wissendes Lächeln.

„Was soll das denn bitte heißen?"

„Nichts, nur, dass du seine beste Freundin bist. Sollen wir uns eine Tasse Tee holen? Ich nehme an, bis zu unserer Szene wird es wieder eine Weile dauern."

„Also gut." Ich fühlte, wie mir die Luft ausging. Wir liefen hinüber zum Truck, wo Gino die Reste des

Frühstücksbuffets aufräumte; Sie hatten heute am frühen Morgen, bevor wir ankamen, mit der Filmarbeit begonnen. Wir holten unseren Tee aus einer großen Kanne und setzten uns an einen der Picknicktische.

„Also", begann Debbie die Unterhaltung. „Das war unerwartet."

„Tony hatte schon immer eine Schwäche für Tiere –"

„Ich meinte nicht, dass er da wie ein Held reingewatet ist, ich meinte das Sixpack."

„Hab ich gar nicht bemerkt", sagte ich, während ich in meinem Tee rührte.

„Ich glaube dir. Viele andere würden es nicht."

„Was ist überhaupt mit ihm los?", fragte ich. „Sich wegen eines bescheuerten Hundes in diesen See zu werfen! Der hätte voll mit Teichalgen sein können; er hätte sich darin verheddern können. Du hast gesehen, wie tief das ist; es hätte gefährlich sein können –"

„Wärst du genauso genervt von Nathan, wenn er es getan hätte?"

„Was? Keine Ahnung. Wahrscheinlich nicht. Ist schließlich sein Job, oder?"

„Und da hast du deine Antwort, Liebes." Debbie lehnte sich zurück und nippte selbstzufrieden an ihrem Tee – ich würde sogar so weit gehen und sagen: arrogant.

„Was plapperst du da die ganze Zeit?" Ich schüttelte genervt meinen Kopf. „Willst du damit sagen, dass Tony mit Nathan wetteifert? Warum zur Hölle –?"

Debbie streckte sich und griff nach meiner Hand.

„Du weißt, dass ich dich liebe, oder? Versteh das nicht falsch, aber für eine intelligente Frau, kannst du ganz schön dumm sein."

„Ich bin nicht –"

Aber ich kam gar nicht dazu, weiter zu protestieren, denn unsere Aufmerksamkeit wurde von dem Thema Tony und was hinter seiner heroischen Aktion stecken könnte auf einen lauten Schrei der Überraschung und des Schmerzes von der anderen Seite des Foodtrucks gelenkt.

***

Gino lag am Boden, hielt seinen Arm und jaulte. Sein normalerweise gebräunter Teint war weiß und blutleer geworden und er wiegte sich einen Moment hin und her.

„Oh oh", sagte ich, „entweder übergibt er sich gleich oder –" Er wurde bewusstlos, aber zum Glück war er schon am Boden, also hatte er es nicht weit und sein Kopf landete glücklicherweise auf einer weichen (aber stinkenden) Tüte Müll, die er getragen hatte. Ich kniete mich neben ihn und rollte ihn sehr sanft auf die Seite, in die stabile Seitenlage, wobei ich vorsichtig war und seinen Arm nicht berührte.

„Alles wird gut, Gino", sagte ich, während er begann zu stöhnen. „Bleib noch einen Moment liegen, bis du dich wieder gut genug zum Aufsetzen fühlst."

„Was ist passiert?", fragte Debbie und sah sich um. Ich nickte in Richtung der Stufen, die vom Truck hinunterführten.

„Ich nehme an, er ist da runtergefallen", erklärte ich, während Lucy mit einigen anderen Crewmitgliedern in vollem Tempo angerannt kam.

„Was zur – Oh, verdammt!", schrie sie, sah schockiert und zugleich genervt aus, als könnte sie nicht glauben, dass das *gerade jetzt* passierte. Ich konnte es ihr nicht übelnehmen; der Dreh war bisher sehr ereignisreich gewesen, aber nicht besonders produktiv.

Gino stöhnte erneut und setzte sich auf, wobei er vor Schmerzen aufschrie, als er den Arm bewegte. Ich streckte meinen Arm aus und legte ihn auf seine andere Schulter, um ihn aufrechtzuhalten.

„Ich denke, du hast ihn dir gebrochen", erklärte ich und bemerkte die komische Stellung, in der sein Ellenbogen sich befand und wie die Haut darum schon anschwoll. Kein Wunder, dass er bewusstlos geworden war. „Kannst du mit deinen Fingern wackeln?"

Gino sah blass und verschwitzt aus. „Ich kann meine Finger nicht mehr fühlen, geschweige denn sie bewegen."

Ich sah hoch zu Lucy. „Gino muss ins Krankenhaus. Sofort." Sie sah mich eine Sekunde an, überlegte wahrscheinlich, ob sie erst mal fragen sollte, wer zur Hölle ich war, dann nickte sie aber und holte ihr Telefon raus.

„Mein Truck", sagte Gino.

Ich tätschelte ihm sehr sanft seinen guten Arm. „Mach dir keine Sorgen. Wenn du mir deine Schlüssel gibst, schließe ich ihn für dich ab."

„Aber das Essen", protestierte er schwach. „Ich hab schon angefangen, das Mittagessen vorzubereiten. Alles wird schlecht werden."

„Jodie ist Köchin", bemerkte Debbie fröhlich. „Die kann das machen!"

Tony und seine Filmstarfreundin Faith stießen zu der Szene, sich bewusst, dass sie und Kimis nasser Hund nicht länger das Zentrum der Aufmerksamkeit waren.

„Jodie ist eine fantastische Köchin“, verkündete Tony enthusiastisch. „Ich hatte sie für meine Hochzeit engagiert.“ Faith blickte ihn enttäuscht an. Ich war mir nicht sicher, ob er es bemerkte, aber er schloss gleich an mit „Nicht, dass die Hochzeit stattfand …“

Der Krankenwagen kam schnell an und Gino wurde hinein bugsiert. Bevor sie die Tür schließen und wegfahren konnten, rief er mich zu sich.

„Hier sind die Schlüssel für den Truck“, sagte er. Er war auf einer Liege platziert und hatte eine provisorische Armschiene angelegt bekommen, um den Arm stillzuhalten. Die Sanitäter hatten ihm offenbar eine Spritze mit starken Schmerzmitteln gegeben, denn er wirkte viel ruhiger, obwohl er immer noch sehr blass war. Ich griff nach dem Schlüsselbund, den er mir entgegenhielt, aber er zog ihn ein Stückchen zurück. „Weißt du wirklich, was du tust? Ich würde sie lieber alle was vom Lieferdienst essen lassen, als jemanden, der nicht den Unterschied zwischen *zabaione* und *créme anglaise* kennt, in meine Küche zu lassen.“

„Zabaione besteht aus Eigelb, Zucker und Marsala Gewürzen, während eine Créme Anglaise aus Sahne, Milch und Vanille gemacht wird“, sagte ich auf. „Alles klar?“

Er sah mich einen Moment überrascht an, dann lächelte er und überließ mir die Schlüssel. „Okay, ich bin überzeugt. Danke. Aber ich bin morgen wieder da.“

„Sicher“, meinte ich. „Ciao.“

„Ciao …“

Die Sanitäter schlossen die Tür und lächelten mich an. „Der wird morgen nicht wieder da sein“, erklärten sie mir ruhig. Ich nickte.

„Dachte ich mir."

***

Lucy trommelte alle wieder zusammen, nachdem die Aufregung vorbei war, denn sie war entschlossen, endlich etwas zu filmen. Aber ohne mich, denn ich wechselte vom Spielen einer Bediensteten zu einer richtigen. Zeit, zu dem zurückzukehren, was ich *wirklich* liebte: Kochen.

Ich nahm die Tüte Müll und sammelte ein, was herausgefallen war, als sie Ginos Sturz aufgehalten hatte, und warf sie in den riesigen Müllcontainer in der Nähe. Gino muss den Abfall die Treppe heruntergetragen haben und, ohne seine Füße oder seinen Weg zu sehen, gestolpert sein. Während ich zum Truck zurückging, bemerkte ich allerdings etwas Seltsames.

Die Treppe war nicht am Fahrzeug angebracht; sie war aus Holz, fünf Stufen hoch, die aufgehoben und auf die Seite gestellt werden konnten, wenn Gino oder sein Truck unterwegs waren. Ich nahm an, dass die eigentliche Hintertür, die herausklappbare Stufen hatte, zugebaut worden war, um den Platz der mobilen Küche maximal auszunutzen, und es war einfacher gewesen, diese Treppen zu bauen und zu verwenden, wenn sie gebraucht wurde. Aber das war nicht das Seltsame.

Die komische Sache war, dass die zweite Stufe von unten direkt in der Mitte gebrochen war, vermutlich an der Stelle, auf die Gino seinen Fuß gesetzt und sein ganzes Gewicht gelegt hatte, woraufhin sie nachgab und ihn zu Boden gehen ließ. Er hatte Glück gehabt, dass sein Bein sich nicht verfangen und auf den restlichen

Stufen verdreht hatte, sonst hätte er noch ein weiteres Körperteil gehabt, das zu seinem Arm gepasst hätte. Was die Sache so komisch machte, war die Tatsache, dass das Holz sehr stabil und kräftig genug aussah, dass es jemanden aushalten konnte, der schwerer war als Gino. Also wieso war es gebrochen?

Und das war nicht alles. Die Stufe war halbiert, direkt in der Mitte. Die Hälfte hing immer noch am Rest der Stufen, während die andere im Gras lag. Ich hob sie auf und untersuchte sie aufmerksam. Der Teil, der vom Rest des Treppengerüstes abgebrochen war, war krumm, mit gesplitterten scharfkantigen Stücken, die herausstanden. Ich hielt ihn an das Treppengerüst und es war leicht zu erkennen, wo sie zusammengehörten. Am anderen Ende allerdings – dem Teil, der die Mitte der Stufe bilden sollte – war das Holz glatt und gerade. Keine Schrägen.

Das war das Seltsame. Ich fühlte, wie mein Handy in der Tasche meiner Jeans vibrierte (alle Telefone mussten stumm geschalten werden, sobald man ans Set kam) und sah auf das Display; es war jemand, der sich keinen besseren Zeitpunkt für einen Anruf hätte aussuchen können. Ich nahm das Telefonat entgegen.

„Hi, Nathan, Lust auf eine Tasse Tee?"

Kapitel 7

Nathan *hatte* Lust auf eine Tasse Tee. Er konnte nur nicht gleich kommen, aber er versprach, in ein paar Stunden vorbeizuschauen und sich mit mir zu treffen. Das war okay, denn die Mittagszeit nahte und ich musste mich darum kümmern, das Essen fertig zu bekommen.

Alles war halb vorbereitet: Gemüse geschält, Zwiebeln und Knoblauch gehackt, der Ofen vorgeheizt. Es war nicht sofort zu erkennen, was Gino vorgehabt hatte zu kochen, aber zum Glück hatte er einen Plan für die ganze Woche geschrieben und ich fand heraus, in welches Gericht die Pilze sollten und dass die Süßkartoffel als scharf gewürzte Würfel angebraten werden sollten, um als Füllung für mexikanische Wraps zu dienen.

Ich kochte eine cremige Hühnchen- und Pilzsoße, die zu den Fettuccine-Nudeln passte; ein Lammcurry, große Fleischstückchen mit einer reichhaltigen Soße; ein veganes Jackfrucht- und Bohnenchili (so einfach und die Jackfrucht schmeckte beinahe wie Schweinefleisch); und viele Füllungen für die Wraps – Guacamole, die gebratenen Süßkartoffelstücke und Salatblätter. Ich entdeckte sogar ‚veganen Feta' im Kühlschrank: Tofu, mariniert in Olivensud und Gewürzen, damit es diese salzige Note bekam. Ich probierte ein bisschen, obwohl ich nie ein Fan von Tofu gewesen war, und es schmeckte großartig, die Textur war etwas weniger krümelig als bei echtem Feta.

Das Tolle an den Gerichten war, dass sie den ganzen Nachmittag auf einer Wärmeplatte warmgehalten werden konnten, und meistens schmeckten sie am Ende des Tages noch besser, denn die Aromen wären dann intensiver. Wann immer ich Curry kochte, machte ich genug für zwei Tage, und es schmeckte am Tag nach der Zubereitung immer besser.

Ich stellte alles auf die Wärmeplatten auf der Theke und dann sah ich auf. Es hatte sich eine Schlange von Menschen gebildet, einige grummelten schon wegen der Wartezeit. Die Zeit war verflogen und es war schon halb eins. Einige von ihnen waren schon seit fünf Uhr morgens hier, hatten das Licht eingestellt, also waren sie am Verhungern.

„Buon appetito!‘, rief ich, erinnerte mich an Gino am gestrigen Tag und alle schlugen zu. Ich öffnete die Hintertür, ging fröhlich die Treppe hinunter und überging die kaputte Stufe. Im Wagen war es heiß gewesen, aber draußen wehte eine kühle Brise.

Ich saß auf den Stufen und fächerte mir einen Moment lang Luft zu.

„Hier versteckst du dich also!“ Debbie stand, mit den Händen in die Hüften gestemmt, vor mir. „Ich dachte nicht, dass ich mit all den Losern anstehen müsste; ich habe auf eine kleine Sonderbehandlung durch die Köchin gehofft.“

Ich lachte. „Sag mir, was du möchtest, und ich hol dir einen Teller. Und auch was für mich. Ich bin am Verhungern.“ Das war ich. Es war harte Arbeit und ich war so beschäftigt gewesen, dass ich nicht bemerkt hatte, wie sehr mein eigener Magen geknurrt hatte, bis ich aufgehört hatte.

Ich holte uns zwei Teller voll Essen. (Debbie suchte sich die Pasta aus, während ich einen veganen Tortilla-Wrap wählte – ich war neugierig auf Ginos Rezept –, und ich war froh, dass ich es probierte, denn es war *köstlich*.) Ich war absolut damit einverstanden, dass wir schweigend hinter dem Foodtruck sitzen würden, aber Debbie schüttelte den Kopf.

„Ich kann mich mit diesem Kleid nicht auf die Treppe setzen", sagte sie vernünftigerweise. Also gingen wir um den Wagen herum nach vorne und setzten uns zum Rest der Schauspieler und der Crew, die an den Picknicktischen saßen, die vor der Open-Air-Kantine aufgestellt worden waren.

„Jodie!" Tony saß bei Faith, was sehr kuschelig aussah, aber als er uns bemerkte, sprang er auf und kam zu uns herüber.

„Faszinierend, wie viele Filmstars heutzutage Schoßhunde haben, nicht?", sagte ich zu Debbie. Sie schnaubte, als er sich mit einem reumütigen Grinsen setzte.

„Ich werde sie einfach nicht mehr los", sagte er mit leiser Stimme. „Sie ist wirklich nett, aber es wird ein bisschen viel. Sie behauptet, ich sei ihr Glücksbringer."

Ich sah ihn an, versuchte, nicht an das Sixpack zu denken, das unter seinem (sauberen und trockenen) Rüschenhemd lauerte, und grunzte. „Du? Ein Glücksbringer? Kennt sie deine Vorgeschichte mit Frauen?" Ich sah, wie er erstarrte, und bereute die Bemerkung sofort. Wieso war ich so gemein zu ihm? Er war mein bester – auf jeden Fall mein ältester – Freund auf der Welt.

Es war ja nicht so, dass ich eifersüchtig darauf war, wieviel Zeit er mit Faith verbrachte oder so –, wieso sollte ich? Und seine früheren Beziehungen zu erwähnen, die beide desaströs geendet hatten, war einfach gemein. Mrs Penhaligon zu sein, schien kein Job für zartbesaitete Damen zu sein, aber das war wohl kaum seine Schuld. „Es tut mir *so* leid. Ich wollte nicht, dass das so rauskommt."

„Ich weiß, dass du das nicht wolltest", sagte er knapp, aber ich fühlte mich immer noch schlecht. „Also wieso braucht sie einen Glücksbringer?", fragte ich und hoffte, dass ich mit einem Themenwechsel die Wogen wieder glätten und es ignorieren konnte.

Er lächelte. „Schauspieler sind abergläubisch. Du weißt, dass sie ‚Hals- und Beinbruch' sagen müssen statt ‚Viel Glück' und dass man den Namen eines gewissen schottischen Stücks nicht aussprechen darf –"

„Macbeth", riefen Debbie und ich laut im Chor. Ein paar der Schauspieler in der Nähe warfen uns tödliche Blicke zu und wir kicherten.

„Ich dachte, das machen nur die vom Theater?", fragte Debbie. Er nickte. „Das tun sie normalerweise. Aber alle hier sind wegen dem Fluch angespannt."

Debbie und ich tauschten Blicke aus.

„Welcher Fluch?", wollte ich wissen.

„Es ist wirklich albern", begann Tony, „aber Faith und ein paar von den anderen haben es sich in den Kopf gesetzt, dass diese Produktion verflucht ist. Man hört ja immer wieder von Drehs, die wirklich unglücklich laufen, wo Leute Unfälle haben oder sogar sterben –"

„Was für ein Haufen Blödsinn", spottete ich, aber er schüttelte den Kopf.

„Nein, wirklich, du solltest das mal googeln. Kennst du *Poltergeist?*"

Debbie und ich sahen einander an und grinsten. *„Sie sind hier ..."*

„Ich wusste, dass ihr das macht. Da ist diese Stelle im Swimming Pool, wo all diese Skelette auftauchen –"

„Ich weiß, welche Stelle du meinst. Erinnerst du dich, Tone, wir hatten den mal von Blockbusters ausgeliehen, als er auf Video rauskam, und wir haben ihn bei mir geguckt, während meine Mum und mein Dad eine ihrer Dinnerpartys gaben." Ich erinnerte mich plötzlich auch daran, dass es während der zwei Wochen im Jahr 1994 gewesen war, als wir zusammen gewesen waren. Wir waren vierzehn und hatten Händchen gehalten und geknutscht, aber ohne Zunge. Damals hatte er auf jeden Fall noch kein Sixpack gehabt. Ich schluckte. „Es hat uns zu Tode erschreckt."

„Natürlich erinnere ich mich." Er sah mich an und ich wusste, dass er sich auch an diese ersten unangenehmen Momente erinnerte, nachdem wir beschlossen hatten, miteinander zu gehen, auf dem Sofa saßen und keiner von uns wusste, was es bedeutete, Freund und Freundin zu sein. Wir hatten nach einer Weile aufgegeben, es herausfinden zu wollen, und einfach nur den Film angesehen, warfen während der gruseligen Stellen Malteser-Schokobällchen nacheinander, genau das, was wir schon tausende Male getan hatten, als wir noch ‚nur Freunde' gewesen waren. „Wie auch immer, die haben richtige Knochen verwendet. Echte tote Menschen. War keine gute Idee. Es gab viele unerklärliche Unfälle, sogar tödliche."

„Das ist ja furchtbar", sagte Debbie.

„Und dann ist da noch *Das Omen* und *The Crow* und – "

Ich schüttelte den Kopf. „Tony, Liebling, du musst damit aufhören, dir im Internet Blödsinn anzusehen."

„Es ist alles wahr! Wie auch immer, die Sache ist die, solche Sachen sprechen sich rum, oder nicht?"

„Weil Leute danach im Internet suchen", erläuterte ich.

„Nun, ja. Aber wenn man bedenkt, dass Faith eingesperrt wurde, der Hund weggelaufen und fast ertrunken ist und jetzt Gino, der die Treppen runtergefallen ist und sich den Arm gebrochen hat." Er beugte sich verschwörerisch rüber. „Sie denken, dass diese Produktion auch verflucht ist."

Debbie und ich starrten ihn an, dann sahen wir uns an und brachen in Gelächter aus.

„Ach, komm schon! *Das Omen* und die anderen, das waren Horrorfilme, bei denen eine Menge Gruseliges ablief, aber dieser Film …"

Debbie warf entnervt die Hände in die Luft. „Das Gruseligste bei diesem Film ist dein Rüschenhemdchen."

„Na vielen Dank auch …"

„Ehrlich mal, woran erinnert dich das?", fragte ich.

Er sah verwirrt aus. „Ich hab keine Ahnung, woran sollte es mich erinnern?"

Ich sprach mit einem furchtbaren amerikanischen Akzent: „Ich wäre damit auch davongekommen, wenn nur nicht diese verdammten Kinder gewesen wären!" Er sah immer noch verwirrt aus und ich war empört. „Ist alles ein bisschen wie bei Scooby Doo, oder nicht?"

„Der örtliche Sheriff verkleidet sich als Geist von Polvarrow House und terrorisiert die Schauspieler mit Phantompasteten“, platzte Debbie lachend hervor.

„Genau“, stimmte ich zu.

Tony sah mich an, seine Augen verengten sich. „Du weißt was. Was weißt du?“

„Gar nichts …“ Ich wollte meinen Verdacht noch nicht äußern, bevor ich nicht mit Nathan gesprochen hatte. Aber, falls ich recht hatte, sollte ich sie warnen. Ich sah mich um, ging sicher, dass niemand anderes zuhörte, und dann winkte ich die beiden näher heran. „Ich glaube, dass vielleicht *wirklich* jemand versucht, die Produktion zu sabotieren.“

***

Nathan sah mich interessiert an. „Wie kommst du darauf?“

Die Schauspieler und Filmcrew, inklusive Debbie und Tony, hatten das Mittagessen beendet und waren zurück ans Set gegangen. Ein paar Nachzügler hingen noch herum, plauderten, aber sonst hatten Nathan und ich die Picknicktische für uns.

Ich hielt das abgebrochene Stück Treppe hoch. „Was hältst du hiervon?“

Er untersuchte es, dann sah er mir ins Gesicht. „Das ist ein verdächtig glatter Bruch, wenn wir glauben sollen, dass es unter dem Gewicht eines Menschen zusammengekracht ist.“

„Jemand hat die Mitte der Stufe angesägt, oder? Nicht komplett durch – das wäre sonst aufgefallen – aber gerade genug, dass sie, wenn eine bestimmte Menge

Gewicht sie belastete oder jemand direkt auf dem Schnitt steht, entzweibrechen würde."

„Du meinst, dass jemand hinter Gino her ist?" Nathan legte das Holzstück ab und nahm seine Tasse Tee auf.

Ich schüttelte den Kopf. „Ich glaube nicht. Warum sollten sie? Er ist der Caterer; alle lieben ihn, weil er sie verköstigt. Und es ist auch eine recht unsichere Methode, oder? Man kann nicht genau wissen, wann die Stufe bricht oder ob es wirklich Gino wäre, der dann darauf steht. Es gibt vermutlich noch ein paar andere Leute, die diese Stufen hoch- und runterlaufen – Lieferanten vielleicht, ich weiß nicht. Und wenn man die anderen Sachen, die passiert sind, dazuzählt ... Du hast von dem Schloss von Faiths Wohnwagen gehört –"

„Wir sollten uns das ansehen." Nathan grinste. „Ich meine, *ich* sollte mir das ansehen. *Ich* bin der Polizist hier. Das vergesse ich manchmal ... Und ich nehme an, dass der Hund auch absichtlich rausgelassen wurde?"

„Ja. Ich glaube sogar, dass sie ihn vielleicht in den See geworfen haben." Nathan sah schockiert aus. „Ich weiß, das wäre eine fürchterliche Sache. Aber Kimis Schwester hat Princess nicht sehr lange allein gelassen. Wie der Hund die Tür aufgekriegt haben, rüber zum See gerannt *und* in die Mitte des Sees geschwommen sein soll, in dieser kurzen Zeit ... Ich glaube einfach nicht, dass ein Hund dieser Größe in so kurzer Zeit so viel Wegstrecke hinter sich bringen kann, besonders ohne entdeckt zu werden."

„Was mich zu der nächsten Frage bringt", erklärte Nathan. „Wie kann jemand so etwas tun, *ohne* dass man es bemerkt? Wir sind mitten auf einem geschäftigen Filmset; da sind überall Leute."

„Darüber hab ich nachgedacht", sagte ich. „Als wir den Hund gesehen haben, waren die meisten der Filmleute im Ballsaal und bereiteten den Dreh vor. Nicht alle natürlich: die Masken- und die Kostümbildner waren in ihren Trailern, und da werden dann auch ein paar der Schauspieler gewesen sein, und die Statisten wurden entweder gerade eingekleidet oder waren auf dem Weg zum Ballsaal."

„Wären sie am See vorbeigekommen?"

„Nein. Wir sind auch nur dorthin, weil ich mich rebellisch fühlte und ein Stück laufen wollte, bevor ich stundenlang in einem Kartoffelsack an einer Stelle stehen sollte." Nathan hob eine Augenbraue an. „Das ist eine andere, lange Geschichte. Sagen wir mal so, die sehen in mir nicht gerade das Potential für eine Hauptdarstellerin."

„Welch eine Tragödie. Also, wer war sonst noch in der Nähe des Sees, als du den Hund gefunden hast?"

Ich dachte nach. „Da waren ein paar Crewmitglieder; ich weiß nicht, wer sie waren. Und der Typ, dem das Haus gehört."

„Hmm. Ich werde mich mal mit ihm unterhalten, sehen, ob er jemanden herumschleichen gesehen hat, wo er nicht sollte. Auch wenn dort nicht viele Leute waren, nimmt man doch an, dass eine Person, die einen Hund rumträgt, aufgefallen wäre."

„Nicht, wenn es jemand gewesen wäre, der das sonst auch tut", meinte ich.

Nathan nickte. „Stimmt. Ein Crewmitglied. Aber ich verstehe nicht, was diese ganzen kleinen ‚Unfälle' bezwecken sollen. Die haben nicht wirklich Probleme verursacht, oder? Ich meine, außer, dass Gino sich den

Arm gebrochen hat. Sie haben nicht aufgehört zu filmen."

„Nein, aber es hat alle nervös gemacht. Geradezu lächerlich besorgt." Ich berichtete ihm von dem Fluch, und er lachte.

„Diese kreativen Typen lassen ihren Fantasien immer freien Lauf", sagte er. „Überhaupt kein Verstand."

„Viel besser, ein komplett einfallsloser Bulle zu sein", meinte ich, und er grinste.

„Das hast du gesagt. Wenigstens einer Sache können wir uns sicher sein: Es ist nicht der örtliche Polizist, verkleidet als Mumie. Ich weiß, Sergeant Adams verkleidet sich gerne, wenn er im Fishermen's Chor singt, aber ich glaube, ich würde es merken, wenn er den Kapitän Nemo geben würde. Aber wenn eine Teenagergang mit einem komischen, sprechenden Hund in einem psychodelischen Van auftaucht, lass es mich wissen."

Ich lachte; ich war froh, dass Nathan auf meiner Wellenlänge und ich nicht die Einzige war, die bemerkte, wie sehr sich das alles nach Scooby Doo anfühlte.

Nathan stand auf. „Ich geh dann mal besser. Ich muss noch eine Menge Papierkram erledigen. Offensichtlich kann ich hier nichts unternehmen, bevor es keine formelle Beschwerde gibt. Bisher, abgesehen von der Sache mit Gino, der sich den Arm verletzt hat, fällt das alles mehr unter ‚nervige Streiche' als tatsächliche Verbrechen." Er sah sich um, aber nun war auch der letzte Rest der Crew verschwunden und wir waren allein. „Trotzdem, sei vorsichtig, ja? Halt die Augen offen und wenn noch etwas Verdächtiges passiert, lass es mich wissen."

„Warte", sagte ich, als er sich zum Gehen wandte. „Warum hast du mich vorhin angerufen? Was wolltest du von mir?"

Er lächelte verlegen. „Nichts Wichtiges, nein, ich wollte dir nur für gestern Abend danken."

„Gern geschehen, mir hat es gefallen." *Hast du Lust, heute Abend auch vorbeizukommen?*, dachte ich, sagte aber nichts, denn das käme vielleicht zu verzweifelt rüber.

„Mir auch." Nathan sah mich einen Moment an und ich dachte, er würde noch etwas sagen wollen. Aber das tat er nicht. „Ich muss wirklich los. Ich sehe dich dann später."

***

Den Rest des Tages über war viel los, aber nichts Besonderes passierte. Ich hatte ein wenig Essen auf den Wärmeplatten gelassen für die Schauspieler und Crewmitglieder, die etwas zu Abend essen wollten, aber der Drehtag wurde um fünf Uhr nachmittags beendet, während über ,das Licht' gemurmelt wurde. Angeblich war die Ballsaalszene durch – es hatte fast den ganzen Tag gedauert, aber laut Tony gab es nur sechs Zeilen Dialog und die ganze Szene würde auf der Leinwand wohl nur zwei Minuten dauern –, und sie waren bereit zu einer Außenszene überzugehen, aber es wurde schon dunkel, bevor sie überhaupt begannen, die Szene aufzubauen.

Ich packte den Rest des Currys und des Chillis in ein paar Tupperboxen – es würde mir das Kochen zu Hause ersparen –, und spülte alles, weil ich mir bewusst war, dass dies nicht meine Küche war und ich sie in einem guten Zustand zurücklassen musste. Ich hatte gerade die Schlüssel herausgeholt und schloss ab, als ich eine Bewegung hinter mir wahrnahm. Ich wirbelte herum, mein Herz klopfte, und ich fand Zack hinter mir vor.

„Sorry", sagte er, mit einem verlegenen Grinsen im Gesicht, „wollte dich nicht erschrecken. Weißt du, was mit Gino los ist? Wird er morgen wieder zurück sein?"

Ich atmete tief durch, während meine Herzfrequenz sich wieder normalisierte. Dieses ganze Gequatsche über Flüche musste mich wohl doch mitgenommen haben. „Ich weiß es nicht", sagte ich. „Um ehrlich zu sein, bezweifle ich es. Es sah aus, als wäre sein Ellenbogen gebrochen, das ist ganz schön heftig. Er konnte seine Finger nicht mehr bewegen und all das. Sieht aus, als müsstest du noch ein paar Tage mit meinen Kochkünsten vorliebnehmen." *Oder für den Rest des Drehs*, dachte ich; ein gebrochener Ellenbogen würde Zeit zum Heilen brauchen.

„Verdammt", sagte Zack.

„Ach, komm schon, *so* schlecht war mein Curry doch nicht", scherzte ich. Er lachte, ein herzliches, lautes Lachen, das mich zum Lächeln brachte.

„Ha, nee, so hab ich das nicht gemeint", verkündete er. Sein Akzent war der pure Südlondoner und ich fragte mich, ob er in der Gegend aufgewachsen war, in der ich gearbeitet hatte. Die Polizei war zu der Zeit nicht besonders beliebt gewesen – in manchen Fällen aus gutem Grund. Vielleicht würde ich nicht erwähnen, dass ich bei der Met gewesen war. „Na ja, Gino wollte mir bei einer Sache helfen." Ich hob eine Augenbraue. *Mit was?* „Ich hatte vor, morgen eine Dinnerparty zu veranstalten." Er bemerkte wohl die Überraschung in meinem Gesicht und begann wieder zu lachen. „Ja, ich weiß, das ist nichts, was ich ständig mache, feine Sachen kochen, aber morgen ist Kimis und Aikos Geburtstag und ich wollte was Besonderes für sie machen. Gino meinte, er hat mir ein paar Zutaten bestellt und dass er mir damit helfen würde." Er sah mich an. „Ich nehme mal an, du hättest keine Lust? Ich bezahl dich auch. Gino hätte ich auch bezahlt."

Ich war mir nicht sicher, ob ich nach der Arbeit noch in der Nähe der Filmstars sein wollte, wenn ich es verhindern konnte. Zack war nett und ich liebte sein Lachen, aber Kimi schien mir eine richtige Diva zu sein und der Rest seiner Kollegen war ... Nun, Faith war bei mir unten durch, nach der Sache mit Tony (nicht, dass ich eifersüchtig war oder sie als Konkurrenz sah oder so), und Jeremy Mayhew, den ich, zugegeben, nur vor ihrem Trailer gesehen hatte, hatte bisher noch nichts dafür getan, das Bild eines alten, sexistischen Alkoholikers zu verwerfen.

Zack sah wohl auch den Ausdruck des Zweifels in meinem Gesicht, aber er war offensichtlich verzweifelt, denn er sagte: „Bitte? Es sind nur zwei, drei Stunden Arbeit, maximum, und ich zahle dir zweihundert."

Zweihundert Pfund? Das war genau der Preis der Fotografie-Software, die ich Daisy zum Geburtstag schenken wollte.

Ich lächelte ihn an. „Es wäre mir ein Vergnügen."

KAPITEL 8

Am nächsten Morgen fand ich mich also um sieben Uhr morgens in Polvarrow House ein und machte für die Filmcrew und Daisy Frühstück. Mum hatte die vorige Nacht in ihrem eigenen Haus verbracht, eine Seltenheit, also war Daisy gezwungen, mit mir zu kommen. Ich hatte vorgehabt, sie mit Essen zu versorgen und sie dann ein wenig am Set umherstreifen zu lassen (wie die Mutter, so die Tochter), bevor ich sie in ein Taxi zur Schule setzen würde.

Sie war ein wenig enttäuscht.

„Wo sind denn alle Schauspieler?", fragte sie, während sie an einem Picknicktisch ein Bacon-Sandwich aß. Die anderen Tische waren verlassen – ein paar vereinzelte Crewmitglieder wanderten umher, holten sich ein Sandwich, bevor sie zu ihren Lichtern und Requisiten gingen. In der Nähe schlenderten ein paar ernst aussehende Männer herum, erledigten technisch aussehende Dinge mit Schraubenziehern und Klebeband, während David Morgan, der Besitzer des Hauses, ihnen im Hof hinterherlief. Ich dachte zuerst, er würde ihr Kommen und Gehen beobachten, aber er wirkte wütend und es schien, als suchte er nach jemandem unter den Leuten. Er sah nicht mehr wie der aufgeregte, fröhliche Mann aus, der uns am vergangenen Samstag zum Casting begrüßt hatte.

„Mum?" Daisy seufzte. „Ich fragte, wo sind die ganzen Schauspieler? Ich dachte, ich treffe vielleicht … ein paar von denen."

Ich grinste. „Ich glaube, Zack schläft gerne aus. Du kannst ja nach der Schule wiederkommen."

„Darf ich?" Sie sah mich aufgeregt an und ich nickte.

„Ich werde immer noch hier sein und arbeiten. Du kannst natürlich auch zu Oma gehen, wenn dir das lieber ist."

„Nein!", sagte Daisy sofort, und dann lachte sie. „Ich meine, nichts gegen Oma, aber …"

„Ich schicke ein Taxi, damit es dich nach der Schule wieder abholt", erklärte ich. „Ich muss Zack mit so einer Dinnerparty-Sache helfen, also triffst du ihn auf jeden Fall."

„Oh mein *Gott*!", schrie Daisy. „Jade wird durchdrehen, wenn sie das hört."

Gerade kam das Taxi – gesteuert von Magda Trevarrow, die mit meinem alten Schulfreund Rob verheiratet war, der von der Werkstatt –, um Daisy in die Schule zu bringen. Ich gab meiner wunderschönen Tochter einen Abschiedskuss und lächelte vor mich hin, als ich sie mit Magda plaudern hörte, davon, dass sie später zurückkommen und Zack Smith treffen würde. Magda wirkte amüsiert und ich hatte den Eindruck, dass sie noch nie von ihm gehört hatte. Ich hatte auch den Eindruck, dass sie alles über ihn wissen würde, wenn sie Daisy an der Schule rauslassen würde.

Ich räumte Daisys Teller weg und sah auf, als ich Stimmen hörte. Drei von den Filmleuten quatschten bei einer Tasse Tee.

„Ich hab dir gesagt, die Produktion ist verflucht“, sagte einer. Er trug eine Baseballkappe und hatte ein besorgtes Gesicht aufgesetzt. Die anderen zwei lachten, aber er schüttelte seinen Kopf wütend. „Ich meine es so! Ich hab diese drei Wolframverbindungen gestern für die Küche aufgebaut und sie über Nacht dort gelassen und als ich sie heute Morgen getestet habe, sind sie geplatzt.“

„Birnen platzen doch andauernd“, sagte einer seiner Kollegen herablassend, ein kräftiger Mann mit einem pockennarbigen Gesicht, ein Vermächtnis seiner Teenager-Akne.

Der, mit der Baseballkappe schüttelte den Kopf. „Nicht über Nacht, wenn sie nicht einmal an waren“, sagte er. „Das waren ganz neue Birnen. Abgesehen davon, dass sie gestern für zwanzig Minuten an waren, als ich sie einstellte, waren sie unbenutzt. Alle gesprungen.“

„Das ist das Problem mit Wolframbirnen“, sagte Pockennarbe wissend. „Sie sind gut für natürliches Licht, aber sie werden zu heiß und BANG! Du stehst im Dunkeln und deine Schauspieler sind voll mit Glassplittern. Ist beim *Live and Let Spy* Dreh passiert. Mitten in einer der Folterszenen platzt die Birne und da springt Tom Hardy auf und knallt mit seinem Kopf gegen die Decke. Stromausfall.“ Sein Kollege nickte wissend, aber Baseballkappe schüttelte wieder den Kopf.

„Nein, du hörst nicht zu.“ Er wirkte genervt, vermutlich, weil sein Kollege mit großen Namen angab. „Sie sind nicht geplatzt, als ich sie anschaltete. Ich musste sie nicht mal anschalten, um zu wissen, dass sie nicht funktionierten. Ich kam rein und ich hab gleich Glas auf dem ganzen Boden vorgefunden, wo die Birnen gesplittert waren. Die sind komplett explodiert."

Seltsamer und seltsamer, dachte ich. Es klang gerade so, als hätte der Saboteur wieder zugeschlagen. Ich säuberte die Tische und brachte das Geschirr zurück in den Foodtruck, um aufzuräumen.

„Haben Sie noch mehr Ketchup?" Das Crewmitglied mit den Pockennarben holte sich ein Würstchen- und Specksandwich. Ich lächelte und reichte ihm die Flasche, dann sah ich an ihm vorbei, als ich David Morgan entdeckte, der eine hitzige Debatte mit Lucy führte. Also nach *ihr* hatte er die ganze Zeit gesucht. Die erste Regieassistentin gestikulierte versöhnlich, um ihn zu beruhigen, aber er sah immer noch genervt aus. Also, natürlich musste ich da rübergehen und rausfinden, was los war. Ich schlich in der Nähe herum, tat so, als würde ich einen Tisch säubern.

„Es war vereinbart", sagte er zu Lucy, „dass niemand in den Küchengarten geht. Das ist Privatgelände. Ich weiß, Sie filmen in der alten Küche, aber es gibt wirklich keinen Grund, weshalb jemand in den Garten gehen muss."

„Ich frage herum und finde heraus, wer es war", versicherte sie ihm. „Es tut mir furchtbar leid. Lassen Sie es mich wissen, wenn das wieder passiert." Und schon war sie weg.

Ich lief zu der Teestation, bevor ich zu dem wütenden Hausbesitzer zurückkehrte.

„Sie sehen aus, als könnten sie eine Tasse Tee gebrauchen", sagte ich und hielt ihm eine Tasse entgegen.

Er wandte sich mir überrascht zu. „Danke sehr", sagte er und nahm sie mir ab. Er nippte daran und seufzte.

„Besser?", fragte ich, und er warf mir ein kleines Lächeln zu. „Es muss schwer sein, eine Filmcrew durch Ihr wunderschönes Haus latschen zu sehen."

„Das ist es", sagte er gefühlvoll.

„Besonders, wenn sie da hingehen, wo sie nicht hin dürfen." Ich dachte einen Moment nach, und dann lächelte ich zurück und streckte ihm meine Hand hin. „Ich bin übrigens Jodie. Wir haben uns kurz beim Casting gesehen."

„Oh ja, ich erinnere mich. Die Lady, die schon einmal bei meinen Vorgängern hier war." Er sah meine Jeans und Schürze. „Sie sind die Ersatzfrau, die für den armen Mann den Foodtruck übernommen hat?"

„Ja. Ganz unter uns, ich bin erleichtert." Er sah ein wenig besorgt aus, also klärte ich sofort auf, was ich meinte. „Nicht das mit Gino, der arme Kerl. Ich meinte nur, ich bin von Haus aus Köchin und viel glücklicher, wenn ich kochen statt schauspielern kann. Ich habe mitbekommen, dass Sie von einem Küchengarten sprachen? Wie schön. Ich wünschte, ich könnte einen richtigen Kräutergarten anlegen. Frische, eigene Produkte kann man einfach nicht schlagen."

***

Der arme Mann hatte keine Chance. Ich drehte meinen Charme voll auf und bevor er es kapiert hatte, führte er mir seinen Schatz vor. Um fair zu bleiben, ich wünschte mir *wirklich* einen Küchengarten bei mir zu Hause, aber, wie ich vermutete, habe ich das Gegenteil eines grünen Daumens. Ich bin eine Art Todesengel, wenn es um Pflanzen geht. Trauben verwelkten und starben an der Rebe ab, Kartoffeln wurden von Käfern befallen und die Zucchini verschimmelten, wenn ich sie bloß ansah. Und von den Karotten will ich erst gar nicht sprechen.

Aber ich war mit dem Hausbesitzer unterwegs, also wurde der Schatten des Todes glücklicherweise vom hellen Licht seines botanischen Wissens geblendet, welches ruhig und beruhigend auf mich wirkte, nach der arroganten Geschäftigkeit aller, die etwas mit dem Film zu tun hatten. David zeigte mir stolz seine perfekt gerade Reihe von Kürbissen, die beinahe bereit für die Ernte waren, und seine Kräuterfelder. Er wusste viel und war sehr, *sehr* gründlich mit seinen Tipps, da ich den Fehler gemacht hatte, zu erwähnen, dass ich welche brauchte. Ich war erleichtert, als sein Telefon klingelte. Er entschuldigte sich und nahm den Anruf entgegen, entschuldigte sich noch einmal, als er aufgelegt hatte, erklärte, dass die Pflicht rief und er nach Penstowan fahren musste, aber er mir genug vertraute, um mir zu erlauben, mich noch ein wenig umzusehen (was genau das war, was ich mir erhofft hatte).

„Meine Frau und ich hatten außerdem darüber nachgedacht, das Haus als Hochzeitslocation anzubieten", sagte er vorsichtig, „und wenn wir uns mit dieser Sache beschäftigen, werden wir uns nach einem zuverlässigen Caterer umsehen müssen. Denken Sie mal darüber nach und lassen Sie uns wissen, ob Sie interessiert sind." Und damit verließ er mich. Ich schrie ihm beinahe hinterher: *Natürlich bin ich verdammt interessiert!*, entschied mich aber für die feinere Variante und würde ihm später eine E-Mail zu schreiben.

Ich spazierte durch den Garten in Richtung Haus und versuchte herauszufinden, wo sich wohl die alte Küche befand. Sie war nicht schwer auszumachen; ich konnte die großen Filmlichter – die Wolframdinger – aufgebaut durch das Fenster, das recht weit entfernt vom Boden war, erkennen. Ich näherte mich vorsichtig; ich nahm nicht an, dass sie schon begonnen hatten zu filmen, aber wenn das der Fall war, wollte ich nicht, dass meine hässliche Visage im Bild wäre. Von innen war allerdings kein Geräusch zu hören, also packte ich den Fensterrahmen und zog mich daran hoch, weit genug, um in den Raum spicken zu können. Er war wie eine Küche aus der Regencyzeit dekoriert – sehr authentisch, aber ziemlich nutzlos, wenn man darin kochen wollte. Ich ließ los, da meine Armmuskeln begannen zu schmerzen.

Ich sah hinunter auf die weiche Erde unter meinen Füßen. Da waren einige, verschiedene Fußspuren in der Erde und ein paar Reihen traurige, zertrampelte Setzlinge, obwohl ich keine Ahnung hatte, was sie genau waren. Da waren eine Menge Spuren, aber es sah für mich so aus, als wären sie alle von denselben Füßen gemacht worden. Die Fußspuren führten vom Rand des Gebäudes unter dem Fenster weg und dann hinaus auf den Weg, was bedeutete –

„Er ist aus dem Fenster gesprungen", murmelte ich zu mir selbst.

Aber warum? Ich platzierte meine Füße an der Stelle, die mir der wahrscheinlichste Landeplatz schien, und sah hinauf zum Fenster. Niemand hatte erwähnt, dass das Fenster offen gewesen war, also *falls* jemand durchgeklettert war, musste er nach oben gegriffen und es hinter sich geschlossen haben. Vielleicht war er in der Küche gewesen, hatte an den Lichtern herumgepfuscht und gehört, dass jemand durch den Flur auf ihn zukam. Wenn es keinen anderen Weg aus dem Raum gegeben hätte, ohne dass die Person, die auf ihn zukam, ihn bemerkte – und von meinem früheren Besuch konnte ich mich vage daran erinnern, dass er in einen engen Flur führte –, dann war das Fenster der einzig mögliche Ausweg.

Das bedeutete, dass die Person, die sich an den Lichtern zu schaffen gemacht hatte, dort nicht hätte sein dürfen; sie konnte es sich nicht leisten, gesehen zu werden, oder sie hatte vorgehabt, so zu tun, als hätte sie die Birnen in dem Zustand vorgefunden. Ich streckte meine Arme hoch zum Fenster, als wollte ich den Rahmen packen. Es bedeutete auch, dass die Person, die an diesem Platz gestanden hatte, wesentlich größer war als ich, weil das Fenster, das einen alten Holzrahmen hatte, recht weit geöffnet hätte sein müssen, damit ein Körper durchklettern konnte, und ich war nicht groß genug, um nach oben zu greifen und es wieder zu schließen.

Das schränkt die Zahl der Verdächtigen ein, dachten meine gesamten ein Meter zweiundsechzig sardonisch. Zack war wahrscheinlich das kleinste Mitglied der männlichen Schauspieler, die ich bisher kennengelernt hatte, und er war mindestens eins achtzig. Aber natürlich konnte es auch ein Crewmitglied sein. Es könnte jeder gewesen sein.

Ich trat zurück und runzelte die Stirn, als ich ein knackendes Geräusch unter meinen Turnschuhen hörte. Ich sah nach unten. Da, bei meinen Füßen, glitzerte etwas in der Herbstsonne, ein kleines Stück zerbrochenes, sehr dünnes Glas. Die Art von Glas, aus dem Glühbirnen waren.

***

Ich schlenderte gedankenverloren zurück zum Foodtruck. Also hatte sich der Filmsaboteur auf den Weg in die Küche gemacht, die Birnen zerstört, damit sie aussahen, als seien sie geplatzt – wieder eine sinnlose Aktion, ein nerviger Streich, ausgeführt, um den Dreh etwas zu verzögern, wobei das nicht einmal funktioniert hatte, denn der Lichttyp war nochmal hingegangen und hatte es sich angesehen und überprüft, bevor sie angefangen hatten zu filmen – und war dann aus dem Fenster geklettert, um der Entdeckung zu entgehen, offenbar mit ein paar Glassplittern an der Kleidung, die in das Blumenbeet gefallen waren.

Aber weshalb? Abgesehen von Ginos gebrochenem Arm waren all diese Streiche (oder was auch immer das war) recht trivial, kleine Unannehmlichkeiten. Sie hielten den Drehplan auf, aber nicht für eine besonders lange Zeit. Kein signifikanter Schaden oder ähnliches war entstanden (nochmal: abgesehen natürlich vom armen Gino). Es war beinahe so, als wären sie nur dazu da, die Menschen zu verärgern.

Oder um Panik zu schüren. Die Crewmitglieder, die ich heute gehört hatte, hatten behauptet, der Dreh sei verflucht, und Tony sagte, dass Faith ihn für seinen Glücksbringer hielt. Jeder wusste, wie abergläubisch Schauspieler waren, aber die Crew schien dem Ganzen nun auch zu verfallen. Die Leute waren angespannt.

109

War es das, was der Saboteur erreichen wollte? Was mich zu der Frage brachte, mit der ich begonnen hatte:
Wieso bloß?

KAPITEL 9

Ich konnte mich nicht weiter fragen, weshalb, denn während ich im Küchengarten gewesen war, war in der Gegend um den Foodtruck eine rege Betriebsamkeit ausgebrochen. Die Schauspieler, die wohl, wie ich begriff, schon die ganze Zeit auf gewesen waren, hatten ihre Haare und ihr Make-Up gemacht bekommen und kamen fürs Frühstück herüber. Gino hatte zögernd akzeptiert, dass er wohl für eine Weile nicht zurückkommen konnte, also hatte er Lucy eine lange Liste von Instruktionen für mich gemailt; ich fand sie auf der Theke des Trucks vor, wo sie mit einer Ketchupflasche beschwert wurde, damit sie nicht wegfliegen konnte.

Zack startete den Tag mit einem Proteinshake und einer Banane. Etwa um zehn Uhr war er bereit für einen Low-Carb-High-Protein Müsli-Riegel, der ihn bis zum Mittag versorgte. Mittags aß er gerne Kohlenhydrate, solange sie von einer Menge Proteine begleitet wurden, also war Pasta mit einer Fleischsoße und viel Gemüse eine gute Option, und diese Art von Gericht war auch beim Rest der Crew beliebt.

Kimi war Vegetarierin, aber sie würde gelegentlich etwas Fisch essen, also war es eine gute Idee, welchen im Kühlschrank zu haben, für den Fall, dass sie einen damit überfallen würde. Sie war laktoseintolerant und trank nur Mandelmilch, aber Gino hatte sie eine große

Portion Eis mit Schokosoße verputzen sehen, als sie gestresst war (was wohl regelmäßig der Fall war), und die Milch hatte ihr damals nichts ausgemacht, also …

Sie hatte außerdem eine milde Reisallergie, was bedeutete, dass sie nur braunen Reis essen konnte. Zum Frühstück trank sie gerne einen Smoothie aus Mandelmilch, Grünkohl, frischer Mango (denn natürlich war Oktober in Cornwall Saison für dieses Obst), Apfelsaft und Karotte. Vielleicht war ‚gerne‘ das falsche Wort für diese Art von Smoothie.

Faith folgte einer speziellen Diät für Damen eines gewissen Alters. Ihr Frühstück bestand aus Porridge mit Sojamilch, getrockneten Cranberrys, frischen Blaubeeren und ein paar Leinsamen und Sonnenblumenkernen. Zum Mittag gab es ein gutes Stück Lachs oder Hühnchen mit Salat und Avocado. Ab und zu gab es eine Schüssel Pasta, wenn es ein langer Tag werden würde.

Jeremy liebte Speck, Curry und Fritten. Wahrscheinlich alles auf einem Teller. Er würde essen, was man ihm vorsetzte. Diese frommen Gesundheitsfanatiker, die einem immer erzählten, der Körper sei ein Tempel? Nun, Jeremys Körper *war* ein Tempel, aber einer dieser antiken, verlassenen in Indien, der vom Dschungel umgeben war und voller wilder Affen, die kreischten und sich an den Ruinen entlangschwangen. Ich beschloss, dass ich Jeremy letztendlich doch mochte.

***

Ich machte Zacks Proteinshake und Kimis Smoothie und stellte beides in den Kühlschrank, sodass ich es ihnen sofort servieren konnte, wenn sie die Kantine betraten (oder ihren Trailer, in Kimis Fall; ihre Schwester Aiko würde kommen und ihr Frühstück holen, damit sie es in Ruhe und Einsamkeit essen/trinken konnte. Was Aiko gerne aß, hatte sich niemand bemüht herauszufinden). Ich maß Faiths Haferflocken ab und ließ sie in Sojamilch einweichen; sie würden nur eine Minute in der Mikrowelle brauchen. Ich briet eine weitere Ladung Speck an und legte ihn auf das warme Buffet, zusammen mit gebutterten Brötchen und Ketchup; Jeremy konnte sich selbst bedienen, zusammen mit den weniger gut bezahlten Schauspielern und den Statisten.

„Du siehst beschäftigt aus."

Ich sah auf und sah Nathan, der am Tresen stand. „Niemals zu beschäftigt für die örtlichen Gesetzeshüter", bemerkte ich. „Bist du hier, um dich um den Saboteur zu kümmern oder um mich zu sehen?"

Nathan warf mir eines dieser Lächeln zu, die klein begannen und sich dann über sein gesamtes Gesicht ausbreiteten. Dieses Lächeln empfing ich gerne.

„Ein bisschen von beidem", sagte er. Er schnupperte und ich lachte.

„Hast du schon gefrühstückt?"

„Ich wollte auf der Wache frühstücken", sagte er, wobei er das große Tablett voller Speck anhimmelte, das ich gerade abgesetzt hatte. Ich nahm ein Brötchen und legte ein paar Scheiben darauf.

„Soße?", fragte ich und hob meine Augenbrauen.

„Wenn das ein Angebot ist, sag ich nicht Nein", antwortete er, grinste und ich spürte, wie meine Wangen erröteten. Ich drückte die Ketchupflasche und sie machte ein furchtbares Pupsgeräusch. Das war's mal wieder mit der Stimmung.

„Besser raus als rein …" Ich schüttelte die Flasche diesmal und bekam etwas heraus, dann reichte ich ihm das Brötchen mit einer Serviette. „Setz dich. Ich komme gleich zu dir."

Wir setzten uns an einen der Picknicktische und ich sah zu, wie Nathan sehr viel vorsichtiger an dem Brötchen knabberte, als ich es getan hätte. Er schien ein bisschen verlegen, nervös oder so was. Ich fragte mich, was da los war, und warum er wirklich gekommen war, um mich zu sehen.

„Also", begann ich, aber genau in diesem Moment hatte er Schwierigkeiten mit einem sehnigen Stück Speck und konnte nicht sprechen. „Also, das mysteriöse Phantom des Films hat wieder zugeschlagen, nehme ich an."

Er schluckte. „Wirklich?"

Ich erzählte ihm von den Wolframbirnen, den Fußspuren im Blumenbeet und den Glassplittern. Er nickte nachdenklich.

„Hast du mit dem Schlosser gesprochen?", fragte ich und er nickte wieder.

„Nur kurz", sagte er. „Nicht vergessen, das ist nicht wirklich eine Ermittlung, klar? Bisher ist es bloß dein Bulleninstinkt, der an dir nagt. Niemand hat sich beschwert. Aber ich habe mal bei ihm reingeschaut, um ein paar Schlüssel nachmachen zu lassen, und da haben wir kurz geplaudert." Er tupfte einen Tropfen Fett auf seinem Ärmel ab. „Mist … Wie auch immer, ich habe ihm gesagt, dass ich mitbekommen habe, was passiert ist, und fragte ihn, ob so was häufiger vorkommt, weil ich darüber nachdenke, mir einen Wohnwagen zu kaufen, und mich gefragt habe, ob es irgendwas gäbe, worauf ich achten sollte." Er grinste. „Deine Mum hatte recht."

„Was? Wirklich? Es war Sekundenkleber?"

Er nickte. „Er meinte, es sah für ihn so aus, als hätte jemand was ins Schloss gespritzt und es war fest geworden. Er musste das ganze Ding ersetzen – das Gehäuse abschrauben und die ganze Einheit austauschen. Er sagte, er wäre gerade losgegangen, um eine Säge zu holen, um alles rauszuschneiden, als Tony reingeklettert war und die Tür aufgebrochen hatte."

„Also wer auch immer der Saboteur ist, er hat ganze Arbeit geleistet", sagte ich gedankenverloren.

Er nickte. „Jepp. Hast du irgendeinen Verdacht, wer es sein könnte? Du musst hier doch einiges hören. Jeder von denen kommt doch sicher mal hier vorbei."

Ich schüttelte den Kopf. „Nicht unbedingt. Ich bin eigentlich den ganzen Morgen im Truck gewesen, abgesehen von meinem Ausflug in den Küchengarten. Wenn der Frühstückswahn erst mal vorbei ist, mische ich mich ein bisschen unters Volk."

Er lachte. „Das klingt doch nach dir. Aber Vorsicht, klar? Bisher war diese Person zwar harmlos, aber vielleicht bleibt sie das nicht, besonders, wenn sie herausfindet, dass du ihr hinterherschnüffelst."

„Ich bin doch immer die Diskretion in Person", sagte ich, und er lachte schon wieder.

„Natürlich bist du das." Er stand auf. „Ich geh dann mal lieber ..."

„Warte!" Ich erhob mich auch schnell. „Du bist doch nicht wirklich wegen der Streiche hierhergekommen, oder? Was ist los? Ist was mit deinem Dad passiert?"

„Nein, nein, nichts dergleichen", sagte er und sah nun wirklich verlegen aus. Ich hatte ein fürchterliches Gefühl im Magen. Gute Neuigkeiten wurden nie mit einem solchen Ausdruck überbracht. „Nichts, worüber man sich Sorgen machen muss. Es ist nur –" Er schluckte schwer und ich konnte sehen, dass er den Mut fasste, um es auszusprechen. „Mir wurde ein Job in Liverpool angeboten."

Es brauchte eine Minute, bis seine Worte bei mir ankamen, und als sie es taten, konnte ich nicht wirklich glauben, dass ich ihn richtig verstanden hatte. *Nein, nein!*, dachte ich. Er konnte nicht zurück nach Liverpool, er durfte nicht.

„Welche Art von Job?", fragte ich dümmlich. Er verdrehte die Augen.

„Friseur." Nun, er hatte *wirklich* tolle Haare. „Mein alter Vorgesetzter hat mich angerufen und von der neuen Einheit erzählt, die er für die Merseyside Police aufbaut. Drogen und organisiertes Verbrechen. Er will, dass ich mich bei ihm für die DCI-Stelle bewerbe. Er hat mir mehr oder weniger gesagt, dass ich die Stelle bekomme, wenn ich sie will."

„Oh ... okay", sagte ich, meine Gedanken schwirrten. Alles, was ich denken konnte, war *nein, nein, nein!* Aber das konnte ich natürlich nicht sagen. „Klingt nach einem tollen Job."

„Ja, das ist er."

„Mehr Möglichkeiten für Beförderungen als im verschlafenen Penstowan", sagte ich.

„Jep."

„In der Nähe deiner Eltern", fuhr ich fort. *Hör auf, alle Gründe aufzuzählen, weshalb er den Job annehmen sollte*, sagte ich mir verzweifelt.

„Jep."

In der Nähe deiner Ex, kam es mir in den Sinn. *Sag es nicht … sag es nicht …* „Wohnt deine Ex immer noch dort?" *Verdammt, ich hatte es gesagt.*

„Ich weiß nicht", antwortete Nathan, aber ich merkte, dass er log. Was für ihn sprach; er bemerkte es und zuckte mit den Schultern. „Ich nehme an, das tut sie. Ich habe nicht gehört, dass sie umgezogen ist oder so. Aber ich halte keinen Kontakt mit ihr, also wüsste ich es nicht unbedingt."

„Also wann wollen sie, dass du anfängst?", fragte ich, obwohl ich nicht daran denken wollte, dass er gehen könnte.

Er lachte kurz auf. „Ich hab mich noch nicht mal beworben!", sagte er. „Willst du mich etwa loswerden, oder was?"

Nein, ich will überhaupt nicht, dass du gehst, dachte ich. Aber natürlich sagte ich das auch nicht. Ich öffnete meinen Mund, um etwas zu sagen – irgendetwas –, aber dann klingelte sein Telefon. Als er in seine Tasche griff, um dranzugehen, sah ich auf und entdeckte Faith und Jeremy, die herannahten. Ich sagte endlich etwas, als Nathan irritiert auf das Display sah und den Anruf ablehnte.

„Ich muss wieder an die Arbeit", erklärte ich. Es war nicht wirklich das, was ich sagen wollte, aber ich musste *tatsächlich* das Frühstück der Stars vorzubereiten.

„Oh, ja, das muss ich auch." Er packte sein Telefon wieder in seine Tasche und sah sich um. Es kamen jetzt mehr Schauspieler rüber, die mit den Frisuren und der Maske fertig geworden waren und die Gelegenheit nutzten, um sich eine schnelle Tasse Tee oder ein kleines Frühstück zu holen, bevor der Dreh losging. Ich drehte mich zum Truck um, aber er griff über mich und berührte meinen Arm, um mich aufzuhalten. „Sprechen wir uns später nochmal?"

„Natürlich", sagte ich, entsetzt, wie rau meine Stimme klang. Ich schluckte schwer. „Aber worüber soll man da noch sprechen? Das ist eine fantastische Möglichkeit und es ist in der Nähe deiner Eltern." *Und deiner Ex …*

Er starrte mich an. „Also denkst du, ich sollte mich bewerben?"

Nein, nein, das denke ich nicht! „Denkst du nicht?"

Er sah mich an, als wäre er von meiner Antwort enttäuscht, dann nahm er seine Hand von meinem Arm. „Ich muss los. Ich sehe dich später", sagte er knapp, dann drehte er sich um und ging.

„Halloooo?" Hinter mir rief Faith mit einer fröhlichen, freundlichen Stimme, die in mir, aus komplett irrationalen Beweggründen, den Wunsch weckte, ihr die Schüssel mit den kalten Porridge-Haferflocken über den Kopf zu kippen. Aber ich bewies große Willensstärke und lächelte sie einfach nur an, bevor ich in den Foodtruck zurückkehrte.

KAPITEL 10

Ich erwärmte Faiths Porridge und half Jeremy, sein Bacon-Sandwich zusammenzustellen. Ich hatte das furchtbare Gefühl, dass er nur wollte, dass ich mich über den Tresen lehnte, damit er einen Blick in meinen Ausschnitt werfen konnte – mit den ganzen Kochplatten war es brütend heiß im Truck geworden, und ich hatte nur noch mein T-Shirt an, welches enger war und einen tieferen V-Ausschnitt hatte, als ich angenommen hatte – aber ich war immer noch zu geschockt von Nathans Enthüllung, um mich um den sexistischen Mist eines ehemaligen Topschauspielers zu kümmern. Zack kam vorbei, um seinen Proteinshake zu holen und eine Banane; er lächelte mich charmant an, obwohl er tief im Gespräch mit jemandem am Telefon war, aber selbst das konnte mich nicht aus dem Stimmungstief holen. Aiko kam und holte Kimis Frühstück und sah vollkommen überrascht aus, als ich sie fragte, was *sie* gerne frühstücken würde; ich hatte den Eindruck, dass sie nicht von allzu vielen Menschen bemerkt wurde, wenn sie in der Nähe ihrer Schwester war. Ich gab ihr einen von Zacks Low-Carb Müsli-Riegeln und eine Banane (ich nahm an, dass sie und ihre Schwester es nicht geschafft hatten, ihre Figuren zu halten, weil sie Bacon-Sandwiches aßen) und sagte ihr, sie sollte es mich wissen lassen, wenn es irgendetwas Besonderes gäbe, das sie zum Mittag haben wollte.

„Ich? Nicht Kimi?" Sie schien das Ganze nicht begreifen zu können.

Ich lächelte ihr ermutigend zu. „Natürlich! Es ist doch auch Ihr Geburtstag, oder? Sie sollten feiern, nicht rumrennen und alles für Ihre Schwester holen. Lassen Sie es mich wissen, ja?"

„Das werde ich ... Danke ..." Und dann schlenderte sie davon, immer noch ein wenig verwirrt.

Ich schüttelte den Kopf, ebenso verwirrt; Filmleute waren seltsam.

Ich schaltete die Wärmeplatte aus und begann aufzuräumen, um Platz für die Vorbereitung des Mittagsessens zu machen. Es würde wohl noch ein paar Frühstücksnachzügler geben, aber es war noch eine Menge Speck auf den warmen Buffettabletts und ein Haufen gebutterte Brötchen, also konnten sie sich selbst bedienen. Es gab eine einzelne Packung Schokoflocken in einem der Küchenschränke, also konnte jeder, der keinen Speck haben wollte, eine Schüssel Cornflakes essen.

Ich säuberte die Arbeitsflächen wie auf Autopilot eingestellt, denn meine Gedanken kreisten immer wieder um Nathans Worte. Die vielen Male, die wir die letzten Monate über geflirtet hatten ... Hatte er schon immer im Hinterkopf gehabt, dass er eines Tages nach Liverpool zurückkehren würde? War das der Grund gewesen, weshalb er nie weiter gegangen war?

Und warum wollte er darüber reden? Es stand doch sicher außer Frage. Wenn er hierbliebe, wäre er wahrscheinlich für immer ein Detective Chief Inspector,

Polizeihauptkommissar. Nicht falsch verstehen, dieser Rang war sicher nichts, weshalb man die Nase rümpfen sollte (er war ranghöher, als ich je gekommen war, aber ich war auch glücklich damit gewesen, auf Streife zu sein und gleichzeitig Mutter, das war mir schon genug), aber Nathan war erst fünfunddreißig und schien mir sehr ehrgeizig. Aber andererseits war er ohnehin freiwillig hierher gezogen, also war ihm eine Karriere vielleicht doch nicht so wichtig, wie ich dachte. Aber er sorgte sich um seine Eltern und wenn er umzog, wäre er ihnen viel näher – und seiner Ex, über die er nie wirklich geredet hatte, die aber offensichtlich sein Herz gebrochen hatte. Aber, aber, aber … Die Gedanken in meinem Kopf wirbelten umher, bis –

„Autsch!" Ich lehnte mich über eine der Kochplatten, um einen Fettfleck wegzuwischen, und schrie auf, als mein nackter Unterarm sie berührte. Sie war zwar abgeschaltet, aber diese Dinger blieben ewig heiß. Ich ließ mein Wischtuch fallen und griff, recht sinnlos, nach meinem Arm.

„Jodie! Ist alles okay?" Tony stand an der Theke und sah mich alarmiert an.

„Ja, ich hab mir bloß meinen Arm an dieser verdammten Kochplatte verbrannt." Es schmerzte, aber mehr, weil ich mich über mich selbst ärgerte, dass ich mit meinen Gedanken meilenweit weg gewesen und sauer auf Nathan war, dass er mich abgelenkt hatte, ohne überhaupt hier zu sein. Ich untersuchte meinen Arm, und als ich wieder aufblickte, war Tony direkt neben mir, im Truck. Er nahm sanft meinen Arm und führte mich rüber zum Waschbecken.

„Lass kaltes Wasser drüber laufen", befahl er und drehte den Wasserhahn auf (der Wagen war an den Gartenschlauch draußen im Hof angeschlossen). Er hielt meinen Arm unter das laufende Wasser, welches den Brand angenehm kühlte.

Ich blinzelte wild, weil ich nichts mehr wollte, als in Tränen auszubrechen, aber wenn ich das wirklich tat, würde er schreckliches Mitleid mit mir haben und lieb sein und dann würde ich noch mehr weinen und er würde mich fragen, was los war und dann würde ich ihm von Nathan erzählen und ich müsste Dinge zugeben (sowohl mir selbst gegenüber als auch ihm gegenüber), die ich schon eine Weile recht erfolgreich ignoriert hatte, und das war nun mal nicht die Art, wie ich die Dinge in Angriff nahm. Ich lief nicht herum und gab zu, dass ich Gefühle hatte, um Himmels willen. Ich war Weltklasse im Verdrängen. Normalerweise.

„Wird's besser?", fragte Tony. Es war so schön, dass jemand mit solcher Besorgnis in der Stimme mit mir sprach. Er war mir sehr nahe und er hatte wieder sein Rüschenhemd an. Ich schloss die Augen, musste sie aber sofort wieder öffnen, da das Bild von Tony, wie er Mr-Darcy-mäßig aus den Tiefen des angelegten Sees stieg, vor meinem inneren Auge auftauchte. Nur dieses Mal waren weder ein kleiner Hund noch Teichalgen da, die das Bild verdarben, sein Hemd war aufgeknöpft und das Sixpack darunter war so gut definiert, dass es quasi ein Twelvepack war. Und dann war da noch ein bisschen Brusthaar, das in meinem Unterbewusstsein auftauchte ...

„Geht's dir gut?", fragte er und ich zwang mich, ihn anzulächeln, obwohl ich jetzt keine Ahnung mehr hatte, was ich fühlte und für wen ich es fühlte. *Jetzt reiß dich mal zusammen, du dumme Nuss*, sagte ich mir selbst ernst.

„Ja, ich bin nur genervt von mir selbst", erklärte ich, wenigstens halb ehrlich. „Ich wusste, dass die Kochplatte noch warm sein würde, und ich hab mich trotzdem wie ein Idiot darauf gelehnt."

Er drehte meinen Arm vorsichtig, sodass er meine fahle, aber irritierte rote Haut auf meinem Unterarm sehen konnte. Er kniff die Lippen zusammen, während er sie inspizierte, dann sah er auf und lächelte.

„Ich fürchte, wir werden amputieren müssen", sagte er. „Vermutlich vom Kinn an abwärts."

„Wenn es mir den Abwasch erspart, bin ich dabei", verkündete ich. Er lachte, ließ mich los und trat dabei etwas zurück. Ich fühlte eine Spur Enttäuschung gemischt mit Erleichterung.

„Du wirst es überleben, Nosey. Wir Penstowaner sind aus härterem Holz geschnitzt."

„Ist bloß eine Fleischwunde", stimmte ich zu. „Ich bin so zäh wie eine Gummisohle."

„Riechst nur nicht ganz so streng."

„Nicht *ganz*?"

„Na ja, es ist ganz schön heiß hier drinnen. Du schwi-Ich schwitze wie ein Schwein."

„Gut gerettet", sagte ich. „Wie auch immer … Ich muss das Frühstück weiter aufräumen, bevor ich mit dem Mittagessen anfangen kann."

„Du meinst, *geh mir aus dem Weg, Tony*?"

„So was in der Art. Wirst du heute gefilmt oder macht es dir Spaß als Long John Silvers tuntiger, jüngerer Bruder rumzulaufen?" Ich tat so, als würde ich ihn von oben bis unten mit Verachtung ansehen, aber tatsächlich waren diese engen Hosen und das Hemd überraschend anziehend.

Tony lachte. „Faith meinte, ich sah genauso aus wie Mr Darcy, als ich den Hund gestern gerettet habe", erklärte er.

Mein Herz tat einen Sprung.

„Hat sie das?" Ich rümpfte die Nase. „Ich wusste nicht, dass es eine Szene mit einer Hunderettung in *Stolz & Vorurteil* gab. Ist das die Version, in der er ein Tierschützer ist?"

„Weißt du, du bist nicht so lustig, wie du denkst", antwortete Tony.

„Ich bin trotzdem witzig."

Er lachte. „Ja, Schätzchen, du bist witzig." Er sah über den Tresen, denn von außerhalb des Trucks kamen Geräusche näher. „Oh oh, es klingt, als stünde Lucy mit allen auf Kriegsfuß. Ich geh dann mal besser. Sie will, dass sich heute alle fabelhaft verhalten, weil Mike Mancuso kommt."

„Und Mike Mancuso ist ...?"

„Der Produzent. Einer dieser Hollywood Typen der alten Schule, was ich so gehört habe."

„Ein vorlauter Charlton Heston für Arme?"

„Haha! Ja, so wie Faith über ihn gesprochen hat." Er sah wieder nach draußen und drehte sich dann zu mir. Ich konnte gerade noch meinen Gesichtsausdruck ändern – ich hatte mir gedacht, *du und Faith seid GANZ SCHÖN vertraut miteinander.* „Geht es dir jetzt besser?"

„Ja, alles gut", sagte ich. „Danke. Und jetzt geh schon, bevor du Ärger bekommst!" Ich öffnete die Hintertür des Trucks und hielt sie ihm auf. „Pass auf die Stufen auf. Oh, und wir haben doch vorhin darüber – diese Scooby Doo Sache – gesprochen, sei vorsichtig, ja? Ich denke, die haben wieder zugeschlagen. Ein paar Lichter wurden zerstört."

Tony hob die Augenbrauen an. „Wirklich? Ich halte meine Augen nach Verdächtigem offen. Aber wenn Mike Mancuso hier ist, sind sie hoffentlich zu ängstlich, um etwas zu unternehmen."

***

Ich versuchte, alle Gedanken an Nathans Job und Tonys (vermutlich behaarte) Brust zu verbannen, dann begann ich, das Gemüse für das Mittagessen zu schälen und zu schneiden. Ich dankte dem abwesenden Gino für seine Menüplanung; ich folgte ihr nicht genau, aber es war gut, ein paar Ideen zu haben, an denen man sich orientieren konnte. Ein Pasta Gericht, eine vegetarische Option, Salate und entweder ein Curry oder irgendein Fleischgericht mit ein bisschen Gemüse. Und Fritten, immer Fritten.

Ich liebte das Kochen, das hatte ich schon immer und das werde ich immer. Aber ich musste zugeben, dass dies nicht die Art von Kochen war, die ich im Sinn hatte, als ich zum Koch umgeschult hatte. Ich hatte mir zwar auch nicht vorgestellt, in einem Sternerestaurant zu arbeiten; die Arbeitszeiten eignen sich nicht dazu, ein gesundes Familienleben zu führen, außerdem gab es nicht gerade viele (oder überhaupt welche) Restaurants auf diesem Level in Penstowan. Aber ich glaube ein Teil von mir *hatte* das gewollt; ich *hatte* mir die Möglichkeit gewünscht, mit neuen Zutaten und

125

komplizierten Rezepten zu experimentieren, und ich wollte die Art von Essen kochen, welches die Leute aus den Socken haute (auf gute Art und Weise), wenn sie es probierten. Aber die Strumpfwaren aller waren sicher vor meinem Thunfischauflauf und man bekam keinen Orden für die Dienste in der kulinarischen Industrie verliehen, indem man Fritten mit allem servierte (auch wenn sie goldbraun und knusprig waren).

Ich seufzte, während ich die Schalenreste in den Plastikeimer schob (sie wurden als Futter für die Schweine eines nahen Bauernhofs gesammelt). Ich sollte mich nicht beschweren; es war weniger schmutzige Arbeit als die Betrunkenen an einem Freitagabend in Clapham zusammenzutreiben, und es war auf jeden Fall sicherer, trotz heißer Kochplatten. Und die Crewmitglieder und Schauspieler schienen das Essen, das ich auftischte, zu mögen.

„Hallo?"

Ich erschrak, als die Stimme meine Gedanken durchkreuzte, und sah auf. Ein rundgesichtiger Mann mit Brille und einem großen Lächeln starrte über den Tresen. „Lieferung für Gino Rossi?"

„Das bin ich", erklärte ich. Der Lieferant hob die Augenbrauen, da ich offenbar nicht wie ein Gino Rossi aussah, sagte aber nichts. „Was haben Sie da für mich?"

„Nur das Eine hier." Der Lieferant hob eine große isolierte Styroporbox auf den Tresen. „Bitte hier unterschreiben."

Ich kritzelte meinen Namen auf den Lieferschein und begann dann, am Klebeband zu zerren.

Innen, zugedeckt mit Eis, waren zwei Fische einer Sorte, die ich, soweit ich mich erinnern konnte, noch nie zuvor gesehen hatte; ich hatte ihn auf jeden Fall noch nie gekocht. Ich sah mir Ginos Menüplan an, aber außer ein paar Lachsfilets, die für Faith zurückgelegt waren, und ein paar nicht näher beschrifteten weißen Fischstückchen im Gefrierfach, falls Kimi sie wollte, war nichts auf der Liste, das mit Meeresfrüchten zu tun hatte.

„Alles okay?" Zack stand am Tresen, sah errötet und verschwitzt aus.

„Ach du meine Güte, was hast du denn angestellt? Du bist ganz –"

Er lachte. „Du wolltest sagen ‚rot im Gesicht', oder? Ich bin schwarz; wir werden nicht rot. Wir strahlen irgendwie. Sexy." Er zwinkerte mir zu und ich musste auch lachen.

„Ja, das wollte ich, und ja, das tust du."

„Wir haben gerade diese große Kampfszene gefilmt", sagte er und goss sich ein großes Glas Wasser aus dem Krug vom Tresen ein. „Na ja, es wird wie eine große Kampfszene *aussehen*, aber wir drehen das meiste später in einem Studio vor dem Greenscreen. Du weißt, was das heißt?"

„Die fügen den Hintergrund und alles erst später ein?"

Er nickte. „Ja, das stimmt. Alles, was wir drehen, ist der Teil am Ende, mit dem Haus im Hintergrund, sodass sie es in das CGI kopieren können. Ich hab gerade diesen dunklen Rittertypen in einem Schwertkampf besiegt und stehe da mit meinem Fuß auf seinem Körper und meiner erhobenen Klinge ..." Er zog sein Schwert hervor, das reich verziert war und einen roten Edelstein am Griff hatte, und fuchtelte es herum, was ihm offensichtlich großen Spaß machte. „Ich bin so, hey, ich bin der Mann und im Hintergrund am Horizont erscheint dieses riesige Drachenmonster.“

„Cool.“

„Jep.“ Er schob sein Schwert wieder in die Scheide und seufzte genervt, als der Edelstein aus seinem Rahmen fiel. „Das verdammte Ding fällt immer runter. Plastikzeug. Sam hat mich eine halbe Stunde lang wie einen Blöden herumrennen lassen, damit ich aussehe, als hätte ich schon eine Horde Böser verprügelt. Ich bin so erschöpft.“ Er nickte zu der Styroporbox rüber. „Ist das mein Fisch? Gino hat mir eine SMS geschrieben, dass er eine Nachricht von den Zulieferern bekommen hat.“

„Das ist deiner?“ Jetzt ergab alles einen Sinn. „Natürlich, für heute Abend. Was ist es? Ich glaube nicht, dass ich diesen Fisch schon mal gekocht habe.“

„Mach dir keine Sorgen, den bereite ich vor. Das ist Fugu.“

„Fugu?“

„Kugelfisch.“

Ich starrte ihn überrascht an. „Kugelfisch? Aber der ist doch giftig, oder? Es sei denn, man weiß, was man tut.“

„*Ich* weiß, was ich tue.“

„Aber …“ Ich schüttelte den Kopf. „Wir haben einen Vortrag von unserem Chefkoch im Kurs bekommen und er sagte, dass Köche zwei Jahre lernen müssen, bevor sie ihn vorbereiten dürfen. Restaurants nehmen keinen Fugu-Koch an, es sei denn, er hat besondere Qualifikationen.“

„Ich weiß, und die hab ich“, erklärte er. „Ich habe fast ein Jahr in Japan gelebt, als ich *The Black Samurai* gedreht habe, und während ich dort war, habe ich es gelernt. Ich war bei dem besten Fugu Meister in der Lehre." Er machte eine alberne Kung Fu Pose. „Ernsthaft, ich habe den schwarzen Gürtel in Fugu."

„Wirklich?" Ich war da skeptisch. *Na ja, ich muss es ja nicht essen*, dachte ich, aber das würde ich ja sowieso nicht, oder? Der Star des Films, Kimi, würde ihn essen. Plötzlich leuchtete ein riesiges *DAS IST EINE SCHLECHTE IDEE!!!* Warnschild in meinem Kopf auf. „Ähm, dir ist klar, dass der Dreh verflucht ist?"

Er lachte. „Ach, komm, ich dachte, du wärst vernünftiger. Ich weiß, dass die anderen das denken, aber ich bin nicht abergläubisch. Ich bin im Süden von London groß geworden, ich hatte genug echte Sachen, vor denen ich Angst hatte, ohne dass ich auch noch vor Schatten Angst haben musste."

„Ich weiß, und nein, ich glaube nicht an Flüche. Aber man kann nicht leugnen, dass hier komische Dinge passieren. Faith wird eingeschlossen, Kimis Hund, Ginos Unfall …"

Zack schien das unangenehm zu werden. „Ja, ich weiß. Aber ich wollte was wirklich Besonderes für Kimi und Aiko machen. Jetzt, wo Kimi berühmt ist, verbringen sie fast ihre ganze Zeit in Amerika und ich weiß, dass Aiko Japan vermisst." Er sah mir nicht in die Augen und, egal was er vorhin übers Rotwerden gesagt hatte, wusste ich, dass er gerade rot wurde. Also war es *Aiko*, die er mit seinen Hundesitter-Fähigkeiten beeindrucken wollte, nicht Kimi. Gott segne ihn. Er schüttelte den Kopf. „Wie auch immer, wenn er verflucht *ist*, ist es schon schiefgegangen, weil es eigentlich nur wir drei sein sollten und jetzt hat Kimi noch Faith und

Jeremy eingeladen, weil sie sagt, sie will früh schlafen gehen und sie dachte, ich würde mich mit Aiko allein langweilen." Armer Zack. Mit Aiko allein gelassen zu werden, war offensichtlich sein Plan gewesen, aber jetzt war er gezwungen, für seine Kollegen zu kochen.

Ich lächelte ihm zu. „Wir machen es zu einem besonders netten Abend für Aiko und Kimi", erklärte ich und setzte Aiko absichtlich an erste Stelle. Er wurde wieder rot. Och, wie süß. „Ich werde helfen und ein bisschen japanischen Reis kochen und ein Gemüsegericht; oder ich mache, was immer du haben möchtest, und du konzentrierst dich auf den Fugu. Aber wenn ich irgendwelche Zweifel wegen der Sicherheit bekomme, bei dem, was du servieren wirst, werde ich das unterbinden, okay? Ich bin qualifizierte Köchin und es wird für mich nicht gut aussehen, wenn was passiert."

Er sah mich an, als würde er gleich protestieren, ließ es aber. „Okay." Jemand rief seinen Namen, woraufhin er sich umdrehte. „Muss los. Monster töten und so weiter. Bis später."

KAPITEL 11

Ich war immer noch nicht überzeugt, dass es eine gute Idee war, einen potenziell giftigen Fisch zu servieren, aber ich verstand, weshalb Zack es tun wollte; er wollte Aiko verzweifelt gerne beeindrucken. Nun, ich würde sicherstellen, dass er sie mit einem richtigen japanischen Bankett beeindrucken würde, deshalb würde ein wichtiger Teil seines Menüs fehlen, wenn ich ihn davon überzeugte, den Fugu nicht zu servieren. Ich stellte einen Blumenkohl-Pasta-Auflauf (eine Mischung aus Blumenkohl mit Makkaroni und Käse, veganem Cheddar) in den Ofen und ließ einen Hühncheneintopf auf dem Herd köcheln, dann griff ich mein Telefon und fiel in einen Google-Kaninchenbau auf der Suche nach japanischen Rezepten. Da gab es eine Menge …

Ich kam gerade rechtzeitig wieder an die Luft, um das Mittagessen aufzutischen – Tony schaute auf einen Teller köstliche Käsepasta vorbei und um zu überprüfen, dass ich mich nicht wieder in Brand gesteckt hatte – und dann war ich wieder auf mich allein gestellt. Sam, der Regisseur, hatte heute wohl die Peitsche ausgepackt, in der Absicht, den Dreh wieder auf Spur zu bringen, und statt den gemütlichen, langgezogenen Mittagspausen der letzten paar Tage, bei denen die Schauspieler und die Crew hin und wieder zur Kantine schlenderten, als seien sie frei und ungebunden, war es nun mehr eine Frage des Sich-mit-Kohlehydraten-Voll-stopfens und Sich-wieder-zurück-aufs-Pferd-Setzens – in manchen Fällen wortwörtlich.

Ich stöberte mich durch die Küchenschränke des Foodtrucks und war erleichtert, als ich entdeckte, dass Gino ein paar japanische Zutaten gekauft hatte; er hatte offensichtlich dieselben Gedanken gehabt wie ich. Ich war froh, ein paar Gläser *umeboshi* (eingelegte japanische Ume Pflaumen) und *fukujinzuke* (oder eingelegtes Gemüse der ‚Glücksgötter‘, das sieben verschiedene Arten von Gemüse enthielt, welche jeweils die sieben Glücksgötter repräsentierten) zu finden, denn, laut Google, gehörte fermentiertes Gemüse zu einem japanischen Festmahl, und all diese Rezepte brauchten mindestens zwei Tage Vorbereitung. Ich hatte nur ein paar Stunden. Es gab ein paar Packungen Sobanudeln und ein bisschen Misopaste, also merkte ich mir die auch vor, und eine kleine Flasche *Sake*, der Reiswein, der mit Sojasoße, Knoblauch, Ingwer und einer Menge schwarzem Pfeffer eine großartige Marinade für frittiertes *Karaage* Hühnchen abgeben würde, und ich konnte etwas Ähnliches mit Kimis Tofu machen, wenn ich den Sake wegen ihrer Reisallergie weglieβ. Und ich könnte einen Tempura-Teig vorbereiten und verschiedenes Gemüse darin frittieren, um es mit den Nudeln zu servieren.

Ich war so konzentriert bei meiner Recherche, dass ich nicht sah, wer die Schachtel auf der Theke des Foodtrucks hinterließ. Ich bemerkte nicht einmal, dass sie da war, bis ich mich umdrehte, um mir eine Tasse Tee zu holen. Es war eine schlichte, weiße Kartonku-chenschachtel, keine Deko, keine Karte. Ich sah mich um, aber da war niemand in der Nähe, also hob ich vorsichtig den Deckel an. Darin befanden sich zehn Cupcakes in glänzend goldenen Papieren, mit einem Kringel schneeweißer Creme bedeckt. Jeder einzelne war mit einer blassrosafarbenen handgemachten Kirschblüte aus Zuckerpaste dekoriert, wobei Sprenkel von roter, pinker und schwarzer Farbe die Farben der Blumen hervorhob. Zuckerjuwelen zierten die Mitte jeder Blüte und ein feiner, roter Glitzerstaub lag auf der Creme. Jeder der Cupcakes war ein bisschen anders, alle jedoch gleich beeindruckend und feine, einzigartige essbare Kunstwerke.

„Whoa ...", sagte ich laut, voller Bewunderung gegenüber dem, der diese wahnsinnigen und ohne Zweifel köstlichen Süßigkeiten gefertigt hatte. Auch in der Schachtel war keine Karte oder Nachricht, aber das japanische Kirschblütenthema wies offensichtlich darauf hin, wofür sie hier waren. Ich wünschte nur, ich wüsste, von wem sie waren.

„Wow, die sehen ja super aus!" Daisy war genauso beeindruckt wie ich.

„Was machst du denn hier?", fragte ich überrascht. „Hast du früher aus? Das Taxi –"

Sie verdrehte ihre Augen. „Es ist halb vier. Typisch für dich."

Ich sah auf mein Handy (nicht, dass ich ihr nicht glaubte) und war überrascht zu sehen, dass ich die letzten zwei Stunden damit verbracht hatte, Zacks japanisches Festmahl zu planen. Ich hatte es, ehrlich gesagt, nur getan, um mich abzulenken und nicht an Nathan zu denken, und es hatte funktioniert, nur, dass ich *jetzt* an ihn dachte. Verdammt. Jedes Mal, wenn ich daran dachte, dass er wegziehen würde, hatte ich ein

komisches Gefühl im Magen, als hätte ich einen lebendigen Aal gegessen und der schlängelte sich jetzt durch
meine Innereien. Es war seltsam darüber nachzudenken, wie alle (wer auch immer ‚alle‘ waren) immer darüber redeten, dass es das Herz war, wenn es um Liebe
ging, denn bei mir war der Magen der wahre Sitz meiner Gefühle. Wenn ich glücklich war, feierte ich das mit
einem Kuchen oder einem Eis oder Schokolade (oder
allen dreien); wenn ich unglücklich war, erstickte ich
die Gefühle mit, nun, mehr Kuchen und Eis und Schokolade. Und wenn ich verliebt war, fühlte es sich an, als
wäre mein Magen voll mit Schmetterlingen. Oder Aalen ... Nicht, dass ich in Nathan *verliebt* war oder sowas
Dämliches. Ha! Als ob. Hmm ...

Daisy sah die Cupcakes gierig an.

Ich seufzte. „Tut mir leid, Schatz“, sagte ich, „aber ich
nehme an, die sind für die Dinnerparty heute Abend.
Jemand hat sie vorbeigebracht.“ Ich legte einen Arm
um ihre Schulter. „Aber ich weiß, wo ein paar Schokoladenkekse sind, *und* ich weiß, wo ein gewisser Zack
Smith gerade dreht.“

„Wirklich?“ Das machte es wieder okay, dass sie keinen Cupcake essen durfte.

„Jep. Schmeiß deinen Schulrucksack in den Truck,
dann lass uns gehen und zusehen.“

***

Wir gingen herum zur anderen Seite des Hauses,
knabberten Schokoladenkekse (ich musste den Aal ja
irgendwie zum Schweigen bringen) und redeten über
unseren Tag. Daisys beste Freundin Jade hatte erwähnt,

dass sie ins Kino wollte, etwas, dass ich unter der Woche normalerweise nicht erlauben würde, aber ich wäre mit Zacks Party beschäftigt und wusste noch nicht, wann ich fertig wäre. Mum plante, heute Nacht bei uns zu bleiben, also würde sie Daisy babysitten können (nicht, dass ich das Wort ‚babysitten‘ noch verwenden durfte, nicht, wenn sie in einer Woche oder so ein Teenager werden würde), aber ich war bereit zuzugeben, dass ein Abend mit Oma vor dem Fernseher, wo *The Chase* lief, und Scrabble spielen wahrscheinlich nicht sehr anziehend klang. Jade wollte ihre Mutter Nancy fragen, und *wenn* sie zustimmte, die beiden zu fahren, und *wenn* der Film früh genug gezeigt wurde, war ich einverstanden.

Wir erreichten den Rand des Drehs und standen etwas entfernt, um zuzusehen. Sie filmten heute Nachmittag draußen, wie Zack es vorhin erzählt hatte, und da war eine große Anzahl an Schauspielern und Crew, die umherschwirrten. Die Zeitepoche, in welcher der Film spielte, war etwas verwirrend. Die Hälfte der Zeit waren sie angezogen wie bei Jane Austen (das Bild von Tony, der wie Mr Darcy gekleidet war, kam mir wieder in den Sinn, und ich wies es angeekelt zurück, aber nicht, bevor ich noch ein paar Sekunden vom Sixpack schwärmte). Es schien eine Mischung aus Jane Austen der Regency-Zeit und aus der König-Artus-mit-der-Tafelrunde-Legende zu sein. In dieser Szene befanden sich berittene Soldaten und sie trugen einen seltsamen Mix aus Kleidung des neunzehnten Jahrhunderts und Ritterrüstungen. *Das meinen sie also mit ‚historischem Fantasydrama‘, dachte ich. Sie haben einen Haufen billiger Kostüme auf eBay gekauft und wollen sie alle verwenden.*

Wir sahen zu, wie eine Gruppe Edelleute (inklusive Tony, was uns beide kichern ließ) vor der Tür des Hauses wartete. Zack stand vor ihnen, mit gezückter Waffe, und sah gelangweilt zu, wie Sam Pritchard mit einer Gruppe Schauspieler auf Pferden ein paar Meter entfernt sprach.

Wir nutzten den Vorteil dieser kurzen Pause im Filmprozess und wandten uns näher an die Action. Ich fing Tonys Blick auf und zeigte ihm ein paar Daumen hoch, aber Zack sah mich und dachte, ich meinte ihn, woraufhin er mir ein großes, albernes Grinsen zuwarf und winkte. Daisy sah mich schwer beeindruckt an; ihre alte Mum war cooler, als sie gedacht hatte. Tony, allerdings, der meine ursprüngliche Geste bemerkt hatte, sowie Zacks Reaktion, war nicht so beeindruckt, und sah, um ehrlich zu sein, etwas verärgert aus. *Oh mein Gott, ist Tony eifersüchtig?,* überlegte ich. Ich war mir nicht sicher, warum mich diese Vermutung so überraschte; schließlich war *ich* auch ein *klitzekleines* bisschen eifersüchtig auf Faiths Schmeichelei, mit der sie Tony überhäufte, gewesen, nachdem er ihre Tür eingeschlagen hatte. Oder war ich das nicht gewesen?

Mir wurden diese recht unbequemen Gedanken erspart, denn der Regisseur schritt entschlossen weg von den Pferden und Lucy pfiff die zweibeinigen Schauspieler wieder auf ihre Plätze. Daisy und ich schlichen uns näher, bis wir direkt hinter der Kamera waren.

Die Stimmung hatte sich verändert. Sie hatten sich von einer Gruppe leicht gelangweilter Leute, die in dämlichen Kostümen herumstanden und das Warten satthatten, zu dem gemeinschaftlichen Äquivalent einer angespannten Feder verändert; jeder war plötzlich alarmbereit und bereit loszulegen.

Lucy sah sich um. „Ruhe am Set!", rief sie. Ich hatte die furchtbare Vorahnung, dass mein Telefon klingeln und den Take versauen würde, also holte ich es hervor und schaltete den Klingelton aus, wies Daisy an, dasselbe zu tun. Lucy bemerkte uns und schaute genervt, doch sie sagte uns nicht, dass wir verschwinden sollten. „Ton läuft!"

„Läuft!", rief ein Crewmitglied mit Kopfhörer, von dem ich annahm, dass er der Toningenieur war. Er nickte einem anderen zu, der ein Mikrofon an einer langen Stange hielt – der ‚Boom', ich erinnerte mich, dass jemand es so genannt hatte. Das Crewmitglied, das den Boom bediente, gab Lucy einen Daumen hoch.

„Kamera!", rief Lucy.

„Läuft", sagte der Kameramann. *Oh, das ist aufregend*, dachte ich. Die Magie des Filmemachens!

„Klappe." Lucy nickte einem jungen Mädchen zu, die eine Filmklappe hielt. Sie stand vor der Kamera.

„Szene acht, Take sechs, Klappe", verkündete sie, ließ die Klappe zuschnappen und schlich dann aus dem Weg.

Da war eine bedeutungsschwangere Pause, und dann –

„Action!", rief Sam. Es war so cool, dass ich ein bisschen zitterte. Obwohl ich überhaupt keine Schauspielambitionen oder Wünsche hatte, mich auf der Leinwand zu sehen (nicht wie Tony und Debbie), war ich, wie viele andere meiner Generation, damit aufgewachsen, jede Woche mit meinen Freunden ins Kino zu gehen – kein Netflix oder Streamingdienste für uns. Die Dinge auf der großen Leinwand und weniger im Fernsehen zu sehen, fühlte sich an, als sei da Magie im Spiel, eine Magie, die einen an weit entfernte Orte bringen konnte, in vergangene Zeiten oder eine ausgedachte Zukunft, oder in das Leben einer Prinzessin, eines Gladiators, eines Helden oder eines Bösewichts, sogar in das eines Ghostbusters. Die Art von Magie –

„Cut!", rief Sam. Was? War schon alles vorbei? Die Schauspieler hatten sich kaum bewegt! Der Regisseur lief wieder zurück zu der Gruppe Reiter, die vielleicht insgesamt drei Meter vorwärts getrottet waren, wedelte ein bisschen mit seinen Armen, bis sie sich herumdrehten und zurück auf Position gingen, und dann ging er wieder zurück an seinen Platz hinter dem Kameramann. Ich bemerkte, dass er sich die Action (wenn es welche geben würde) auf einem Monitor ansah, sodass er genau sehen würde, wie es auf dem Bildschirm wirken würde.

Lucy wiederholte den ganzen Zirkus mit dem Ton, der Kamera und dem Klappenmädchen noch einmal, wir alle hielten den Atem wieder an und dann –

„Action!"

Ich bemühte mich, diesmal aufmerksam zu sein, falls es wieder in ein paar Sekunden vorbei war, aber dieses Mal war Sam offenbar glücklich, denn die berittenen Schauspieler schafften es bis vors Haus, bevor sie sich in der Mitte teilten, um Jeremy auf einem weißen Hengst zu präsentieren. Die konstante Macho-Lederjacken-Jeans-Aura, die ihn umgeben hatte, war verschwunden und durch eine aufrechte, königliche Haltung und einen kühlen, zurückhaltenden Ausdruck ersetzt worden. Die Reiter stoppten und Zack trat vor, um ihn zu grüßen.

„Eure Maj-“

„Ihr!“, zischte Jeremy. Er zog sein Schwert aus der Scheide an seiner Seite und hielt es gerade vor sich, die Spitze kam nur Millimeter vor Zacks Hals zur Ruhe. Ich konnte Zacks Gesicht aus diesem Winkel nicht sehen – die würden das Ganze nochmal filmen, verstand ich, mit der Kamera auf Zack gerichtet, anstelle der Reiter – aber er blinzelte nicht, blieb einfach auf seinem Platz.

„Ihr wagt es, in mein Haus zu kommen?“, verlangte Jeremy zu wissen. Seine Stimme klang verächtlich, gebieterisch – die Stimme eines Königs, nicht die von Jezza, dem Schurken aus Liverpool, der nur an Frauen, Fußball und Bier interessiert war. „Du, Bauer!“ Er richtete sein Wort an einen der Statisten, ohne seine Augen von Zack zu nehmen. Ein schmuddelig angezogener, dünner Junge trat hervor und ich erkannte ihn als den Einkaufswagenjungen aus dem Supermarkt, was den Effekt ein bisschen kaputt machte, aber nicht für sehr lange, denn König Jeremy zu Pferd war faszinierend mit seiner emotionslosen bedrohlichen Art. „Bereite die Ställe vor. Und sag meiner Königin, dass ich hier bin.“

Der Bauer eilte davon und Jeremy starrte Zack weiterhin kühl an, das Schwert fest in seiner Hand, auf das Ziel gerichtet und nicht wankend. *Oh mein Gott, Gänsehaut!* dachte ich.

„Cut!“, rief Sam und sofort verschwand Seine königliche Hoheit und Jeremy, der vorlaute Liverpooler, kehrte zurück. Er senkte das Schwert und rieb seinen Arm, dann lehnte er sich herunter und klatschte Zack auf den Rücken.

Daisy und ich atmeten lange aus.

„Wahnsinn, wer ist *das*?", stieß sie hervor, Zack schien fast vergessen.

„Jemand, den ich offensichtlich unterschätzt habe", antwortete ich.

KAPITEL 12

So interessant es zu Beginn gewesen war, dem Filmen zuzusehen (und so faszinierend die Offenbarung, die Jeremy Mayhew darstellte, war), das andauernde Stoppen und wieder Beginnen wurde langsam ein wenig anstrengend. Ich dankte den Sternen noch einmal (und im Stillen entschuldigte ich mich bei Gino), dass alles dazu geführt hatte, dass ich von meiner Statistenrolle befreit worden war und zu dem zurückkehren konnte, was ich liebte. Ich konnte ehrlich sagen, dass ich den Platz mit niemandem in dieser Produktion hätte tauschen wollen; die konnten ihren Ruhm behalten – obwohl ich nichts gegen ein bisschen von ihrem Reichtum gehabt hätte –, wenn ihr Arbeitstag daraus bestand, in unbequemen Klamotten herumzustehen, und sie gezwungen waren, ständig dieselben Sätze zu wiederholen, dieselben Szenen, wieder und wieder und *wieder*. Das Schauspielerleben war nichts für mich.

Wir sahen zu, wie Sam und der Kameramann (oder der „Regisseur der Kameraführung", wie er auch genannt wurde, hatte ich gehört) diskutierten, wo die Kamera als nächstes aufgestellt werden sollte; sie würden noch einmal drehen, wobei wir sie eben beobachtet hatten (fünf Mal), nur von einem anderen Winkel aus, und dann würden sie es *nochmal* filmen, aus einem weiteren Winkel, um Zacks Reaktion einzufangen. Ein paar der Reiter stiegen ab und dehnten sich, aber Jeremy blieb auf seinem Pferd, lehnte sich vor, tätschelte es und kraulte seine Mähne. Ich sah, wie die Ohren des Pferdes zuckten, während er mit ihm redete; offenbar waren sie Freunde.

Daisy war fasziniert von den Pferden (und Zack, natürlich, obwohl er bisher nicht die Chance gehabt hatte, viel zu tun, außer herumzustehen und gut auszusehen, während Jeremy sich die Seele aus dem Leib schauspielerte), aber selbst sie musste zugeben, dass ihr langweilig wurde, es kalt und sie hungrig war, also drehten wir uns um und gingen zurück zur Wärme des Foodtrucks. Ich fand ein paar Klappstühle, die Gino offensichtlich nutzte, wenn er sich im Truck vor anstrengenden Kunden verstecken wollte, und dachte, wir könnten uns ein bisschen setzen und aufwärmen, bis es Zeit für mich war, Daisy nach Hause zu bringen.

Wir waren noch nicht weit gekommen, da machte es laut BANG! und eine Menge Aufregung brach hinter uns aus. Wir drehten uns gerade noch rechtzeitig um, um zu bemerken, dass Jeremy und sein Ross direkt auf uns zu galoppierten. Die Nüstern des Pferdes waren aufgebläht und es wirkte panisch, aber Jeremy war eindeutig ein guter Reiter; er selbst geriet nicht in Panik und zog die Zügel an, alles, während er noch mit dem verschreckten Tier sprach. Ich schnappte Daisy und warf sie aus dem Weg, dann griff ich instinktiv nach dem Halfter. Ich hatte Glück, dass das Pferd sich schon verlangsamt hatte, andernfalls hätte es mich wahrscheinlich mitgezogen, aber die Kombination aus Jeremys überraschend beruhigender Stimme und meiner schieren Kraft (ich war zufrieden, dass ich nicht ganz schwach war) brachten das arme Ding zum Stehen.

„Oh mein *Gott,* Mum!", schrie Daisy und rannte zu uns. Meine Brust schwoll vor Stolz einen Moment lang an, da ich dachte, dass sie mir gleich sagen würde, wie tapfer ich war, aber – „Das war so dumm! Du hättest zertrampelt werden können!" Ich schrumpfte ein bisschen, aber zumindest bedeutete es, dass meine Tochter mich liebte.

„Deine Ma ist eine Heldin!", protestierte Jeremy. Ich versuchte, nicht zu bemerken, dass er einen ähnlichen Akzent wie Nathan hatte. Er rutschte von seinem Pferd und hielt es fest an den Zügeln, also ließ ich los.

Lucy und Sam kamen angerannt.

„Alles okay?", fragte Sam. „Was ist passiert?"

„Hast du nicht den Knall gehört?", verlangte Jeremy wütend zu erfahren. „Was zur Hölle war das?"

„Ich habe keine Ahnung", sagte Lucy. „Geht es dir gut?"

„Mir geht's gut", sagte Jeremy, während er sich beruhigte. „Versprecht mir nur, dass das keiner gefilmt hat. Ich will nicht, dass auf Youtube landet, wie ich vom Caterer gerettet werde." Er sah mich an. „Nichts für ungut, Liebes."

„Alles gut", sagte ich, obwohl ich es ihm ein *kleines* bisschen übelnahm.

„Wow, ihr sorgt besser dafür, dass mein Film genauso aufregend wird!" Wir drehten uns alle zu dem Besitzer dieser dröhnenden amerikanischen Stimme hinter uns um. Ich war richtig schlecht darin, US-Akzente einzuordnen, aber diesen konnte ich platzieren: eindeutig New Yorker oder „Nu Joarker", wie er es vermutlich ausgesprochen hätte. Er richtete sich an mich. „Sie haben auf jeden Fall Eier, Ma'am."

Ich zuckte bescheiden mit den Schultern. „Das war doch gar nichts ..."

„Tatsächlich. Na dann."

Daisy wirkte absolut empört, aber ich schüttelte meinen Kopf. *Ignorier es. Filmleute.*

„Mike! Wann bist du angekommen?", fragte Sam. Also, das war der berühmte Produzent, Mike Mancuso. Ich musste mich zurückhalten, ihn nicht mit ‚Hey, Mikey!'oder etwas ähnlichem aus *Goodfellas* anzusprechen; er sah aus und klang auch wie ein Statist dieses frühen De Niro Werkes, aber ich war mir nicht sicher, wie er das finden würde.

„Gerade rechtzeitig, um die ganze Aufregung mitzubekommen", sagte er. „Ich hoffe, das wird den Dreh nicht aufhalten."

„Natürlich nicht", versicherte Sam gereizt, und ich hatte das Gefühl, dass zwischen ihnen schon etwas vorgefallen war – vermutlich wegen den Verzögerungen, die der Saboteur verursacht hatte. War dies ein weiterer Akt der Sabotage gewesen? Ich dachte nach. Es schien unwahrscheinlich, dass es ein Zufall war, aber gleichzeitig wäre es unmöglich gewesen zu wissen, dass Jeremys Pferd sich erschrecken würde; keines der anderen Pferde war durchgegangen.

Meine Frage wurde schnell beantwortet, als ein Techniker hergeeilt kam, um mit Lucy und Sam zu sprechen.

„Der Generator ist hinüber", platzte er heraus. Lucy stöhnte und Sam war außer sich.

„Was? Wie konnte das passieren?", fragte er wütend.

„Ich weiß nicht“, sagte der Techniker. „Die Sicherungen sind alle raus und das hat den Generator überfordert, also mussten wir das ganze Ding neu starten – “

„Das war der Knall?“, fragte ich und er warf mir einen Wer-zur-Hölle-bist-du?-Blick zu, bevor er nickte.

„Aber warum sind die Sicherungen überhaupt rausgeflogen? Habt ihr sie irgendwie überlastet?“ Sam war fuchsteufelswild, aber der Techniker blieb standhaft.

„Nein, haben wir nicht. Tatsächlich habe ich sie heute Morgen überprüft und bin sichergegangen, dass nur das Nötigste eingesteckt war, nur für den Fall … na ja, wegen dieser anderen Sache …“

„Welcher Sache?“ Mike schien verwirrt.

„Dieser Fluch-Sache.“ Der Techniker sah ihn trotzig an, aber wurde ganz kleinlaut unter dem steten, erzähl-keinen-Quatsch New Yorker Starren des Mannes. „Ich glaube nicht daran oder so, aber alle meinen –“

„Oh, um Himmels willen!“, murmelte Lucy leise vor sich hin.

Er wurde aufsässiger. „Ja, ich weiß, es klingt bescheuert, aber schaut euch doch mal an, was alles passiert ist! Und jetzt der Generator. Es gibt überhaupt keinen Grund, weshalb er überfordert hätte sein sollen; der hätte absolut mit dem klarkommen müssen, was wir eingesteckt hatten. Wenn's nicht der Fluch ist, warum passieren dann diese ganzen Sachen?“

Falsche Frage, dachte ich. *Die richtige Frage wäre, WER verursacht das alles?*

„Gibt es wirklich einen Fluch?“, flüsterte Daisy.

Ich schüttelte den Kopf. „Natürlich nicht. Lassen wir sie mal allein damit klarkommen.“ Ich nahm sie am Arm und führte sie weg von der Gruppe, die uns kaum registriert hatte, obwohl wir die ganze Zeit direkt neben ihnen gestanden hatten, und so würden sie auch nicht merken, wenn wir gingen.

***

Ich bekam eine SMS von Jades Mum, Nancy, die dem Kinoplan zustimmte, und eine halbe Stunde später kamen die beiden vorbei, um Daisy abzuholen. Ich hatte angeboten, sie zu ihrem Haus zu fahren, aber Jade wollte unbedingt, dass ihre Mum mit zum Dreh kam, ‚um mir keine Umstände zu machen‘; ich war mir sicher, dass es nichts damit zu tun hatte, dass Daisy ihr gesimst hatte, dass sie Zack live gesehen hatte und dass Jade natürlich überhaupt kein Interesse daran hatte, ihn auch zu sehen ... Ich machte Nancy einen Kaffee und wir setzten uns an einen Picknicktisch, eingewickelt in unsere Mäntel, während Daisy Jade, beide kichernd, dorthin brachte, wo gefilmt wurde.

„Und so beginnt es ...“, sagte Nancy ominös. „Sie finden heraus, dass nicht alle Jungs nervige kleine Brüder sein müssen, die nur auf dieser Erde sind, um ihre Spielsachen zu verstecken und alle Chips aufzuessen.“

Ich lachte. „Das Leben wäre so viel einfacher, wenn es so wäre.“

Wir hatten gerade unseren Kaffee ausgetrunken, wollten losgehen und unsere Töchter einsammeln, als sie von allein zurückkamen; der Dreh war für heute wohl erledigt gewesen, als sie dort ankamen, aber sie hatten die letzten zwanzig Minuten damit verbracht, mit Zack zu sprechen und die Pferde zu streicheln. Beide hatten ganz rote Wangen und kicherten noch schlimmer als zuvor. Nancy verdrehte ihre Augen in meine Richtung und scheuchte sie in Richtung Auto.

Ich hatte Essen auf den Wärmeplatten hinterlassen, für die, die es noch brauchten, aber die Statisten waren auf dem Weg nach Hause und die Stars, die normalerweise für das Abendessen zurück in ihre Hotels gehen würden, zogen sich in ihren Wohnwagen um und machten sich für Zacks Party fertig.

„Bist du für heute fertig?" Tony erschreckte mich. Er stand an der Theke, schielte herein, während ich alle Oberflächen reinigte.

„Nein, ich helfe Zack noch mit seiner Dinnerparty."

Tony nickte. „Oh, ja, hab ich vergessen. Du und Zack ..."

Ich schnaubte. „Sag das doch nicht so! Als ob es ein ‚Ich und Zack' *gäbe*. Er ist mindestens fünfzehn Jahre jünger als ich. Das wäre als, als ..."

„Als wenn ich was mit Faith hätte?", fragte er grinsend. Das wurde mir unangenehm. Meinte er etwa damit, dass er sie *wirklich* mochte? Oder wollte er mich nur necken, weil er wusste, dass ich mich ein bisschen fühlte, als sei ich ... na ja, nicht eifersüchtig, nicht wirklich, nur ein bisschen ...

„Nun, sie ist eine gutaussehende Frau", sagte ich vorsichtig.

„Ja, das ist sie. Sie ist außerdem alt genug, um meine Mutter zu sein", sagte er.

Ich lachte. „Gerade so. Kannst du dir Faith im Seniorencafé vorstellen?"

„Also, das klingt doch nach Spaß." Zack stand hinter Tony, grinsend. Ich bemerkte, wie Tonys Gesicht sich einen Moment lang anspannte; oh ja, er war eifersüchtig, auf jeden Fall. War ich glücklich darüber? Durchfuhr mich ein angenehmer Nervenkitzel, wenn ich daran dachte? Jetzt, da Nathan wegziehen würde (der emotionale Magenaal machte sich wieder bemerkbar), sollte ich mich vielleicht etwas umsehen ...

Tony oder kein Tony, ich wollte trotzdem nicht an Nathans Umzug denken.

„Bereit, deine Schürze anzuziehen?", fragte ich Zack.

Er nickte und klatschte Tony auf den Rücken. „Danke, dass du mir deine Freundin für heute Abend ausleihst", sagte er und ich wollte im Boden versinken. Tonys Gesicht wurde tomatenrot.

„Sie ist nicht – wir sind bloß Freunde", sagte Tony steif. „Und auch wenn sie es wäre, wäre es nicht an mir, sie irgendjemandem ‚auszuleihen'." Er wandte sich an mich. „Ich sehe dich morgen", stieß er hervor und marschierte davon.

„Oje", begann Zack. „Ich glaub, ich hab deinen Freund geärgert." Er grinste mich spitzbübisch an und ich verdrehte die Augen.

„Er ist wirklich nicht mein Freund", sagte ich, „aber mach dir deswegen keine Sorgen. Heute scheint der Tag des übersensiblen männlichen Freundes zu sein. Jetzt komm hier rein und bring deinen verdammten giftigen Fisch mit, bevor du noch jemand anderen nervst."

KAPITEL 13

Zack stellte sich als überraschend guter Koch heraus. Er wählte seine Schneidbretter methodisch aus, reihte die Messer auf, die er verwenden würde (er hatte sein eigenes Set mitgebracht, ein qualitativ hochwertiges, das auch sehr teuer und besser als meines aussah), und hatte alles perfekt vorbereitet, bevor er überhaupt anfing. Er hielt Einmalhandschuhe und Mülltüten bereit, um die Fischreste darin zu verstauen, damit sie nichts kontaminierten. Ich war beeindruckt.

Ich hatte das Radio aufgedreht, weil ich fürchtete, dass es irgendwie unangenehm werden könnte, auf engem Raum allein mit einem Typen zu sein, den ich kaum kannte, aber er war auch eine überraschend angenehme Gesellschaft: gesprächig, aber nicht *zu* gesprächig, weil wir beide beschäftigt waren. Und es dauerte nicht lange, da wippten wir beide mit unseren Füßen, während wir arbeiteten, summten zur Musik und sangen schließlich innbrünstig mit. *Das* war mein ‚Happy Place‘, nicht vor der Kamera herumstehen. Aufregendes Essen, gute Musik und gute Gesellschaft. Wenn Zack jemals genug vom Filmgeschäft hatte, würde ich ihm einen Job als mein Sous-Chef anbieten.

Er ging mir beim Gemüse schälen und schneiden zur Hand, denn er wollte den Fisch nicht zu früh vorbereiten; *fugu sashimi*, welches roh war, musste frisch zubereitet und schnell serviert werden, also wollte er nicht, dass er zu lange auf einem Teller herumstand.

Zuerst bereitete ich die Gewürze für das scharfe *Karaage* Hühnchen vor. Zack rieb den Knoblauch und den Ingwer für mich, welche ich mit dem Sake Reiswein und Sojasoße mischte, dann fügte ich noch frisch gemahlenen schwarzen Pfeffer hinzu, der den richtigen Kick verleihen würde. Ich schnitt ein paar Hühnchenfilets in mundgerechte Häppchen, dann warf ich sie in die Marinade und ließ sie zum Durchziehen für eine Stunde im Kühlschrank; es würde nicht lange dauern, sie zu frittieren, also würden wir damit auch warten, bis Zacks Gäste versammelt waren und bereit zum Essen. Ich mischte eine weitere Marinade für Kimi, dieses Mal ohne den Sake, und warf ein paar Tofu Stücke hinein.

Ich schälte und schnitt die Karotten in kleine Streifen, dann machte ich dasselbe mit der lilafarbenen Süßkartoffel, die ich im Küchenschrank fand. Ich schnitt eine Aubergine und die Krone eines Brokkolis in kleine Röschen, dann hackte ich den Strunk (der überraschend geschmacksintensiv war, den aber jeder wegwarf) in dünne Streifen, wie die Karotte. Ich legte sie beiseite, um sie dann im Tempurateig zu frittieren.

Ich mischte Misopaste mit Sesamöl, dann fügte ich frisch geriebenen Ingwer hinzu, ein wenig flüssigen Honig und einen Spritzer Limettensaft. Ich warf eine Handvoll Cherrytomaten in das Dressing, dann grillte ich sie im Ofen und verwendete den Rest des Dressings, um mehr Tofu zu marinieren. Als ich die Kühlschranktür schloss, sandte ich ein stilles Gebet an die YouTube-Götter, die mir alles beigebracht hatten, was ich über japanische Küche wusste. Natürlich hatten sie mir nicht alles beigebracht, was *sie* über japanisches Essen wussten, also hoffte ich, dass ich genug gelernt hatte.

Zack und ich arbeiteten gut in dieser kleinen Küche zusammen und nach den emotionalen Höhen und Tiefen mit Nathan (*sag's nicht)*, der umziehen würde (*verdammt!)*, und meinem plötzlichen Interesse an Tonys Brust, war das hier eine willkommene Pause, mit einem gutaussehenden jungen Mann, an dem ich absolut nicht interessiert war (sexuell oder emotional), auf engstem Raum, und dem es genauso ging. Ein bisschen wünschte ich, dass ich Tonys enge Hosen oder seine Mr Darcy-artige Hunderettungsaktion nie gesehen hätte; es verwirrte mich. Er war mein Freund, um Himmels willen. Nathan – Aber es war sinnlos, über Nathan nachzudenken, oder? Liverpool war zu weit weg und ich hielt nichts von Fernbeziehungen; die verliefen irgendwann sowieso im Sande ...

„Hallo Zack." Aiko hatte denselben japanisch-amerikanischen Akzent wie ihre Schwester, aber er war weniger schrill und fordernd; er wirkte irgendwie japanischer, während ihre Schwester amerikanischer schien. Zack sah auf und lächelte sie durch die Klappe an der Seite des Foodtrucks an. Ich hatte sie offengelassen, denn im Truck wurde es schnell stickig, während man kochte, außerdem mussten wir sehen können, wann die Gäste kamen.

„Alles klar, Aiko?", fragte er und, wie süß, stotterte dabei ein bisschen; den hatte es schwer erwischt. „Ist es schon Zeit? Ich wollte noch ein paar Lichter aufhängen und sowas."

Sie lächelte und schüttelte den Kopf. „Ich bin ein bisschen früh dran. Aber ich glaube nicht, dass wir draußen essen können. Es ist kalt und hat gerade angefangen zu regnen. Kimi mag Kälte nicht."

„Dann kann Kimi ja zu Hause bleiben", sagte er schroff und sie lachte.

„Aber es ist ihre Party."

„Nicht nur ihre."

Ich war diskret von ihnen weggeschlichen, soweit ich konnte, aber der Truck war zu klein. Ich wollte sie nicht belauschen, aber ich konnte es nun mal nicht verhindern. Ich räusperte mich.

„Warum esst ihr nicht in deinem Trailer?", fragte ich. „Wir könnten das Essen rüberbringen. Das wäre etwas intimer …"

Zack wurde ein bisschen rot, was Aiko zum Lächeln brachte. *Oh, sie mag ihn auch!* dachte ich und empfand ganz mütterliche Gefühle gegenüber meinem Sous-Chef. Mein Liebesleben lag vielleicht in Scherben, aber das hieß nicht, dass ich nicht wollte, dass Zack glücklich wurde.

„Geht schon", sagte ich. „Geht und baut alles auf, dann komm zurück und wenn du fertig bist, kannst du deinen Fisch machen. Die Sachen müssen nur ganz kurz kochen, also bereite ich alles vor und warte auf dich."

„Bist du sicher?", fragte Zack und sah mich dankbar an.

Ich lächelte. „Na klar. Das ist vielleicht meine Küche – für den Moment –, aber es ist deine Party. Geh schon." Ich schubste ihn ein bisschen.

„Klar, klar, ich geh ja schon! Meine Güte." Er grinste und zog sich die Schürze über den Kopf. „Ich hab sowieso alles in meinem Trailer, also wird's nicht lange dauern."

„Vergiss nicht deine Kuchen!" Ich nickte in Richtung der Kuchenbox. Er wirkte überrascht.

„Welche Kuchen?"

„Du meinst, du hast sie nicht bestellt?" Ich hob den Deckel an und er sah hinein.

„Oh wow, die sehen ja *krank* gut aus ..." Dem Ausdruck auf seinem Gesicht nach zu schließen, bedeutete das ‚sehr gut', obwohl ich wohl dieses Wort nicht verwendet hätte, um etwas zu beschreiben, das essbar war. „Jemand von den andern muss sie bestellt haben. Suuuper."

Er drehte sich weg vom Tresen, sodass Aiko ihn nicht sehen konnte, und zupfte an seinem Shirt, versuchte sich aufzuhübschen.

„Du siehst gut aus", sagte ich und er lächelte verlegen.

„Ist es offensichtlich?"

„Dass du total auf Aiko stehst? Äh ja, ein bisschen. Schnapp sie dir, Tiger!"

Er lachte. „Danke, Mum. Ich bin nicht lange weg."

***

Sobald ich allein war, drehte ich die Lautstärke des Radios runter und die Heizung des Trucks rauf; ich stand im Prinzip in einer großen, schlecht isolierten Blechbüchse und es begann frisch zu werden, besonders, da nun die Wärme eines anderen Körpers in der Nähe fehlte. Ich räumte den Serviertresen auf und zog ihn hoch, womit ich den Truck von der Außenwelt trennte. Ich schaltete ein paar Lichter an; es war jetzt dunkel draußen, und auch während des Tages, wenn die Tresenklappe zu war, ließ das eine kleine Fenster nicht viel natürliches Licht rein.

Der Regen draußen wurde allmählich heftiger. Er prasselte auf das Dach des Trucks. Ich drehte die Heizung voll auf und schaltete den Wasserkocher an, während ich den ganzen Vorbereitungskram aufräumte und alles zum Kochen bereitlegte. Ich sah auf meine Uhr; ich hatte Zack gesagt, er könnte sich so viel Zeit nehmen, wie er brauchte, weil ich ihn mochte und ihm ein bisschen Zeit mit Aiko geben wollte, aber ich fing an, meine Freigiebigkeit zu bereuen. Ich begann mich sehnsüchtig nach meinem warmen Haus zu sehnen und meinem süßen warmen Hund und meinen Hausschuhen …

Oh Gott, ich wurde alt. Es war noch nicht mal spät; es war erst sieben Uhr.

Plötzlich war da ein Donnergrollen und die Lichter flackerten.

Glücklicherweise war ich eine harte, ehemalige Polizistin und ich trug meine große-Mädchen-Hosen, also rastete ich nicht aus. Das Wetter war schlimm. Natürlich war es das; es war Herbst, beinahe Winter. Und natürlich flackerten die Lichter; ich war in einem Wohnwagen, der an einen Generator angeschlossen war, der heute schon mal überlastet gewesen war. Das war kein lächerlicher Fluch, der Frauen in Wohnwagen einschloss, Glühbirnen explodieren ließ oder Sicherungen überspannte –

Die Tür des Foodtrucks ruckelte und ein kleiner, unfreiwilliger Schrei entfloh mir. Ich nahm eines von Zacks Filetiermessern, das auf einem nahen

Schneidbrett lag, und spannte meinen Arm an. *Also, los geht's*, dachte ich.

„Wow, da draußen geht's richtig zur Sache!" Zack trat fröhlich in den Truck und schüttelte sich kurz wie ein nasser Hund. Er bemerkte, dass ich das Messer hielt, und warf mir einen neugierigen Blick zu.

„Hab nur dein Messerset bewundert", sagte ich, drehte die Klinge in meiner Hand und betrachtete sie anerkennend. „Sehr nett. Professionell." Ich legte es wieder ab und fühlte mich etwas dämlich. „Lass uns kochen, ja?"

Ich mischte das Mehl, Kartoffelstärke und Eiswasser, um den Tempura-Teig zu machen, dann stellte ich ihn in den Kühlschrank. Ich nahm das mit schwarzem Pfeffer und Sake marinierte *Karaage* Hühnchen und Tofu, besprenkelte es mit mehr Kartoffelstärke, um sie schön knusprig zu machen, und schaltete Ginos Fritteuse an.

Zack nahm sich nun den Kugelfisch vor. Ich sah zu, wie er um den Mund des Fisches herumschnitt und die Haut abzog; er hatte keine Schuppen und war überhaupt ganz anders als jeder Fisch, den ich bisher gesehen hatte. Darunter war eine Schicht Gelee, die er vorsichtig mit einem Papierhandtuch abwischte, bevor er die Augen entfernte. Er warf Haut, Augen und die Papierhandtücher in einen Müllbeutel, dann nahm er das scharfe Filetieresser, das ich, ähm, bewundert hatte, und nahm den Fisch dann sehr, sehr vorsichtig aus. Langsam und ruhig entfernte er die Eierstöcke und die Leber – das waren die Organe, welche die meisten Toxine enthielten, und wenn sie durchstochen wurden, wäre der gesamte Fisch kontaminiert. Sein Gesicht war das Ebenbild purer Konzentration; seine Hand war ruhig – sehr viel steter als meine es unter diesen Umständen gewesen wäre.

Er nahm den Fisch vollends aus und atmete langsam aus, dann warf er die Fischreste, samt der Handschuhe, in die Müllbeutel. Ich nahm ein Geschirrhandtuch und streckte meine Hand damit aus, um seine Augenbrauen abzutupfen.

„Gut gemacht, Doktor", sagte ich und er lachte.

„Ja, ich denke, jetzt könnte ich auch eine OP am offenen Herzen durchführen", scherzte er. „Der Nächste bitte …"

Die Fritteuse hatte die richtige Temperatur erreicht, also widmete ich meine Aufmerksamkeit dem *Karaage* Hühnchen und dem Tofu. Das Tofu kam zuerst rein und es brauchte nur ein paar Minuten, bis es sich in etwas heißes, knuspriges und hoffentlich Köstliches verwandelte. Ich ließ es auf einem Küchenpapier abtropfen und fuhr mit dem Hühnchen fort, frittierte es in kurzen Abständen. Es roch wundervoll; ich versuchte ein kleines Stück und es schmeckte wunderbar.

Ich füllte das Essen in Schüsseln, sah zu, wie Zack den Fugu auf einem Teller arrangierte. Ich frittierte das miso-marinierte Tofu schnell mit ein paar Frühlingszwiebeln in einem Wok und warf ein paar abtropfte Sobanudeln dazu, zusammen mit den gegrillten Cherrytomaten. Am Schluss streute ich gewürztes Mehl auf das geschnittene Gemüse und tauchte es in den Tempurateig, dann frittierte ich sie, bis sie heiß, knusprig und golden waren. Alles kam dann auf die Servierplatten mit Deckel, die Gino für das warme Buffet nutzte; die waren sehr praktisch, denn obwohl der Regen sanfter geworden war, hatte er nicht aufgehört.

Die Tür des Foodtrucks ruckelte wieder, woraufhin Aiko ihren Kopf durch sie steckte.

„Kimi sagt, sie hat Hunger", erklärte sie. Ich bewunderte ihre Zurückhaltung; ich hätte meine Augen verdreht oder Kimi gesagt, sie solle ihr eigenes verdammtes Essen kochen, wenn sie hungrig war. Aber ich sagte nichts. Zack lächelte seine Angebetete nur an (wie süß!).

„Perfektes Timing", sagte er (*genauso perfekt wie der Rest von dir*, ergänzte ich in Gedanken). „Wir sind gerade fertig geworden. Du kannst mir helfen, alles rüberzutragen." Plötzlich schlug er sich mit der Hand gegen die Stirn. „Was werden wir trinken? Daran habe ich überhaupt nicht gedacht. Ich hab nur gedacht, ich hole besser kein Bier, nicht, wenn Jeremy kommt."

Aiko lächelte. „Das ist sehr einfühlsam von dir. Aber Mike bringt auf jeden Fall Sake mit." Der Ton ihrer Stimme verriet genau, was sie von Mike und seinem Sake hielt. Zack und ich tauschten Blicke aus und lachten dann.

„Ach du liebe Zeit. Was ist nur falsch daran?", fragte ich.

„Es ist *Nigori* Sake", sagte sie angeekelt. Was es für mich nicht klarer machte.

Zack nickte. „Richtig. Das ist dieser trübe, weiße Sake, oder? Das ungefilterte Zeug?"

„Na ja, er ist schon noch gefiltert, aber nicht auf dieselbe Art und er schmeckt weniger ... sanft. Er ist sehr amerikanisch", erklärte sie.

„Groß und aufdringlich?", schlug ich vor und sie lächelte.

„Exakt. Es *ist* japanisch, aber sehr viel populärer in Amerika als zu Hause. Die Aromen sind sehr intensiv, was die Amerikaner scheinbar mögen, aber wir in Japan trinken lieber etwas, das das Essen geschmacklich nicht überwältigt. Ich würde nicht mal daran denken, das bei einer Dinnerparty zu servieren, aber Mike war so zufrieden mit sich, dass er ihn gefunden hat, da wäre es unhöflich, ihn nicht zu trinken."

„Na ja, unsere Küche ist auch nicht komplett authentisch, aber hoffentlich wirst du es essen, weil es wirklich schmeckt, und nicht nur, um höflich zu sein", sagte ich.

Sie roch an einer der Schüsseln mit *Karaage* Hühnchen und lächelte. „Es riecht köstlich. Und es sieht auch richtig aus!", verkündete sie.

Ich bot meine Hilfe dabei an, alles zum Wohnwagen zu bringen, aber Zack war sich sicher, dass die beiden das schaffen würden, also verschwanden sie in einer Wolke gutgelaunten Gewirrs aus Edelstahlpfannen und romantischen Hoffnungen (mindestens auf einer Seite). Ich schloss die Tür hinter ihnen, setzte mich auf einen der Klappstühle und fühlte mich auf einmal sehr alt und sehr, sehr allein.

Ein neuer Regenguss prallte gegen das Fenster am anderen Ende des Trucks und es blitzte. Die Lichter flackerten wieder. Ich beschloss, dass ich hier nicht darauf warten würde, dass der Generator ausfiel; ich würde aufräumen und für morgen Klarschiff machen. Zack konnte alles, was übrig bleiben würde, selbst abwaschen; ich würde hier nicht rumsitzen und darauf warten, dass seine Party zu Ende ging.

Ich band die Henkel der Müllbeutel zusammen, die voller Fischabfälle waren, und stellte sie neben die Tür, dann machte ich dasselbe mit der Tüte von

Gemüseresten und anderem Müll; die würden in den großen Plastikmüllcontainer im Hof kommen, wenn ich ging. Ich wusch vorsichtig das Schneidebrett und die Messer ab, die Zack verwendet hatte, erst mit heißem Spülwasser, dann mit Bleiche; ich wollte kein Risiko eingehen, wenn es um eine mögliche Verunreinigung durch Kugelfisch-Innereien ging.

Gerade hatte ich das Spülbecken mit mehr heißem Spülwasser gefüllt und meine Hände darin versenkt, als das Licht ausging. *Na toll*, dachte ich. Es gab weniger geeignete Plätze, an welchen man sich während eines Stromausfalls vorfinden konnte, als mit den Händen in einem vollen Becken Spülwasser zu stecken (obwohl ich mir ein paar vorstellen konnte, beide involvierten heruntergezogene Hosen), besonders wenn dieses Becken in einem engen Wohnwagen voller scharfer Küchenmesser war und auf dem Gelände eines abgelegenen Landhauses geparkt war. Während eines Gewitters. Auf einem verfluchten Filmset.

Hör auf, hör auf, hör auf!, versuchte ich mich selbst zu überzeugen. *Hör auf, über dämliche Flüche nachzudenken.* Ein ominöses Donnergrollen war zu hören – aber letztendlich waren doch *alle* Donnergrollen ominös –, während ich am Tresen nach einem Geschirrtuch fummelte. Es knallte, als ich etwas umstieß, das auf den Boden fiel. Also *das* war kein Geschirrtuch.

„Verdammt", murmelte ich und es fühlte sich komisch an, in einem stillen Foodtruck mit mir selbst zu reden. Stille, abgesehen von dem meteorologischen Armageddon, das scheinbar auf einmal draußen stattfand.

Die Tür ruckelte. Ich erstarrte. War das bloß der Wind, der Fahrt aufnahm und um die Wohnwagen herum aufheulte? Kam Zack zurück, um mehr Nudeln zu holen? War es das Saboteur-Phantom des Films, das kam und ... was? Alle Geschirrtücher versteckte? Ich lachte (beinahe) über mich selbst; wenn er (oder sie) hier auftauchen würde, würde ich fragen, was sie versuchten, zu erreichen, weil sie einfach nur verdammt nervten.

Die Tür flog mit einem Krachen auf und ich schrie. „Jodie?"

Die Lichter gingen wieder an und vor mir stand Nathan auf den Stufen, völlig durchnässt lugte er besorgt ins Innere. Ich fiel vor Erleichterung beinahe zu Boden.

„Oh du heilige Mutter – Komm schon rein, du Trottel!", rief ich und streckte meinen Arm aus, um ihn an seinem Kragen aus dem Regen zu ziehen. Er stolperte über den Türrahmen und hob eine Hand, um sich abstützen zu können, doch griff stattdessen mich, sein Arm umschloss meine Hüfte. Er zog sich nach oben, ließ aber nicht los und starrte mir in die Augen. Ich merkte, wie meine Knie weich wurden, nicht, weil wir so traumhaft nah beieinander waren, sagte ich mir, sondern wegen der verzögerten Reaktion auf den Schock. Ja, okay, ich glaubte es selbst nicht mal.

„Tut mir leid. Ich wollte dich nicht erschrecken", sagte er und sah selbst ein bisschen ängstlich aus.

Ich zwang meine Knie, sich zu benehmen, und sammelte mich wieder. „Ich hatte keine Angst!", rief ich. *Ich fürchte, die Lady protestiert ein wenig zu vehement,* flüsterte eine kleine Stimme in meinem Kopf.

„Ja, sicher." Nathan grinste. „Gut, dass du keine Angst hattest, denn ich war panisch."

Ich lachte, bemerkte aber, dass keiner von uns in Eile war, sich zu trennen. Obwohl er in einen dicken Mantel eingehüllt war, konnte ich sein Aftershave riechen, oder Deodorant, oder was auch immer es war; er roch immer so gut und sauber ...

„Also, was bringt dich in einer Nacht wie dieser hierher?", fragte ich und sah ihn, wie ich hoffte, auf kokette Art an, statt so auszusehen, als ob ich eine meiner Kontaktlinsen verloren hätte. Er atmete tief ein.

„Jodie", begann er. Er schien nervös. Mein Magenaal entschied sich, eine schnelle Runde durch meine Innereien zu drehen. Hatte er (Nathan, nicht mein Magenaal, der sowohl männlich als auch weiblich sein konnte) ... hatte er etwa Neuigkeiten über seinen neuen Job? Wollte ich es hören? Würde es was Schlimmes sein? Sollte ich wohl aufhören, diese dämlichen hypothetischen Fragen zu stellen, und über eingebildete Meerestiere zu plappern, die in meiner Bauchgegend lebten, und ihm einfach nur zuhören. Hatte ich –?

Wir wurden beide von einem lauten, hysterischen Schrei überrascht, der über den Hof hallte, und dem Hilferufe folgten.

KAPITEL 14

Wir stürzten nach draußen und sahen uns um. Auf der anderen Seite des Hofes flog die Tür von Zacks Trailer auf. Zack stand für eine Sekunde im Türrahmen, sah sich wie verrückt um, dann rannte er die Stufen hinunter und zu uns. Wir trafen uns in der Mitte des Hofes, Nathan hob seinen Mantel an, um ihn über seinen Kopf halten zu können und mich auch vor dem Regen zu schützen. Ich schätzte die Geste und dachte, es war süß, trotz der Panik um uns herum.

„Was ist passiert?", fragte Nathan. Zack schüttelte den Kopf.

„Oh Mann, das ist schlimm, es ist so schlimm –"

„Beruhige dich!", befahl ich. „Was ist? Was ist los?"

„Er ist tot!", schrie Kimi dramatisch. Sie stand im Türrahmen des Trailers und wiegte den Hund in ihren Armen.

„Was? Wer? Der Hund?" Nathan und ich tauschten Blicke aus – überzureagieren wäre typisch für einen Haufen Schauspieler –, aber als der Hund dann zappelte und kläffte, begriffen wir, dass sie nicht über ihr Fellbaby gesprochen hatte. Nathan schüttelte ungeduldig seinen Kopf und ging in Richtung Wohnwagen. Er sprang die Stufen hinauf, aber ich war direkt hinter ihm.

Drinnen saß Faith auf der einen Seite des Wagens, die Augen, aufgrund der Szenerie vor sich, und vor Schreck, weit aufgerissen. Es waren sieben zum Essen eingeladen und alle waren an den kleinen Tisch gequetscht gewesen, vier auf der eingebauten Sitzbank und der Rest auf Klappstühlen. Es konnte nicht bequem gewesen sein, aber sicher intim und spaßig. Der Spaß hatte allerdings aufgehört, die Stühle waren umgeworfen und Sam und Mike knieten neben einem Körper am Boden.

Aiko stand am Waschbecken, trank mit zitternden Händen ein Glas Wasser und sah herunter zu Jeremy, der ausgestreckt am Boden lag. Eine kleine Pfütze Erbrochenes war neben ihm.

„Oh mein Gott", sagte ich entsetzt. Nathan trat vorsichtig um die Leiche herum, dann sah er zu Zack auf, der uns wieder in den Trailer gefolgt war.

„Hat schon jemand einen Krankenwagen gerufen?", fragte er. Zack sagte nichts, er war immer noch zu geschockt, um irgendetwas anderes zu tun, als seinen Kollegen anzustarren.

„Zack", sprach ich ihn an. „Zack! Reiß dich zusammen!"

„Er ist tot", sagte Sam. „Ich kann keinen Puls finden."

„Wir brauchen trotzdem einen Krankenwagen", sagte Nathan streng. Er reichte mir sein Handy. „Ruf bitte einen für mich. Ruf Matt Turner an."

Ich fand die Nummer von Detective Sergeant Turner und sprach mit ihm, erklärte die Situation, während Nathan freundlich, aber bestimmt, die anderen Gäste aus dem Wagen scheuchte, um sicherzugehen, dass sie nichts mehr anfassten. Kimis Trailer war direkt nebenan, also schickte er sie dorthinein und schloss die Tür hinter ihnen, dann kam er zurück zu mir in Zacks Trailer.

„Verdammte Scheiße", sagte ich, als ich das Telefonat beendet hatte.

Nathan nickte. „Was zur Hölle war hier los?", fragte er und ging neben Jeremy in die Knie. Ich tat es ihm eifrig nach; ich hatte schon ein paar Leichen in meiner Zeit als Polizistin gesehen, aber es war nie angenehm und da war eine Art gequälter Ausdruck auf Jeremys Gesicht, der durch seine verkrampften, krallenartigen Hände verstärkt wurde. Irgendwie begann eine laute Glocke in meinem Kopf zu klingeln.

„Oh mein Gott", sagte ich entsetzt, als ich verstand, woran mich diese verdrehte Körperhaltung erinnerte. Nathan griff an den Hals, um den Puls zu suchen, und ich schlug seine Hand weg. „Fass ihn nicht an!", schrie ich. Nathan sah mich überrascht an. „Es wäre möglich, dass du kontaminiert werden könntest."

„Was ...?"

„Er ist offensichtlich tot. Aber sieh ihn dir an. Sieh dir die verkrampften Hände an." Ich schluckte. „Ich hab das schon mal gesehen. Du nicht?"

Nathan sah mich scharf an. „Was ist es? An was denkst du?"

Ich stand auf und ging auf die andere Seite des Wohnwagens, wo ich nicht länger Jeremys leere, starrende Augen sah; die machten mir ganz schön Angst. Zu meiner großen Erleichterung stand Nathan auf und kam zu mir.

„Erinnerst du dich an die Vergiftungsfälle in Salisbury?", wollte ich wissen. Nathan nickte. „Natürlich tust du das. Dieser Russe und seine Tochter, und die arme Frau von hier, die starb. Vergiftung durch Novichok."

Er hob eine Augenbraue. „Du willst mir doch nicht etwa erzählen, dass Jeremy von russischen Spionen vergiftet wurde?"

„Nein, natürlich nicht. Aber einer der Salisbury Polizisten wurde krank, weil er etwas am Tatort berührt hatte, also hat die Met uns darin geschult, die Zeichen zu erkennen, falls es weitere Anschläge geben sollte. Es waren viele Russen in London, weißt du." Ich lachte hohl. „Daisy wollte sowieso schon, dass ich die Einheit verlasse, aber das und dann der Spinner mit dem Van, die waren der letzte Tropfen auf dem Fass." Ich hatte die Einheit bei der Met verlassen, nachdem ein Terrorist mit einem Van in eine Menschenmenge gefahren war, der ich zuvor geholfen hatte, eine U-Bahn-Station, nach einer erfundenen Bombendrohung, zu verlassen. „Wie auch immer, ich bin keine Expertin, aber das sieht mir nach Nervengift aus." Ich schluckte. „Ein Neurotoxin. Wie die giftige Substanz in Kugelfischen."

***

Die Polizei und der Krankenwagen kamen, aber wie wir bereits wussten, war es zu spät für Jeremy. Die Spurensicherung war natürlich auch eingetroffen; die waren immer da, sobald möglich, wenn ein unerwarteter oder ungewöhnlicher Tod vorkam. Nathan berichtete ihnen von meiner Befürchtung, und da Tod durch Kugelfisch-Vergiftung nicht gerade üblich im Vereinigten Königreich war, ganz abgesehen vom verschlafenen

165

Cornwall, wurden alle Sicherheitsmaßnahmen vorgenommen; ich war nicht die Einzige, die nach Salisbury 2018 geschult worden war. Der Wohnwagen wurde abgesperrt und alle Beamten gingen nur mit Handschuhen, Masken und Overalls hinein, um die Leiche zu untersuchen. *Die Leiche.* Es hatte nicht lange gedauert, bis er von Jeremy zu ‚der Leiche‘ geworden war. Es fühlte sich für mich immer falsch an, wenn man so schnell aufhörte, den Namen des Opfers zu verwenden. Es war, als würde man sie auf den kleinsten gemeinsamen Nenner reduzieren: lebendig oder tot. Die Verstorbenen.

Ich seufzte. Ich wurde immer philosophisch, wenn ich müde war.

„Ich weiß nichts über Kugelfisch“, begann Nathan.

„Das überrascht mich jetzt aber.“

Er lächelte. „Gut, ich hab mir Mühe gegeben. Ich weiß nichts über Kugelfisch, aber gibt es irgendeinen Grund, weshalb Jeremy darauf reagiert hat, die anderen aber nicht?“

Ich starrte ihn an. Da regte sich ein furchtbares Gefühl in meiner Magengegend, das nichts mit dem überemotionalen Aal zu tun hatte, mit dem ich zuvor Probleme gehabt hatte. „Oh Gott, daran habe ich gar nicht gedacht. Es hat nichts mit einer allergischen Reaktion oder so etwas zu tun. Es ist wahnsinnig giftig. Wenn sie alle davon gegessen haben, werden sie alle krank.“

„Also angenommen, alle oder auch nur ein paar von ihnen haben es gegessen, warum liegt da nur eine Leiche auf dem Teppich?“, fragte Nathan.

„Hat irgendjemand in Kimis Wohnwagen nachgesehen, ob sie alle noch am Leben sind?“, fragte ich. Wir sahen einander an, dann sprangen wir die Stufen zum Trailer der Hauptdarstellerin hinauf. Wir nickten Police Constable Trelawney zu – oder dem Alten Davey, wie er genannt wurde, obwohl er nicht so alt war (das ist eine der berühmten langen Penstowan Geschichten) –, der an der Tür abgestellt worden war, und gingen hinein, fast darauf eingestellt, dass alle anderen auf dem Boden liegen würden.

Gott sei Dank taten sie das nicht. Alle saßen still da, versunken in ihre eigenen Gedanken. Zack und Aiko saßen beieinander, hielten Händchen, was mich einen Moment lang glücklich machte, obwohl ich mich fragte, wie sie wohl reagieren würden, wenn wir ihnen erzählten, was wir als Todesursache vermuteten. Ich *wusste* aber genau, dass Zack, so schuldbewusst und jämmerlich, wie sein Gesichtsausdruck war, es bereits ahnte.

„Danke, dass Sie gewartet haben", sagte Nathan.

Mike Mancuso schnaubte. „Als ob wir eine Wahl gehabt hätten."

Faith wirkte genervt. „Ein *guter* Mann ist heute Nacht gestorben. Hab etwas Respekt", spie sie aus. Ich bemerkte eine kaum merkliche Betonung auf dem Wort *gut* und es schien mir ein bisschen seltsam, aber vielleicht mochte sie Mancuso einfach nicht. Er war laut, unverschämt und grob, und wahrscheinlich war er nicht die beste Gesellschaft, wenn man in einem Wohnwagen eingepfercht war, bestimmt nicht, nachdem man einen Freund und Kollegen durch so furchtbare Umstände verloren hatte.

„Können Sie uns bitte genau sagen, was mit Mr Mayhew geschehen ist?", fragte Nathan. Alle öffneten plötzlich ihre Münder und begannen zu sprechen, also hob Nathan seine Hand und wandte sich an Sam. „Sie, bitte. Mr ...?"

„Pritchard. Sam Pritchard. Nun, wir saßen alle um den Tisch und aßen, alles war toll, und dann begann Jeremy sich irgendwie komisch zu benehmen, als sei er betrunken –"

„War das seltsam für ihn?", fragte ich. „Ich habe gehört, dass er ein Problem mit Alkohol hatte."

„Er hat dagegen gekämpft", erklärte Faith. „Er war wieder auf dem Damm, bis heute Abend."

„Ja", sprach Sam weiter. „Er hatte nur einen kleinen Schluck getrunken, weshalb es mir so auffiel. Und dann wurde er irgendwie steif, als könnte er sich nicht mehr bewegen. Er konnte nicht mal mehr den Mund öffnen, aber er versuchte noch, etwas zu sagen ..."

Aiko schüttelte sich und ich sah, wie Zack mit seiner freien Hand nach ihrer griff und sie drückte.

„Und dann begann er zu stöhnen und hatte einen Anfall, fiel auf den Boden, übergab sich und dann ... dann hörte es einfach auf. Tot."

Ich zitterte. Was für eine furchtbare Art zu sterben. Nathan schrieb alles in seinem Notizbuch nieder, dann sah er auf.

„Es ist zu früh für uns, um genau sagen zu können, was verantwortlich für Mr Mayhews Tod ist, aber im Moment scheint es eher ein Unfall als böswillige Absicht gewesen zu sein, also –"

Zack sah mich an, dann Nathan und sagte dann leise: „Es war der Kugelfisch, oder?"

„Bis wir die Laborergebnisse haben ...", sagte Nathan ruhig, aber Zack schüttelte den Kopf und starrte mich durchdringend an, mit flehendem Blick; er wollte nur die Wahrheit wissen.

„Er war es, oder?“

Ich konnte nicht mit Sicherheit Ja sagen, aber der arme junge Mann litt die Qualen der Ungewissheit und ich wollte ihn erlösen, wenn ich konnte; obwohl, natürlich würde das nur zu den schlimmeren Qualen des *Wissens* führen – dem Wissen, dass er (wenn auch unbeabsichtigt) für den Tod eines Menschen verantwortlich war.

„Wir wissen es wirklich nicht sicher, Zack, aber danach sieht es aus“, erklärte ich.

Kimi sah ihn voller Wut an. „Was meinst du damit, es war der Kugelfisch? Der *fugu*? Du hast mir gesagt, du weißt, was du tust!“, fauchte sie ihn an. Sie sprang auf ihre Füße, Princess, den Pekinesen, an ihre Brust gepresst, als würde sie gleich aus dem Trailer stürmen. Allerdings war das ihr Trailer und sie konnte im Moment nirgendwo anders hin.

„Ich *wusste*, was ich tue!“, protestierte er, dann knickte er ein. „Zumindest dachte ich das. Ich habe in Japan gelernt –“

„Na, offensichtlich hast du nicht genug gelernt!“, spuckte Kimi aus. Jetzt war ich dran. „Sie. Sie sollten auf ihn aufpassen. Was für eine schlechte Köchin sind Sie denn bitte?“

Ich fühlte meine Wangen brennen. Denn ja, ich *war* Köchin und vielleicht hätte ich das Ganze verhindern sollen. Aber ich hatte ihn beobachtet und war so angenehm überrascht gewesen, beeindruckt sogar und tatsächlich fasziniert von seinen Fähigkeiten im Filetieren, dass es mir nicht mal in den Sinn gekommen wäre, ihn davon abzuhalten, es zu servieren. Ich war mir nicht sicher, was ich erwidern sollte, aber Kimi knöpfte sich schon jemand anderen vor: Sam.

„Und du! Wie konntest du ihn glauben lassen, dass das eine gute Idee war? Das bringt den ganzen Film in Gefahr, oder nicht? Du hättest es ihm wirklich verbieten sollen und ihm sagen, dass er das nicht servieren darf."

„Ich hab ihm gesagt, dass es in Ordnung geht", sagte Mancuso. Faith hob zornig den Kopf und funkelte ihn an. „Was? Wir sprechen hier davon, rohen Fisch zu essen, um Himmels willen, nicht, mit Haien zu schwimmen."

„Aber es hat Jeremy getötet", sagte Zack, seine Worte schwer getränkt mit Schuldgefühlen und Trauer, die alle zum Schweigen brachten. „Ich habe ihn getötet."

Aiko schlang ihre Arme um ihn, während er seinen Kopf an ihrer Schulter versenkte. Kimi, die immer noch stand, beobachtete ihre Schwester, ihre Lippen angeekelt verzogen und ihr Fuß tippte wütend auf den Boden.

„Wenn du dann *endlich* fertig bist", sagte sie, „würdest du dann bitte sagen, was mit allen anderen passiert, die diesen Killerfisch gegessen haben? Hmm? Hat noch niemand daran gedacht?"

Ich sah zu Nathan; wir mussten sie warnen, dass sie auch einige schlechte Nebeneffekte verspüren konnten, aber Kimi würde alle ganz hysterisch machen und sie davon überzeugen, dass sie alle sterben würden, wenn wir nicht vorsichtig vorgingen. Und um ehrlich zu sein, was ich über Kugelfisch wusste, passte auch auf die Rückseite einer Briefmarke, also wer wusste, was passieren könnte? Vielleicht *würden* sie alle sterben. Aber das glaubte ich nicht.

Die anderen begannen panisch zu werden. Wir mussten das jetzt anpacken. Ich sah Nathan fragend an: *Darf ich?*

„Tu, was du nicht lassen kannst", murmelte er.

„Okay, ich bin kein Experte, aber die Schnelligkeit, mit der Mr Mayhew erkrankt und dann verstorben ist, sagt mir, dass er entweder mehr Fisch hatte, dadurch auch mehr Toxine, als Sie anderen; oder dass das Toxin nicht gleich auf den Fisch aufgeteilt war und er das Unglück hatte, das Stück zu bekommen, das heftiger kontaminiert war als der Rest, was bedeutet, dass Sie Glück hatten und Ihre Portionen weniger toxisch waren oder vielleicht sogar gar nicht. Oder die letzte Möglichkeit wäre, dass er noch unbekannte gesundheitliche Probleme hatte, die ihn anfälliger machten." Ich sah mir die versammelten Gäste an. „Was ich sagen will, ist, die Tatsache, dass er tot ist und Sie alle noch stehen, lässt mich vermuten, dass keinem von Ihnen das gleiche Schicksal droht."

Aiko schluckte schwer. „Mir ist schlecht", sagte sie.

Sam nickte. „Ich fühl mich auch nicht gut", erklärte er.

Nathan und ich tauschten Blicke aus und beide sagten: *Oh verdammt.*

„Okay", sagte er. „Draußen sind Autos. Wir sollten sie vielleicht alle ins Krankenhaus bringen –"

„Aber es gibt kein Gegengift, oder?", sagte Zack. *Halt die Klappe!,* dachte ich. „Nun, wir müssen einfach mal sehen."

„Was meinen Sie damit, ‚wir müssen einfach mal sehen‘?“, verlangte Kimi wütend zu wissen.

„Er meint, dass wir wohl krank werden müssen und wenn wir Glück haben, sterben wir nicht“, sagte Mancuso. Es war eine etwas brutale Art zu sagen, was Nathan und ich dachten, aber zumindest hielten daraufhin alle den Mund.

KAPITEL 15

Die Gäste kamen zusammen, während Nathan Autos heranschaffte, die sie in das nächstgelegene Krankenhaus in Barnstaple bringen würden. Obwohl bereits einige Polizeiwagen am Tatort versammelt waren, beschlossen wir, dass es klüger (und weniger auffällig) war, Zivilwagen zu nehmen. Das Letzte, was Mike und Sam wollten, war, dass die Neuigkeiten über Jeremy herauskamen, zumindest solange nicht, bis sie mit den Investoren des Films gesprochen hatten, und das Letzte, was Nathan wollte, war, dass Presseschwärme Penstowan belagern, ihn belästigen und die Ermittlungen behindern würden. Das kleinste bisschen Ruhm war genug, um ein paar von ihnen anzulocken, und der Tod einer Berühmtheit, der vermutlich von einer *anderen* Berühmtheit verursacht worden war, war mit absoluter Sicherheit genug, um unseren kleinen Teil der Welt zu zertrampeln.

Aiko war von Natur aus schon blass, aber sie begann immer fahler zu werden. Sie sah wirklich nicht gut aus. Zack merkte, wie ich sie beim Einsteigen ins Auto beobachtete, und warf mir ein müdes Lächeln zu.

„Also, so hatte ich mir das Ende des Abends nicht erhofft", sagte er. „Aber ich habe das zu verantworten und mir geht's gut, also werde ich bei ihr im Krankenhaus bleiben und nach ihr sehen."

Ich klopfte ihm auf den Rücken. „Mach dich deswegen nicht fertig", sagte ich ihm. „Es war ein Unfall."

„Mach ich nicht", antwortete er, aber ich konnte an Blick in seinen Augen sehen, dass dies etwas war, was er sich nie verzeihen könnte, selbst wenn die anderen es taten.

Die ersten zwei Autos fuhren ab und ließen Nathan übrig, um Faith und Kimi zu fahren. Kimi sah ziemlich verärgert aus, dass Aiko mit Zack im Auto gefahren war, und Faith wirkte auch nicht zu begeistert davon, dass sie den Wagen mit Kimi und ihrem Hund teilen musste, aber da hatte sie Pech gehabt.

Nathan war am Telefon. Er beendete das Gespräch und wandte sich an mich. „Das war Dr Hawkins aus dem Krankenhaus. Sie konnten Betten für alle finden, und sie hat Bereitschaftsdienst, falls sie gebraucht werden sollte. Nicht, dass es viel gibt, was sie tun könnte, außer, es zu versuchen und Mut zu machen."

Ich sah zu, wie Kimi ihren Hund tätschelte. „Es muss beängstigend sein, zu wissen, dass man etwas gegessen hat, das einen vielleicht umbringt. Hat sie gesagt, wie lange es dauern könnte, bis man reagiert?"

Nathan schüttelte den Kopf. „Sie weiß es nicht. Aber ihre Vermutung ist, dass, wenn es irgendeine Auswirkung haben sollte, es heute Nacht passieren würde. Hoffentlich sind die schlimmsten Dinge, die passieren werden, Kopfschmerzen und dass sie sich übergeben, bis es raus aus ihren Körpern ist." Er sah mich an, ein schiefes Lächeln auf den Lippen. „Warum taucht jedes Mal, wenn ich eine ernsthafte Unterhaltung mit dir führen möchte, eine Leiche auf?"

Ich lächelte. „Vielleicht will das Universum dir was mitteilen."

„Ich hoffe nicht." Er sah mir in die Augen. „Jodie –"

Auf dem Beifahrersitz war es Faith wohl leid geworden, zu warten, denn sie lehnte sich hinüber und drückte die Hupe, was uns beide aufschreckte.

„Reiß dich mal zusammen", murmelte Nathan.

„Um fair zu bleiben, ihr geht es vielleicht nicht allzu gut", sagte ich.

„Ja." Er sah mich an, plötzlich ernst. „Geht es dir gut? Du warst bei Zack, als er das Essen vorbereitet hat. Hast du irgendetwas davon probiert? Oder irgendetwas angefasst?"

„Nein, nein, mir geht's gut. Ich kann immer noch nicht glauben, dass er irgendetwas falsch gemacht hat, um ehrlich zu sein. Ich war von seinen Fähigkeiten mit den Messern sehr beeindruckt. Wie auch immer, ich habe alles mit Spülwasser und Bleiche gereinigt, also wenn da irgendwelche Toxine an meinen Händen gewesen wären, sind die schon lange weg. Und du? Du hast am Tatort nichts angefasst?"

„Nein." Wir wurden uns Faiths Präsenz plötzlich bewusst, die sich auf ihrem Sitz umgedreht hatte und uns anfunkelte. Er schüttelte sich. „Ich fahr sie mal besser." Er streckte seine Hand aus und berührte meinen Arm. „Pass auf dich auf, okay? Ich sehe dich morgen."

„Okay. Bis morgen", antwortete ich. Es fühlte sich absolut unzureichend an.

***

Ich kam um viertel vor zehn nach Hause. Daisy war schon im Bett, Germaine war bei ihr gewesen, aber der Hund tapste sanft die Treppe herunter, um mich zu begrüßen, als ich die Haustür schloss. Ich konnte die Eingangsmelodie von *Mile End Days* im Wohnzimmer hören; Mum schaute wohl ein paar Wiederholungen. Ich war mir nicht sicher, ob ich es noch gucken konnte, jetzt, da ich die Wirtin Clara Brown im echten Leben getroffen hatte. Faith hatte ihrem öffentlichen Image nicht entsprochen – nicht, so weit ich es mitbekommen hatte – und das dachte ich nicht nur, weil sie versucht hatte Tony zu vereinnahmen.

Ich streichelte Germaine und schlich die Treppe hoch, hoffte, Daisy wäre vielleicht noch wach, weil ich wirklich eine Umarmung brauchte; aber dann stand ich an der Tür zu ihrem Zimmer und konnte ihren gleichmäßigen Atem hören, was bedeutete, dass sie im Land der Träume war. Ich spielte mit der Idee, unabsichtlich-absichtlich ein Geräusch zu machen und sie zu wecken, aber verwarf sie schnell. Ich hatte das einmal gemacht, als sie ein Baby gewesen war, und es sofort bereut – für die nächsten drei Stunden hatte sie ununterbrochen geweint.

„Schlaf gut, Liebling", flüsterte ich und ging wieder nach unten, Germaine folgte mir ruhig. Wenigstens konnte ich den Hund knuddeln.

„Ich dachte doch, dass ich dich gehört habe." Mum sah auf, als ich ins Wohnzimmer kam und mich aufs Sofa fallen ließ. Germaine sprang neben mir herauf, legte ihren Kopf in meinen Schoß und himmelte mich an. Als sie zu uns gekommen war, hatte ich so gute Vorsätze gehabt, sie nicht auf die Möbel zu lassen, und die hatten etwa fünf Minuten gehalten. „Hat Nathan dich gefunden?"

„Was?" Ich war überrascht. „Ist er hier vorbeigekommen?"

Mum nickte. „Ja, hat er dich gefunden?"

„Ja, hat er. Er hat nicht gesagt, dass er zuerst hier war."

„Er meinte, dass er dringend mit dir reden müsste", erklärte Mum. „Der arme Nathan, er hat wirklich viel um die Ohren, jetzt, wo sein Vater krank ist und so weit weg. Habt ihr gesprochen?"

„Nicht wirklich. Wir wurden abgelenkt." Mum grinste mich an und ich verdrehte die Augen. „Nicht *so*", sagte ich, mir bewusst, dass eine gewisse Enttäuschung in meiner Stimme zu hören war. „Es ist was passiert, das ist alles."

„Was ist passiert?"

Ich stöhnte. Ich wusste, dass sie mich so lange nerven würde, bis ich es ihr erzählen würde, aber sie war so gut im Geheimnisse hüten wie Enten beim Basketball. Ich bedachte sie mit einem ernsten Blick.

„Wenn ich es dir sage, darfst du es niemandem sagen", erklärte ich.

„Wann habe ich je etwas weitererzählt?", fragte sie, ganz unschuldig. Ich brach in schallendes Gelächter aus. „Okay, ich verbreite vielleicht Lokalnachrichten, aber das ist nicht dasselbe, wie Geheimnisse auszuplaudern, oder?"

„Ähm, doch, doch, das ist es. Ich meine es ernst, Mum, du darfst es niemandem sagen. Es wird früh genug in die Nachrichten kommen und dann kannst du sagen, du wusstest es schon, aber davor nicht."

Sie sah mich mit weit aufgerissenen Augen an. „Verdammt, was ist da passiert? Sag's mir!"

Ich seufzte. „Jeremy Mayhew ist heute Abend auf der Dinnerparty gestorben."

Sie schnappte nach Luft – ein ehrliches Zeichen der Überraschung. „Doch nicht der Typ aus *Bagnall*? Daisy hat vorhin noch gesagt, wie gut er gewesen ist."

Ich nickte. „Genau der."

„Oh nein! Was für eine Verschwendung. War verdammt heiß, als er jünger war. Ich hätte auch jetzt nicht Nein zu ihm gesagt, wenn ich ehrlich bin."

„Mum! Der arme Kerl ist tot. Hab ein bisschen Respekt."

„Was ist bitte respektlos daran zu sagen, er war ein Hingucker? Er war damals ein echter Bad Boy, als er jünger war, immer in den Zeitungen ... Also, was ist passiert?"

Ich zögerte. Es sah zu neunundneunzig Prozent so aus, dass der Kugelfisch schuld gewesen war und daher war es Zacks Schuld, aber ich wollte so sehr, dass es *nicht* seine Schuld war, dass ich ihn nicht beschuldigen wollte, bis wir wussten, absolut, definitiv, einhundert Prozent, was die Todesursache war. Also sagte ich bloß: „Wir sind nicht sicher. Wir glauben, dass es etwas war, das er gegessen hat." Absolut wahrheitsgemäß.

„Oh, das ist furchtbar! Doch nicht etwas, was du gekocht hast?"

Ich wurde knallrot. „Nein, nichts von meinen Sachen! Es war ... eine Allergie oder so was. Wir wissen es noch nicht. Es passierte sehr schnell."

„Armer Mann. Furchtbare Art zu sterben." Sie hatte Recht. Es musste furchtbar gewesen sein.

***

Mum ging nicht lange danach ins Bett. Ich zog mir meinen Pyjama an und machte mir eine heiße Schokolade, dann legte ich mich ins Bett, um noch ein bisschen zu lesen, aber ich konnte mich nicht konzentrieren. Meine Augen fuhren immer wieder über dieselben Worte, wieder und wieder, ohne etwas davon zu verstehen. Irgendwann gab ich auf und ließ meine Gedanken einfach schweifen. Vielleicht *war* es eine Allergie gewesen? Vielleicht war deshalb niemand von den anderen betroffen. Aiko und Sam hatten beide von Übelkeit gesprochen, aber die Aufregung des Abends war sicher genug, um einem auf den Magen zu schlagen; es konnte einfach nur der Schock gewesen sein. Viele Menschen schienen heutzutage Unverträglichkeiten zu haben. Man nehme nur Kimi, mit ihrer langen Liste von Diätvorschriften – obwohl ich mir nicht sicher war, ob sie wirklich nötig waren oder ob sie einfach nur wählerisch war.

Ich griff in die Schublade meines Nachttischs und suchte darin herum, bis ich gezwungen war, mich damit abzufinden, dass sich darin kein Papier befand, also ging ich nach unten, fand einen Schreibblock und einen Stift und kehrte zurück ins Bett. Ich setzte mich bequem mit meinen Kissen auf, machte Platz für Germaine (die an ihren gewohnten Platz an Daisys Füßen zurückgekehrt, dann aber zu mir gekommen war, um zu sehen, was hier abging, und dann hatte sie wohl beschlossen, dass mein Bett gemütlicher war) und begann zu schreiben.

Am nächsten Morgen wurde ich von dem Ping einer Textnachricht auf meinem Handy geweckt, welches ich oben auf meinem Schubladenschränkchen gelassen hatte. Mein erster Gedanke war, dass es Nathan sein musste, der mir sagen würde, dass noch jemand gestorben war, aber als ich mich durch den Raum geschleppt hatte und sie, noch mit verschlafenen Augen, las, erkannte ich, dass es sich um eine Gruppennachricht vom Produktionsbüro des Films handelte, die den Statisten mitteilte, dass der Dreh bis auf weiteres verschoben wurde. *Das wird für Aufregung sorgen,* dachte ich und keine zehn Minuten später hatte ich schon eine Nachricht von Tony, der sichergehen wollte, dass ich die Nachricht auch bekommen hatte und ob ich wüsste, was da los war ... Worauf ich antwortete, dass ich es gelesen hatte, aber seine Frage beantwortete ich nicht. Und fünf Minuten danach rief Debbie mich an.

„Also, was ist da los?", fragte sie, in der Sekunde, in der ich den Anruf annahm.

„Ich wünsche dir auch einen guten Morgen", sagte ich und unterdrückte ein Gähnen.

„Ja, ja, was auch immer", plapperte sie. „Komm schon, spuck's aus. Callum hat Tony gestern Abend gesehen und er sagte, du warst immer noch beim Dreh, irgendeine Dinnerparty. Und am nächsten Tag wird alles gestoppt. Was hast du getan? Bisschen Arsen in Faiths Nachtisch gemischt, damit sie aufhört, mit Tony zu flirten?"

„Nein, ich habe verdammt nochmal niemanden vergiftet! Und wieso sollte es mich kümmern, wenn sie mit

Tony flirtet?", sagte ich, obwohl es mich *schon* irgendwie kümmerte.

„Also, wieso haben sie den Dreh gestoppt?"

„Wieso glaubst du, ich wüsste es?"

Sie schnaubte. „Weil du so verdammt neugierig bist."

Ich seufzte. Das musste ich schon zugeben. Ich öffnete meinen Mund und wusste noch nicht, was ich sagen sollte, da rettete mich ein Piepsen, als ein weiterer Anruf hereinkam: Nathan.

„Sorry, aber Nathan ruft mich an", erklärte ich, „und um ehrlich zu sein, sieht er besser aus als du, also ..."

Sie lachte. „Ich will der wahren Liebe nicht im Weg stehen", sagte sie, weil sie natürlich keine Ahnung hatte, dass Nathan umziehen würde. Ich blinzelte wild, weil ich die plötzlichen Tränen zurückdrängen wollte, die drohten. „Na geh schon. Grüß ihn von mir."

Sie legte auf und ich nahm Nathans Anruf entgegen.

„Morgen", grüßte ich mit gezwungener Fröhlichkeit.

„Morgen. Wie geht's dir? Keine Krankheit oder ähnliches?", fragte er.

„Nein, mir geht's gut. Wie siehts bei den anderen Gästen aus? Hat sonst noch irgendwer den Löffel abgegeben?"

„Ich weiß nicht. Ich hab noch nicht im Krankenhaus angerufen", sagte er. „Ich wollte zuerst mit dir sprechen." Ich fühlte mein Herz anschwellen; ich war die erste Person, an die er gedacht hatte. Zum Glück saß ich schon auf meinem Bett, sonst hätte es mich vielleicht umgehauen. „Und natürlich hätten sie mich angerufen, wenn jemand gestorben wäre." Nun ja, das stimmte natürlich ...

„Also jedenfalls, ich hab nachgedacht ...“, begann ich und er stöhnte.

„Und los geht’s“, sagte er, klang aber gutgelaunt.

„Wie lange dauert es, bis wir die Laborergebnisse wegen der Todesursache haben?“, fragte ich.

Er lachte. „Du meinst wohl, bis *ich* die Ergebnisse habe. *Ich* bin der Polizist, erinnerst du dich?“

„Entschuldigung, Detective Chief Inspector, ich kenne meinen Platz.“

Darüber lachte er auch wieder. Er hatte so ein fröhliches Lachen. „Ja, klar. Ich glaube, da ist gerade ein Schwein vorbeigeflogen ... Es hilft, dass das Labor weiß, wonach es suchen muss, also mit etwas Glück hören wir am Ende des Tages, ob es sich um Tetrodotoxin – das Kugelfischgift – in der Blutbahn des Körpers handelt. Sie machen auch eine gründliche Untersuchung, aber das dauert länger.“

„Okay, also bis dahin sollten wir keine Vermutungen anstellen, oder? Wir sollten andere Ursachen nicht ausschließen.“

Er seufzte. „Also jetzt geht’s wirklich los. Willst du mir sagen, dass du nicht glaubst, dass es Zack war? Denn du warst die Erste, die den Kugelfisch erwähnt hat.“

„Ich weiß, und ich denke immer noch, dass es die Todesursache war.“

„Aber ...?“

„Oh, ich weiß nicht ...“ Ich lehnte mich auf meinem Bett zurück und wünschte mir, dass Nathan und ich diese Unterhaltung von Angesicht zu Angesicht führen würden, genau hier auf meiner Bettdecke. Eigentlich am liebsten darunter. „Ich hasse den Gedanken, dass Zack dafür verantwortlich ist. Er ist eigentlich ein netter Kerl und die Schuldgefühle werden ihn fertig machen."

„Ich hab letzte Nacht nicht viel mit ihm gesprochen, aber ja, er ist ein netter Kerl. Dann war es ein Unfall."

„Ja", bestätigte ich, aber aus irgendeinem Grund fühlte ich mich schlecht. Ich schüttelte den Kopf. „Wie auch immer, alles, was ich dazu sagen wollte, ist, ich habe eine Liste von allem gemacht, was in den Gerichten von gestern Abend war, jede einzelne Zutat, die wir verwendet haben, und ich dachte, wir sollten alle dazu bringen, eine Liste von dem zu machen, was sie gegessen haben. Nur um zu sehen, ob es irgendwelche Überschneidungen gibt, bei denjenigen, denen es schlecht ging, falls es welche gab, und dem, was sie gegessen haben. Ich meine, ich habe noch nie zuvor eine Kugelfischvergiftung gesehen – ich habe noch nie *irgendein* Nervengift im Einsatz gesehen, abgesehen von meinem Training – also könnte ich völlig falsch liegen."

„Hmm ..." Nathan klang nachdenklich. „Stimmt schon. Selbst wenn es der Fisch war, ist es immer noch seltsam, dass Jeremy Mayhew so schnell gestorben ist, während es den anderen noch gut ging. Das war zumindest das Letzte, was ich gehört hatte. Ich sollte wahrscheinlich los und es mal überprüfen ..."

Wir vereinbarten, uns später bei Polvarrow House zu treffen; Nathan musste zurück zum Tatort und ich musste den Foodtruck prüfen – ich war gestern Nacht etwas überhastet gegangen und mir immer noch sehr bewusst, dass es nicht meiner war.

Ich konnte hören, dass Daisy aufstand, und hörte dann Mum, wie sie sich im Gästezimmer bewegte (welches in Wirklichkeit ihr Schlafzimmer war, was wir aber immer noch als Gästezimmer bezeichneten, um die Illusion aufrecht zu erhalten, dass sie eine starke, unabhängige Frau mit einem eigenen Haus war und dass sie nur mir zuliebe übernachtete). Es war unter der Woche, also Schulwoche, und der Wahnsinn würde nun losgehen.

Ich ließ mich zurück auf mein Kissen fallen und versuchte die Tatsache zu ignorieren, dass ich aufstehen und eine verantwortungsbewusste Erwachsene sein musste. Ich schloss meine Augen und hoffte von ganzem Herzen, dass dies nicht der letzte Fall sein würde, bei dem ich mit Nathan ermittelte.

KAPITEL 16

Ich schaffte es, Daisy zur Schule zu bringen, ohne ihr zu viel von letzter Nacht zu erzählen. Sie wollte alles über Zack wissen und ich hatte halb vergessen, dass sie auch als Statistin gelistet war, also hatte sie auch die Nachricht bekommen, dass der Dreh abgesagt war. Ich erzählte ihr, dass es wahrscheinlich an technischen Problemen lag und dass sie ihre Chance auf Ruhm noch nicht verpasst hatte, dann ließen Germaine und ich sie an den Toren aussteigen und wollten gerade wegfahren, als Debbie vor das Auto sprang.

„Oh nein, das wirst du nicht, Lady!", schrie sie und versperrte mir den Weg. „Da ist was, das du mir nicht erzählst." Ich musste meine Niederlage akzeptieren und einen Kaffee mit ihr trinken gehen. Wir setzten uns bei Rowe's – wo der Geruch von frisch gebackenen Pasteten und Würstchen im Schlafrock genug war, um einen Mann (oder eine Frau) aus Cornwall vor Verlangen zum Weinen zu bringen und Germaine, die sich unter den Tisch gelegt hatte, dazu brachte, meine Schuhe voll zu sabbern – und warteten darauf, dass uns die Kellnerin unsere Getränke brachte.

„Danke." Ich lächelte die Dame an, die mir, wie etwa dreiviertel der Einwohner dieser Stadt, irgendwie bekannt vorkam (vermutlich aus der Schule, obwohl es wahrscheinlicher war, dass es daran lag, dass ich dauernd in die Bäckerei kam), und rührte meinen Cappuccino, während ich darauf wartete, dass Debbie mich verhörte.

Sie atmete tief ein (oh, das würde ein ordentliches Verhör werden, ich konnte es spüren) und öffnete ihren Mund. Aber bevor sie sprechen konnte, platzte die Sache, die wirklich die ganze Zeit an mir nagte, seit ich gestern davon gehört hatte – sogar mehr als Jeremys Tod – aus mir heraus, bevor ich es verhindern konnte.

„Nathan zieht weg", spuckte ich aus. Sie hielt mit offenem Mund und solch einem überraschten Gesichtsausdruck inne, dass ich beinahe lachen musste. Aber dann erinnerte ich mich daran, was ich gerade gesagt hatte, und mir war gar nicht mehr nach Lachen zumute.

„Was?", sagte sie, völlig sprachlos. „Wann? Wieso? Wovon redest du?"

„Sein alter Boss in Liverpool hat ihm einen Job angeboten. Und seine Eltern sind dort, und sein Vater ist krank, und seine Ex wohnt immer noch dort und –"

„Verdammte Scheiße!", rief sie aus, wirkte immer noch komplett geschockt. „Ich kann es nicht glauben. Wann geht er?"

„Ich weiß es nicht", erklärte ich. Mir war schlecht. Ich spielte mit einem Päckchen Zucker, meine Finger drehten es wieder und wieder, genauso wie die Gedanken sich in meinem Kopf drehten.

„Der plaudert ja nicht gerade gerne aus dem Nähkästchen. Na, stille Wasser sind tief ... Hat er mit seiner Ex gesprochen?"

„Nein, nein, er sagte, er hätte keinen Kontakt mehr mit ihr. Ich glaube ihm das. Aber es ist wirklich ein super Job, und es ist näher bei seinen Eltern.“

Debbie lehnte sich in ihrem Stuhl zurück, schüttelte den Kopf. „Trotzdem, das kann ich nicht glauben. Ich dachte … du und er … Tony allerdings wird sich freuen.“

Ich senkte den Blick auf den Tisch. Tony war nicht der, den ich wollte, oder? Es gab gute Gründe, weshalb Tony der perfekte Mann für mich wäre. Daisy liebte ihn (aber sie hatte Nathan auch das Okay gegeben, nach dem Abendessen vor Kurzem), Mum liebte ihn, Germaine liebte ihn … Und dann war da diese kleine Sache mit dem Sixpack und seiner plötzlichen, unerwarteten Darcy-artigen Attraktivität. Germaine winselte ein bisschen und legte ihren Kopf auf meine Füße.

„Als ob sie wüsste, was ich denke“, sagte Debbie. „Eine Sache ist sicher: Tony wird Penstowan nie verlassen.“

Nein, das dachte ich auch. Das war wahrscheinlich der Hauptgrund, weshalb wir immer nur Freunde gewesen waren, abgesehen von den zwei Wochen 1994.

„Wie auch immer“, sagte ich, „ich will nicht wirklich darüber reden. Und deswegen hast du mich ja auch nicht überfallen, oder? Du willst Infos über den Dreh.“

„Ja“, antwortete Debbie, obwohl sie nun weniger interessiert daran schien. Offensichtlich wollte sie weiter das Thema Nathan und Tony diskutieren, aber ich machte klar, dass ich das nicht wollte. „Also, was ist los?“

„Du musst das aber erstmal für dich behalten. Es wird rauskommen, aber du bist zu absoluter Geheimhaltung verpflichtet.“ Sie lachte und wollte etwas sagen, aber ich stoppte sie mit einem strengen Blick. „Nein, ich meine es ernst.“

„Okay, ich verspreche es. Ich werde nichts sagen.“

Ich berichtete ihr, was passiert war. Ihr entfuhr zwischendurch ein lautes: „WAS?“, aber dann schloss sie wieder den Mund und hörte aufmerksam zu.

„Und was passiert jetzt mit dem Film?“, fragte sie anschließend.

Ich zuckte mit den Schultern. „Keine Ahnung. Ich nehme an, das hängt davon ab, wie viele von Jeremys Szenen schon abgedreht sind. Wenn es nur ein paar sind, casten sie jemand anderen für die Rolle und drehen sie nochmal.“

„Ja …“, sagte sie. „Oder vielleicht werden sie ein Double und CGI verwenden. Das haben sie bei einer Szene mit Carrie Fisher in den *Star Wars* Filmen gemacht, oder? Vielleicht machen sie das.“

„Vielleicht. Aber die eine Sache, die sie vermutlich nicht können, ist einfach aufhören. Die haben doch schon eine Menge Geld in den Film gesteckt und das bekommen sie nicht zurück, es sei denn, sie filmen fertig und veröffentlichen den Film.“

Wir tranken unsere Kaffees aus und verabschiedeten uns. Debbie umarmte mich, was mich total überraschte und mich zu Tränen rührte. Dann machten Germaine und ich uns auf den Weg nach Polvarrow House.

***

Ich war schockiert zu sehen, dass ich den Foodtruck in einem viel schlimmeren Zustand hinterlassen hatte, als ich angenommen hatte. Die Lichter waren ausgegangen, während ich mitten beim Abwasch gewesen war, und dann war Nathan aufgetaucht, nass und ein bisschen zerzaust vom Wind, ein bisschen wie Heathcliff aus *Sturmhöhe*, um ehrlich zu sein (obwohl, was Buchfreunde anging, war ich nicht gerade scharf auf Heathcliff; der war ein Tyrann); es hatte mich meine ganze Kraft gekostet, nichts Albernes zu sagen wie: ‚Du solltest mal die nassen Sachen ausziehen.‘ Und dann hatten wir den Schrei gehört (Kimi) und die Nacht war ins Chaos gestürzt …

Ich entschuldigte mich bei Germaine, während ich sie an die Stufen des Anhängers band, wobei ich die Leine lang genug ließ, damit sie ein wenig herumschnüffeln konnte. Ich ließ die Tür offen, damit sie sehen konnte, dass ich noch da war, aber sie war zu beschäftigt, das Gras zu untersuchen, folgte spannenden Geruchspfaden, so weit, wie sie durch die angebundene Leine konnte.

„Tut mir leid, Süße", entschuldigte ich mich. „Wir gehen später schön lange G.A.S.S.I., ich verspreche es."

Ich zog den Stopfen des Spülbeckens voll kalten Wassers und füllte es wieder mit heißem Spülwasser, räumte die Flaschen mit Speiseöl auf, Sojasoße und alles weitere, während ich darauf wartete, dass sich das Becken füllte. Gott sei Dank hatte ich mich gestern Nacht daran erinnert, die Fritteuse abzuschalten, sonst hätte es keinen Foodtruck mehr gegeben, zu dem ich hätte zurückkehren können. Germaine japste ein bisschen und ich wusste, dass jemand da war, bevor derjenige sprach.

„Alles okay?" Ich sah auf und entdeckte Zack, der zögernd an der Tür stand. Er sah fürchterlich aus. Ich lächelte ihn mitleidig an und winkte ihn herein,

„Wie geht's dir heute Morgen?", fragte ich. „War es dir gestern Nacht schlecht?"

Er nickte. „Ja, ein bisschen. Hab mich einmal übergeben und fühlte mich dann besser. Aiko leider nicht." Er verzog das Gesicht. „Sie war fast die ganze Nacht wach, hat sich übergeben und hatte furchtbare Kopfschmerzen."

„Oh nein! Geht es ihr jetzt besser?"

„Im Moment geht's ihr gut, sie ist nur richtig fertig", sagte er. „Sie haben sie entlassen, sie ist wieder im Hotel und ruht sich aus." Er lächelte, aber es war ein trauriges, fast tränenreiches Lächeln. „Es war ziemlich beängstigend, wenn ich ehrlich bin. Ich dachte, vielleicht habe ich sie auch getötet ..."

„Oh, Zack ..." Ich umarmte ihn und wir standen ein paar Sekunden lang da, während ich ihm auf den Rücken klopfte und er sich wieder sammelte. Ich trat zurück und sah ihn ernst an. „Mach dich nicht fertig ..."

Er schnaubte. „Wer sonst ist schuld?"

„Ich weiß, ich weiß, aber es war ein Unfall, oder nicht?" *Wie all die anderen ‚Unfälle‘, die passiert sind*, dachte ich, aber was sonst könnte es sein? Wir hatten die Ergebnisse vielleicht noch nicht, aber es musste etwas gewesen sein, das Jeremy gegessen hatte, und eine dieser Sachen, die er gegessen hatte, war ein ziemlich giftiger Kugelfisch. Er *musste* es gewesen sein. Und doch ...

Und doch nagte da etwas an mir. *Irgendetwas* war da gewesen, als ich vorhin mit Nathan gesprochen hatte, aber ich wusste nicht, was es war; es fühlte sich wie eine unangenehme Vorahnung an, oder ein schwaches Kribbeln in meinem Hirn. Egal, wie sehr ich versuchte, es zu ignorieren, es blieb dort und flüsterte mir zu. *Nur ein weiterer Unfall? Oder etwas anderes?*

Ich riss mich zusammen. Es würde Zack nicht helfen, meine Bedenken zu äußern, schon gar nicht, wenn sie sich später als falsch herausstellen würden.

„Was machst du überhaupt hier?", fragte ich. „Du musst doch sicher nicht am Set sein, oder?"

„Ich hab meine Messer und alles hier gelassen", erklärte er. „Obwohl ich nicht glaube, dass ich sie bald nochmal verwenden werde."

„Also, das wäre wirklich eine Verschwendung", sagte ich. „Ich war so beeindruckt von deinen Messerfertigkeiten gestern Nacht. Die waren besser als meine und ich war auf der Kochschule."

Er lächelte und baute sich ein bisschen machomäßig auf. „Ich bin im Süden von London aufgewachsen, oder nicht? Ich kenne mich mit Messern gut aus."

Ich lachte. „Ja, ja, was auch immer. Ich hab die letzten zwanzig Jahre in Südlondon verbracht, und so schlimm war's nicht."

„Hast du? Wo genau?"

Ich dachte darüber nach, irgendetwas zu erfinden, aber verdammt, ich war eine gute Polizistin gewesen und würde nicht deswegen lügen. „Ich war Polizistin bei der Met. In Stockwell basiert."

Falls Zack schockiert war, versteckte er es gut. „Tatsache? Wow. Ich bin aus Deptford." Er lehnte sich zu mir vor. „Sag's bitte niemandem, weil das schlecht fürs Image ist, aber ich hatte nie wirkliche Probleme mit der

Polizei. Ich hatte Kumpel, die immer Schwierigkeiten hatten, aber mich hast du eher im Theaterclub gefunden als auf der Straße." Sein Lächeln verschwand. „Das wird sich jetzt aber alles ändern, oder?"

„Sei nicht dumm; es war ein Unfall. Der Gerichtsmediziner wird den Tod als Unfall einstufen. Du hast den Fisch nicht absichtlich kontaminiert, und du hast ihn Jeremy nicht in den Hals gestopft."

Er seufzte. „Ich weiß nur immer noch nicht, wie ich ihn kontaminiert habe. Ich hab keines der Organe angestochen oder das Fleisch und die Haut zusammengebracht, und das sind die Teile, in denen sich das Gift befindet. Ich verstehe es einfach nicht."

Ich klopfte ihm auf den Rücken. „Jetzt lass uns auf die Laborergebnisse warten und sichergehen, dass es wirklich *das* war, was ihn getötet hat, bevor du deine Schürze an den Nagel hängst."

Er starrte mich an, einen kleinen Hoffnungsschimmer im Blick. „Glaubst du, es gibt eine Chance, dass es etwas anderes war? Dass er vielleicht allergisch auf was regiert hat?"

„Na ja", sagte ich ruhig. „Vielleicht. Aber natürlich war dir und Aiko auch schlecht, oder? Und vielleicht auch den anderen."

„Stimmt ..."

Armer Zack. Ich hatte seine Messer letzte Nacht gespült. Zusammen mit den Schneidbrettern, die er verwendet hatte, um den Fisch vorzubereiten, also gab ich sie ihm und schickte ihn davon.

***

Ich beendete den Abwasch von allen anderen Sachen, dann nahm ich die beiden Mülltüten, die ich gestern Nacht an der Tür abgestellt hatte, und trug sie nach draußen, ging sicher, dass ich nicht auf den Stufen stolperte. *Wie alle anderen ‚Unfälle‘*, dachte ich wieder. Hmm. Ich trug die beiden Tüten zu dem großen Müllcontainer im Hof, warf die mit den Gemüseschalen und allgemeinen Küchenabfällen hinein und hielt dann inne. Die andere Tüte war gefüllt mit den Fischabfällen – die Organe und die Haut des Kugelfischs. Ich machte auf dem Absatz kehrt und ging auf Zacks Trailer zu.

Der Wohnwagen war abgesperrt, obwohl die Spurensicherung ihre erste Untersuchung schon beendet hatte und gegangen war; soweit alle wussten, war das hier ein Unfall gewesen. Nur ich war es, die anfing zu denken, dass es das nicht gewesen war, aber ich hatte absolut nichts, worauf diese Vermutung gründete.

Davey Trelawney war gerade wieder für seine Schicht zurückgekehrt und stand draußen Wache.

„Alles klar, Davey?“, grüßte ich.

Er nickte. „Aye, bei mir ist alles klar. Suchst du nach dem Boss?“, fragte er.

Ich überlegte, ob er wohl schon wusste, dass Penstowan bald nach einem neuen DCI suchen musste. Ich nickte. „Ist er hier?“

„Redet gerade mit den Leuten vom Labor“, sagte er und nickte zu einer Stelle, wo ein Polizeiwagen und ein paar der zivilen Wagen geparkt waren. Nathan sprach mit einem Forensiker, den ich nicht kannte; Penstowan hatte kein eigenes Team und musste mit dem aus Barnstaple arbeiten.

„Danke", sagte ich, griff meine Tüte mit Müll etwas fester und schlenderte zu ihnen hinüber. Nathan sah auf, als ich mich näherte, und ein Lächeln breitete sich auf seinem Gesicht aus. Er ließ es schnell verschwinden und wandte sich, der ewige Professionelle, wieder an seinen Kollegen.

„Hallo", sagte ich. Der Forensiker nickte mir zu und ging dann zu seinem Auto. „Warten Sie", sagte ich, um ihn aufzuhalten. „Ich hab da ein Geschenk für Sie." Ich hielt die Tüte mit Fischabfällen hoch. Sie begann schon zu riechen. „Fisch-Innereien."

Er verzog das Gesicht. „Das wär' doch nicht nötig gewesen."

„Es sah nicht so aus, als wäre gestern noch viel vom Essen auf den Tellern übrig gewesen, also dachte ich, Sie möchten vielleicht den Kram hier einpacken und sichergehen, dass es zum toxikologischen Bericht des Opfers passt", erklärte ich. Der Forensiker sah überrascht aus, dann nickte er zustimmend, als er mir die Tüte abnahm.

„Gut mitgedacht", sagte er, dann sah er mich an. „Sie sind Eddie Parkers Tochter, oder? Ich kannte ihn nicht gut – ich war noch nicht lange dabei, als er starb –, aber er war ein guter Kerl. Sehr ermutigend. Ich hab schon viel von Ihnen gehört, seit Sie wieder da sind."

Ich muss so schockiert ausgesehen haben, wie ich mich fühlte, denn Nathan lachte. „Nur Gutes, hoffe ich", sagte ich.

Der Mann grinste. „Das meiste." Er hielt den stinkigen Müllbeutel hoch. „Vielen Dank dafür. Ich werde das auf Tetrodotoxin untersuchen, sobald ich zurück auf die Wache komme, und dann sollten wir die Ergebnisse bis zum Ende des Tages haben, zusammen mit dem toxikologischen Bericht der Leiche."

Wir sahen zu, wie er wegfuhr.

„Na mach schon", sagte Nathan.

„Was?"

„Dein sechster Sinn regt sich wieder, was?" Er drehte sich mir zu. „Du machst es wieder, oder? Verwandelst meinen netten, einfachen, schon gelösten Fall in eine verzwickte, rätselhafte Mordermittlung à la Sherlock Holmes."

„Ich dachte, ich wäre Magnum?" Das war es, als was er mich in den ersten Tagen unserer Beziehung bezeichnet hatte, als wir uns während der Mordermittlung an Tonys Exfrau in die Haare bekommen hatten. Alles hatte darauf hingedeutet, dass Tony der Killer gewesen war, aber ich war überzeugt davon, dass ich es besser wusste, und wie sich herausstellte, war es auch so. Aber als ich Nathan gesagt hatte, dass er falschlag und dass ich selbst ermitteln würde, hatte er gedacht, dass es die witzigste Sache war, die er je gehört hatte. Mir hatte es gefallen, ihm das Gegenteil zu beweisen. Mein Magen drehte sich bei dem Gedanken daran, dass ich ihm vielleicht nie wieder das Gegenteil würde beweisen können.

Nathan lachte. „Ich kannte dich doch damals nicht wirklich. Kaffee?"

„Wenn ich dazu Ja sage, heißt das, dass wir zum Foodtruck zurückgehen und ich ihn machen muss?"

„Ja. Und wenn du noch ein paar Kekse herumliegen hast, nehme ich die dir auch gerne ab. Hatte noch keine Zeit für ein Frühstück."

„Ich glaube, wir schaffen was Besseres als das", verkündete ich, das Bild von mir als fünfziger Jahre Hausfrau im Kopf (inklusive Rüschenschürze), wie ich ihm Pancakes machte. *Davon träumt er wohl!,* dachte ich und war dann traurig, weil das offensichtlich nicht sein Traum war, wenn er vorhatte zu gehen. Ich räusperte mich. „Ich meine, ich koch dir was, wenn du möchtest."

Wir liefen zurück zum Truck und ich kochte Kaffee. Nathan ließ mich kein Frühstück für ihn machen, aber ich fand einen von Zacks Proteinriegeln und gab ihm stattdessen den. Dann setzten wir uns an einen der Picknicktische, Nathan eingewickelt in seine Winterjacke gegenüber von mir, in eine Decke eingewickelt, die Gino versteckt hatte. Germaine schnüffelte an Nathans Füßen herum, hoffte auf ein kleines Stück von dem, was er aß, gab dann aber auf und wimmerte, bis ich sie hochhob und neben mich auf die Bank setzte, wo sie ihre Nase auf meinem Schoß ablegte.

Ich kramte in meiner Tasche herum und zog ein Papier hervor, während Nathan auf seinen Kaffee pustete. „Hier. Eine Liste aller Dinge, die ich beim Essen letzte Nacht verwendet habe, nur für alle Fälle." Er streckte sich danach aus und unsere Finger berührten sich für eine Sekunde, woraufhin sie kitzelten. *Oh mein Gott, verschwinde hier mit deinem Schnulzenromankram,* dachte ich, aber ich konnte es nicht verhindern. Nathan sah mich an, sagte aber nichts, dann zog er die Liste zu sich und begann sie zu lesen.

„Du liebe Güte, Jodie, was ist denn die Hälfte von dem Zeug? *Fukujinzuke?*"

„Eingelegtes japanisches Gemüse. Ich hab's nicht gemacht; das war in einem Glas. Ich hätte wahrscheinlich noch aufschreiben sollen, was alles darin war …"

„Ja, nun, vielleicht, wenn die Laborergebnisse negativ auf Tetrodotoxin zurückkommen sollten. Das ist alles, was du gestern Abend serviert hast?"

„Ja", sagte ich, aber dann fiel mir etwas ein. „Nein, warte, die hatten auch Cupcakes, wenn sie überhaupt zu denen gekommen sind, bevor der arme Jeremy das Zeitliche segnete. Die hab ich nicht gemacht."

„Waren sie aus einem Laden oder hat sie jemand hier gemacht?"

„Ich hab keine Ahnung." Ich blickte ihn an und mein Kopf arbeitete unentwegt weiter. „Ich war damit beschäftigt, irgendwas anderes zu machen, und dann hab ich aufgesehen und da waren sie, auf dem Tresen, in einer richtigen Bäckereischachtel. Ich hatte nicht gesehen, wer sie geliefert hatte, und Zack wusste auch nichts von ihnen. Sie sahen aus, als wären sie aus einer Bäckerei, aber da war kein Name oder irgendwas auf der Schachtel, also kann ich's nicht mit Sicherheit sagen."

„Hmm …" Nathan sah nachdenklich aus. „Vielleicht hatte sie jemand von den anderen bestellt? Ich werde es mir notieren."

„Hast du schon mit dem Krankenhaus telefoniert? Waren die anderen auch krank?"

Nathan nickte. „Ja. Aiko Takahashi scheint es am schlimmsten erwischt zu haben."

„Zack sagte, dass sie sich fast die ganze Nacht übergeben hat."

„Ja, und der Doc sagte, er hat sie einmal sogar angerufen, weil er sich solche Sorgen gemacht hat. Sie wird sich wieder erholen, aber es hat sie ziemlich erwischt. Die Ärztin war um Mitternacht auch bei Sam Pritchard und er hatte sich gerade übergeben. Die Schwestern haben Mike Mancuso nicht viel gesehen – er hatte es wohl geschafft, sich ein Privatzimmer zu erschleichen –, aber offenbar hat er auch die halbe Nacht mit der Kloschüssel gesprochen und Faith meinte wohl, sie fühle sich ‚komisch‘, hätte es aber geschafft, es zu verschlafen.“

„Was ist mit Kimi?“

„Kimi meinte, es ginge ihr gut und sie hätte sich selbst entlassen, nachdem sie ihr gesagt hatten, dass der Hund nicht im Krankenhaus bleiben könnte, selbst wenn sie ein Privatzimmer bekommen würde.“

„Hat sie überhaupt was von dem Fisch gegessen?“, fragte ich. „Angeblich ist sie Veganerin, aber nur, wenn es ihr in den Kram passt. Sie hat Zack erzählt, sie hätte ihn gegessen.“

„Ich weiß nicht“, antwortete Nathan. „Aber es würde erklären, warum ihr nicht schlecht war.“ Er sah mich an. „Und es würde es noch wahrscheinlicher machen, dass es der Kugelfisch war.“

Ich seufzte. „Ich weiß ...“

Er ahmte meinen Seufzer nach. „Aber ...“

Ich beugte mich über den Tisch und klatschte ihm auf die Hände. „So schlimm bin ich nicht!“

„Ich weiß“, sagte er, dann seufzte er wieder. „Aber ...“ Ich beugte mich wieder herüber, um seine Hände zu klatschen, doch er lachte und ergriff meine Hand. „Ich könnte dich wegen Angriffs auf einen Polizisten verhaften, weißt du.“

Ich schnaubte. „Das würde ich gern sehen."

Er lächelte, aber ließ meine Hand nicht los. „Ich hab etwas bemerkt. Jedes Mal, wenn ich in letzter Zeit mit dir reden möchte, werden wir entweder unterbrochen oder du rennst weg."

Ich fühlte, wie meine Wangen brannten. *Bitte, sprich mit mir nicht über deinen neuen Job,* dachte ich verzweifelt, *ich will nicht daran denken.* Aber er wollte offensichtlich mit mir darüber reden.

„Seit ich dieses Jobangebot erwähnt habe –"

„Sind Sie DCI Withers?"

Nathan hielt meine Hand und den Blick auf mich noch ein paar Sekunden, dann ließ er beides fallen und wandte sich an die Person, die gesprochen hatte. David Morgan stand hinter Nathan und sah ziemlich genervt aus.

Nathan warf ihm ein versöhnliches Lächeln zu. „Was kann ich für Sie tun, Sir?"

„Der Polizist da drüben", – er zeigte vage in die Richtung von Zacks Trailer, vor dem Davey noch immer Wache hielt –, „sagte mir, dass Sie hier das Sagen haben. Können Sie mir bitte sagen, was zur Hölle los ist? Ich habe von ein paar der Crewmitglieder gehört, dass der Produktion der Garaus gemacht wird, und es gibt eine Menge wilder Gerüchte, die im Umlauf sind."

„Und wer sind Sie bitte, Sir? Ich glaube, wir haben uns noch nicht kennengelernt."

„David Morgan", sagte er eingeschnappt. „Ich bin der Eigentümer von Polvarrow House."

„Freut mich, Sie kennenzulernen, Mr Morgan", sagte Nathan und hielt ihm seine Hand zum Schütteln entgegen. Morgans Wut verflog, überschwemmt von

Nathans Charme. „Hat niemand von der Produktionsfirma Sie kontaktiert?“

„Nein, ich hab nichts gehört“, sagte Morgan. „Um ehrlich zu sein, Detective Chief Inspector, ich wünschte mir langsam, dass ich nie zugestimmt hätte, dass sie hier filmen dürfen.“

„Ich kann mir vorstellen, dass das sehr schwer sein muss“, stimmte Nathan zu. „Alles, was ich Ihnen mitteilen kann, ist, dass gestern Nacht einer der Schauspieler nach dem Dreh erkrankte und schließlich verstarb. Wir behandeln den Fall im Moment nicht als verdächtig, aber natürlich sind wir verpflichtet, jeden unerwarteten Todesfall zu untersuchen. Deshalb werden in den nächsten Tagen einige meiner uniformierten Kollegen hier sein und ich werde mich, wenn nötig, auch hier aufhalten. Ich nehme an, dass die Filmleute im Moment noch überlegen, wie sie am besten fortfahren. Sie sollten wohl am besten mit Mr Mancuso sprechen.“

„Jemand ist gestorben? Wer? Wie?“ Morgan sah besorgt aus.

„Jeremy Mayhew“, erklärte ich. „Es scheint, als hätte er einen Allergieschock erlitten.“

Nathan sah mich streng an, dann nickte er. „Wir warten immer noch auf die Bestätigung der Todesursache, aber es sieht sehr danach aus“, sagte er.

„Wie furchtbar“, sagte Morgan, obwohl er fast erleichtert aussah. „Nun, ich ... ich habe Dinge zu erledigen“, sagte er lahm. „Danke für Ihre Hilfe, DCI Withers.“

Wir beobachteten, wie er davonlief. Germaine, deren Ohren sich aufgestellt hatten und die während der Unterhaltung mit Morgan aufmerksam geworden war, seufzte schwer und legte sich wieder hin.

„Er mag es wirklich nicht, dass sie hier sind, oder?", murmelte Nathan.

„Nein", antwortete ich, „was wirklich schade ist, denn ich hatte ihn am Castingtag getroffen und da war er ganz aufgeregt und fröhlich deswegen. Sie haben ihn auf die Palme gebracht, weil sie seine Blumenbeete zertrampelt haben, an dem Tag, als die Lichter kaputt gingen."

„Ja ..." Nathan wurde nachdenklich.

Ich schmunzelte. „Du machst es auch. Irgendwas nagt an dir, oder?"

„An mir nagt überhaupt nichts", sagte er, aber er klang nicht sehr überzeugt und er wusste es. „Oh, okay, ja, schon gut, irgendwas stimmt nicht."

„Zu viele Unfälle."

Er nickte. „Es ist alles einfach ein bisschen ... zu *praktisch*, oder? So viele Unfälle, also denken die Leute, der Dreh ist verflucht, und dann stirbt jemand. Also *ist* die Produktion vielleicht verflucht. Allerdings wissen du und ich, dass es solche Dinge nicht gibt, stimmts?"

„Stimmt."

„Der einzige Fluch, der existiert, ist der zwischen dir und mir. Der, der uns dauernd unterbricht, jedes Mal, wenn ich versuche –" Nathans Handy klingelte. Er verdrehte die Augen und sah mich dann an. „Siehst du? Jedes. Mal." Er nahm den Anruf entgegen. „DCI Withers ... Wie fühlen Sie sich heute, Mr Mancuso?" Er hob die Augenbrauen und sah zu mir, während er sprach. „Also geht es Ihnen nicht mehr schlecht? Das ist schön ... Natürlich ... Nun, vielleicht sollten wir uns erst einmal unterhalten ... Oh, sind Sie? Wie praktisch, ich bin auch hier. Wir können uns in Ms Mackenzies Wohnwagen treffen.“

Er grinste mich an, während er auflegte. „Also, das war Mike Mancuso, der von mir die Fallnummer als Referenz haben wollte, um sie der Versicherung der Produktion zu melden. Hast du Lust auf eine Unterhaltung?“

KAPITEL 17

Der Filmproduzent wirkte überraschend fröhlich für jemanden, der sich die ganze Nacht übergeben hatte und dessen Film angeblich, zusammen mit einem seiner Stars, das Zeitliche gesegnet hatte.

Er stand auf, als wir Faiths Trailer betraten, und schlenderte zu uns, dann quetschte er Nathans Hand. „Danke, dass Sie gekommen sind, Detective, das schätze ich wirklich sehr."

„Kein Problem", sagte Nathan. „Es gibt da ein paar Fragen, die ich Ihnen über letzte Nacht stellen wollte, also können wir zwei Fliegen mit einer Klappe schlagen." Er lächelte und gestikulierte zu der eingebauten Sitzecke in der Küche des Wohnwagens. „Sollen wir?"

Mancuso Lächeln war eingefroren; wenn er gedacht hatte, dass er hier das Sagen hatte, hatte Nathan ihn gerade streng (aber freundlich) vom Gegenteil überzeugt. Aber er war es sicher gewohnt, die mächtigste Person im Raum zu sein und es würde mehr brauchen, um ihn von diesem Glauben abzubringen.

„Natürlich." Er sah an mir hoch und runter, dann wandte er sich wieder an Nathan, während er sich setzte. „Werden wir wirklich in Anwesenheit des Caterers sprechen?" Er sah runter, weil Germaine ein Wimmern von sich gab, dann wieder zu Nathan. „Und eines Köters?"

„Ms Parkers Catering Geschäft ist nur eine Nebenbeschäftigung", sagte Nathan. „Sie ist Beraterin der Polizeibezirke Devon und Cornwall, und offensichtlich verlangt dieser spezielle Fall ihre Expertise." Er hielt inne. „Der Hund ist nur zufällig dabei."

Ich wusste, dass Nathan das nur gesagt hatte, damit Mancuso meine Präsenz nicht weiter infrage stellte, aber ich strahlte trotzdem ein bisschen. *Er hat mich Expertin genannt!,* dachte ich.

„Fall?", wiederholte Mancuso streng. „Sicher war Mayhews Tod bloß ein Unfall? Das Gift des Kugelfisches - "

„Wir warten immer noch auf die Bestätigung der Todesursache", erklärte Nathan ruhig. „Bis dahin, können wir nichts ausschließen."

„Aber Sie wissen doch, dass es ein Unfall *war*?" Er sah von Nathan zu mir, suchte nach Bestätigung.

„Vielleicht war es der Fluch", sagte ich.

Er verdrehte die Augen. „So was gibt es nicht", sagte er. „Ich weiß, es gab eine Menge ... Unglücksfälle, aber dieses ganze Gequatsche über einen Fluch ... Filmstars sind wie Rennpferde; sie sind wahnsinnig nervös und einfach zu erschrecken. Es gibt keinen Fluch. Es war ein Unfall, das sage ich Ihnen."

„Vermutlich haben Sie recht", stimmte Nathan zu. „Aber wir müssen Ihnen trotzdem ein paar Fragen stellen. Ich gehe davon aus, dass Sie sich gestern Nacht nicht gut fühlten? Erzählen Sie mir bitte davon."

„Ich hatte Kopfschmerzen und hab mich übergeben", sagte Mancuso. Nathan wartete. „Was, wollen Sie etwa eine Beschreibung?"

„Wir wollen herausfinden, weshalb Sie alle unterschiedlich stark betroffen waren", erklärte Nathan.

„Wieso denken Sie, war Mr Mayhew so plötzlich betroffen? Wenn es der Kugelfisch *war*, hatte er so viel mehr davon zu essen als alle anderen? Was denken Sie?"

Mancuso rutschte auf seinem Platz herum. „Weiß ich nicht. War ja nicht so, dass ich beobachtet hab, wer was gegessen hat."

„Schon gut. Können Sie mir sagen, was Sie gegessen haben?"

„Den Kugelfisch natürlich. Ich hab alles gegessen; es war köstlich."

„Haben Sie einen Cupcake gegessen?", fragte ich. Nathan warf mir einen wahnsinnig schnellen Blick zu und ich vermutete, dass er genau diese Frage von mir erwartet hatte.

Mancuso nickte. „Oh ja, am Ende hat Zack diese Schachtel mit Cupcakes gebracht und wir haben alle einen gegessen. Die waren gut."

„Haben alle davon gegessen?"

Er dachte nach. „Ich glaube schon ... obwohl Kimi ein Riesentheater gemacht hat, von wegen, sie isst keinen Zucker, also nehme ich an, sie hatte keinen. Keine Ahnung."

„Und Sie waren während des ganzen Essens im Wohnwagen?"

Nathan machte sich Notizen in seinem Block, welchen Mancuso nervös beäugte. Ich war mir nicht sicher, ob es ein Schuldeingeständnis war (*Schuld wegen was*, fragte ich mich) oder ob er einfach nur ein verdächtiger Typ war. Er war ein New Yorker Filmproduzent, also würde ich mein Geld auf Letzteres setzen.

„Ja", sagte er. „Oh, außer ganz am Anfang, bevor wir mit dem Essen begonnen hatten. Ich bekam einen

Anruf von meiner Tochter, also ging ich nach draußen, um ihn anzunehmen. Sie wohnt während des Drehs bei mir.“

„Okay …“ Nathan notierte das, dann sah er lächelnd auf. „Also was passiert jetzt?“

„Was meinen Sie?“

„Beenden Sie den Dreh jetzt? Oder können Sie ohne Jeremy weitermachen?“

„Sie verlieren Geld, wenn Sie einfach aufhören“, sagte ich. „Oder sind Sie gegen solche Dinge versichert?“

Mancuso wirkte verärgert. „Wieso wollen Sie das wissen?“

„Sie ist eine ehemalige Polizistin“, erklärte Nathan. „Sie ist neugierig, genau wie ich. Also, erklären Sie’s.“

Ich hielt meine Hände abwehrend hoch. „Ich bin nur interessiert, das ist alles. Die halbe Stadt ist als Statist engagiert, also wollen alle wissen, was los ist.“

Er schien nicht aus dem Nähkästchen plaudern zu wollen und einen Moment lang dachte ich, er würde mich ignorieren, aber dann entschied er offenbar, dass ich keine Bedrohung war, und warf mir ein breites, falsches Lächeln zu.

„Natürlich sind wir versichert; das ist bei so großen Produktionen Standard. Es deckt die Ausgaben, wenn man gezwungen ist, den Dreh zu unterbrechen, ob es nun temporär oder dauerhaft ist.“

„Also, wenn ein Cast- oder Crewmitglied während des Drehs stirbt –“, begann Nathan.

„Zahlt sich das aus, ja.“

„Aber Jeremy ist ja nicht während eines Drehunfalls verstorben, nicht wahr?“, sagte ich. Ich merkte, dass Nathan mich interessiert ansah, obwohl ich selbst noch

nicht genau wusste, worauf ich hinauswollte. „Kimi
sagte Sam, er hätte Zack davon abhalten sollen, den
Fisch zu servieren, aber Sie sagten, dass Sie das Okay
dazu gegeben hätten. Ich bin sicher, dass ich irgendwo
mal gelesen habe, dass, wenn Filmstars während der
Drehpausen risikofreudige Dinge unternehmen wollen, wie, ach ich weiß nicht, Motorsport oder Wasserski
fahren oder so etwas, würden die Produktionsfirmen
es verbieten, weil es zu gefährlich wäre und den ganzen
Film in Gefahr bringen würde." Ich sah Mancuso aufmerksam an. „Aber das hier *war* gefährlich und Sie haben es erlaubt. Warum würden Sie so etwas tun?"

„Weil der Caterer – Gino, der *echte* Caterer – mir versichert hat, dass es sicher wäre. Er sagte, er würde dafür
sorgen, dass es nicht gefährlich wäre."

Nathan und ich tauschten Blicke aus.

„Wie wollte er denn das bewerkstelligen?", fragte
Nathan.

„Mein Gott, keine Ahnung!" Mancuso klang genervt.
„Ich nehme an, er wollte Zack überwachen und sichergehen, dass er es richtig macht."

„Aber dann hat Gino sich den Arm gebrochen",
drängte Nathan. „Sie haben nicht daran gedacht, Zack
vielleicht zu raten, es zu lassen, wenn Gino ihn nicht
überwachen konnte?"

Der Produzent lachte, aber es klang gezwungen. „Hey,
sind Sie sicher, dass Sie nicht für die Versicherungsfirma arbeiten?"

Nathan lachte ebenfalls und es klang nicht unge-
zwungener. „Wenn Ihre Versicherung meiner ähnlich
ist, dann werden die Sie noch härter in die Mangel

nehmen. Sie hätten die mal bei einer simplen Auto-
beule hören sollen. Und bei einem ehrlichen Bullen wie
mir.“

Mancuso stand auf, hoffte wohl, dass wir es ihm
gleichtun und gehen würden, aber wir beide blieben
sitzen.

„Sehen Sie, okay“, begann er. „*Vielleicht* hätte ich daran denken sollen, Zack aufzuhalten, aber – Karten auf
den Tisch – ich hab eine Menge um die Ohren während
eines Drehs und es schien mir kein Problem zu sein. Ich
bin ein beschäftigter Mann, verklagen Sie mich.“ Er
ging zur Tür und zog sie auf. „Also, wie gesagt, ich bin
ein beschäftigter Mann, wenn ich Sie also bitten darf ...“

„Sie dürfen“, sagte Nathan freundlich, bewegte sich
aber nicht gleich. „Oh, entschuldigen Sie, Sie möchten,
dass wir gehen? Wo hab ich nur meine Manieren gelassen? Natürlich haben Sie wichtigeres zu tun. Ich muss
nur herausfinden, wie einer Ihrer Schauspieler zu Tode
gekommen ist.“ Er stand auf und ich folgte ihm. Nathan
nahm eine Visitenkarte aus seiner Tasche und schrieb
eine Nummer darauf. Er ging zur Tür und übergab die
Karte Mancuso. „Hier ist die Fallnummer, falls Ihre
Versicherung danach fragt. Danke, dass Sie Zeit für uns
hatten.“

Er trat durch die Tür, aber ich kannte Nathan und
wusste, dass er noch nicht fertig mit ihm war – und ich
hatte Recht. Er hielt inne und wandte sich noch einmal
an Mancuso. „Ich würde die Summe allerdings noch
nicht einfordern, wenn ich Sie wäre. Auf Wiedersehen.“

Nathan schritt die Stufen hinunter und ließ einen
zornerfüllten Mancuso zurück. Ich gab ihm mein

charmantestes Lächeln, sagte „Auf Wiedersehen!“, folgte ihm, nachdem ich Germaine hochgehoben hatte, deren Füße Probleme mit den Stufen hatten. Ich konnte es ihr nachfühlen.

***

Nathan war beinahe schon wieder am Foodtruck, als ich ihn einholte. Er drehte sich zu mir um und grinste mich an, ein schelmisches Grinsen, das meine Knie in Pudding verwandelte und (wenn ich ehrlich bin) mein Höschen lockerte.

„Das war lustig, oder?“, sagte er.

Ich lachte. „Was sollte das Ganze?“, fragte ich, ergänzte und äffte dabei seinen Akzent nach, „‚Ich würde die Summe allerdings noch nicht einfordern, wenn ich Sie wäre.‘ Oh mein Gott, ich wäre beinahe geplatzt.“

„Was soll ich sagen? Ich mag den Kerl nicht.“

„Tatsächlich? Wär’ ich nie drauf gekommen …“

Nathan lachte, dann hielt er inne und sah mich an. „Wir sind ein gutes Team, nicht wahr?“

„Du meinst im Sinne von ‚guter Bulle, böser Bulle‘?“

„Ich dachte mehr an ‚Möchtegern Bulle, tatsächlicher Bulle‘ …“

„Hey!“ Ich hob meine Hand, als wollte ich ihm eine verpassen, aber er fing sie ab.

„Willst du mich schon wieder schlagen? Muss ich dir etwa Handschellen anlegen?“ Er zog mich zu sich und ich dachte: *Oh mein Gott, ENDLICH wird er mich küssen.* Und dann dachte ich: *Und dann wird er nach Liverpool abhauen …*

Nathan zögerte, und dann –

Sein Handy klingelte. Er seufzte. „Jedes. Einzelne. Mal." Er ließ meine Hand los und kramte sein Telefon hervor. Er sah auf das Display, den Namen des Anrufers und dann lehnte er den Anruf ab.

„Wer war das?", fragte ich und dachte: *Das ist schon das zweite Mal, dass er einen Anruf in meiner Gegenwart ablehnt ...*

„Mein alter Boss", antwortete er.

„Der aus Liverpool? Du solltest wohl besser mit ihm reden, wenn er wieder dein Boss werden soll."

Er schüttelte den Kopf, fast wütend. „Ich hab dir gesagt, ich –"

Aber dann wurde er wieder von seinem klingelnden Handy unterbrochen. „Oh um Himmels willen!" Er sah es an, aber dieses Mal nahm er den Anruf an. „Hi, Matt ... Jetzt schon? Das ging schnell. Leg los ... Stimmt. Haben sie es mit dem Inhalt der Mülltüte verglichen? Okay. Gut, ich bin hier fast fertig, also werde ich bald wieder im Büro sein." Er legte auf und sah mich an. „Die Laborergebnisse sind da. Offensichtlich geht es schneller, wenn man weiß, wonach man sucht."

„Und ...?"

„Es war Tetrodotoxin im Körper des Verstorbenen. Eine Menge."

„Also *war* es der Kugelfisch? Verdammt."

„Ist das ein ‚Verdammt', weil es bedeutet, dass Zack schuld ist, oder ein ‚Verdammt', weil du auf ein aufregenderes Ergebnis gehofft hattest?"

Ich lachte kurz auf. „Ja. Zu beidem."

Wir standen da, lächelten einander an und eine Sekunde lang dachte ich, die Worte *Ich will wirklich nicht, dass du gehst,* würden aus mir herausplatzen, bevor ich es verhindern konnte, aber ich wurde davor gerettet, mich zur Idiotin zu machen, denn sein Telefon klingelte SCHON WIEDER.

Nathan sah das Display an und stöhnte.

„Ist er es wieder?", fragte ich und er nickte daraufhin. „Hör mal, geh ran oder er wird dich einfach weiter anrufen. Ich sehe dich später wieder."

„Okay", sagte Nathan widerstrebend. Er nahm den Anruf entgegen. „Hi, kannst du eine Sekunde warten?" Er drehte sich noch einmal zu mir. „Die Laborergebnisse der Fischabfälle sind noch nicht da und ich werde die Todesursache nicht offiziell machen, bevor wir sie haben. Aber wenn du Zack vorwarnen willst, darfst du das gerne."

„Ich glaube, das tue ich", sagte ich, dann ließen Germaine und ich ihn mit seinem Anruf zurück.

KAPITEL 18

Zack hatte Polvarrow verlassen und war gegangen, um nach Aiko zu sehen, also beendete ich meine Arbeit im Foodtruck, verschloss ihn und fuhr zum Parkview Manor Hotel, wo die Schauspieler untergebracht waren.

Während ich durch das Foyer ging, versuchte ich mich nicht daran zu erinnern, dass dies der Ort war, an dem ich Nathan kennengelernt hatte, aber es war unmöglich, die Szene nicht in meinem Kopf zu wiederholen. Es war der Tag von Tonys vom Unglück verfolgter Hochzeit und ich hatte mit ihm im Festsaal gesessen. Er war wunderschön dekoriert gewesen und hätte all seine Freunde und Familie beherbergen sollen, nicht uns beide, die versuchten, herauszufinden, wer für den Tod seiner Exfrau verantwortlich und wohin seine zukünftige Frau verschwunden war. Ich schielte durch die geöffnete Tür; wir hatten an einem Tisch in der Nähe der Bar gesessen, als ein unglaublich gut-aussehender, gut gekleideter und (wie ich dachte) arroganter neuer CID Polizist hereinschlenderte und ein paar sarkastische (wenn auch letztlich korrekte) Bemerkungen über mich gemacht hatte, dass ich nur eine Köchin sei, keine Polizistin. Er hatte mich einfach abgetan und zurück in die Küche geschickt, während er Tony befragte. Er hatte während der Ermittlung wiederholt versucht, mich loszuwerden, aber nachdem er mich ein paar

Tage lang ständig angetroffen hatte, musste er zugeben, dass er mich falsch eingeschätzt und er das Gefühl hatte, das in diesem Fall die wahrscheinlichste Lösung vielleicht nicht die richtige war. Letztendlich hatte er mich ins Vertrauen gezogen und mir gestanden, dass er in Penstowan niemanden zum Reden hatte, niemanden, mit dem er verschiedene Aspekte eines Falls diskutieren konnte, die er seltsam fand. Also wandte er sich an mich. Und er wurde von jemandem, den ich nicht unbedingt treffen wollte (denn am Anfang traf er mich immer bei Dingen, die ich nicht tun sollte, an Orten, wo ich nicht sein sollte) zu jemandem, den ich vermisste, wenn er nicht in der Nähe war …

Ich schniefte laut und versuchte dann, die Tränen, die drohten meine Augen zu überrollen, zurück in meine Tränenkanäle zu zwingen, aber unglücklicherweise funktionierte das so nicht. Ich wischte sie stattdessen mit dem Ärmel meines Mantels weg und ging an die Rezeption, mit der Absicht, nach Zack zu fragen.

„Hey, was machen Sie denn hier?" Kimi hatte das Hotel hinter mir betreten, Princess in ihren Armen, hechelnd (der Hund, nicht die Schauspielerin). Das Hotel war hundefreundlich und außerdem auch der Ort, an dem ich Germaine kennengelernt (und mich in sie verliebt) hatte. Die hatte nun die Pekinesen-Hündin entdeckt und grüßte sie mit Gebell.

„Hallo! Waren Sie gerade spazieren?", fragte ich, drehte mich zu ihr um und streckte meine Hand aus, um den Hund zu streicheln. Kimi zog ihr Baby schnell aus meiner Reichweite.

„Princess brauchte ein wenig gemeinsame Zeit mit mir allein, nach letzter Nacht. Armes Baby! So viele schlechte Vibes, die hier um uns sind ..." Sie sah sich um. „Was ist aus dem gutaussehenden Polizistentyp geworden, der bei Ihnen war? Ist er auch hier?"

Verdammte Filmstars, dachte ich. Wenn es nicht Faith war, die Tony mit ihren Augen auszog, verzehrte sich Kimi nach Nathan. *Finger weg von meinen Männern!* Obwohl weder der eine noch der andere wirklich meiner war, oder?

„Nein, ich bin allein. Ich bin hergekommen, um Zack zu besuchen, aber, wenn ich schon mal hier bin, kann ich Ihnen ein paar Fragen stellen?"

Sie besah mich von oben bis unten. „Ich dachte, Sie sind die Köchin?"

„Das ist meine Nebenbeschäftigung. Das hier ist mein echter Job." Ich erklärte absichtlich nicht, was ‚das' war. Ich fand, dass, wenn ich einfach auftauchte und begann Fragen zu stellen, die Leute dachten, dass ich Polizistin war, ohne dass ich deshalb lügen musste. Es war immer besser, nicht zu riskieren, dass man verhaftet wurde, weil man behauptete, Polizist zu sein.

Sie betrachtete mich nachdenklich. „Hmm ... heißt das, Sie wissen, wodurch Jeremy gestorben ist?"

Ich lächelte nichtssagend. „Möglicherweise."

Sie schaute sich um, dann zuckte sie mit den Schultern und ging zur Hotelbar. Ich folgte ihr. Sie setzte sich an einen Tisch und sah mich erwartungsvoll an. Ich lächelte und setzte mich, aber ihr Gesichtsausdruck veränderte sich zu so einer missbilligenden Miene, dass ich sofort wieder auf meine Füße sprang.

„Ähm ..."

„Ich bin etwas durstig nach meinem Spaziergang“, sagte sie. Ah, richtig. Also war der Hund nicht die einzige Prinzessin hier.

„Natürlich. Darf ich Ihnen was zu trinken holen?“, fragte ich und dachte: *Ob ich das wohl als Spesen abrechnen kann?* Aber da ich eine unbezahlte Beraterin war, schien das wohl unwahrscheinlich.

„Ich nehme ein Glas Deep Sea“, verkündete sie. *Bitte*, fügte ich stumm hinzu. Ich ging hinüber zur Bar, klingelte – es war mitten am Nachmittag und niemand da – und wartete darauf, dass der Kellner auftauchte. Sein Lächeln schrumpfte ein wenig, als er Kimi am Tisch sitzen sah, aber er war ein Profi und es kehrte zurück, bevor ich richtig wahrnehmen konnte, dass es kleiner geworden war.

„Was kann ich für Sie tun?“

„Könnte ich bitte eine Tasse Tee bekommen?“, fragte ich. Ich hatte vorher nicht bemerkt, wie sehr es mich nach einer verlangte. „Und etwas das ‚Deep Sea‘ heißt, was auch immer das ist, für Miss Takahashi.“

„Natürlich“ sagte der Kellner lächelnd. „Ich bringe Ihnen beides. Das macht dann achtzehn Pfund fünfzig, bitte.“

Achtzehn Pfund fünfzig? Für zwei Getränke? Kimi musste einen Champagner Cocktail oder so etwas bestellt haben. Zu dieser Tageszeit und auch noch mit ihrem ganzen Social-Media-Gesundheits-Guru-Getue. „Schreiben Sie es auf die Rechnung von Miss Takahashis Zimmer“, sagte ich fröhlich und er zwinkerte mir zu.

„Sehr gerne.“

Ich kehrte zu Kimi zurück, die ein Riesengetue um eingebildeten Dreck in Princess' Augenwinkel machte. *Die sollte erst mal ein echtes Baby haben*, dachte ich bösartig, während Germaine sich mit einem lauten und furchtbar beißend riechenden Pups auf meinen Füßen niederließ. Daisy war als Kleinkind durch eine Phase gegangen, in der sie in meinen Topfpflanzen gewühlt hatte – und ich meine, *wortwörtlich in* meinen Topfpflanzen – und dann in den schlammigsten Pfützen im Garten ihrer Großeltern herumgerollt war. Ich hatte schnell gelernt, dass sich erstens der Dreck abwaschen ließ und dass es zweitens keinen Sinn machte, ihn vor dem Zubettgehen abzuwaschen, weil der kleine Schatz sich auf jeden Fall wieder im Dreck wälzen würde, sobald ich mich umdrehte. Mutter zu werden, verleiht einem eine sehr viel entspanntere Einstellung darüber, wie viele Flecken auf einem Kleidungsstück gesellschaftlich akzeptabel waren (Hinweis: Es sind sehr viel mehr, als man denkt) und wie dreckig dein Kind werden sollte, bevor man ihm etwas anderes anzieht.

„Sie ist ein süßer Hund", sagte ich, um mich bei Kimi einzuschleimen, denn um die Wahrheit zu sagen, sah der Hund eher wie eine ertrunkene Ratte aus. Aber es funktionierte, denn Kimi warf mir ein Lächeln zu und ihr ganzes Gesicht veränderte sich. Sie war wirklich wunderschön. Ich musste sie wirklich von Nathan fernhalten ...

„Sie ist ein Rassehund", sagte Kimi. „Sie ist super sensibel gegenüber Gefühlen und der Atmosphäre um sie herum. Sie kann spüren, wenn ich verärgert oder besorgt bin."

„Ja, darum sind Hunde so großartige Freunde", sagte ich, während meine eigene, treue und sensible Freundin einen weiteren fahren ließ. Kimi rümpfte ihre perfekte Nase. Ich ignorierte sowohl das Geräusch als auch den Geruch. „Wie auch immer, ich wollte nur sehen, wie es heute allen so geht. Ich hab gehört, Ihrer Schwester war gestern ziemlich übel."

„Ja", sagte Kimi, obwohl sie nicht sehr mitfühlend klang. „Wenigstens hatte sie Zack, der sich um sie gekümmert hat." Ihr missbilligender Blick sagte mir alles über ihre Gefühle gegenüber dieser Beziehung.

„Ja, das ist wirklich süß", sagte ich. „Er mag sie offensichtlich wirklich gerne."

Sie schnaubte. „Tut er das? Ich weiß ja nicht. Männer haben schon zu oft meine Schwester benutzt, um an mich ranzukommen."

Ich glaube, du hast sie nicht alle, Süße, dachte ich, aber ich lächelte bloß. „Ich bin sicher, dass das in der Vergangenheit vielleicht stimmte, aber Zack scheint es mir sehr ehrlich zu meinen. Wie auch immer, darüber wollte ich mit Ihnen eigentlich nicht reden. Ich wollte eigentlich wissen, ob Sie sich zu irgendeinem Zeitpunkt gestern Nacht schlecht fühlten oder sich übergeben haben?"

Sie schüttelte ihren Kopf heftig. „Nein, habe ich nicht. Ich hab eine sehr gute Konstitution. Ich weiß ja nicht, ob Sie mir auf Instagram folgen ..." Ich sagte, sehr diplomatisch, nichts, denn natürlich folgte ich ihr verdammt nochmal nicht auf Instagram. „Ich habe dort sehr ausführlich von der Wichtigkeit einer reinen, gesunden Ernährung gesprochen. Ich ernähre mich rein pflanzlich. Ich kann nichts essen, das ein Gesicht hat."

Speck hat kein Gesicht, dachte ich stur. *Und Würstchen auch nicht. Oder Cheeseburger.*

„Eine vegetarische oder vegane Ernährung ist definitiv gesünder als eine Menge rotes Fleisch zu essen", stimmte ich zu. „Aber es gibt ein paar Dinge, die ich nicht aufgeben könnte. Wie Fisch. Gino sagte, dass Sie sich gelegentlich ein Stück Fisch erlauben –"

„Wenn er nachhaltig bezogen wurde, ja", unterbrach sie mich. „Wildem anstelle von gezüchtetem, mit der Angel gefangen, delfin-freundlich ..."

Der Kellner kam mit einem Tablett zu uns. Er platzierte eine hübsche Teekanne, eine kleine mit Milch und eine Tasse vor mir und ein Glas Wasser vor Kimi.

„Ihr Tee, Madam, und ihr ,Deep Sea', Miss."

„Moment mal, was ist das?", fragte ich den Kellner, aber Kimi scheuchte ihn davon. Ich wandte mich an sie. „Nein, ich glaube, er hat einen Fehler gemacht. Er hat Ihnen ein Glas Wasser gebracht."

„Ja, ,Deep Sea' Wasser."

„Aber der hat mir achtzehn Pfund für diese Runde berechnet!", rief ich erstaunt – obwohl ich natürlich nicht wirklich dafür bezahlt hatte; die Filmproduktion würde zahlen. „Was zur Hölle ist ,Deep Sea' Wasser?"

Sie sah mich an, als wäre ich wahnsinnig. „Es ist Meereswasser aus der Tiefe. Der Name sagt *buchstäblich*, was es ist. Es wird neunhundert Meter unter der Meeresoberfläche, vor einer abgelegenen Inselgruppe in der Nähe von Hawaii, abgefüllt. Es ist voller Mineralien und Elektrolyten. Ich habe das Hotel gebeten, es extra aus den Staaten für mich einfliegen zu lassen. Es ist das einzige Wasser, das ich trinke."

„Aber das Glas muss um die fünfzehn Pfund gekostet haben", sagte ich schwach.

„Was für einen Preis haben Nachhaltigkeit und das natürliche Gute des Meeres?", predigte sie, aber natürlich ging ihr das leicht von den Lippen, wenn die Produktionsfirma alles zahlen würde. Ganz davon abgesehen, dass es furchtbar umweltunfreundlich den ganzen Weg über den Atlantik nach Cornwall geflogen wurde.

„Aber Meerwasser ... ist das nicht salzig?"

Sie sah mich nicht nur an, als ob ich wahnsinnig wäre, sondern als ob ich auch noch die Zwangsjacke anhätte und sabbern würde.

„Natürlich ist es das nicht. Es wurde entsalzt. Es ist das reinste, sanfteste, frisch schmeckendste Wasser der Welt."

„Äh klar ... Darf ich einen Schluck haben?"

„Nein."

Germaine hob ihren Schwanz und teilte uns ihre Meinung über das reinste, sanfteste, lächerlich teuerste Wasser der Welt mit und ich muss sagen, dass ich ihr zustimmte, obwohl ich mir Sorgen machte, was sie gegessen hatte, wenn sie solche Flatulenzen hatte. Ich goss mir eine Tasse Tee ein und fühlte mich wie ein absoluter Bauer mit meiner pupsenden Promenadenmischung.

„Nun ja ..." Ich musste diese Unterhaltung wieder auf Kurs bringen, nach diesem unerwarteten Exkurs. „Also, Sie wollten mir vom Fisch erzählen ...?"

„Ah ja. Zack gab jedem ein Stück und ich *sagte*, dass ich ihn essen würde, weil er ihn extra für meinen Geburtstag gekocht hat ..." *Für den Geburtstag deiner*

Schwester, meinst du wohl, dachte ich, aber ich hielt mich zurück und sagte es nicht laut.

„Also haben Sie ihn gegessen?“

„Nein.“ Sie lächelte mich an, eines dieser bin-ich-nicht-fürchterlich-trotzdem-lieben-mich-alle Lächeln. „Ich hab mich ein bisschen schlecht gefühlt, aber ich konnte es einfach nicht über mich bringen.“

„Was ist damit passiert? Haben Sie es Jeremy gegeben?“

„Nein, ich wollte nicht, dass Zack sieht, wie ich es loswerde, also habe ich es meinem wunderschönen Baby gegeben.“ Sie nahm ihren Hund hoch und hielt ihn an ihr Gesicht, kuschelte sich an sie und machte Babygeräusche. Mir stand vor Staunen der Mund offen und sie wurde defensiv, dachte offensichtlich, dass ich ihre Haustierpflege in Frage stellte, was ich wirklich nicht tat. „Princess liebt Fisch“, sie zog eine Schnute. „Die Öle sind total gut für ihr Fell.“

„Ja, ja, das weiß ich“, sagte ich. „Deshalb waren Sie so sauer auf Zack, oder? Als er den Kugelfisch erwähnte, wurden Sie panisch, weil sie fürchteten, Princess aus Versehen vergiftet zu haben.“

Sie nickte. „Ja, das war ich. Ich hatte *solche* Angst, das können Sie sich gar nicht vorstellen. Ich blieb die ganze Nacht mit ihr auf und wartete darauf, dass sie sich übergab. Die Schuld! Wie hätte ich damit leben können, wenn sie gestorben wäre, wegen etwas, das ich ihr gefüttert habe?“

„Sie sieht heute doch ganz fit aus“, sagte ich.

„Natürlich tut sie das. Sie ist nicht krank geworden“, erklärte Kimi. „Also was war es, das Jeremy umgebracht hat?“

Tatsächlich, was? Denn wenn der Kugelfisch wirklich kontaminiert genug gewesen war, um einen ausgewachsenen Mann umzuhauen, dessen Inneres nach Jahren des Trinkens in Alkohol eingelegt und konserviert sein musste, wie hatte es dann eine kleine Hündin überlebt, die momentan auf den Armen ihrer Besitzerin ruhte, grazil die Luft beschnupperte und versuchte, ihre Zunge in ein Glas mit dem Teuersten Wasser Der Welt™ zu stecken?

KAPITEL 19

„Das ist interessant", sagte Nathan. Ich hatte Angst gehabt, dass er meinen Anruf nicht annehmen würde, nachdem ich ihn gezwungen hatte, mit seinem alten Detective Superintendent zu sprechen, aber er antwortete nach dem zweiten Klingeln.

„Das hab ich mir gedacht", sagte ich. „Kimi sagte, dass Zack den Fisch servierte und jedem etwa dieselbe Menge gab, also hat Princess genauso viel gegessen wie Jeremy. Also warum wurde sie nicht krank? Wie kann es sein, dass ein kleiner Hund scheinbar dieselbe Menge kontaminierten Fisches essen konnte und nicht starb?"

„Wie konnte Jeremy überhaupt sterben, wenn es allen anderen nur ein bisschen schlecht war?", überlegte Nathan laut.

„Weil es nicht der Fisch war", schlussfolgerte ich. Ich hörte Nathans Stöhnen. „Lass das! An dir hat das auch genagt. Ich wette, wenn die Laborergebnisse der Fischabfälle zurückkommen, werden sie negativ sein."

„Deshalb stöhne ich nicht", sagte er und ich bemerkte einen amüsierten Ton in seiner Stimme. „Ich stöhne, weil ich das furchtbare Gefühl habe, dass du richtigliegen könntest. Was bedeuten würde ..."

„Was bedeuten würde, dass es Mord war." Mich durchfuhr ein kleiner Schauer und ich dachte: *Oh mein*

Gott, ich bin vielleicht eine grausame Person. Aber ich konnte mir nicht helfen. Ich fühlte mich wie Sherlock Holmes. *Das Spiel hat begonnen!*

„Na ja ...“ Nathan sprach etwas vorsichtiger. „Das können wir nicht mit Sicherheit sagen. Vielleicht kommt das Gift noch in etwas anderem vor?“

Ich verdrehte die Augen, was völlig unnötig war, da er am anderen Ende der Leitung war und es nicht sehen konnte. „Ach, komm schon –“

„Du verdrehst die Augen, oder? Ich merke das.“

Was ist das für eine Hexerei?, dachte ich.

„Nein“, log ich. „Aber dann sag mir das: Wie konnte dieses tetra-was-auch-immer-es-ist Kugelfischgift – wie sollte das noch in anderen Lebensmitteln vorkommen? Es sei denn, jemand hätte es ihnen hinzugefügt?“

Nathan war einen Augenblick lang still und ich schwöre, ich konnte ihn denken hören. „Okay“, sagte er schließlich. „Also, wo war es drin? Was haben Jeremy und die anderen, die krank wurden, gegessen, das Kimi nicht probierte?“

„Kimi hat mir einen Vortrag über den Teufel Zucker gehalten“, sagte ich. „Sie meint, sie hat seit 2017 keinen mehr gegessen.“

„Wie bitte?“

„Ich weiß, oder? Und jetzt halt dich fest; sie hat keinen Diabetes oder so, sie hat ihn *freiwillig* aufgegeben. Sie verzichtet freiwillig auf Kekse.“

„Und Schokolade?“

„Und Kuchen. Ich meine, ist man wirklich am Leben, wenn man keinen Kuchen isst?“

Nathan lachte. „Du wirst ihrem Rat also nicht folgen?“

„Nicht in nächster Zeit, nein. Aber egal, ich nehme deswegen an, dass sie keine Cupcakes gegessen hat."

„Und wir wissen immer noch nicht, wo die herkamen?"

„Nope. Ich bin aber immer noch im Hotel, also kann ich die Schauspieler fragen."

„Okay", sagte Nathan. „Verärgere nur niemanden …"

„Wer, ich? Ich bin die Diskretion selbst."

Nathan lachte. „Ja, natürlich bist du das."

Ich grinste ins Telefon, aber auch das war unnötig, denn er konnte mich nicht sehen. Aber hoffentlich wusste er, dass ich es tat. Wir schienen doch auf einer Wellenlänge zu sein … Und dieser Gedanke machte mich traurig, denn es würde unmöglich sein, auf dieser Welle zu bleiben, wenn er in Liverpool war und ich in Penstowan.

Es gab eine kurze peinliche Stille und ich wusste, dass wir beide daran dachten. Ich räusperte mich.

„Hast du mit deinem alten Boss gesprochen?", fragte ich. Meine Stimme klang rau und ich räusperte mich noch einmal.

„Ja", antwortete Nathan. Er klang zögerlich. „Er will eine Antwort von mir."

„Eine Antwort? Worauf?"

„Wegen des Jobangebots natürlich. Ich habe noch nicht zugesagt."

Mein Herz hüpfte. Es war also noch nicht beschlossen. Vielleicht würde er ja doch nicht gehen. Vielleicht könnte ich etwas sagen, damit er blieb?

Und wenn ich ihn dazu bringen *würde,* zu bleiben, was dann? Was würde er von mir erwarten? Ich mochte seine Gesellschaft und ich fühlte mich sehr zu ihm hingezogen, aber ... War ich bereit für eine ernste Beziehung? Mein Exmann, Richard, hatte seine erste Frau mit mir, und mich dann mit einer anderen betrogen – wäre sogar möglich, dass er sie nun auch betrog; von so einem Mann verarscht zu werden, hatte mir nicht gerade zu Selbstvertrauen verholfen. Was, wenn Nathan genauso war? Nein, ich wusste, dass er es nicht war. Aber, was, wenn ich es war? Was, wenn wir zusammenkämen und ich alles vermasselte und ihn verjagte? Ich konnte mein Herz nicht noch einmal gebrochen sehen, und natürlich war ich jetzt nicht mehr allein; da war auch noch Daisy. Was, wenn er es bereuen würde, den Job nicht angenommen zu haben? Er hätte dort viel bessere Aufstiegschancen und es war doch sicher aufregender als das verschlafene Penstowan. Was, wenn er mich hassen würde, dass ich ihn hier gehalten hatte?

Oh mein Gott, dazu war ich noch nicht bereit.

„Aber es ist ein toller Job", erklärte ich. „Du müsstest schon einen sehr guten Grund haben, den abzulehnen ..."

„Ja", sagte er und ich bekam den Eindruck, dass er darauf wartete, dass ich etwas sagen würde. Aber ich konnte nicht. Er seufzte. „Okay, ich muss dann los. Wir sprechen uns später." Und dann legte er auf.

Ich schluckte schwer, während ich auf mein nun stummes Telefon blickte. Er hatte sich ... wütend angehört? Genervt? Ich wusste es nicht. So viel zu der Wellenlänge.

Germaine wimmerte leise. Ich erkannte dieses Wimmern; es bedeutete, dass sie sehr dringend nach draußen musste und ich besser einen Hundekotbeutel zur

Hand hatte oder es könnte ein Unglück geben. Nicht so viel allerdings wie in meinem Liebesleben.

Es hatte begonnen zu regnen. Aber natürlich hatte es das. Germaine war kurz vorm Platzen, aber ich trug sie um das Gebäude herum, denn selbst ein hundefreundliches Hotel hatte seine Grenzen und wäre nicht erfreut darüber, ein Häufchen auf seiner Türschwelle zu finden. Die meisten der Angestellten kannten mich bereits – meine Ermittlungen schienen mich, zu irgendeinem Zeitpunkt, immer wieder hierherzuführen – und der Manager, Mr Bloom, tat so, als bemerkte er nicht, dass ich hier war und seine VIP-Gäste belästigte – ich meine natürlich, *mit denen ich redete* –, aber ich wollte mein Glück nicht herausfordern.

Auf dieser Seite des Gebäudes stand allerdings ein weißer Pavillon, der mit Kletterrosen bewachsen war, die nun aber ihre besten Zeiten hinter sich hatten. Vor ein paar Monaten, als sie in voller Blüte gestanden hatten, hatte Nathan mich sehr bestimmt dort hingeführt, um mir einen Vortrag zu halten. Er hatte mich dabei erwischt, wie ich versucht hatte, in ein Hotelzimmer zu kommen, um Tonys Unschuld zu beweisen, und er hatte die Geduld mit mir verloren. Aber was als Versuch begonnen hatte, mich zu verwarnen, war zu einem Bekenntnis seinerseits geworden, dass ich vielleicht richtigliegen könnte. Danach hatte er mich nach Hause gefahren, aber nicht, bevor er mich mitgenommen hatte, um einen potenziellen Verdächtigen zu verhören. Es war der zaghafte Start unserer Partnerschaft geworden, die, anders als die Rosen, weiterhin erblüht war. Bis jetzt.

Es schüttete nun aus Eimern, aber ich konnte mich nicht dazu bringen, in den Pavillon zu treten und mir dort Schutz zu suchen, also stand ich einfach da, fühlte mich miserabel, während Germaine ihr Geschäft erledigte. Wenigstens konnte man bei dem heftigen Regen nicht erkennen, ob ich weinte oder nicht.

„Jodie?" Ich drehte mich um und entdeckte Tony, der dastand und mich verwirrt anblickte. „Was machst du denn hier draußen? Du wirst komplett durchnässt, du Irre."

Ich gestikulierte vage zu Germaine und widerstand dem Drang, hinüberzurennen und mich an der Schulter meines alten Freundes auszuweinen. Er würde sich niemals nach Liverpool aus dem Staub machen (oder irgendwo anders hin, um ehrlich zu sein) nur wegen eines Jobs. Er würde mich niemals verlassen oder im Stich lassen; das hatte er bisher nie getan.

Er kniff die Augen zusammen und schüttelte den Kopf.

„Komm schon, du Idiotin, du kriegst noch eine Lungenentzündung." Er nahm meine Hand und führte mich die Treppen hinauf in den Pavillon. Germaine hatte getan, was sie tun musste, also nahm er mir die Leine aus der Hand und band sie an das hölzerne Geländer. „Kotbeutel?" Er hielt mir seine Hand hin und ich gab ihm den Beutel, dann ging er in den strömenden Regen, um Germaines Ausscheidungen wegzuwerfen.

Ich setzte mich – nicht auf dieselbe Bank, auf der ich mit Nathan gesessen hatte; das wäre zu seltsam – und sah zu, wie Tony Germaine streichelte, bevor er sich zu mir setzte.

„Also, was ist los?", fragte er.

„Es geht mir gut. Ich hatte nur nicht gemerkt, dass es angefangen hat zu regnen, und habe meine Jacke drinnen gelassen“, erklärte ich.

Er lachte. „Ich weiß, dass es dir gut geht; das tut es immer“, sagte er und ich spürte einen kleinen Stich. *Sogar mein ältester Freund versteht mich nicht*, dachte ich einen Moment lang selbstmitleidig. „Ich meinte, den Dreh. Du bist die neugierige Nosey Parker; du weißt immer, was los ist.“

Ich zwang mich zu einem Lachen. „Ich dachte, wir hatten unsere Spitznamen aus Kindertagen abgelegt, Schniefnase.“

„Ja, ja, ich weiß jetzt, wie man seine Nase putzt, aber du kannst deine nicht aus interessanten Sachen raushalten. Stimmt das mit Jeremy?“

„Wieso, was hast du gehört?“

„Dass er tot ist. Es ist wahr, oder? Du kannst nichts vor mir verheimlichen. Das weißt du ...“

Offensichtlich kann ich das, dachte ich. „Wer hat es dir erzählt?“

„Faith.“ Er hatte den Anstand, etwas peinlich berührt auszusehen.

„Ach ja? Ihr seid ja sehr dicke miteinander.“ Ein Gedanke kam mir. „Bist du wegen ihr hier?“

Er schaffte es in Sekunden, von ‚peinlich berührt‘ zu ‚Verteidigung‘ zu wechseln.

„Ja, nun, wie du vor Kurzem gesagt hast, ist sie eine gutaussehende Frau, und wir sind beide ledig, und es ist eine Weile her, seit ... seit ich Cheryl verloren habe, und ich bin ein erwachsener Mann; ich habe Bedürfnisse wie jeder andere, weißt du.“ Er hielt inne und dann murmelte er: „Und niemand anderes kümmert sich darum."

Ich sah ihn einen Augenblick lang überrascht an, dann lachte ich. „Ich habe auch Bedürfnisse", äffte ich ihn nach.

Er lachte. „Hey! Du Scherzkeks."

„Es tut mir leid, ich kann nur nicht ... Ich meine, Faith? *Faith?* Sie ist nicht ... Du stehst nicht wirklich auf sie, oder?"

„Bist du eifersüchtig?" Er sah belustigt aus.

„Natürlich bin ich nicht eifersüchtig!" Aber irgendwie war ich es ...

Ich stand auf, damit ich ihn nicht ansehen musste, hier an diesem Ort, der mich so sehr an Nathan erinnerte. Ich versuchte, nicht an das Sixpack zu denken, das sich da unter seiner Winterjacke versteckte. Oh Gott, ich war so verwirrt und überemotional; ich sollte mich wirklich nur auf Hunde und Mordermittlungen beschränken.

Tony stand auf und hielt mich davon ab, Germaines Leine zu lösen und zu verschwinden. „Jetzt weißt du, wie ich mich gefühlt habe, als du mit Duncan angebandelt hattest."

Mein Mund schnappte auf. Ich hatte einen kurzen, unklugen und wie sich herausstellte, sehr zahmen Flirt mit dem Künstler Duncan Stovall, als er Penstowan während des städtischen Kunstfestivals besucht hatte. Ich wusste, dass Tony nicht gerade begeistert von dieser Beziehung gewesen war, aber eifersüchtig?

„Aber ... ich ..." begann ich, aber ich hatte keine Ahnung, wie der Satz enden sollte. Wir sahen einander an, die Stimmung veränderte sich zu ... irgendetwas, und bevor ich wusste, was geschah, sprang Tony auf mich zu, nahm mich in seine Arme und presste seine Lippen gegen meine. Ich war nicht gänzlich gegen diese Sache und er war kein schlechter Küsser; sein Atem war frisch und er war sanft und zärtlich und tat alles, was einen guten Kuss ausmachte. Und doch ...

Er entzog sich mir und sah mir in die Augen, mit einem leicht verwirrten Ausdruck im Gesicht. Keiner von uns sagte etwas und dann atmete er tief ein. Oh Gott, dachte ich, obwohl ich mir nicht sicher war, wieso. Meine Gedanken rasten wie ein orientierungsloser Hamster im Rad.

„Okay", sagte er. „Erstens, tut mir leid, dass ich dich einfach so gepackt habe –"

„Nein, nein, das war okay", protestierte ich. „Ich wollte es so. Denke ich."

„Oh, gut." Er sah mich verlegen an. „Ich bin normalerweise kein Zupacker ..."

„Nein, ich weiß, dass du das nicht bist. Es ist okay."

„Gut." Wir standen da und starrten uns wieder an, nicht genau sicher, was hier los war.

Ich muss hier so schnell wie möglich weg, dachte ich so bei mir und zwang mich, von ihm wegzusehen. *Ich muss Germaine nehmen und abhauen, bevor er darauf besteht, das hier zu diskutieren, denn –*

Er atmete wieder tief ein.

Oh Mist, zu spät ...

„Also gut, ich werde es sagen, wenn du es nicht tust", begann er, dann hielt er inne. Ich wartete, denn ich würde auf gar keinen Fall etwas sagen. Überhaupt, was sagen? Er seufzte. „Ich hab mir diese Szene all die Jahre wieder und wieder in meinem Kopf ausgemalt und es war nie ganz … ich meine, du weißt, wie ich bin; ich habe Feuerwerke erwartet, Geigen-“

„Engelschöre“, ergänzte ich.

Er nickte. „Engelschöre, ja. Was ich nicht erwartet habe, war –“

„Seltsamkeit.“ Ich hatte nicht gewusst, was ich empfand, bis ich es aussprach.

Sein Gesicht klarte auf. „Oh, Gott sei Dank. Ja, Seltsamkeit. Es fühlte sich an, als würde man –“

„– seine Schwester küssen.“

Er nickte. „Ja. Es hat sich einfach … komisch angefühlt.“ Er zwang sich zu einem Lächeln, versuchte, die Stimmung aufzulockern. „Ich meine, versteh mich nicht falsch, ich hätte natürlich immer noch gerne Sex mit dir. Ich meine, ich *bin* immer noch ein Mann –“

„Ja, also, der Gedanke daran ist für mich auch nicht *total* Ekel erregend“, gestand ich.

„Oh, okay, das ist gut.“

Wir standen und starrten uns wieder einen Augenblick lang an und dann lachte er. Und ich tat es auch, und es war immer noch unangenehm, aber ich wusste, dass wir das überstehen würden.

„Ich schlage nicht vor, dass wir miteinander schlafen *sollten*, okay“, sagte er, plötzlich erschrocken.

Ich schüttelte heftig mit dem Kopf. „Oh nein, auf keinen Fall!“, sagte ich. „Sorry, das kam heftiger raus, als es sollte. Es ist nicht, dass du unattraktiv bist, es ist nur …“

„Du liebst mich wie einen Bruder.“ Er lächelte beschämt. „Ich weiß. Ich war mir sicher, dass es das war, was ich wollte. Ich bin ziemlich verwirrt.“

„Verwundert.“

„Irritiert.“

„Konfus.“

„Gibt es das Wort wirklich?“

Wir blickten einander an und lachten wieder sanft. Ich seufzte und griff nach seinen Händen.

„Du weißt, dass ich dir jetzt nichts über Gefühle erzählen werde“, sagte ich und er nickte. „Ich werde das hier nur einmal sagen, also passt du besser auf.“ Ich atmete tief ein. Ich fühlte, dass ich emotional wurde, und hielt mir selbst einen strengen Vortrag, bevor ich fortfuhr. „Ich liebe dich, Tony Penhaligon. Das tue ich wirklich. Mein Leben ist so viel besser mit dir darin. Du bist ein brillantes männliches Vorbild für Daisy – so viel besser als ihr verdammt nutzloser Vater – und meine Mum liebt dich; sogar der Hund liebt dich. Und ich denke, vielleicht mussten wir das hier tun, um zu sehen, wie es sich anfühlt.“

„Aber ...?“

„Ich denke, wir hatten mal eine Chance, und die haben wir verpasst.“

Er sah deshalb so traurig aus, dass ich beinahe einknickte, ‚Verarscht! rief und mich wieder in seine Arme warf, aber das wäre nicht richtig gewesen. Und außerdem wusste Tony auch, dass es nicht richtig war.

„Ich hätte dich vor zwanzig Jahren küssen sollen“, sagte er und ich nickte.

„Vielleicht hättest du das tun sollen. Aber damals war ich versessen darauf, Penstowan zu verlassen, und du wolltest niemals woanders leben.“

„Für dich wäre ich vielleicht umgezogen“, sagte er und plötzlich musste ich ein paar Tränen wegblinzeln.

„Du hättest London gehasst und du hättest mich dafür gehasst, dass ich dich dorthin geschleppt hätte“, erklärte ich. *Und Nathan würde mich vielleicht hassen, wenn er wegen mir hierbliebe*, dachte ich.

„Ich könnte dich niemals hassen, Jodie.“

„Na ja, so werden wir es niemals herausfinden, oder? Weil du und ich beste Freunde bleiben, wir werden immer Teil des Lebens des anderen sein.“ Eine Träne schaffte es aus meinen dummen, dummen Augen und ich wischte sie weg. Weil es wahr war. Wir hätten es vor Jahren vielleicht geschafft, aber jetzt waren wir schon zu lange Freunde. Das wollte ich auf keinen Fall riskieren, zu verlieren, und das wollte er auch nicht.

„Du hast Recht“, stimmte er zu. „Als du mir vor Jahren an Silvester erzählt hattest, dass du dich von Richard getrennt hast, dachte ich, *endlich* kommst du zurück und ich kann dir sagen, was ich empfinde. Das war mein Vorsatz fürs neue Jahr. Aber dann bist du nicht gleich zurückgekommen und ich traf Cheryl und ... ich glaube, ich war einfach schon so lange einsam, seit der Hochzeit, die es nie gab. Und du bist meine beste Freundin. Und ich dachte ...“

Ich brach in Tränen aus, was total dumm war, denn das alles stimmte, beiderseitig, und so weiter, aber in meinem Hinterkopf war es beruhigend gewesen, dass, wenn alles andere scheiterte, es immer noch Tony gab. Und jetzt gab es ihn nicht mehr. Nicht so. Und es war ihm gegenüber sowieso auch nicht fair gewesen.

Er zog mich für eine Umarmung an sich und wir standen eine ganze Weile da, während ich wie eine Idiotin heulte (ich glaube, er weinte auch ein wenig, aber er schaffte es, es diskret zu tun). Und ich wusste, dass ich nicht nur um ihn weinte, sondern auch um Nathan, weil mir jetzt klar wurde, da er dabei war, zu gehen, er derjenige war, mit dem ich zusammen sein wollte.

KAPITEL 20

Ich riss mich endlich wieder zusammen und kehrte in das Hotel zurück. Tony hatte mir versichert, dass meine Augen weder rot noch verquollen waren, aber ich glaubte ihm nicht wirklich. Glücklicherweise sah ich, so komplett durchnässt, insgesamt so furchtbar aus (besonders verglichen mit den glamourösen Schauspielern), dass ich annahm, der Rest meines Aufzugs würde schön von meinen verheulten Augen ablenken.

„Wir sehen uns später", sagte Tony, während ich mit meinen Fingern durch mein strähniges, nasses Haar fuhr.

„Kommst du nicht mit rein?", fragte ich überrascht. „Was ist mit Faith?"

Er lächelte verlegen. „Ich hab meine Meinung geändert. Ich will doch nicht mehr nur jemandes Affäre sein." Er lachte. „Irre, oder? Als ich jünger war, wäre ich das gerne gewesen, aber damals hat es niemanden interessiert."

„Du bist gut gereift", sagte ich lächelnd und wünschte mir, dass ich ihn wirklich wollte. Aber das tat ich nicht, trotz des Sixpacks und trotz der Tatsache, dass er mit vierzig wesentlich attraktiver war als mit zwanzig. Wir sahen einander an und seufzten, dann trennten sich unsere Wege.

Die Dame an der Rezeption – Karen, laut ihres Namensschildes – sah mich neugierig an, als ich wieder eintrat.

„Draußen schüttet es und ich habe meine Jacke an der Bar gelassen", sagte ich, völlig unnötig.

Sie lächelte. „Wen treffen Sie hier?", fragte sie, aber bevor ich ihr antworten konnte, schwebte Faith aus dem Spa-Bereich ins Foyer, in einen schneeweißen, kuscheligen Bademantel gehüllt. Ihr Haar war nachlässig hochgesteckt, mit blonden Strähnen, die lässig in ihren Nacken fielen, aber auf eine so elegante Art, dass es sicher ewig gedauert hatte, es hinzubekommen. Ich steckte oder band mein Haar hoch, wenn ich kochte, aber dann sah es nie so aus; es tendierte dazu, dem Haarband zu entfliehen, also zog ich es so streng zurück, dass es aussah, als hätte ich ein Facelifting gehabt. *Sie HATTE vermutlich ein Lifting gehabt*, dachte ich, aber dann ermahnte ich mich selbst. Ich sollte es feiern, dass eine ältere Frau noch immer erfolgreich und sexy war. Auch wenn es mich umbrachte, dass ich es zugeben musste.

Sie schwebte in einer Wolke von Chanel No. 5, das etwas arrogante Lächeln verschwand aus ihrem Gesicht, als sie mich sah.

„Oh, Sie sind das", sagte sie, offensichtlich enttäuscht. Warum war nie jemand erfreut, mich zu sehen?

Ich sagte beinahe: *Erwarten Sie jemand anderen?* Aber dann ermahnte ich mich wieder selbst. Sie war keine Rivalin, ich war nicht eifersüchtig (nicht wirklich), und es gab keinen Grund zur Gehässigkeit. Ich *wusste*, dass sie jemand anderen erwartet hatte, und außerdem wusste ich, dass er nicht kommen würde.

„Guten Abend, Ms Mackenzie“, sagte ich und lächelte freundlich. „Wie geht's Ihnen? Ich hoffe, Sie haben alles gut überstanden?“

Sie lächelte gönnerhaft. „Mir ging es nicht sehr schlecht. Nichts, was ein Besuch im Spa-Bereich nicht richten könnte.“

Ja, ich weiß GENAU, was für einen ‚Besuch‘ Sie sich erhofft hatten, dachte ich, bevor ich es verhindern konnte, aber wenigstens hatte ich es nicht laut gesagt.

Faith sah sich um, dann sprach sie die Rezeptionistin an. „Karen, Liebes, ich erwarte einen Besucher. Kannst du ihn wissen lassen, dass ich im Spa bin? Ich möchte ihn nicht verpassen.“

„Sorry“, sagte ich und unterbrach die beiden. Ich hatte nicht vorgehabt, etwas zu sagen; Tony hatte gemeint, er würde sie anrufen, aber er war ein kleiner Feigling, wenn es um so etwas ging, und er hatte es offensichtlich noch nicht getan. Und obwohl ein Teil von mir dummerweise noch eifersüchtig *war*, musste ich darüberstehen. Ich war in der Vergangenheit auch schon versetzt worden und das war nicht schön. Besser, ich ließ es sie wissen, als sie warten zu lassen. „Tut mir leid, aber ich konnte das nicht überhören. Wenn Sie auf Tony warten, ich habe gerade mit ihm gesprochen und er muss leider absagen. Er meinte, er würde Sie anrufen.“

Sie starrte mich einen Augenblick an. Karen sah hinter ihr diskret herunter auf irgendeine Arbeit (real oder eingebildet) auf dem Tisch vor ihr. Faith senkte ihren Blick, dann lachte sie und klang genauso wie ihre Cockney Matriarchin aus der Seifenoper.

„Okay, die Nachricht ist angekommen. Laut und deutlich", sagte sie. „Er meinte, Sie und er wären nicht, Sie wissen schon ..." Ich merkte, wie meine Wangen zu glühen begannen.

„Wir sind nicht zusammen, aber hätte Sie das aufgehalten, wenn wir es wären?", fragte ich, und sie lachte wieder.

„Nicht unbedingt. Aber wenn ich Sie wäre, würde ich mir den attraktiven Polizisten von gestern Abend schnappen."

„Ah, also von *ihm* müssen Sie wirklich die Finger lassen", sagte ich, obwohl ich zugeben musste, dass ich es bisher auch geschafft hatte, die Finger von ihm zu lassen, und im Moment sah es aus, als würde die Chance, das zu ändern, von Tag zu Tag geringer.

Sie lächelte. „Im Krieg und in der Liebe ist alles erlaubt, oder beim Sex und in Filmen", sagte sie, „aber ich versuche, anderen Frauen nicht auf die Füße zu treten." Sie seufzte. „Also, das war's mit meinem Plan für den Nachmittag." Sie musterte mich von oben bis unten. „Sie sehen aus, als könnten Sie eine Gesichtsbehandlung vertragen."

***

So landete ich also liegend neben der Frau, auf die ich die letzten Tage eifersüchtig gewesen war, nur mit einem Handtuch bekleidet. Ich entschied, dass ich sie nicht mochte, weil sie versucht hatte, Tony für sich zu gewinnen, aber ich musste zugeben, dass man Spaß mit ihr hatte. Und ich hatte kein Recht eifersüchtig zu sein, denn ich hatte nicht die Absicht, mit Tony zusammenzukommen. Ich hätte schon lange realisieren sollen, dass, wenn wir ein Paar hätten sein sollen, es schon vor Jahren passiert wäre. Das verhinderte aber trotzdem nicht den Stich, den ich spürte, wenn ich an ihn mit anderen Frauen dachte, und ich ahnte, dass jede zukünftige Partnerin von ihm sehr besonders sein musste, um von mir akzeptiert zu werden. Sie tat mir jetzt schon leid.

Germaine gefiel (oder sie ertrug) es, in der hoteleigenen Hundetagesstätte verwöhnt zu werden, während ich und meine neue beste Freundin Faith Gesichtsbehandlungen bekamen – eine naturbelassene, revitalisierende, bio-aktive Reinigung und Pflege, nicht weniger (ich hatte immer noch keine Ahnung, was das tatsächlich war, selbst nachdem ich es hinter mir hatte), gefolgt von einer entgiftenden Ayurvedischen Vishuddha Massage, die mich vielleicht, vielleicht aber auch nicht, entgiftete, aber mir sicherlich Gehorsam einprügelte. Wir saßen am privaten Pool des Spa-Bereichs, eingewickelt in fluffige weiße Handtücher und schlürften frisch gepressten Fruchtsaft und ich wunderte mich darüber, wie all der Stress, von dem ich gar nicht wusste, dass er auf mir lastete, davonflog ... Und natürlich schlich er in der Sekunde, in der ich ihn schwinden fühlte, wieder zurück zu mir. Ich verbannte ihn in meinen Hinterkopf. Ich hatte einen sehr emotionalen Morgen hinter mir und ich war nun außerordentlich verwöhnt worden – und das würde ich genießen.

Aber ich *war* aus einem Grund hier und obwohl der Teil der ehemaligen Polizistin in mir bio-aktiv gereinigt und ayurvedisch entgiftet war, war er immer noch im Dienst. Irgendwie.

Ich nippte an meinem Mango-Ananas-Smoothie und stöhnte leise vor Zufriedenheit, dann wandte ich mich an Faith. Sie lag mit geschlossenen Augen da und einen Moment lang dachte ich, sie sei eingeschlafen. Aber das war sie nicht, denn ohne die Augen zu öffnen, fragte sie: „Was?“

„Letzte Nacht … waren Sie nicht wirklich krank, oder?“

Sie öffnete die Augen und setzte sich auf, um etwas zu trinken. „Nein, war ich nicht. Ich fühlte mich ein bisschen komisch, aber ich glaube, das war eher psychologisch, mehr, weil ich darauf *wartete,* mich krank zu fühlen. War es der Kugelfisch? Weiß Ihr heißer Polizist etwas?“

Ich schüttelte meinen Kopf, hoffte, dass ich unschuldig wirkte. „Die Laborergebnisse sind noch nicht da, aber er ist ziemlich sicher, dass er es war. Das ist verrückt, oder? Sie haben es alle gegessen, aber nur Jeremy ist gestorben. Und Ihnen ist nicht mal schlecht geworden.“

Sie sah mich argwöhnisch an. „Sollte ich meinen Anwalt anrufen?“

Ich lachte. „Nein! Nicht, solange Sie nichts zu gestehen haben.“

Sie seufzte. „Also gut, das habe ich. Ich habe den Fisch nicht gegessen.“

Ich sah sie überrascht an. „Haben Sie nicht? Aber Sie waren letzte Nacht recht wütend deshalb; Sie sahen aus, als würden Sie Mike Mancuso den Kopf abreißen, weil er Zack erlaubt hatte, ihn zu servieren.“

„Ich weiß. Ich habe ein winzig, winzig kleines Stück probiert, um höflich zu sein“, gab sie zu. „Roher Fisch ist nicht so mein Ding, aber ich wollte Zack nicht aufregen. Und Jeremy ... Es war furchtbar, wie er gestorben ist ..." Sie zitterte und sah ehrlich aufgewühlt aus. „Wir haben gesehen, wie ein großer, starker Mann so plötzlich verstarb, und das war wirklich verstörend." Sie blickte mich freimütig an. „Jeremy und ich hatten eine Vergangenheit. Wir hatten vor Jahren einen Flirt, während wir beide mit anderen Leuten verheiratet waren, und, nun, sagen wir mal, es ging nicht gut aus. Wir hatten seither wieder miteinander gearbeitet und es schien ihm nichts auszumachen, aber ich fühlte mich immer etwas verlegen in seiner Nähe. Ich wünschte mir aber nicht, dass er tot wäre."

Ich streckte mich und tätschelte ihre Hand. „Ich bin mir sicher, dass Sie das nicht wollten."

„Wie auch immer, ich zwang mich, etwas von dem Fisch zu essen, weil ich Zacks Gefühle nicht verletzen wollte. Ich hatte sowieso schon das Gefühl, dass er mich aus irgendeinem Grund nicht leiden konnte. Keine Ahnung, wieso. Aber er hat mir wirklich nicht geschmeckt, also hab ich ihn, als niemand es gesehen hat, Kimis Hund gefüttert."

Dann hatte Princess zwei Portionen Fisch und ihr war nicht mal schlecht geworden?, dachte ich. *Dann war es definitiv nicht der Fisch ...*

„Als ich begriff, was Jeremy vergiftet hatte, fühlte ich mich furchtbar. Ich hatte natürlich auch Angst um mich – ich wusste nicht, wie viel Kugelfisch man essen musste, damit es tödlich war – aber ich machte mir auch Sorgen wegen des Hundes. Haben Sie gesehen, wie Kimi mit ihr spricht? Als ob sie ein Baby wäre?" Sie schüttelte den Kopf. „Ich weiß, Sie haben auch einen

Hund, aber ich bin wirklich keine Hundeperson. Mehr eine Katzenlady."

„Und unsere Freundschaft hat so gut angefangen", sagte ich.

Sie grunzte. „Nein, hat sie nicht. Sie haben geholfen, mich aus meinem Trailer zu befreien, und ich habe versucht, Ihnen den Freund auszuspannen." Ich öffnete meinen Mund, aber sie sprach schnell weiter. „Ich weiß, ich weiß, er ist nicht Ihr Freund. Da ist aber doch *irgendwas*, oder nicht?"

„Wir sind beste Freunde", sagte ich. „Das Beste, was man kriegen kann, ohne dass es mehr als Freundschaft ist. Und wie sich herausstellt, sind wir beide glücklich damit."

Sie nickte. „Ich verstehe. Ich habe schon vor langer Zeit beschlossen, dass das Leben weniger kompliziert ist, wenn man Single ist. Aber es wird einsam, besonders wenn man irgendwo weit weg von zu Hause ist … und Tony hat so ein freundliches Lächeln, nicht wahr?" Ich nickte, weil er das wirklich hatte, auch wenn es nicht denselben Effekt bei mir hatte wie Nathans. „Nun ja, ich fühlte mich schlecht wegen des Hundes, aber sie schien sich nicht schlecht zu fühlen." Sie runzelte die Stirn. „Vielleicht *war es nicht* der Fisch. Sind Sie deshalb hier?" Sie betrachtete mich ernsthafter. „Ich kann mich nicht entscheiden, ob Sie nur der Caterer sind oder so eine Art Bulle. Obwohl, Sie sitzen hier, nur in einem Handtuch, also sind Sie offensichtlich nicht im Dienst …"

Ich lachte. „Erwischt. Ich bin eine private Ermittlerin und Beraterin. *Und* Köchin. Wir wissen wirklich noch nicht sicher, ob es der Fisch war, aber es *war* ein ähnliches Neurotoxin, das Jeremy getötet hat, also …" Ich würde meine Vermutungen nicht vor ihr ausbreiten, auch wenn sie mich einen ganzen Nachmittag lang in einem schicken Spa angeschrien hatte, dass ich mir die Mitesser entfernen lassen sollte.

„Wenn es nicht der Fisch war, dann muss es irgendetwas anderes gewesen sein, das alle gegessen haben, die krank wurden", sagte Faith nachdenklich. „Kimi sagte, sie war nicht krank, und ich kann mir nicht vorstellen, dass sie alles gegessen hat, was angeboten wurde, also wird es irgendwas gewesen sein, über das sie die Nase gerümpft hat. Ich sage ja nicht, dass sie wählerisch ist, aber –"

„Aber sie hat sehr hohe Standards, wenn es darum geht, was sie in ihren Körper steckt", versuchte ich es diplomatisch.

Faith lachte. „So kann man es auch ausdrücken. Das gehört alles zu ihrer Marke, oder nicht? Ich kümmere mich nicht um die sozialen Medien, aber ich höre, sie ist ganz groß auf Instagram mit diesem ‚clean-eating' Kram."

„Ich bevorzuge ‚messy-eating'", sagte ich und Faith seufzte.

„Sie haben ja keine Ahnung, wie sehr ich Fish und Chips vermisse", gestand sie. „Ich esse gerne gesund und kümmere mich um meinen Körper, aber manchmal ist alles, was ich will, eine große Schüssel ‚Sticky Toffee Pudding' mit Vanillesoße." Sie seufzte wieder, legte sich hin und schloss die Augen, als ob sie das kalorienreiche, aber köstliche Dessert vor ihrem inneren Auge sehen konnte. „Aber ich bin eine Frau über fünfzig und in diesem Geschäft heißt das, dass ich praktisch schon unsichtbar bin. Wenn ich dann noch zunehme ..."

„Grausam ist das", sagte ich mitfühlend.

„Es ist nicht fair, oder? Sehen Sie sich Jeremy an. Er war ein verdammt guter Schauspieler, aber er rauchte und trank und hat wie ein Schwein gefressen. *Er* durfte sich einen Bauch anfressen; *er* durfte altern, ohne dass ihm Rollen versagt wurden." Sie schüttelte ihren Kopf. „Es ist hart genug, geeignete Rollen für eine ältere Frau zu finden, geschweige denn, Gott bewahre, sie sieht wirklich so alt aus, wie sie ist."

„Ihnen sieht man Ihr Alter *nicht* an", verkündete ich und sie lächelte.

„Gott segne Sie, Sie sind wirklich nett. Aber es ist nicht fair, dass ich es mir nicht mal leisten kann, alt auszusehen." Sie betrachtete mich. „Sie sind, was, fünfzehn, zwanzig Jahre jünger als ich? Aber ich wette, Sie sind in Ihrem Leben auch diskriminiert worden, nur weil Sie eine Frau sind."

Ich nickte und dachte an jedes einzelne Mal, während meiner Polizeikarriere – am Anfang auf jeden Fall –, wenn ich die sexistischen Bemerkungen meiner älteren Kollegen ertragen hatte oder diejenige war, die zum Tee holen in die Küche geschickt wurde, oder die war, von der erwartet wurde, dass sie in Meetings die Notizen machte, als ob ich die verdammte Sekretärin wäre. „Natürlich."

„Ich habe vor fast vierzig Jahren angefangen, in dieser Industrie zu arbeiten", erzählte sie. „Es zerstört einem die Seele. Es war viel ‚rumstehen, lächeln und hübsch aussehen'. Die Männer bekamen den Text und die guten Handlungen. Willst du eine Rolle? Dann geh mit dem Produzenten essen, lass ihn gaffen, lass ihn denken, er hat eine Chance bei dir, und wenn du die Rolle *wirklich, wirklich* haben willst, na ja ... Ich musste zweimal so schwer arbeiten, wie die Kerle im Raum, um nur die Hälfte des Respekts zu verdienen. Das war erst vor ein paar Jahren, als ich die Menopause durchmachte, und es ließ mich wirklich überdenken, was es bedeutet, eine Frau zu sein; ich erinnerte mich zurück an diese Tage und ich entschied, dass ich das nicht mehr mitmachen würde. Ich wollte nicht, dass die jüngere Generation auch dieselben Dinge durchmachen musste, wie wir.“

„Aber Sie achten trotzdem noch auf Ihre Figur.“

Sie lachte, mit nur einem Hauch Bitterkeit.

„Ich bin schließlich auch nur eine Frau und ich möchte eine Karriere haben. Aber zumindest habe ich mir jetzt ein bisschen Respekt verdient und ein bisschen Macht.“

„Was haben Sie also letzte Nacht gegessen? Wenn wir etwas finden können, was weder Sie noch Kimi gegessen haben, dann kann ich DCI Withers bitten, es zu untersuchen.“

„Ich glaube, ich habe von allem etwas gegessen.“ Faith kräuselte die Lippen, während sie überlegte. „Das frittierte Hühnchen und das Tempura habe ich geliebt. Ich habe außerdem etwas von den Nudeln gegessen, aber ich muss zugeben, dass ich das Tofu herausgesammelt habe. Ich mag die Konsistenz einfach nicht.“ Sie sah mich an. „Haben Sie das alles gekocht? Es war wirklich köstlich.“

Ich lächelte. „Ja, das habe ich. Freut mich, dass es Ihnen geschmeckt hat. Noch irgendwas? Was ist mit den Cupcakes, haben Sie einen von denen gegessen?"

„Nein", antwortete Faith. „Sie sahen wundervoll aus, aber das ist nur eine weitere Sache, dessen Einnahme ich limitieren muss. Ich erlaube mir freitags einen kleinen Riegel Schokolade; das ist meine wöchentliche Belohnung. Das riskiere ich nicht für einen Cupcake."

„Verstehe", sagte ich und versuchte die Aufregung, oder die Siegessicherheit, oder was auch immer, aus meiner Stimme zu halten. Ich hatte Recht gehabt; es musste so sein!

Es waren nicht Zack und sein Kugelfisch gewesen, was Jeremy getötet und die anderen krank gemacht hatte. Es waren die Cupcakes gewesen. Die Cupcakes waren absichtlich mit einem Nervengift gebacken worden, und wer auch immer das getan hatte, hatte sichergestellt, dass alle ein wenig beinhalteten, damit es so aussah, als wäre es eine Vergiftung durch den *Fugu* gewesen, anstelle eines absichtlichen, gezielten Mordes. Alles, was ich tun musste, war, herauszufinden, wer die Cupcakes geschickt hatte. Etwas anderes kam mir in den Sinn: Wie hatte der Mörder gewusst, dass Jeremy den richtigen Cupcake essen würde und so genug Gift zu sich nahm, dass es ihn tötete?

KAPITEL 21

Ich rettete Germaine aus der Hundetagesstätte des Hotels; jemand hatte es auf sich genommen, sie gut durchzubürsten und ihr eine Schleife um den Hals zu binden. Die Schleife entfernte ich sofort, aber ich musste zugeben, dass sie sehr hübsch war. Ich fühlte mich schuldig, dass ich sie nicht so oft bürstete, wie ich sollte, aber ich war selbstreflektiert genug, zu wissen, diese Schuld würde sich bald auflösen und mir nicht dabei helfen, mich öfter daran zu erinnern.

Es war fast drei Uhr, also fuhr ich vom Hotel direkt zu Daisys Schule. An den meisten Tagen lief sie mit Jade von der Schule nach Hause, aber wenn ich unterwegs war, schaute ich vorbei und sammelte beide ein. Die Mädels sprangen rein, plauderten immer noch darüber, dass sie Zack am Tag zuvor kennengelernt hatten, und mir fiel, mit einem *weiteren* schuldbewussten Stich auf, dass ich ihn im Hotel gar nicht besucht hatte, obwohl das der Hauptgrund meines Abstechers dorthin gewesen war, und dass er immer noch denken musste, sein Kugelfisch habe Jeremy getötet. Seine Handynummer hatte ich nicht, aber ich konnte das Hotel anrufen und mit ihm sprechen oder eine Nachricht hinterlassen, dass er mich anrufen sollte; ich wollte nicht, dass er sich länger als nötig schuldig fühlte. Es kam mir kurz in den Sinn, dass ich Nathan anrufen und sagen sollte, was ich entdeckt hatte, aber er hatte mich am Telefon vorhin quasi aus Wut abgewürgt (und danach hatte ich Tony geküsst) und ich fühlte mich wie ein emotionales Wrack.

Wir setzten Jade ab und fuhren dann in unsere eigene Einfahrt ein paar Häuser weiter. Daisy sprang die Treppen hinauf, um sich ihre Schuluniform auszuziehen, während ich Wasser kochte.

„Hab mich schon gefragt, wo du bist", sagte Mum, die in der Hintertür erschien. Ich erschrak und warf beinahe eine Tasse von der Küchenzeile. „Oh, du bist ja heute richtig angespannt, was? Ich habe ein bisschen Vogelfutter draußen verteilt. Diese verdammten Eichhörnchen waren schon wieder am Vogelhäuschen ..."

Ich ließ Mum weiterplappern, hörte ihr nicht wirklich zu und holte die Teebeutel und die Milch aus dem Kühlschrank.

„Ist alles in Ordnung, Schatz?" Mum hatte sich an mich herangeschlichen, ob absichtlich oder weil sie einfach von Natur aus katzenhaft war, wusste ich nicht. Sie führte sich manchmal wie ein geriatrischer Ninja auf.

„Nicht wirklich." Wollte ich ihr von heute erzählen? Ich beschloss, es zu tun, auch wenn ich einen Vortrag über mich ergehen lassen musste, denn manchmal musste man einfach mit seiner Mutter reden, oder? „Tony und ich haben uns heute geküsst."

„Okay ..." Sie beobachtete mich. Ich konnte nicht sagen, ob sie deshalb zufrieden oder enttäuscht war, aber sie sah nicht überrascht aus. „Und wie war es?"

„Du meinst, wie der Kuss war? Oder wie es danach war?", fragte ich, aber ich wusste, was sie meinte.

„Denn, um ehrlich zu sein, weiß ich nicht, was ich auf beide Fragen antworten soll.“

„Wie seid ihr auseinander gegangen? Seid ihr jetzt liiert, oder …?“

„Oder. Definitiv oder.“

Mum nickte. „Ich verstehe. Brenda wird sehr enttäuscht sein. Sie ist schon jahrelang überzeugt, dass ihr zusammenkommt. Sie hat wahrscheinlich schon einen Hut für die Hochzeit ausgesucht.“

„Was ist mit dir?“, fragte ich. „Ich weiß, wie sehr du ihn magst und er ist so lieb zu Daisy …“

„Das alles spielt keine Rolle, wenn du nicht dasselbe fühlst.“

„Tut keiner von uns. Was für uns beide eine Überraschung war.“

„Stört dich das?“

„Ein bisschen … ich weiß nicht. Ich habe vor ihm ziemlich geheult, also nehme ich an, dass es mich ein bisschen stört.“

Mum zog mich in eine Umarmung und küsste meine Wange, dann führte sie mich zum Küchentisch. Sie zog mir einen Stuhl vor.

„Setz dich und ich mache dir ein Mum Spezial“, sagte sie und ich lächelte. Ein ‚Mum Spezial‘ war nur eine Tasse Tee und ein Teller mit etwas Süßem, aber es hatte immer funktioniert, als ich ein Teenager gewesen war, und es funktionierte immer noch. Ich saß da, in meinem Selbstmitleid, während das Wasser kochte, und sie öffnete eine Packung Marmeladenkekse, dann setzte sie sich zu mir.

„Ihr liebt einander“, sagte sie, „aber ihr seid nicht ineinander *verliebt*.“

Ich nickte. „Ja, das nehme ich an.“

„*Verliebt* sein ist quasi verrückt nacheinander zu sein“, erklärte sie. „Man kann nicht mehr aufhören, aneinander zu denken, und hat Schmetterlinge im Bauch – der ganze Blödsinn.“ Ich öffnete meinen Mund, um bei dem Wort ‚Blödsinn‘ zu protestieren – es schien mir ein wenig harsch –, aber sie hielt mich auf. „Ich weiß, ich weiß, es ist albern, aber es ist schön. Es vergeht langsam und wenn man Glück hat, erkennt man, dass man einen besten Freund hat und immer noch gerne das gleiche Bett miteinander teilt. Kameradschaft ist viel wichtiger als Leidenschaft, auf lange Sicht.“

„Also, so gesehen, denkst du, ich sollte mit Tony ausgehen, obwohl es komisch war, ihn zu küssen?“ Ich schüttelte den Kopf, fast wütend auf sie, weil sie mir doch eigentlich ihre Weisheiten mitteilen sollte. Aber sie lachte.

„Du meine Güte, nein. Das meinte ich doch gar nicht. Man braucht die alberne Phase, damit man während der Zeiten, in denen man sich umbringen will, zurückschauen und denken kann, ‚Er ist jetzt vielleicht fett und kahl und nervt mich so sehr, dass ich ihm das Bügeleisen über den Kopf ziehen will, aber wir haben immer noch Paris ...‘ oder irgendein anderer romantischer Quatsch. Du und Tony habt die Leidenschaft übersprungen und seid direkt zur Kameradschaft übergegangen.“

„Siiiiicher ...“, sagte ich skeptisch. „Also sollten Tony und ich *nicht* zusammen sein? Was auch okay ist, denn wir sind’s nicht.“

„Tony ist wie ein paar bequeme Hausschuhe“, erklärte Mum. „Damit ist nichts verkehrt. Du weißt, was dich erwartet, und er behandelt dich immer gut. Aber du bist noch nicht bereit für ein paar Hausschuhe."

„Ich weiß nicht, manchmal fühle ich mich danach …"

Mum schüttelte heftig ihren Kopf. „Nein, bist du nicht. Du brauchst jemanden, der ein ganzer Schuhladen für dich sein kann. Du brauchst jemanden, der mit dir tanzen geht, wie ein paar sexy Riemchensandalen, und der mit dir Abenteuer unternimmt, wie ein paar Wanderschuhe –"

„Dir muss es inzwischen leidtun, diese Schuhladen-Metapher verwendet zu haben", meinte ich. Sie ignorierte es.

„Du brauchst jemanden, der wie ein Paar Ballettschuhe ist."

Ich sah sie einen Moment lang an und schüttelte dann den Kopf. „Nein, die versteh ich nicht."

„Die halten dich auf Trab", sagte sie. „Um ehrlich zu sein, das bräuchte Tony auch."

„Was, Ballettschuhe? Du meinst, ich bin *Tonys* bequemer Hausschuh?"

„Ist alles okay?" Ich sah auf und entdeckte Daisy im Türrahmen. Ich lächelte und klopfte auf den Stuhl neben mir, den sie, um ehrlich zu sein, schon beäugt hatte, seit sie die Kekse entdeckt hatte.

„Alles gut", sagte ich. „Ich bekomme gerade Beziehungstipps von Doc Marten."

„Oh oh", sagte sie, ließ sich auf den Stuhl neben mir fallen und griff nach den Keksen. „Will ich wissen, worum es geht?"

„Wahrscheinlich nicht." Wir knabberten ein paar Minuten in absoluter Stille, ließen die schokoladige, orangige, keksige Süßigkeit auf unseren Zungen zergehen …

„Also, wie war dein Tag?", fragte ich schließlich. „Wie war dein Mathetest?"

„Beschissener Mathetest –"

„Ähm, achte auf deine Sprache! Du bist noch keine dreizehn."

„Oh, ich darf also fluchen, wenn ich dreizehn bin? Kann ich wenigstens schei-"

„Nein, das darfst du verda- ähm, nein, das darfst du nicht. Es gibt keine Erlaubnis für Schimpfwörter, auch nicht abhängig von deinem Alter. Ich fluche nie." Mum hob ihre Augenbrauen. „Das tue ich nicht! Nicht wirklich. Ich hab damit aufgehört, als ich Polizistin wurde. Dad sagte immer, wenn man vor einem Verdächtigen flucht, hat man verloren, weil sie dann sehen, dass du gestresst oder wütend bist, und *die* sind es, die gestresst sein sollten, nicht du."

„Daran erinnere ich mich", stimmte Mum zu. „Er sagte eine Menge dämlicher Worte, anstelle von Schimpfwörtern."

„Wie auch immer, vergesst den Mathetest –", begann Daisy wieder.

„Verdammte Axt!", schrie Mum. Wir sahen sie beide geschockt an. Sie lächelte, in nostalgischen Gedanken verloren. „Das sagte dein Vater immer, wenn er wütend wurde." Daisy und ich sahen einander an, dann fuhren wir fort.

„Wie auch immer", setzte Daisy geduldig fort, „der Mathetest war okay. Aber ich musste den ganzen Tag Fragen zur Filmproduktion ausweichen. Alle erwarten, dass ich weiß, was los ist."

„Wieso solltest du?"

„Weil ihre Eltern alle mit dir zur Schule gegangen sind und die annehmen, dass du immer noch die neugierige Nosey bist." Sie grunzte. „Ich kann mir denken, warum ..." Sie und Mum kicherten.

„Ja, ja, schon klar ..." Ich hatte geschworen, niemandem was zu sagen, aber die Neuigkeiten mussten schon nach draußen gedrungen sein. Selbst wenn Debbie ihren Mund gehalten hatte (und ich nahm an, dass die Bombe, dass Nathan die Stadt verlassen würde, sie mehr geschockt hatte als der Tod von Jeremy Mayhew), hatte Kimi wahrscheinlich schon etwas auf Instagram gepostet und ich hatte das Gefühl, dass Faith auch gerne plauderte, wenn es ihr langweilig wurde. „Okay, aber nichts hiervon darf erst mal das Haus verlassen, ja?"

Sie saßen mit offenen Mündern da, während ich ihnen von der Dinnerparty und Jeremys zu frühem, Tetrodotoxin geschuldetem Tod berichtete. Und weil ich immer noch die Ereignisse des Tages (die nicht-romantischen zumindest) verarbeitete, erzählte ich ihnen auch von den verdächtigen Cupcakes.

„Dann war es gar nicht Zacks Schuld?", fragte Daisy. Sie war sehr betroffen von dem Gedanken gewesen, dass er jemanden (wenn auch unabsichtlich) umgebracht haben könnte. „Das ist eine Erleichterung."

„Na ja, für Zack wäre es das, aber wenn ich Recht habe, dann suchen wir jemanden, der bewusst etwas anderes mit einem Nervengift versetzt hat – wahrscheinlich die Cupcakes –, damit es nach einer versehentlichen Lebensmittelvergiftung aussieht, wenn es in Wahrheit doch ein Mord war."

„Wer sollte Jeremy Mayhew umbringen wollen?“, fragte Mum. „Er war auf jeden Fall eine Art Draufgänger, also hätte er es sicher nicht bis ins hohe Alter geschafft. Die hätten nur noch ein paar Jahre warten müssen.“

„Keine Ahnung“, erklärte ich. „Faith hat zugegeben, dass sie vor Jahren mal eine Affäre hatten und dass er nicht gerade ihre Lieblingsperson war, aber auch, dass das kein Grund wäre, ihn tot sehen zu wollen.“

„Das ist ganz schön traurig“, bekannte Daisy. „Ich hatte vor gestern noch nie von ihm gehört, aber als wir bei der Szene zugesehen haben, war er krank.“

„Er war krank?“ Mum schien verwirrt. „Dann lag es vielleicht daran –“

„Das bedeutet, krank im Sinne von ‚wahnsinnig gut‘“, erklärte ich. „Zack sagt das auch dauernd ...“

Daisy wurde rot, wirkte aber zufrieden.

„Wir müssen also herausfinden, wer etwas gegen Jeremy gehabt haben könnte“, sagte ich.

„Oder Zack“, sagte Daisy. Ich sah sie an. „Ich meine, wieso sonst Kugelfischgift verwenden? Kann man einfach losgehen und es bei Tesco kaufen?“

„Nein. Nein, das kann man nicht“, sagte ich, in Gedanken versunken. Wieso war mir das nicht aufgefallen? Meine Tochter war wunderschön *und* klug. „Der Mörder hat also versucht, es Zack anzuhängen ... Der arme Kerl hat schlimme Schuldgefühle. Ich weiß ja nicht, aber es könnte das Ende seiner Karriere bedeuten ...“ Ich sah Daisy an. „Das war sehr hilfreich, weißt du. Daran hatte ich noch nicht gedacht.“

Sie lächelte. „Dann wäre jetzt wohl ein guter Zeitpunkt, um zuzugeben, dass der Mathetest richtig schlecht war?"

Ich lachte. „Wer braucht schon Mathe? Ich will Zack anrufen und ihm sagen, dass er vom Haken ist, aber das ist im Moment alles nur Spekulation. Bis wir die Laborergebnisse der Fischabfälle haben zumindest. Und ich sollte wahrscheinlich zuerst noch mit Nathan reden ..."

Mum sah zu mir. „Gibt es einen Grund, wieso du das nicht möchtest?" Den gab es, aber sie dachte vermutlich, dass es mit Tony zu tun hatte, und ich wollte ihr den wahren Grund nicht vor Daisy erzählen, weil sie sich aufregen könnte, und das würde ich nicht ertragen.

Ich wurde davor bewahrt, antworten zu müssen, denn mein Handy klingelte. Sofort dachte ich, mit einem unguten Gefühl im Magen, *das wird Nathan sein*, aber als ich auf das Display sah, war es eine Nummer, die ich nicht erkannte.

„Hallo?"

„Ist da Jodie? Was zur verfluchten Hölle ist hier los? Ich verlasse meinen Foodtruck und schon stirbt jemand –" Der Italiener war sehr aufgebracht. Jeden Moment würde er *Mamma Mia!*, ausrufen und ich würde die Geduld verlieren.

„Gino, Gino, beruhig dich! Die Polizei –"

„Die haben mit mir gesprochen, dieser DCI Winters –"

„Withers. Sein Name ist Withers." *Und es war ein FURCHTBARER Nachname*, dachte ich. Jodie Withers klang wirklich nicht gut. Es hörte sich nicht schön an. Ehrlich.

„DCI Wie-auch-immer hat gesagt, dass Zack jemanden mit seinem *fugu sashimi* vergiftet hat, und ich sagte ihm, dass das unmöglich ist! Aber ich denke nicht, dass er mir geglaubt hat.“

„Wie unmöglich? Ich glaube, du hast Recht. Ich glaube nicht, dass es der Fisch war, aber –“

„Natürlich war es nicht der Fisch! Glaubst du, ich würde ihn giftigen Fisch servieren lassen?“ Gino klang sauer und ich begann mich genauso zu fühlen.

„Jetzt beruhig dich mal und erzähl es mir. Wieso kann es nicht der Fisch gewesen sein?“

„Weil es *Takifugu Oblongus* war – nordamerikanischer Kugelfisch. Ich hab ihn von einem Lieferanten aus Schottland, einer Fischfarm. Es ist die einzige Form, die der breiten Öffentlichkeit verkauft wird.“

„Nehmen wir einfach an, dass ich die Wichtigkeit dieser Tatsache nicht ganz verstehe, okay?“, sagte ich geduldig. „Wieso könnte es der nordamerikanische Kugelfisch nicht gewesen sein?“

Gino seufzte, offenbar entsetzt von meinem Mangel an Wissen über den Begriff *Takifugu Oblongus)*, denn *natürlich* war die Nachfrage nach Kugelfisch in Cornwall allgemein recht hoch … „Weil der nicht giftig ist.“

***

Ich erholte mich von diesem Schock schnell genug, um Gino zu beruhigen und mir den Namen des Fischlieferanten geben zu lassen. Ich versprach ihm, dass der Foodtruck immer noch in sicheren Händen war, trotz der Vergiftung, und dass ich ihn über weitere Entwicklungen informieren würde.

Mum und Daisy, die nur meine Seite der Unterhaltung gehört hatten, sahen mich an. Ich wusste, dass es wahnsinnig unprofessionell war, aber erinnerte mich dann daran, dass ich das ja nicht mehr professionell machte, also musste ich mir darum keine Gedanken mehr machen und erzählte ihnen alles von Ginos Enthüllungen.

„Wow!", rief Daisy.

„Verdammte Axt!", ergänzte Mum.

„Nicht wahr?", fragte ich. „Ich wusste nicht mal, dass es so was wie nicht-giftigen Kugelfisch gibt. Und Zack offensichtlich ja auch nicht." Ich dachte zurück an das, was Mike Mancuso gesagt hatte – dass er Zack erlaubt hätte, weiterzumachen und den *fugu* zu servieren, weil Gino ihm gesagt hatte, dass er sichergehen würde, dass es ungefährlich war. Aber er hatte ihm nicht erklärt, *wie* er sichergehen würde.

„Das sage ich besser Nathan", erklärte ich stirnrunzelnd. Ich erwischte Mum, wie sie mir einen neugierigen Blick zuwarf, aber ich würde ihr auf keinen Fall erzählen, dass er gehen würde, wenn ich darüber nicht einmal nachdenken wollte, ganz zu schweigen davon, dass ich nicht mit jemandem darüber reden wollte, der mich nicht so tun lassen würde, als hätte ich keine Gefühle für ihn ... Ich hatte betrunkene Hooligans, die mit zersplitterten Flaschen nach mir warfen und mehr als einen Messer schwingenden Irren fertig gemacht und im Moment würde ich denen lieber entgegentreten als Nathan. Mit physischen Risiken komme ich klar; mit den emotionalen eher weniger.

„Ich brauche noch eine Tasse Tee", verkündete ich und schlenderte mit dem Handy in der Hand rüber

zum Wasserkocher. Während ich darauf wartete, dass
er kochte, tippte ich eine Textnachricht an Nathan ein.
Ja, ich war ein Feigling. Ich habe nie behauptet, dass ich
es nicht wäre.

*Habe gerade mit Gino gesprochen und er sagt, der Fisch
wäre eine NICHT GIFTIGE Art. Also war es definitiv
NICHT der Fisch!*

Ich zögerte einen Moment, dann setzte ich folgendes
darunter:

J x

Dann zögerte ich und ergänzte:

XX

Und ich drückte auf Senden, bevor ich kneifen und es
löschen konnte. Und dann wünschte ich natürlich, ich
hätte drei X gesetzt, denn wie jeder wusste, heißt *ein* X
ein Küsschen von einem Freund, wie ein Schmatzer auf
die Wange, *zwei* konnten wohl als europäisch ausge-
legt werden (eines für jede Wange), aber *drei* ... drei
Küsschen gehörten definitiv ins Ich-denke-daran-mit-
dir-zu-knutschen-Gebiet.
Vielleicht dachte ich zu viel darüber nach.
Mein Handy pingte beinahe sofort mit einer Antwort.
Nathan.

*Also DAVON hat er die ganze Zeit gequasselt lol. War
ein bisschen aufgeregt, als er mich angerufen hat, und*

hat aufgelegt, bevor ich wusste, was er wollte. Der ist wie ein italienischer Gordon Ramsey lol.

(Ich hatte in seinen Nachrichten noch nie so viele ‚lol‘-s gesehen, und ich stellte mir vor, wie er jedes Mal nervös kicherte, wenn er sie eintippte.)

Kannst du sprechen?

Ja, und ich kann selten damit aufhören, dachte ich, aber ich schrieb es nicht. *Nein, nein, nein,* dachte ich außerdem, schrieb es aber auch nicht. *Du bist SO ein Feigling, Parker,* mahnte ich mich selbst, aber um fair zu bleiben, es war so oder so schon ein sehr emotionaler Tag gewesen und ich musste mich erst wieder in den Griff kriegen, bevor ich wieder mit ihm sprechen konnte.

Nicht wirklich. Habe furchtbare Kopfschmerzen und gehe gleich ins Bett.

Ich drückte auf Senden und bekam beinahe sofort eine Antwort.

Sorry, ich hoffe, du fühlst dich nach einer Nacht Schlaf besser. Sprechen wir morgen? Xxx

Ich wollte weinen. Aber stattdessen tippte ich:

Auf jeden Fall xxx

Und dann kochte ich noch mehr Tee.

KAPITEL 22

Ich verbrachte den Abend damit, Fernsehen zu schauen und mit Mum und Daisy Scrabble zu spielen, und vermied es dabei tunlichst, an Nathan zu denken, Tony oder den Fall. Aber hauptsächlich Nathan.

Es war allerdings fast unmöglich. Nach einem sehr gesunden Essen bestehend aus Lachs (mariniert in süßer Chilisoße und im Ofen gebacken), braunem Reis und einer Gemüsepfanne, von der ich annahm, dass sie Kimis Zustimmung erhalten würde; außerdem machte ich ein paar kleine Schoko-Lava-Tassenkuchen in der Mikrowelle, die sie definitiv nicht erhalten würden. Daisy hatte speziell darum gebeten, da es ihr beinahe genauso viel Spaß machte, sie mit mir zu ‚backen‘, wie sie zu essen.

Ich sah zu, wie sie die Zutaten abmaß und in die Tassen füllte: eine viertel Tasse Mehl, ein Teelöffel Backpulver, zwei Esslöffel Zucker und zwei vom Kakao, eine Prise Salz, dann mischte sie es mit je zwei Esslöffeln Öl und Milch. Sie wiederholte den Vorgang für jede Tasse, dann rührte sie alles zu einer teigigen Masse, fügte ab und zu noch ein bisschen Milch hinzu, um den Teig etwas cremiger zu machen.

Während sie das tat, rieb ich ein wenig Orangenschale und fügte sie jeder Tasse hinzu, zusammen mit einem Spritzer Saft. Dann folgte die letzte Zutat: ein großes Stück Orangenschokolade, das in die Mitte jeden Kuchens gesteckt wurde.

„Oh mein Gott, die riechen wunderbar." Daisy atmete den Geruch tief ein und ich lachte.

„Ja, Nathan mochte das auch wirklich gerne, als ich ihm kürzlich einen Kuchen gemacht habe …" sagte ich, und mein Lachen erstarb, bevor ich wusste, was passierte. Zum Glück war Daisy zu sehr damit beschäftigt, die Tassen in die Mikrowelle zu stellen, als dass sie mein Stimmungstief bemerkte. Und fünfzig Sekunden später hatte ich einen heißen Schokoladenkuchen mit einem flüssigen, orangigen, schokoladigen Kern, der mich trösten würde.

Es funktionierte fast.

Germaine und ich machten unsere nächtliche Gassirunde um den Block, aber Nathan hatte mich auf diesem Spaziergang einige Male begleitet, deshalb war es schwierig, nicht an ihn zu denken. Ich erinnerte mich an die Nacht, als er zum Essen vorbeigekommen und mit mir gelaufen war, dann hatte sein Telefon geklingelt und er hatte zu seiner Mutter gesagt: ‚Ja, genau sie.' Ich hatte so viel in diese beiden Worte hineininterpretiert; sie bedeuteten, dass er seiner Mutter von mir erzählt hatte, was er sicher nicht getan hätte, wenn wir nur Freunde wären, oder? Aber wenn ich mehr als eine Freundin war, dann würde er doch sicher nicht noch überlegen, ob er den Job annehmen sollte oder nicht, oder?

Ich seufzte und zu meinen Füßen hob Germaine das Beinchen und seufzte auch, bevor sie ein armes, nichts ahnendes Gestrüpp bewässerte.

Ich ging an diesem Abend früh schlafen, nicht lange nach Daisy und Mum – nicht, weil ich müde war, sondern weil ich mich gelangweilt und rastlos fühlte. Nichts im Fernsehen interessierte mich und ich konnte mich nicht auf das Buch konzentrieren, das ich gelesen hatte, obwohl es mir vergangene Nacht wirklich gefallen hatte. Ich legte mich zurück auf mein Kissen und streckte mich im Bett aus, aber statt die Freiheit zu genießen, dass ich den ganzen Platz für mich allein hatte, wünschte ich mir jemanden an meiner Seite, jemanden zum Kuscheln und an dem ich meine kalten Füße wärmen konnte.

Als ob sie meine Gedanken lesen konnte, trottete Germaine durch meine Schlafzimmertür herein. Ich ließ sie immer ein Stück weit offen; ein Überbleibsel aus den Tagen, als Daisy noch kleiner gewesen und nachts wegen eines schlechten Traumes aufgewacht war, aber heutzutage war es genauso üblich, dass ich auf Mums Geräusche lauschte. Germaine sprang aufs Bett und machte es sich in meiner Kniebeuge bequem.

„Solltest du nicht in Daisys Bett sein?", flüsterte ich, strich über ihre Schnauze, aber sie schnupperte nur an meiner Hand und machte es sich gemütlich. Wenn man ‚es sich gemütlich machen' je zu einer olympischen Disziplin erklären würde, würde dieser Hund Gold gewinnen. Ich lächelte und streckte meine Hand, um das Licht auszuschalten.

***

Ich wachte am nächsten Morgen überraschend ausgeruht auf. Überraschend, weil ich mich die ganze

Nacht über hin und her geworfen und die lächerlichsten Träume gehabt hatte. Ich war zurück im Parkview Manor Hotel gewesen, das mal wieder für Tonys Hochzeit dekoriert war. Nein, *meine* und Tonys Hochzeit. Ich war in meinem Hotelzimmer und zog mein Hochzeitskleid an – ein übertriebenes, Sahnetörtchen-artiges Ding aus reinweißer Seide und Spitze, die Art von Kleid, die ich nicht mal zu meiner Beerdigung tragen würde, ganz zu schweigen von meiner Hochzeit – und ich kämpfte allein mit dem Reißverschluss, die Zeremonie rückte immer näher und näher, aber ich war noch nicht fertig und jedes Mal, wenn ich jemanden anrufen wollte, der mir helfen könnte, wählten meine dämlichen Finger die falsche Nummer und ich kam nicht durch. Ich gab auf und fand mich in einer Jeans wieder, in der Hotelküche, die aus irgendeinem Grund voll mit Gästen war (niemand, den ich wiedererkannte). Sergeant Adams, der den Eingang der Polizeistation von Penstowan betreute und einer der übrigen Rekruten meines verstorbenen Vaters war, führte die Trauung durch. Am Altar (der etwas verloren wirkte, direkt neben dem großen Kühlraum) drehte sich Tony um und lächelte mich an, allerdings war es gar nicht Tony, es war Jeremy Mayhew und er sah ein bisschen abgemagert aus. Na ja, tot.

Ich war erleichtert, als ich aufwachte. Ich hatte das furchtbare Gefühl, dass, wenn Sergeant Adams zu dem Teil gekommen wäre, an dem er fragte, ob es Einwände gebe, würde Nathan aus der Nähe des Ofens herausspringen und sagen, dass er es sein sollte und dass er und Tony/Jeremy miteinander in den Sonnen-

untergang reiten würden. Es hätte genauso viel Sinn ergeben, wie der Rest des Traumes.

Der Hund hatte mich in der Nacht verlassen und ich
hörte, wie Daisy in ihrem Zimmer mit ihm sprach. Ich
sah auf die Uhr, dann entspannte ich mich, als ich mich
daran erinnerte, dass es ja Samstag war: keine Schule
und, da der Dreh aufgeschoben war, auch keine Arbeit.
Es war schön, ein bisschen herumliegen zu können,
aber nicht so schön, wenn ich daran dachte, wie viel
Geld mir dadurch entging. Ich hatte nun wahrscheinlich schon genug, um Daisys Geburtstagsgeschenk zu
kaufen, aber ich musste zugeben, dass das Pornomobil,
der ältere Wagen, den ich für ,Partys und Pasteten' gekauft hatte, wahrscheinlich nicht ersetzt werden
könnte. Er würde wohl noch ein bisschen weiter vor
sich hin stottern ...

Ich hievte mich aus dem Bett und kochte mir eine
Tasse Tee, wollte aber nicht, dass der Rest des Haushal-
tes mich hörte und dachte, es wäre Zeit zum Aufstehen,
dann nahm ich sie mit nach oben und setzte mich ins
Bett, trank und versuchte an nichts bestimmtes zu denken. Ich hatte mein Handy früh am gestrigen Abend
ausgeschaltet, weil ich mit niemandem reden wollte,
aber ich fühlte mich deswegen absurderweise schuldig;
was war, wenn jemand mich kontaktieren wollte?
Wer?, fragte ich mich. *Jeder, für den ich verantwortlich
war, war hier, unter diesem Dach.* Ich war kein Sklave
meines Smartphones, aber es war mir ein wenig unangenehm, es so tot auf dem Nachttisch liegen zu sehen,
also schaltete ich es wieder an und bekam sofort einen
Haufen Textnachrichten (na ja, vier).

Die älteste war von Debbie.

Oh mein Gott, Tony hat es gerade Callum erzählt und der hat's mir erzählt! Hoffe, dir geht's gut. Ruf an, wenn du reden willst.

Ich spielte mit dem Gedanken, sie einfach zu ignorieren, weil es mir gut *ging* und ich nicht reden wollte, aber ich wusste, dass sie ein gutes Herz hatte und sie sich sorgen würde, wenn sie nichts von mir hörte, und, was wahrscheinlicher war, sie anrufen und Details verlangen würde, wenn ich nicht bald antwortete. Ich schickte ihr eine schnelle Nachricht und erklärte ihr, dass es mir gut ging und sie später anrufen würde. Sehr viel später ...

Die nächste war von Tony selbst, kurz vor dem Schlafengehen geschickt, nur vier Worte:

Zwischen uns alles okay?

Meine Antwort war genauso kurz:

Ja, alles okay.

Die dritte Nachricht war vor etwa einer Stunde hereingekommen und sie überraschte mich: eine Nachricht an die Gruppe aller Statisten, die mitteilte, dass der Dreh weiterging. So viel zu meinem freien Tag, aber zumindest bedeutete das, dass mein Auto vielleicht doch noch ersetzt werden würde.

Und die letzte Nachricht war um die Zeit gekommen, als ich aufgewacht war; sie war von Nathan.

Morgen, hoffe, es geht dir jetzt besser x

Ich nippte an meinem Tee, versuchte mir eine Antwort zu überlegen, die den Sturm an Gefühlen mitteilen würde, der mich jedes Mal überfiel, wenn ich nur seinen *Namen* sah, um Himmels willen, ohne ihn erschrecken zu wollen und ihn das Weite suchen zu lassen (oder, um genauer zu sein, Liverpool), aber ich entschied mich für:

Viel besser, danke. Denke, ich war nur müde. Hast du schon gehört, dass sie wieder filmen? Werde in einer Stunde oder so am Foodtruck sein.

Nathan wartete wohl nicht sehnsüchtig auf eine Antwort, aber er musste sein Handy nah bei sich gehabt haben, denn etwa zwanzig Sekunden nachdem ich Senden gedrückt hatte, kam:

Hab das mit dem Dreh gehört. Es gibt ein paar Sachen, die ich mir ansehen will, also treffen wir uns dort. Bin froh, dass es dir besser geht xxx

Die drei Küsse am Ende gaben mir gleichzeitig ein gutes, wie auch schlechtes Gefühl. Ich schrieb zurück:

Later, alligator xxx

Ping! Das ging schnell.

In a while, crocodile x

***

Ich duschte und zog mich schnell, aber mit großer Sorgfalt an, was, wie ich weder bestätigen noch leugnen konnte, etwas damit zu tun hatte, dass ich für Nathan hübsch aussehen wollte. Daisy schrie vor Aufregung in ihrem Zimmer, als ich unten Toast machte, und stürmte mit ihrem Handy in der Hand in die Küche; sie hatte die Nachricht auch bekommen, und heute war der Tag, an dem sie ihr Debüt auf der großen Leinwand haben würde. Ich hoffte für uns alle, dass sie nicht nur eine Magd, wie ich, sein würde, besonders, weil ihre Freundin Jade auch dabei sein würde.

Jades Mum Nancy war aus Cornwall, hier geboren und aufgewachsen, ihr Vater allerdings war Spanier, und sowohl Jade als auch ihr kleiner Bruder hatten eine wunderschöne Kombination aus blonden Haaren und einem, alljährlich gebräunten, mediterranen Teint geerbt. Ich konnte mir schon vorstellen, wie sie als eine Art mystische Elfe gecastet werden würde, während meine hübsche, aber sehr angelsächsisch aussehende Tochter darauf reduziert werden würde, eine kleinere, verdammt kratzige Version des Kartoffelsacks tragen zu müssen, mit welcher ich mich während meiner allzu kurzen Schauspielkarriere hatte zufrieden geben müssen.

Aber im Moment war noch alles möglich, selbst von einem Regisseur entdeckt zu werden und ein paar Textzeilen zu bekommen und *dann* vom Fleck weg von einem Agenten unter Vertrag genommen zu werden und *dann* für den – *HarryHarry Potter* oder *Tribute von Panem* Film dieser Generation engagiert zu werden. Also gab sich Daisy große Mühe mit ihren Haaren und zog ihre Lieblingsjeans an, obwohl sie technisch gesehen besser in die Wäsche gesollt hätte (denn natürlich war sie die einzige Sache, die ihr helfen würde, die Brücke zwischen sich und dem Berühmtwerden zu bauen, also konnte sie auf gar keinen Fall eine andere tragen), zwang sich, etwas zu frühstücken, und dann tanzte sie ungeduldig herum, während sie darauf wartete, dass ich in die Gänge kam.

Konnte man es glauben, auch Mum sollte heute ihren großen Durchbruch haben. Ich musste sie zwingen, kein Taxi zu ihrem eigenen Haus zu nehmen, um ihr bestes Outfit zu holen (den hellblauen Rock, den sie zur Hochzeit von meinem Cousin Kevin vor fünf Jahren getragen hatte; er ließ sie wie eine Mischung aus Mrs Doubtfire und der Queen Mum aussehen), und erst, als ich ihr erzählte, dass sie sich in einem chaotischen Gemeinschaftsraum umziehen müsste, in dem sie ihre wertvolle Kleidung während des Filmens liegen lassen müsste, gab sie nach und zog ihre normalen Sachen an.

Das bedeutete, dass es niemanden gab, der heute auf Germaine aufpassen würde, also packte ich die ganze Familie ins Auto und fuhr zu Polvarrow House.

Der ganze Drehort brummte wie ein Bienenstock. Crewmitglieder rannten herum, bauten Sachen auf, die sie am Tag zuvor erst abgebaut hatten, um sie sicher zu lagern, als es ausgesehen hatte, als würde der Dreh beendet werden. Wenn jemand wütend oder nur irritiert wegen Jeremy Mayhews Tod war, schafften sie es gut, das zu verbergen. Es wirkte ein bisschen geschmacklos, ein bisschen ... *unziemlich*, um es mit einem Jane-Austen-artigen Wort zu sagen. Ich kannte das alte Sprichwort, die Show muss weitergehen, aber wirklich, musste sie das? Und so schnell?

Ich setzte Daisy und Mum am Kostümwagen ab und
machte mich auf den Weg zum Foodtruck. Als ich Mike
Mancuso und Sam Pritchard in der Nähe bei einer hit-
zigen Debatte beobachtete, ging ich eine größere Runde
bei dem Versuch zu hören, worüber sie sprachen, aber
als ich nah genug dran war, lief Sam Pritchard schon
davon. Mancuso sah mich, also nickte ich ihm ge-
schäftsmäßig zu, was er komplett ignorierte. Also gut.

Ich öffnete den Foodtruck, band Germaine mit der
langen Leine an die Stufen und dachte zurück an die
Unterhaltung, die Nathan und ich am Tag zuvor mit
dem Filmproduzenten hatten. Er hatte es eilig gehabt,
die Fallnummer zu bekommen, um die Produktion der
Versicherung zu melden, und ich hatte über Nathans
verschleierte Warnung, damit noch zu warten, gelacht;
aber trotz der Tatsache, dass er es nur gesagt hatte, um
ihn zu ärgern, hatte sich herausgestellt, dass Nathan
Recht hatte. Mayhews Tod sah wie eine vorsätzliche
Tat aus, kein Unfall oder Versehen, und da ich wusste,
wie schwer die meisten Versicherungsfirmen darum
kämpften, kein Geld herauszurücken, wie ehrlich der
Anspruch auch war, konnte ich nicht glauben, dass sie
etwas bei einem vermuteten Mord auszahlen würden.
Vielleicht war das der Grund, weshalb der Dreh fortge-
setzt wurde? Eine Produktion dieser Größe musste ein
Vermögen kosten ... Nun, ich hatte keine Ahnung, was
es kostete einen Film zu machen, aber man hörte doch
immer wieder von Hollywoodfilmen mit Budgets so
hoch wie das Bruttoinlandsprodukt eines kleinen Landes und mit einer Gruppe Schauspieler und Crewmitglieder dieser Größe und der Anmietung von Polvarrow House und all der Ausrüstung – sogar Sachen

wie die Pferde und Ginos Foodtruck (und mir) – konnten sie es sich vermutlich nicht leisten, all diese Leute zu bezahlen, wenn sie nur rumsaßen und nichts taten.

Ich erhitzte die großen Cateringkannen, damit die Schauspieler und die Crew wenigstens Tee und Kaffee genießen konnten, dann briet ich ein bisschen Speck an. Filmleute *liebten* Brötchen mit Speck, hatte Gino mir gesagt und er hatte Recht. Wenn ich das erledigt hätte, würde ich mit Germaine einen Spaziergang um das Set machen, um sie von Langeweile oder Unfug abzuhalten.

„Sie sind also zurück", bemerkte Lucy, die erste Regieassistentin. Sie stand am Tresen und wartete darauf, dass die Kannen heiß wurden. „Ich dachte, vielleicht ist es Gino. Sam schien zu denken, dass Sie in Wirklichkeit Polizistin sind, keine Köchin."

„Ich bin ein bisschen von beidem", erklärte ich lächelnd. „Ich muss sagen, ich bin überrascht, zurück zu sein. Ich dachte, der Dreh würde länger unterbrochen werden."

Lucy lächelte freudlos. „Ja, das dachte ich auch. Es scheint wenig Platz für Gefühle beim Filmemachen zu geben."

„Einen Dreh wie diesen am Laufen zu halten, kostet sicher auch viel Geld", sagte ich. „Und die Leute wollen alle bezahlt werden, auch wenn sie nicht arbeiten können."

„Ja", stimmte sie zu. „Ich hatte den Eindruck, dass wir dafür die Versicherung haben, aber offenbar ist das nicht der Fall."

„Nein." Also war es wohl noch nicht öffentlich bekannt, dass es Mord gewesen war? Oder vielleicht war es ihr einfach nicht in den Sinn gekommen, dass eine Versicherungspolice so einen Fall voraussichtlich nicht miteinschließen würde. Sie holte sich eine Tasse Tee und nickte mir zu, bevor sie wieder ging.

Ich drehte mich um, um den Speck zu wenden, aber es dauerte nicht lange, bis ich wieder unterbrochen wurde.

„Alles klar?" Zacks Stimme hatte nicht, wie gewöhnlich, diese fröhliche Note in sich; er musste sich immer noch furchtbar schuldig fühlen. Ich war überrascht, dass Nathan ihm noch nicht gesagt hatte, dass er vom Haken war.

„Wie geht's dir?", fragte ich und klang mitfühlend.

Er zuckte mit den Schultern. „Ging schon besser."

„Und Aiko? Hat sie sich erholt?"

„Sie ist über den Berg, aber immer noch ein bisschen schwächlich." Er lächelte traurig. „Nicht der beste Start für eine Beziehung, oder?"

„Du magst sie wirklich, oder?", fragte ich. Er warf mir langsam ein schüchternes Lächeln zu. *Oh, wie süß!*, dachte ich. Ich langte über den Tresen und tätschelte seine Hand. „Ich bin sicher, alles wird gut. Wenn es sein soll, wird es sein." Ich dachte an Tony, während ich es aussprach, und hoffte ehrlich für Zack, dass *seine* Beziehung sein *sollte*. „Hör mal, wegen dem Fisch –"

„Ich weiß, ich weiß, ich hätte ihn niemals servieren sollen", begann er. Er schüttelte den Kopf. „Ich kann immer noch nicht glauben, dass ich das vermasselt habe."

Ich sah mich um, aber es war niemand in der Nähe. Ich musste es ihm sagen und seine Nerven beruhigen. „Ich glaube nicht, dass du das hast. Du darfst das hier auf keinen Fall weitererzählen, okay?" Ich verdrehte (metaphorisch) meine Augen über mich selbst; ich hatte das hier in den letzten Tagen tatsächlich oft gesagt und hoffte inständig, dass all die Leute, die ich zum Schweigen verpflichtet hatte, auch wirklich den Mund halten würden.

Zack sah verwirrt aus. „Na klar! Schieß los."

„Es war nicht der Fisch."

„Aber – ich habe doch gehört, dass sie das Nervengift gefunden haben ..."

„Das haben sie. Aber der Fisch, den Gino dir besorgt hat, ist nicht giftig. Deshalb hat er ihn auch gerne für dich besorgt. Ich wünschte nur, er hätte mir das früher gesagt."

Zack sank plötzlich zusammen und ich dachte einen Moment lang, er würde ohnmächtig werden.

„Oh mein Gott ...", sagte er.

„Geh und setz dich", wies ich ihn an. „Ich bring dir eine Tasse Tee."

Ich schaltete den Ofen aus (der Speck konnte ein paar Minuten warten) und leistete Zack auf der Bank Gesellschaft, band Germaine vorher los, damit sie mitkommen und es ebenso tun konnte. Ich schob ihm eine Tasse heißen Tee hin, während sie seine Füße beschnüffelte und ihre Pfoten mitfühlend in seinen Schoß legte. Er lächelte und streichelte sie, dann sah er auf, während ich ihn aufmerksam beobachtete.

„Sag mir jetzt nicht, dass ich blass aussehe", sagte er und ich musste lachen.

„Na ja, ein bisschen beige bist du schon geworden ..." Er lachte herzlich und laut auf und ich wusste, er fühlte sich besser.

„Behalte, was ich dir eben gesagt habe, aber bitte noch für dich", sagte ich. „Die Polizei hat es noch nicht offiziell bekannt gegeben und wir wollen doch keine Ermittlungen behindern."

„Welche Ermittlungen?", fragte Zack und dann kehrte der schockierte Ausdruck wieder zurück. „Du meinst doch nicht –" Er sah sich auch um und sprach dann mit leiser Stimme weiter. „Du meinst doch nicht, dass es Mord war?"

Ich zuckte mit den Schultern und versuchte so zu tun, als könnte es einen Haufen unschuldiger Gründe geben, weshalb Nervengift in einem Cupcake landen könnte … „Ich weiß nicht. Wahrscheinlich nicht." Ich war mir bewusst, dass ich nicht besonders überzeugt klang, und ich hatte Schwierigkeiten, etwas zu sagen, doch plötzlich traf mich die Inspiration. „Erinnerst du dich an diesen ‚Fluch'? Diese ganzen dummen Unfälle und Streiche? Na ja, ich glaube, dass das vielleicht nur ein weiterer Streich war, der schieflief."

„Wirklich?" Zack schien skeptisch.

„Ich denke, dass es auf jeden Fall etwas ist, das wir in Betracht ziehen sollten", erklärte ich. „Wie viele Unfälle gab es denn? Kimis Hund lief weg, die Lichter sind explodiert, der Generator ist ausgefallen, die Treppe des Foodtrucks ist gebrochen, Faiths Wohnwagentür klemmte …" Zack rutschte auf seinem Platz herum. Er unterbrach sich schnell, aber ich hatte es bemerkt. Ich erkannte die Zeichen … „Ich nehme an", begann ich vorsichtig, „wenn wir denjenigen finden, der hinter diesen Streichen steckt, finden wir heraus, wer für die Vergiftung verantwortlich ist."

Zack mied meinen Blick, starrte in seine Tasse und rührte mit seinem Finger in dem heißen Tee.

„Gibt es da etwas, das du mir sagen möchtest?", fragte ich.

Er sah auf, bevor er es verhindern konnte, dann sah er wieder weg. „Natürlich nicht." Jetzt klang er nicht überzeugend. Germaine winselte ein bisschen, als würde sie ihm auch nicht glauben.

„Zack", sagte ich, „wenn du etwas weißt, musst du es mir oder der Polizei sagen. Wenn du es mir sagst, kann ich entscheiden, ob es etwas ist, das sie wissen müssen, oder wir es einfach vergessen können. Wenn du es mir nicht sagst und die Polizei es später herausfindet – und das tun sie früher oder später immer –, dann sieht das für dich nicht sehr gut aus, nicht wahr?"

Er sah mich wieder an, wog seine Möglichkeiten offenbar im Kopf ab.

„Zack", begann ich. „Wir sind doch Freunde. Wir haben zusammen gekocht. Ich würde dir einen Job als Gemüseschnippler anbieten, solltest du jemals mit der Schauspielerei aufhören ..." Er gab ein leises Lachen von sich. „Du weißt doch, dass ich auf deiner Seite bin, oder? Wenn du also irgendwas angestellt hast ..."

Er ging zur Verteidigung über. „Jeder denkt, sie ist eine Nationalheldin und sie benimmt sich den jüngeren Schauspielern gegenüber auch total mütterlich am Set, aber sie ist eine verdammte Rassistin."

„Wirklich?" Ich war überrascht. Faiths Ehemann auf der Leinwand in *Mile End Days* war ein großer Jamaikaner und ihre ‚Kinder' waren alle gemischtrassige Schauspieler. Ich nehme an, dass es einfach war, einer Gruppe von Menschen gegenüber Vorurteile zu haben, wenn man nichts über sie wusste, aber wenn man eng miteinander zusammenarbeitete, mehrere Jahre in Faiths Fall, dann wäre es doch schwer, das aufrechtzuerhalten; man konnte es doch sicher nicht vermeiden zu erkennen, dass alle in allen wesentlichen Aspekten gleich waren. „Bist du sicher? Wieso denkst du so?“

„Ich habe mir ein Ladekabel von ihr ausgeliehen und war auf dem Weg, es ihr zurückzugeben“, erklärte Zack. „Ich stand vor ihrem Trailer und hörte, wie sie redete, und dass sie sagte, dass Kimi und ich bloß die ‚Quotenausländer‘ dieser Produktion wären. Sie hat den Mund ganz schön vollgenommen und gesagt, dass wir nur engagiert wurden, damit man alle Kriterien für die Finanzierung erfüllt.“

Ich sah ihn schockiert an. Das war eine furchtbare Sache und völlig unwahr, denn er und Kimi waren beide sehr talentierte Schauspieler. Ich konnte immer noch nicht ganz glauben, dass Faith so etwas sagen würde, obwohl ich zu Beginn auch so meine Zweifel an ihr gehabt hatte; aber dann begriff ich, dass meine Meinung von ihr von der Eifersucht wegen Tony getrübt gewesen war. Die Eifersucht war immer noch irgendwie da, aber sie war für mich klein genug geworden, dass ich die Frau tatsächlich mögen konnte. „Was hast du dann getan?“

„Ich war wirklich sauer und wütend“, erzählte er. „Ich wollte reinstürmen und sie anschreien, aber ich wollte keine große Szene machen. Denn, um ehrlich zu sein, ich war schon bei Produktionen, bei denen ich *tatsächlich* nur für mehr Diversität engagiert worden war, und ich wollte nicht rausfinden, ob das, was sie sagte, wahr war.“ Ich streckte mich aus und berührte seinen Arm, denn ich fühlte immenses Mitleid für ihn. „Ich wusste nicht, was ich tun sollte, aber dann griff ich in meine Tasche und ich hatte immer noch den Sekundenkleber, den mir einer der Crewmitglieder gegeben hatte. Von meinem doofen Schwert sind immer wieder Teile abgebrochen und ich benutzte ihn, um sie wieder anzukleben." Ich erinnerte mich daran, dass er am Tag der Dinnerparty das Schwert herumgefuchtelt, eine heroische Pose eingenommen hatte, bevor dann ein großer roter Plastikdiamant am Griff abgefallen war.

„Du hast den Kleber ins Schloss gespritzt", sagte ich und er nickte bestätigend.

„Ja. Zu Hause hatte ich ein paar Freunde, die vor ein paar Jahren diesen Unterschlupf in Tulse Hill hatten und dann versuchten sie, die Polizei davon abzuhalten, reinzukommen, indem sie die Schlösser mit Sekundenkleber vollschmierten."

„Und wie sind deine Kumpel dann rein- und rausgekommen?", fragte ich, trotzdem interessiert.

„Sie kletterten durch die Fenster", erklärte er. „Es lag auch noch im dritten Stock und alles. Der Nachbar hat sie dann immer über seinen Balkon klettern lassen, damit sie rauskonnten." Er grinste. „Ich konnte mir nicht vorstellen, dass Faith das tun würde ... Aber hör mal, das war nur so eine dumme Sache; sie hätte sich doch niemals dabei verletzt."

„Okay", sagte ich. „Also du hast Faiths Wohnwagen manipuliert. Was ist mit den anderen Sachen? Hast du Kimis Hund rausgelassen?"

Zack schüttelte den Kopf. „Natürlich hab ich das nicht. Wieso sollte ich? Ganz unter uns, ich mag den Hund ganz gerne." Germaine legte sich ihm mit einem zustimmenden Grunzen zu Füßen. Er lachte. „Und den hier auch. Vielleicht bin ich ja doch eine Hundeperson."

„Du weißt nicht, wer dahinter oder den anderen Streichen steckt?"

„Nein", antwortete er, aber plötzlich war ich mir da nicht so sicher.

„Zack ..." warnte ich ihn.

Er seufzte wieder. „Also gut. Wegen dem Hund redest du vielleicht besser mal mit Aiko."

KAPITEL 23

Zack wurde am Set erwartet, also kehrte ich zum Speck zurück und richtete alles für Frühstücks-/Brunchbrötchen hin. Dann legte ich Germaine die Leine an und spazierte zu den Kostümen, um zu sehen, was Daisy und Mum so taten.

Ich hatte die perfekte Zeit erwischt, denn sie waren gerade fertig mit den Kostümen und der Maske und die zwei sahen *umwerfend* aus.

„Ich glaube das nicht!", rief ich. „Ihr gehört beide zu den Adligen!"

„Darauf kannst du wetten!", rief Mum und zupfte empört an ihrem Rock herum. „In dieser Familie gibt es keine Bauern."

„Nur Mum", schmunzelte Daisy.

„Die wollten nur nicht, dass ich Kimi die Show stehle", sagte ich und war ein bisschen sauer, als die beiden darüber herzlich lachten. „Im Ernst, ihr beiden seht bezaubernd aus. Hast du Jade gesehen?", fragte ich Daisy.

Sie nickte. „Sie spielt eine vom Elfenvolk", erklärte sie. „Sie hat Flügel. Sie musste seitwärts durch die Tür gehen."

Wir wurden von einem lauten Pfeifen unterbrochen. Ich drehte mich um und sah einen grinsenden Tony, obwohl er auch ein bisschen unsicher wirkte, als er mich ansah.

„Wow, Shirl, sieh dich an!“, rief er aus. „Du weißt, dass ich schon immer was für ältere Frauen übrighatte?“

„Faith weiß es“, murmelte ich, aber ich machte nur Witze.

Mum lachte und schlug ihn (härter, als ich erwartet hatte, so, wie er zusammenzuckte) mit ihrem bestickten Fächer.

„Uh, du bist ein ganz Schlimmer, Tony Penhaligon! Dein Dad war früher genauso.“

„Also *das* ist etwas, das ich nicht wissen möchte“, sagte er. „Daisy, du siehst wirklich toll aus.“ Daisy lächelte, aber sie war abgelenkt, da sie Jade entdeckt hatte, die mit ihren Flügeln zwischen zwei Wohnwagen feststeckte, und lief los, um sie zu befreien. Mum machte es damit offensichtlich, wie sie uns ansah, dass ich ihr von unserem Kuss erzählt hatte.

„Ich lass euch zwei jetzt mal allein“, sagte sie und drehte sich um.

„Mum, es gibt keinen Grund –“

„Alles gut, Shirley –“

Aber sie war schon weg. Wir standen da und sahen uns an.

„Ist *wirklich* alles okay zwischen uns?“, fragte Tony und schon war es das. Das Eis war gebrochen.

„Natürlich“, sagte ich. „Es musste natürlich ein bisschen komisch sein, sich heute zu sehen, aber so ist es doch das Beste, oder?“

„Das ist es. Es sei denn, du hast deine Meinung geändert?“

„Nein. Du?“

„Nein, hab ich nicht." Tony seufzte. „Es wäre nur so einfach gewesen. Ich meine, ich kenne schon alle deine komischen Eigenarten ..."

„Was für komische Eigenarten? Du Scherzkeks. Ich bin deinen Geruch gewohnt und ich bemerke es nicht mal mehr, wenn du dir die Nase am Ärmel abwischst ..."

„Ja, ja." Tony grinste mich an. „Du hast es deiner Mum also erzählt."

„Und du hast es Debbie erzählt."

„Eigentlich Callum."

„Ist doch dasselbe."

Lucy tauchte auf und sammelte die Statisten ein, also ließ ich ihn ziehen und wünschte Mum und Daisy viel Glück, dann machte ich mich auf zu Zacks Trailer, der nun offiziell (zumindest soweit es mich betraf) ein Tatort war.

Sergeant Adams hatte wieder Dienst, saß auf einem Klappstuhl und bewachte die Stufen, die hinauf zum Wohnwagen führten. Germaine stürmte auf ihn zu und legte ihre Vorderpfoten auf seine Knie, was ihn zum Lachen brachte. Er tätschelte ihren Kopf und sah zu mir hoch.

„Alles klar bei dir, kleine Jodie?", sagte er.

„Mir geht's gut, danke. Lassen sie dich also auch mal raus?" Er näherte sich mit großen Schritten dem Rentenalter und stand nicht wirklich auf Verbrecherjagd, also hatte er normalerweise Bürodienst, aber manchmal ließen sie ihn zur Abwechslung mal raus.

„Jap. Weiß nicht, womit ich das verdient habe." Er grinste, zog eine kleine Papiertüte aus seiner Tasche und bot sie mir an. „Gummibärchen?"

„Zu Gummibärchen kann ich nie Nein sagen", erklärte ich, wählte ein rotes aus und schob es mir in den Mund.

„Wenn du nach dem DCI Ausschau hältst, der ist auf dem Weg", sagte Sergeant Adams und rutschte auf seinem Stuhl herum. „Und keinen Moment zu früh. Ich muss dringend mal pi- auf die Toilette."

„Ich kann übernehmen, wenn du willst?", bot ich an, aber er schüttelte den Kopf.

„Der würde mir die Eingeweide rausreißen, wenn ich meinen Posten verlasse", sagte er. „Hoffe nur, dass er bald auftaucht, sonst ..."

„Die Kavallerie ist da", hörte ich Nathan hinter mir sagen. Ich drehte mich um und er warf mir eines seiner strahlenden Lächeln zu. *Hör auf zu schwärmen, Weib!*, sagte ich mir streng, aber meine Selbstkasteiung zeigte keine Wirkung. „Sergeant Adams, welche dringende Angelegenheit Sie auch erledigen müssen, passiert nicht jetzt, oder? Na los, gehen Sie. Wir sind drinnen." Er stand auf und gestikulierte mir, vor ihm die Stufen hinaufzugehen, während Sergeant Adams lebhafter aufsprang, als ich es ihm zugetraut hätte, und in Richtung Toilette rannte. Ich band Germaine an die Stufen (sie sah mich mit einer Art verletzter Resignation an, während ich es tat) und ging voraus.

In Zacks Wohnwagen war alles noch ziemlich genauso, wie wir es verlassen hatten. Das Tatortteam hatte alles am Morgen nach Mayhews Tod untersucht, aber zu diesem Zeitpunkt waren wir davon ausgegangen, dass der Fisch schuld war, also waren sie mehr daran interessiert gewesen, diese Theorie zu beweisen, als eine andere Todesursache zu finden.

Wir standen am Tisch und blickten auf das, was vom Essen übrig war. Es begann zu riechen, und ich dankte dem Himmel, dass wir hier in einem zugigen Wohnwagen im Oktober waren und nicht im Juli, wenn das hier eine schwelende Metallbox wäre.

„Also …", sagte Nathan und sah mich an.

„Also …", entgegnete ich und sah ihn an.

„Was denkst du?", fragte er. Ich dachte tatsächlich daran, dass er alles vom Tisch und auf den Boden fegen würde, mich dann darauf werfen und leidenschaftlich Liebe mit mir machen würde, aber das konnte ich wohl kaum zugeben.

„Ich denke", begann ich und spielte auf Zeit, während ich verzweifelt versuchte an etwas zu denken, was nicht komplett nach der finalen Szene eines Liebesschmökers klingen würde, „Ich denke, dass du Zack nicht gesagt hast, dass es nicht der Fisch war. Du scheinst es noch niemandem gesagt zu haben."

Er lächelte. „Du hast Recht, das habe ich nicht. Aber ich nehme an, du *hast* es ihm gesagt?"

Ich nickte. „Ja. Der arme Junge zerbrach beinahe an der Schuld; nicht nur, dass er vielleicht Jeremy getötet, sondern auch seine neue Freundin vergiftet haben könnte. Ich habe ihm aber gesagt, dass er es für sich behalten soll. Sagte, dass wir keine Ermittlungen behindern wollen."

„‚Keine Ermittlungen behindern'? Oh, *das* klingt gut; das klingt tatsächlich vernünftig." Nathan grinste. „Nein, ehrlich, das war gut. Denkst du, er wird es irgendwem erzählen?"

„Ich weiß nicht. Vielleicht Aiko. Wieso willst du nicht, dass es jemand erfährt?"

„Nun, erstens habe ich auf die Laborergebnisse des Fischs gewartet – die haben wir jetzt; die waren natürlich negativ – und zweitens wollte ich sehen, wie alle reagieren, ob sich vielleicht jemand verrät."

„Wie würden sie das wohl tun?"

„Na ja, schau dir das mal an. Hier ist nicht mehr viel vom Essen, aber da ist noch etwas. Wenn ich das Gift irgendwo reingemischt hätte, würde ich stillschweigen, solange es danach aussieht, dass der Kugelfisch der Schuldige ist – der, soweit alle bisher wissen, es ist –, und dann wäre ich der Erste, der sich dafür einsetzen würde, dass wir die Reinigung schicken, damit sie den Müll hier aufräumen und Zack seinen Wohnwagen wiederhaben kann."

„Und du glaubst, das funktioniert?"

„Keine Ahnung. Die andere Sache ist, dass wir herausfinden müssen, was tatsächlich vergiftet war, und dann den Personenkreis einschränken können, der dazu Zugang hatte und deshalb die wahrscheinlichste Person ist, die es getan hat."

„Oder, wie ich schon vor einer *Weile* vorgeschlagen habe, wir finden heraus, was alle bis auf Kimi und Faith gegessen haben, die nicht krank wurden. Keine von beiden hatte den Kugelfisch gegessen, aber sie haben auch nicht von den –"

„Cupcakes gegessen", ergänzte er.

„Die fand ich von Anfang an verdächtig", verkündete ich. „Niemand weiß, woher sie kamen."

„Wen hast du gefragt?"

„Na ja, nur Zack, Kimi und Faith, aber sie wurden auf so seltsame, geheimnisvolle Art geliefert, einfach auf dem Tresen des Foodtrucks abgestellt, als ich nicht hinsah." Ich bemerkte die Schachtel auf dem Tisch. „Also nehme ich an, man sollte, was immer in der Schachtel ist, auch testen."

Nathan zog sich Latexhandschuhe an und hob den Deckel der Schachtel vorsichtig an. Wir holten beide tief Luft, als er hineinschaute und ...

„Da ist nichts mehr übrig", sagte er.

„Wirklich?" Ich war überrascht. „Das ist seltsam. Es waren so viele – zehn, glaube ich, oder vielleicht sogar zwölf. Sieben Leute waren zum Essen da und zwei von ihnen haben nichts davon gegessen, das heißt also, dass jeder mindestens zwei Cupcakes gegessen haben muss."

Nathan sah mich an und grinste. „Du willst mir erzählen, dass du keine zwei Cupcakes essen könntest?"

Ich sah ihn empört an. „Nein, könnte ich nicht! Zumindest nicht so große Cupcakes wie diese, mit einem Haufen Creme darauf, nicht direkt nach einem Abendessen."

„Aber wo sind die übrigen?"

Wir starrten einander an. Vielleicht war der Giftmischer uns zuvorgekommen; vielleicht hatte er sich irgendwie in den Wohnwagen geschlichen und die belastenden Cupcakes entfernt ...

„Seit dem Tod war ein uniformierter Beamter vierundzwanzig Stunden am Tag vor der Tür", sagte Nathan. „Es gibt keine Möglichkeit, wie jemand hier reingekommen sein könnte."

„Durch das Fenster?", schlug ich vor und erinnerte mich daran, wie ich Tony dazu gebracht hatte, durch das große Fenster auf der Rückseite von Faiths Wagen zu klettern. Nathan ging an die Rückseite und überprüfte es, dann schüttelte er den Kopf.

„Von innen verschlossen", erklärte er. „Selbst wenn es jemand am Abend des Mordes unverschlossen zurückgelassen hätte, damit er darüber zurückkommen hätte können, müsste es immer noch unverschlossen sein, wenn er rausgeklettert wäre." Er sah zu mir. „Vielleicht machen wir hier auch aus einer Mücke einen Elefanten. Vielleicht haben sie einfach alle gegessen."

Ich schüttelte den Kopf. „Du hast sie nicht gesehen. Das waren Kunstwerke, aber die waren voll mit Creme, Zuckerguss und Glitzer. Die wären wahnsinnig süß gewesen – vielleicht absichtlich, um den Geschmack des Giftes zu überdecken. Selbst ohne ein großes Abendessen vorher wären sie zu reichhaltig gewesen, um sie alle zu essen." Mir kam ein weiterer Gedanke. „Plus, es scheint mir, dass auch alle Törtchen eine bestimmte Menge Gift in sich hätten haben müssen, sodass alle krank werden mussten und es wie eine versehentliche Lebensmittelvergiftung wirkte, weniger, als hätte es jemand gezielt auf Jeremy abgesehen –"

„Wenn also jeder der Gäste mehr als einen Cupcake gegessen hätte und dadurch mehr als eine Dosis Gift konsumiert hätte, hätten wir auch sicher mehr als eine Leiche vorgefunden." Nathan sah mich gedankenverloren an.

„Darüber habe ich vorhin nachgedacht", sagte ich. „Der Täter muss am Essen teilgenommen haben, um sicherzugehen, dass Jeremy das richtige Törtchen aß. Also könnte er die übrigen Cupcakes am Ende der Nacht mitgenommen haben, als alle gingen. Er hätte sie einfach in eine Tasche verschwinden lassen können. Es war wahrscheinlich so viel los, dass er das ungesehen tun konnte.“

„Aber wenn du davon ausgehst, wären mindestens fünf Cupcakes übriggeblieben“, sagte er. „Das hätte eine große Tasche sein müssen, wie eine Kuriertasche oder ein Rucksack.“

„Kimi hat einen Rucksack“, fiel mir ein, „so ein hässliches Designerteil mit einem Tigerkopf drauf ...“

***

Nathan überfiel ein vorbeilaufendendes Crewmitglied und fragte, ob Kimi heute filmen würde. Die beunruhigte Frau warf ihm einen wütenden Blick zu, bevor sie ihn tatsächlich ansah und lächelte dann plötzlich breit und war sehr hilfsbereit. Es war sicherlich nützlich, einen gutaussehenden Polizisten auf den Fall angesetzt zu haben ...

Kimi war gerade mit ihrem Kostüm und der Maske fertig und wartete nun in ihrem Wohnwagen, bis sie gebraucht wurde. *Vermutlich trinkt sie eine dieser Meereswasserflaschen für fünfzehn Mäuse,* dachte ich. Cornwall war zu drei Seiten vom Meer umgeben und wir hatten uns eine Menge Blue Flags verdient, eine Auszeichnung für Gebiete mit besonders sauberem Wasser und Stränden. Vielleicht sollte ein örtlicher Unternehmer *L'eau de Penstowan* abfüllen und es für einen Zehner verkaufen.

Wir gingen auf Kimis Wagen zu. Germaine zog an der Leine und wenn Nathan eine getragen hätte, wäre seine auch gespannt gewesen.

„Warte mal", sagte ich, als wir den Fuß der Stufen zum Trailer erreichten. „Was werden wir ihr sagen? Die wird wohl kaum zugeben, dass sie die Cupcakes vergiftet hat, oder? Und außerdem wird sie sie jetzt wohl schon weggeworfen haben." Er hob eine Augenbraue. „Okay, du bist der Polizist. Was wirst *du* zu ihr sagen?"

„Es gibt da diese Technik, die ich während meines CID Trainings gelernt habe", begann er. „Du hast vielleicht noch nicht davon gehört, da du ja bloß eine Streifenpolizistin gewesen bist ..."

„Passen Sie auf, was Sie sagen, DCI Withers", grummelte ich. Er lachte.

„Oder vielleicht *hast* du davon gehört. Es nennt sich ‚improvisieren'. Mach's mir einfach nach." Er ging auf die Stufen zu, dann hielt er inne. „Oh, und wenn du es schaffst, mir das Reden zu überlassen, wäre ich sehr überrascht." Er drehte sich um. „Ich bezweifle es allerdings sehr ..."

Ich stupste ihn in den Rücken, während er zur Tür des Trailers hinaufstieg und klopfte. Von innen waren dumpfe Flüche und dann Stille zu hören; Kimi wollte anscheinend keine Besucher haben. Nathan klopfte erneut.

„Miss Takahashi, hier ist DCI Withers. Ich möchte Ihnen gerne ein paar Fragen stellen."

Von drinnen waren nun hektische Bewegungen und wieder eine dumpfe Stimme zu hören. Wir tauschten besorgte Blicke aus.

„Können Sie bitte die Tür öffnen, Miss? Kimi?" Nathan klopfte noch einmal. Germaine japste ein wenig, als hinter uns eine sehr blass aussehende Aiko mit Princess auftauchte.

„Was ist los?", fragte Aiko alarmiert. Im Inneren verstärkten sich die Geräusche wilder Bewegungen.

„Mit dem Hund spazieren gehen, wie?", sagte ich. „Ist jedenfalls besser, als sie abhauen zu lassen, damit sie ein bisschen schwimmen geht, oder?"

Aiko wirkte plötzlich schuldbewusst. „Ich wollte nie – ich dachte nicht, dass sie so weit kommt ..."

„Wir glauben, Ihre Schwester ist in Schwierigkeiten", erklärte Nathan. Aiko holte den Schlüssel aus ihrer Tasche und eilte die Stufen hinauf. Er nahm ihn ihr ab und schloss die Tür auf.

„Miss Takahashi, wir kommen jetzt rein ..."

Im Wohnwagen bot sich uns ein Bild der Verwüstung. Verwüstung, wenn man ein Cupcake war, jedenfalls. Kimi saß kerzengerade auf ihrem Sofa, ihre riesigen Feenflügel machten es ihr unmöglich, sich irgendwie bequemer zu setzen. Der hässliche Designerrucksack lag neben ihr auf dem Sitzmöbel und zwei leere Törtchenpapiere lagen daneben, das glänzende Goldpapier schimmerte in der schwachen Oktobersonne, die durch die offene Tür hereinfiel. Es war schon erschreckend offensichtlich, dass Kimi die Beweise aufgegessen hatte, aber als ob es für die Leute in der letzten Reihe oder irgendwen noch begreiflicher gemacht werden sollte, klebte ihr auch noch ein Klecks pinke und weiße Creme auf der Nasenspitze, und ihr Ausschnitt (der gut sichtbar war, dank eines nicht gerade anständig geschnittenen Kostüms) war von Streuseln und essbarem Glitzer bedeckt.

„Kimi!", schrie Aiko und eilte zu ihr.

„Mmmpf mmf mmm!", sagte Kimi, den Mund voller Kuchen. Sie schluckte. „Was zur Hölle? Was fällt Ihnen ein, in meinen Trailer einzubrechen?"

„Wir sind nicht eingebrochen. Aiko hat einen Schlüssel", erklärte ich, dachte aber: *Ich hoffe, wir liegen mit den Cupcakes falsch, sonst lernt Kimi in kurzer Zeit wirklich die negativen Seiten zuckerreicher Snacks kennen ...*

„Oh Kimi!" Aiko wirkte bestürzt. Sie setzte sich neben ihre Schwester und hielt ihre Hand. „Du hast es wieder getan, oder?"

Kimi sah sie einen Moment an und öffnete ihren Mund, um zu antworten, dann brach sie aber unerwartet in Tränen aus.

Nathan und ich sahen einander an, peinlich berührt.

„Äh ...", sagte Nathan. Er wirkte ein wenig fassungslos; damit hatten wir beide nicht gerechnet. „Miss Takahashi, Sie erwartet kein Ärger. Wir wollten Sie nur nach den Cupcakes fragen ..."

„Ich konnte nicht anders!", schluchzte sie. „Sie sahen so gut aus. Als wir nach Jeremys Tod die Dinnerparty verlassen haben, musste ich einen essen."

„Einen?", fragte Aiko streng.

Kimi zuckte mit den Schultern. „Es ging schneller, sie einfach alle aus der Schachtel in meine Tasche zu kippen", erklärte sie. „Und ich war so aufgeregt, nachdem ich Jeremy gesehen hatte ... und ich machte mir solche Sorgen um Princess ..."

„Du hast dir Sorgen um den Hund gemacht? Das passt zu dir." Aiko ließ wütend ihre Hand los und stand auf, aber Kimi griff nach ihr.

„Natürlich habe ich mir auch um dich Sorgen gemacht! Aber du warst im Krankenhaus sicher und du hast Zack. Ich habe schon gemerkt, dass er dich mag, als ich euch das erste Mal zusammen gesehen habe. Ohne dich, ist Princess alles, was ich noch habe ...“

Aiko wirkte immer noch wütend, aber sie schüttelte den Kopf und legte den Arm um die Schulter ihrer Schwester. „Sei doch nicht dumm.“

„Ich war so fertig, dass ich zurück ins Hotel ging, und ich ... ich habe einen Cupcake gegessen.“ Kimi sah schuldbewusst aus und einen Moment lang erinnerte ich mich, was Faith darüber gesagt hatte, dass sie nicht wollte, dass die junge Generation Schauspieler auch so leiden musste, wie sie es getan hatte. Offensichtlich taten sie das immer noch – waren immer noch besessen von ihrem Aussehen und Gewicht, wollten nicht riskieren, ein Gramm zuzunehmen, für den Fall, dass es ihre Karriere zerstörte. Und vermutlich hatten sie Recht; die Rollen wurden wahrscheinlich rar, wenn man alt und dick wurde, oder auch nur wie eine normale Frau aussah. Wer wollte schon eine normale Frau auf der Leinwand sehen? *Ich*, dachte ich, *und mit mir viele weitere weibliche Zuschauer.*

„Sie haben den Cupcake am Abend der Dinnerparty gegessen?“, fragte Nathan und schielte zu mir hinüber.

„Ja“, bekannte Kimi defensiv. „Sam hatte sie schließlich für meinen Geburtstag bestellt.“

„Sam Pritchard hatte sie bestellt?“, fragte ich.

Sie nickte und kramte in ihrer Tasche herum, bis sie eine kleine Karte hervorzog. „Die lag ganz unten in der Schachtel“, sagte sie und hielt sie uns hin. Ich nahm sie.

Ich konnte mir nicht vorstellen, dass ein Regisseur seine eigenen Stars vergiften wollte.

„Und Ihnen war nicht schlecht, nachdem Sie ihn gegessen hatten?", erkundigte ich mich.

„Natürlich nicht", sagte Kimi, aber sie sah aus, als würde sie lügen. Aiko seufzte.

„Sie hat sich wahrscheinlich übergeben", sagte sie, „aber nicht wegen einer Lebensmittelvergiftung." Nathan wirkte verwirrt. „Meine Schwester hat eine Essstörung, Detective Chief Inspector. Ich dachte, es ginge ihr besser."

„So war es auch!", jammerte Kimi, aber die Creme und die verteilten Streusel und die leeren Papierchen erzählten eine andere Geschichte. Jetzt fühlte ich mich schuldig, weil ich über ihre ganzen Vorträge über gesunde Ernährung und das lächerlich teure Wasser gelacht hatte. Sie war nur eine verletzliche, verwirrte, junge Frau, die im Scheinwerferlicht stand, einem Licht, das all ihre Unsicherheiten, die wir alle ebenso hatten, beleuchtete und mit ihnen spielte; aber den meisten von uns war es erlaubt, privat damit fertigzuwerden.

Wir ließen Aiko zurück, die ihrer Schwester half, das Chaos zu beseitigen und eine ehrliche Unterhaltung zu führen. Nathan war still, während wir die Stufen runtergingen, Germaine trottete ruhig hinter uns her; ich glaube, sie mochte Princess und wäre gerne mit ihr herumgetollt, aber dazu war jetzt keine Zeit.

„Tee?", fragte ich und Nathan nickte.

Wir setzten uns auf eine Picknickbank. Es war heute ein bisschen wärmer; einer dieser Herbsttage, der sich nicht entscheiden konnte, ob er sich wünschte, noch immer Sommer zu sein oder sich dem Winter zuwenden sollte. Die Sonne war präsent, obwohl sie schon so tief am Himmel hing, dass sie kaum noch Wärme abgab, aber es war angenehm genug, um in unseren Jacken und mit einer warmen Tasse in der Hand draußen zu sitzen.

„Arme Kimi", sagte ich schließlich und Nathan nickte.

„Ich habe nie darüber nachgedacht, wie jung sie eigentlich noch ist", sagte er. „Sie erinnert mich an meine Schwester."

Ich sah ihn überrascht an. „Ich wusste nicht, dass du eine Schwester hast."

„Nicht mehr", sagte er. „Leukämie, als sie siebzehn war."

„Oh, Nathan …" Ich streckte meine Hand aus und nahm seine. Er lächelte.

„Das ist lange her. Ich schaffe es manchmal wochenlang, nicht an sie zu denken, und dann passiert plötzlich was und irgendeine Erinnerung kommt hoch und lässt mich lächeln." Er drückte meine Hand. „Wenn so etwas passiert, denkt man darüber nach, was im Leben wichtig ist, nicht? So was wie Familie und glücklich zu sein …"

Familie, dachte ich. *Und deine Familie lebt in Liverpool.*

KAPITEL 24

Wir wurden von einer Horde Schauspieler und Crewmitglieder unterbrochen, die auf den Foodtruck zu stürmten. Es war inzwischen Mittag und ich hatte noch nichts gekocht. Ich wollte Nathans Hand wirklich nicht loslassen, aber ich musste zurück zur Arbeit.

„Es ist alles gut", sagte er. „Ich weiß, dass du einen Job hast."

„Was ist mit dir?", fragte ich. „Was machst du als nächstes?"

Er zuckte mit den Schultern. „Keine Ahnung. Brauchst du Hilfe?"

Und so bekam ich einen neuen Sous-Chef. Ich hatte angenommen, dass er scherzte, aber das tat er nicht; er brauchte Zeit zum Nachdenken und, wie ich auch, fiel ihm das leichter, wenn er etwas tat, das ihn dennoch beschäftigte. Ich gab ihm langweilige, niedere Aufgaben, wie abwaschen und Gemüse schälen, und er machte alles, ohne sich zu beschweren. Ich kochte ein sehr schnelles Käsepasta-Gericht (Nudeln und Speck hatten sich als echte Lebensretter bei diesem Job erwiesen), dann warf ich noch ein bisschen Hühnchen und Gemüse (welches ich meinem neuen Küchenassistenten verdankte) in eine Pfanne. Am Tag zuvor war eine Lieferung angekommen, die David Morgan freundlicherweise entgegengenommen hatte, und als er sie überbrachte, entdeckte ich vegetarische Burger und Würstchen, also schob ich die in den Ofen und ließ Nathan ein paar Burger- und Hot-Dog-Brötchen halbieren.

Während wir so vor uns hin arbeiteten, erzählte ich ihm von meiner Eingebung von vorhin: dass, wenn wir den fanden, der hinter den Gerüchten über den Fluch und zumindest ein paar der ‚Unfälle' steckte, dann würden wir vielleicht auch unseren Mörder finden. Ich erzählte ihm außerdem, dass Zack sich zu einem der Streiche bekannt hatte und warum; und dass er gesagt hatte, Aiko würde hinter der Sache mit dem ausgebüxten Hund stecken. Basierend auf dem, was wir gesehen hatten, war die Beziehung zwischen den beiden Schwestern, gelinde gesagt, sehr komplex, und ich konnte es Aiko beinahe nicht verübeln, dass sie es satthatte, die zweite Geige hinter einem Pekinesen zu spielen, und ihn rausgelassen hatte, nicht unbedingt in der Erwartung, dass er im See landen würde. Sie schien sich deswegen nun wenigstens schuldig zu fühlen.

Es gab ein paar Beschwerden in der Schlange, aber es war nichts böse Gemeintes dabei, und innerhalb einer halben Stunde füllten sich die Wärmeplatten mit Essen.

Das Essen war jedoch nicht das einzige Heiße. Der Foodtruck wurde schnell dampfig mit der Hitze des Ofens und den Pfannen auf dem Herd und einem weiteren Körper inklusive meinem. Fügte man hinzu, dass dieser weitere Körper Nathan war, schien ich in großer Gefahr zu sein, zu schmelzen – oder zumindest wie eine viktorianische Lady, die unter den Ausdünstungen litt, vor sich hin zu schwärmen und ohnmächtig zu werden. Es war nicht viel Platz im Truck und wir quetschten uns ständig aneinander vorbei, um etwas zu holen. *Ich werde bei dieser sexuellen Spannung noch explodieren*, dachte ich.

Aber bevor ich explodieren konnte, klingelte Nathans Telefon. Er grinste mich an.

„Sorry, Boss", sagte er und holte es hervor. Ich erwartete beinahe, dass es sein Chef aus Liverpool war, aber er war es nicht.

„Sergeant Adams! Sind Ihnen die Gummibärchen ausgegangen?" Er sah mich an und zwinkerte und mir wurde noch heißer. „Oh, hat er das tatsächlich? Ich bin im Foodtruck. Schicken Sie ihn rüber. Nein, er kann herkommen." Er legte auf. „Es scheint, dass mein liebster New Yorker auf dem Kriegspfad wandelt ..."

Ich wollte nicht, dass es zu offensichtlich wurde, dass ich neugierig war (hey, es gibt für alles ein erstes Mal), also blieb ich im Truck und lungerte am Tresen herum, tat so, als überprüfte ich die Mengen der Speisen auf den Wärmeplatten. Mike Mancuso stürmte herüber zur Kantine, offenbar nicht begeistert, dass er zu Nathan kommen musste und nicht andersherum. Ich richtete eine Portion Käsepasta auf einem der Teller eines Statisten an und schob ihn dann beiseite.

„Mr Mancuso", sagte Nathan freundlich.

Der Produzent fauchte ihn beinahe an. „Können wir irgendwo sprechen, wo es ruhiger ist?", fragte er.

Nathan blickte sich um, fast, als sei er überrascht.

„Ich denke, hier ist es so gut wie überall", erklärte er. „Bitte, setzen Sie sich."

Verdammt, dachte ich, als sie Platz nahmen. Nathan hatte einen Tisch gewählt, der so nah am Truck wie möglich war, aber er war immer noch weit genug weg, dass ich nichts verstehen konnte. Ich nahm ein Tablett und ging nach draußen, tat so, als sammelte ich leere Teller von den Tischen ein. Germaine half mir, indem sie Essensreste auf dem Boden einsammelte. Sie war besser als jeder Staubsauger.

„Ich hab ein Hühnchen mit Ihnen zu rupfen!", zischte Mancuso.

Nathan lächelte höflich. „Nein, danke, ich bin nicht hungrig. Ich hatte ein spätes Frühstück."

Am Nebentisch kicherte ich.

„Was? Nein, ich meine, haben Sie ein Problem mit mir? Ich dachte, der Fall hier wäre erledigt. Ich dachte, Sie hätten gesagt, dass es der Kugelfisch war, ein Unfall …"

„Die Todesursache war eine Vergiftung durch Tetrodotoxin, ja." Nathan sah wie die Unschuld vom Lande aus. „Gibt es da ein Problem?"

„Die Versicherungsfirma hat euch Typen kontaktiert und *die* denken, dass es ein Problem gibt, also ja. Die scheinen zu denken, dass es kein Unfall war."

„Lassen Sie mich raten, die weigern sich, Sie auszubezahlen? Wie ich Ihnen bereits sagte, diese Versicherungsgesellschaften tun alles, um nichts zahlen zu müssen."

„Also *war* es ein Unfall?"

„Das habe ich nicht gesagt." Nathan blieb so ruhig, es war zum Verzweifeln. Mancuso, der schon fast lila im Gesicht wurde, sah aus, als wollte er auf etwas eindreschen – vermutlich Nathan. Er holte tief Luft und ich konnte sehen, dass er sich zwang, sich zu entspannen.

„Sehen Sie", begann der Produzent, „ich gebe es ja zu: Es fühlt sich nicht richtig an, den Dreh weiterlaufen zu lassen, wenn einer meiner Schauspieler die Radieschen von unten betrachtet, verstehen Sie?"

Nathan schien nun ehrlich verwirrt. „Die Radieschen ...?"

„Jeremy. Es fühlt sich falsch an, zu filmen, jetzt, wo er abgekratzt ist." Mancuso bemerkte Nathans höfliches Unverständnis und seufzte, danach sprach er jedes Wort genau aus, als sei mein Lieblingspolizist ein Idiot. *„Nachdem er den Kugelfisch gegessen hat und gestorben ist."*

„Oh, *richtig*, ja. Diese Redewendungen hab ich noch nie gehört. Also, was würde passieren, wenn Sie so lange unterbrechen würden, bis es sich wieder richtig anfühlt?"

„Man hält den Zeitplan nicht ein, man bezahlt für Sachen, die man nicht braucht, Crew, die man nicht braucht, das Budget sprengt den Rahmen, Veröffentlichungstermine werden weiter und weiter verschoben, die Investoren wollen ihr Geld zurück ... Wollen Sie, dass ich fortfahre?"

„Nein, ich denke, Sie haben sich klar ausgedrückt." Nathan sah mitfühlend aus, aber ich wusste, dass das so echt war wie Faiths Haarfarbe. „Dann brauchen Sie die Versicherungssumme, um die Leute zu bezahlen, sehe ich das richtig? Sind Sie auch gegen Mord versichert?"

Mancuso wurde bleich. „Aber es war ein Unfall."

„Ich habe Ihnen schon mitgeteilt, dass ich das nicht gesagt habe. Wir denken, dass es wie einer aussehen sollte. Wie alle anderen kleinen Unfälle, die bei diesem

Dreh passiert sind und die zu diesem großen führten." Nathan lächelte. „Was halten Sie davon?"

Mancuso erhob sich. Er wirkte plötzlich zornerfüllt. „Was ich davon halte, ist, dass die Polizei die Köpfe aus dem Arsch ziehen und ihre Arbeit machen sollte!"

„Was für ein nettes Bild, das Sie da entstehen lassen", sagte Nathan. Ich grunzte. Mancuso sah zu mir herüber, dann zurück zu Nathan.

„Sie sollten weniger Zeit damit verbringen, sich mit Ihrer kleinen Freundin da Theorien zusammen zu spinnen und entweder Beweise finden, dass es tatsächlich Mord war, oder zugeben, dass es ein Unfall war. Ich denke, dass ich Sie, wenn Sie Ihren Arsch nicht hochkriegen, Ihren Vorgesetzten melde!" Er drehte sich plötzlich wieder mir zu. „Haben Sie mich da drüben auch verstanden? Haben Sie alles mit angehört?"

„Ich mache nur meinen Job", sagte ich und hob verteidigend meine Hände hoch. Germaine knurrte ihn an.

„Verkneif's dir!", knurrte er zurück und stürmte davon.

Nathan grinste mich an.

„Der ist wirklich nicht glücklich, oder?", merkte ich an und setzte mich ihm gegenüber hin.

„Nope. Aber, um fair zu bleiben, fühlt er sich vielleicht wirklich schlecht, so schnell schon wieder mit dem Dreh weiterzumachen, aber ohne die Auszahlung der Versicherung hat er keine andere Wahl." Nathan streichelte abwesend Germaines Kopf, während sie sich setzte und ihn anhimmelte. Ich nehme an, dass sie nur nachahmte, was sie bei mir beobachtet hatte ...

„Da wäre ich mir nicht so sicher", sagte ich und zeigte auf unsere Umgebung. „Schau doch mal. Die wirken alle irgendwie nicht besorgt, oder? Ich will nicht sagen, dass es ihnen egal ist, aber Filmleute scheinen ein bisschen besessen von der ganzen Die-Show-muss-weitergehen-Mentalität zu sein."

„Möglich", überlegte Nathan. „Wie auch immer, wo stehen wir jetzt?"

„Wir wissen, dass es Kugelfischgift war. Aber es war nicht der Kugelfisch."

„Dann wissen wir, dass es kein Unfall war, wie sehr Mancuso sich das auch wünscht. Wir wissen außerdem, dass es nicht die Cupcakes waren, denn sonst wäre Kimi in der Nacht auch schlecht gewesen."

„Und sie wäre jetzt außerdem tot. Ja. Also müssen wir herausfinden, was, außer von Faith und Kimi, noch von allen gegessen wurde." Ich schüttelte den Kopf. „Kimi hat alles außer dem Hühnchen gegessen. Faith hat alles außer dem Tofu gegessen. Das hilft nicht wirklich weiter."

„Nicht wirklich, nein."

„Das Gift – das Tetrodotoxin – wie einfach kommt man da ran?", fragte ich. „Man kann nicht einfach in die Drogerie oder Apotheke gehen und es kaufen, oder? Wo würde man es herbekommen?"

„Darum kümmert sich DS Turner", sagte Nathan. „Es kann nicht viele Orte geben, an denen man es bekommt. Ich bin überrascht, dass man da überhaupt rankommt. Was ist mit dem Opfer? Irgendwelche Gerüchte über jemanden, der ein Problem mit ihm hatte, oder mitgehörte Streitigkeiten? Irgendetwas, das ein Motiv ergeben könnte?"

„Nichts", antwortete ich. „Ich habe heute Morgen mit ein paar Leuten gesprochen, während ich Essen ausgegeben habe, und nicht einer hat ein schlechtes Wort über ihn verloren. Aber vielleicht wollten sie auch einfach nicht schlecht über einen Toten sprechen. Wer weiß?"

„Okay. Deine andere Theorie – wegen des Fluchs, all die dämlichen Streiche und Unfälle, die als Tarnung für einen großen ‚Unfall' herhalten sollten – vielleicht sollten wir das überprüfen", sagte Nathan.

Ich nickte. „Ja. Ich meine, wir wissen, dass Zack hinter Faiths sabotierter Tür steckt, und Aiko hat Kimis Hund rausgelassen, aber es bleiben immer noch die nervigen kleinen Streiche wie der überlastete Generator, die zerstörten Glühbirnen und natürlich die Stufen des Foodtrucks, die manipuliert wurden …"

„Dabei kann ich Ihnen vielleicht helfen." Wir sahen auf und entdeckten Lucy, die mit Gino, dessen Arm in einer Schlinge war, nicht weit entfernt stand.

„Gino!" Ich sprang auf. „Warum hast du nicht gesagt, dass du zurückkommst?"

„Dachte, ich überrasche dich", sagte er und sah mich missbilligend an. „Und offensichtlich habe ich das. Da ist ja kaum Essen draußen –"

Lucy schüttelte genervt den Kopf. „Da ist eine Menge; niemand wird verhungern."

„Womit meinen Sie, uns helfen zu können?", fragte Nathan. „Wissen Sie, wer die Stufen sabotiert hat, wodurch Gino sich verletzte?"

Gino und Lucy tauschten Blicke aus, dann nickte sie. „Ich glaube schon …"

***

Lucy führte uns weg von der provisorischen Zeltstadt und den Wohnwagen der Produktion, an einen ruhigen Ort auf der Rückseite des Hauses. Hier waren die Zimmerer und Maler des Films damit beschäftigt, Requisiten und Szenenhintergründe anzufertigen. Einer von ihnen, ein kräftig gebauter, aber gutaussehender Mann in seinen späten Zwanzigern, schliff gerade ein unechtes Schwert, wie das, welches Zack ein paar Tage zuvor herumgetragen hatte.

Er sah auf und lächelte Lucy an, aber sein Lächeln brach ein, als er uns entdeckte und verschwand komplett bei Ginos Anblick.

„Alles klar, Luce?", fragte er vorsichtig und beäugte Gino mit offensichtlicher Abscheu.

„Nicht wirklich, nein", sagte sie. „Die Stufen hinten am Foodtruck ... Ich habe gerade erfahren, dass man daran herumgespielt hat."

„Durchgesägt", fügte Nathan hinzu. „Sie wissen nicht zufällig etwas darüber, oder?"

„Nein", sagte er, aber sein Blick strafte ihn Lügen. Er konnte sich nicht davon abhalten, einen Blick auf die Säge zu werfen, die direkt neben seinem Werkzeugkasten lag.

„Ehrlich?" Lucy verschränkte ihre Arme und starrte ihn nieder. Er zappelte peinlich berührt herum.

„Natürlich nicht. Ich war hier, die ganze Zeit."

Ich seufzte. „Das ist wirklich romantisch, wenn man darüber nachdenkt", sagte ich.

Nathan sah mich irritiert an. „Ist es das?"

„Na klar! Für die Frau kämpfen, die man liebt. Wie in einem Film." Ich sah zu Lucy; ich konnte sehen, dass sie begriff.

„Wie eine romantische Komödie“, sagte sie.

„Ja“, meinte ich. „*Falling for You* oder so was.“ Sie schnaubte. „Wenn ein Mann so etwas für mich tun würde – einen Rivalen aus dem Weg räumen ...“

„Wäre schwer, da zu widerstehen“, stimmte sie zu.

Der Zimmermann sah von mir zu Lucy zu Nathan und zu Gino, als wäre er bei einem Wimbledon Doppel.

„Na ja ... also ... okay“, gab er zu. „Ja. Ich war’s.“

„Was waren Sie?“, wollte Nathan wissen.

„Ich habe die Mitte der Stufen angesägt, damit sie, sobald Gino darauf trat, einbrechen würde.“ Der Zimmermann starrte auf seine Füße, murmelte vor sich hin, dann sah er flehend auf, zu Lucy. „Ich habe es nur getan, weil du und er geflirtet haben. Ich weiß, wie solche Typen sind, Luce. Ich wollte dich nicht an einen wie den verlieren.“

„Du hast es getan, weil du mich liebst, nehme ich an?“, fragte Lucy.

„Ja, das hab ich! Das tu ich! Du weißt, dass ich das tue. Ich wollte dich nicht verlieren.“

„Du Idiot. Du hättest mich nicht verloren. Ich bin nicht an Gino interessiert, er ist ein Freund“, erklärte sie, ihr Gesichtsausdruck wurde ein wenig sanfter.

„Wirklich?“

„Wirklich.“

„Wenn das so ist ...“ Der Zimmermann kniete sich hin und lächelte, offensichtlich überzeugt, dass es das Lächeln eines Gewinners war. „Willst du mich heiraten, Lucy?“

Lucy lächelte ihn an. „Ob ich dich heiraten will? Nachdem du eifersüchtig wurdest und einem Mann den

Arm für mich gebrochen hast? Wenn es viel schlimmer hätte ausgehen können als bloß ein gebrochener Arm?"

Er lächelte wieder. „Ja."

Sie schnaubte. „Du bist ein verdammter Psychopath. Natürlich heirate ich dich nicht. Und du bist gefeuert."

Er stand auf, überrascht und wütend. „Was? Aber ich – Du kannst nicht –"

„Es sei denn, Sie möchten, dass ich Sie verhafte, schlage ich vor, dass Sie gehen", mischte sich Nathan ein und stellte sich zwischen den zornigen Zimmerer und Lucy, die super entspannt war. „Mach dich auf den Weg, Sonnenschein."

Der Zimmermann warf Lucy einen hilflosen Blick zu, Nathan einen finsteren, dann nahm er seinen Werkzeugkasten und stürmte davon.

„Oh mein Gott, ich liebe es, wenn du sprichst wie in einer Polizeiserie", gestand ich.

Nathan lachte. „Diese Serien sind für meine gesamte Karriere verantwortlich", sagte er. Er richtete sich an Gino. „Sind Sie sicher, dass Sie keine Anzeige erstatten wollen? Er ist für Ihren schlimmen Unfall verantwortlich und es hatte viel härter für Sie ausgehen können."

Gino sah Lucy an, aber sie schüttelte ihren Kopf. „Nein", sagte Gino, „das lassen wir. Er hat sowieso schon mehr verloren." Und damit nahm er Lucys Hand (mit seinem nicht gebrochenen Arm) und sie gingen davon.

„Okay …", sagte Nathan. „Notiz an mich selbst: Niemals versuchen, die Freundin vom Verlassen abzuhalten, indem man die Konkurrenz ausschaltet."

Ich lachte, aber ich war es ja nicht, die ihn verlassen wollte, oder?

KAPITEL 25

Wir spazierten langsam zurück zum Foodtruck, aber auf der Strecke wurden wir von Daisy und Mum überfallen, die gerade mit dem Filmen fertig geworden waren. Daisy plapperte aufgeregt vor sich hin und sogar Mum strahlte, also hatten sie dieses Erlebnis wohl mehr genossen als ich.

„Seid ihr für heute fertig?", fragte ich.

Daisy nickte. „Ich schon, aber Oma nicht", sagte sie. „Oma hat eine richtige Rolle bekommen!"

„Was?", schrie ich und wandte mich an Mum. Sie lächelte und schien sehr stolz auf sich selbst zu sein. Manch einer hätte vielleicht gesagt, sie sah arrogant aus.

„Ich habe Text und all so was", sagte sie. „Die lassen mich sprechen."

„Das werden sie sicher bereuen", murmelte ich und Nathan lachte.

„Herzlichen Glückwunsch, Shirley", sagte er.

Sie klimperte ihm mit ihren Wimpern zu. „Ich danke Ihnen, Nathan. Sie können gerne wieder mit zum Tee kommen."

Wir alle gingen zum Foodtruck – ich dachte, dass ich vermutlich sichergehen sollte, dass das warme Buffet weiterhin bestückt war, und wir waren langsam alle hungrig –, aber als ich ankam, konnte ich Gesang im Wagen hören.

Gino hielt inmitten einer Liedzeile inne – etwas über einen ‚big pizza pie' – und streckte seinen Kopf über den Tresen heraus.

„Du hast dich also entschlossen zurückzukommen?", sagte er, aber auf gutgelaunte Art; er schien bessere Laune als zuvor zu haben.

„Bin ich denn schon überflüssig geworden?", fragte ich.

Er lächelte. „Tut mir leid, ich kann nicht zu Hause sitzen und nichts tun, selbst mit einem Arm in der Schlinge. Du kannst ja beim Abwasch helfen, wenn du möchtest …"

„Nein, das kriegst du hin", sagte ich schnell, obwohl ich wusste, dass ich mich letztlich schlecht fühlen und ihm helfen würde. „Wenn das so ist, hätte ich gerne etwas zu essen."

Wir alle holten uns etwas, auch Nathan, der keine Anstalten machte zu gehen, was für mich ganz in Ordnung war. Wir fanden einen freien Tisch und setzten uns. Daisy schien es in ihrem Kostüm etwas kalt zu sein, also zog ich meine Jacke aus und legte sie um ihre Schultern. Mum sagte, sie fühle sich gut, obwohl es ein wenig frisch war, aber die Temperaturen erhöhten sich um einige Grad, als Nathan den Schal abnahm, den er getragen hatte, und ihn um ihren Hals wickelte. Ich merkte, wie auch mein Innerstes bei dieser liebevollen Geste warm wurde. *Das kommt daher, dass er ein guter Sohn ist*, dachte ich und sofort wurde es wieder kalt.

„So viel zu meiner Theorie mit den Streichen", sagte ich, nachdem wir unsere Bäuche mit käsiger Pasta gefüllt hatten, Mum wieder im Make-up-Trailer verschwunden war und Daisy mit Jade losgezogen war, um sich umzuziehen, mit Germaine im Schlepptau. Ich konnte mir nur vorstellen, wie die säuerliche Kostümbildnerin gucken würde, wenn sie mit meinem haarigen Hund neben ihren kostbaren Kostümen konfrontiert wurde ... „Die einzigen, denen wir noch nicht auf die Spur gekommen sind, waren die kleineren Streiche, die Glühbirnen, die zerstört wurden, und der Generator, der schlapp machte."

„Und hatte sich der Hausbesitzer nicht beschwert, dass jemand in seinem Garten gewesen war?", fragte Nathan.

„Das stimmt. Es sah aus, als sei derjenige, der die Lichter kaputt gemacht hatte, aus dem Fenster geklettert."

Nathan schien in Gedanken. „Vielleicht sollten wir mal losgehen und uns dieses Blumenbeet angucken ..."

***

„Die Fußspuren waren *hier*, und dann waren ein paar Glassplitter *hier*." Ich zeigte auf das Blumenbeet in David Morgans Küchengarten. Nathan runzelte die Stirn.

„Bist du sicher?" Er ging vorsichtig um die verbliebenen Setzlinge und Pflanzen herum, versuchte, weiteren Schaden tunlichst zu vermeiden. „Also wer auch immer im Blumenbeet war, stand etwa hier? Und das Fenster war geschlossen, also musste er sich umdrehen, nachdem er herausgeklettert war, griff nach oben und schloss es?" Ich nickte. Er langte nach oben an das Fenster und runzelte erneut die Stirn. „Okay, ich weiß, dass ich nicht der größte Mann der Welt bin, aber sieh mal, wie schwer es für mich ist, den Fensterrahmen auch nur zu erreichen. Das Fenster hätte mindestens zur Hälfte geöffnet sein müssen, um eine Lücke zu lassen, die groß genug ist, um hindurch zu schlüpfen, und ich glaube nicht, dass ich es von hier aus schließen könnte. Der Boden ist niedriger auf der Seite des Fensters als innen, oder?"

„Das habe ich mich auch gefragt", sagte ich.

„Was ist hier los?" David Morgan stand hinter uns und wirkte genervt. Sein Gesichtsausdruck wandte sich zur Vorsicht, als Nathan sich umdrehte und er begriff, dass er einen Polizisten angesprochen hatte und nicht bloß den neugierigen Caterer. „Tut mir leid, Officer, ich kann mich nicht an Ihren Namen erinnern. Kann ich Ihnen irgendwie behilflich sein?"

„DCI Withers, Sir. Ich gehe nur dem Fall des unbefugten Betretens nach, den Sie hier vor ein paar Tagen hatten. Meine Kollegin hier", – oh, jetzt war ich seine ‚Kollegin', wie? Das klang offiziell –, „glaubt, dass es eine Verbindung zwischen ihm und den Fällen von Vandalismus auf dem Filmgelände geben könnte."

„Oh, richtig." Morgan schien das unangenehm zu werden. „Sehen Sie, es ist hier doch schon genug los. Ich möchte nicht, dass daraus eine große Sache wird, so verärgert ich auch war ..."

„Das ist absolut kein Problem, Sir", erklärte Nathan. Mir war klar, dass ihm die Nervosität des Hausbesitzers auch aufgefallen war. „Ich sagte gerade zu Ms Parker, dass unsere Theorie leider nicht schlüssig ist. Die Fußspuren sind an der falschen Stelle. Selbst wenn sie näher am Fenster gewesen wären, kann ich mir trotzdem nicht vorstellen, wie jemand dort hoch greifen und das Fenster von außen schließen konnte."

Ich sah hinunter auf Nathans Füße. Die Abdrücke in der Erde waren wesentlich größer als die, die seine eleganten Lederschuhe hinterließen.

„Welche Schuhgröße haben Sie, DCI Withers?", fragte ich. Er sah hinunter.

„Einundvierzig einhalb. Wer auch immer diese Abdrücke hinterlassen hat, muss größere Füße als ich haben." David Morgans Blick wanderte unwillkürlich von Nathans Füßen zu seinen eigenen, dann hinauf zu mir. Er wirkte überrascht (und schuldig) zu sehen, wie ich ihn anstarrte. *Jedes Mal,* dachte ich. *Sie verraten sich jedes Mal selbst.*

„Welche Schuhgröße haben Sie, Mr Morgan?", wollte ich wissen. Er war aus der Fassung gebracht worden.

„Äh …"

„Wissen Sie, da war noch die andere Sache, die mir auffiel", begann ich, an Nathan gewandt. „Ich habe mitangehört, wie einer der Lichttechniker sagte, er hätte die Lichter als allerletztes am Tag aufgebaut, gerade bevor alle ihren Arbeitstag beendeten. Also wer hätte in der Nacht Zugang zu ihnen gehabt? Mr Morgan? Hätte jemand der Crew oder irgendjemand anderes, der mit dem Dreh zu tun hatte, eine Möglichkeit gehabt, das Haus zu betreten, ohne dass Sie ihn hören konnten?"

Nathan sah ihn an und wartete auf die Antwort. „Mr Morgan?"

David Morgan betrachtete ihn einen Augenblick, dann stieß er eine Art hilfloses, aber resigniertes Stöhnen aus.

„Okay. Ich gebe es zu. Das waren meine Fußabdrücke; ich habe sie dort hinterlassen. Es gab nie ein unbefugtes Betreten."

„Und die Glassplitter?"

„Das war ich auch. Oh Gott, es tut mir so leid …" Wir ließen ihn sich sammeln, bevor er fortfuhr. „Sie haben meine Frau noch nicht kennengelernt, oder, Ms Parker? Sie ist eine schwierige Frau, was für mich, wie zugeben muss, eine Sache war, die mich zu Beginn anzog." Er lächelte. „Sie lässt sich von niemandem etwas sagen, auch nicht von mir. Ha! Am wenigsten von mir. Als ich ihr sagte, wir müssten einen Weg finden, das Haus zu finanzieren, hat sie zögerlich zugestimmt, hier Hochzeiten stattfinden zu lassen. Aber die Filmproduktion brachte das Fass zum Überlaufen."

„Ihre Frau mag die Filmleute hier also nicht?", fragte Nathan.

„Nein, tut sie nicht. Ich auch nicht wirklich, aber wir brauchen das Geld. Wie auch immer, sie beschloss, ihr Missfallen dadurch auszudrücken, dass sie ein paar Probleme verursachte – kleinlich, ich weiß, aber … sie fühlte sich dadurch besser."

„Sie hat die Glühbirnen zerstört?", erkundigte ich mich, und er nickte.

„Ja. Die waren schon aufgebaut und einfach dort gelassen worden, über Nacht. Sie ging rein und zertrümmerte sie, damit sie am nächsten Tag vor dem Filmen wieder alle Birnen tauschen mussten. Sie dachte, das wäre witzig, aber für mich schien es offensichtlich, dass wir schuld sein mussten …"

„Also haben Sie die Fußspuren und das Glas hinterlassen, damit es aussah, als sei jemand in das Haus eingebrochen und wieder ausgestiegen?“

„Ja.“ Morgan wirkte peinlich berührt. „Es tut mir sehr leid.“

„Was ist mit dem Generator?“, fragte Nathan.

Er nickte. „Ich hab sie erwischt, wie sie an dem Tag dort herumlungerte, ein paar Kabel vom Stromkreis entfernte und damit herumspielte, also schickte ich sie weg und steckte alles wieder ein.“

„Aber Sie haben ihn überlastet und dann gab es den Knall, der Jeremys Pferd erschreckte“, fügte ich hinzu.

„Ja. Ich war so erleichtert, dass er nicht abgeworfen wurde. Und dann in dieser Nacht war meine Frau genervt, dass sie diese Party veranstalteten, der wir nicht zugestimmt hatten, also ging sie zurück zum Generator und schaltete ihn ab. Aber ich begriff, was sie vorhatte, und folgte ihr, und ich schaffte es, ihn wieder recht schnell in Gang zu bringen.“

„Das war, als die Lichter ausgingen“, sagte ich. „Als ich alles aufräumte und du aufgetaucht bist …“ Ich sah auf zu Nathan, erinnerte mich, wie er im Türrahmen gestanden hatte, nass und zerzaust, wie Heathcliff, als die Lichter wieder angingen.

„Als ich hörte, dass Jeremy Mayhew gestorben war, hatte ich furchtbare Angst, dass es etwas mit dem abgeschalteten Licht zu tun gehabt haben könnte – vielleicht war er im Dunkel gefallen –, als Sie dann sagten, es sei das Kugelfischgift gewesen, war ich so erleichtert.“ Er sah uns ängstlich an. „Werden wir Ärger bekommen? Ich gebe zu, dass wir schuldig sind, aber …“

Nathan starrte ihn einen Augenblick an, ging sicher, dass er sich auch schuldig fühlte (ich meine, er und seine Frau *hatten* das Eigentum anderer Leute beschädigt), bevor er den Kopf schüttelte. „Ich denke nicht. Wie Sie sagen, die Produktionsfirma hat im Moment genug um die Ohren, also wäre ich überrascht, wenn Sie Anzeige gegen Ihre Frau erstatten.“ Er sah ernst aus. „Allerdings, sollten weitere kleine Unfälle vorkommen, würde ich nicht darauf setzen, dass sie noch einmal so leicht vergeben werden. Habe ich mich klar ausgedrückt?“

„Ja. Kristallklar. Absolut.“ Morgan streckte seine Hand aus, um Nathans zu schütteln, dann meine. „Danke, vielen Dank. Das alles tut mir so furchtbar leid ...“

„Boss?“ Nathans Detective Sergeant, ein Typ, dem ich während der Ermittlungen ständig begegnet war und immer wieder begegnete, aber dessen Namen ich mir nie merken konnte, drückte sich in der Nähe herum. Nathan entließ Morgan mit einem Kopfnicken, dann wandte er sich an seinen Untergebenen. „Matt. Haben Sie was für mich?“

Matt!, dachte ich. Matt Turner. Der, mit dem ich am Telefon gesprochen hatte, als Jeremy gestorben war.

Matt nickte mir zu. „Alles klar, Jodie?“

„Alles klar, Matt?“, erwiderte ich.

Nathan verdrehte die Augen. „Oh super, bei uns ist alles klar“, sagte er, mit einem Hauch Sarkasmus. „Was ist los?“

„Ich hab alles über Tetrodotoxin, was Sie wissen wollten.“

„Und das konnten Sie mir nicht am Telefon sagen?“

„Na ja, wissen Sie, ich wollte bloß ..." Sein Blick wanderte über das Haus und das organisierte Chaos des Drehs um uns herum. Nathan schüttelte den Kopf, dann schien er aber amüsiert.

„Sie wollten sich den Dreh mal anschauen. Schon gut." Er wartete. „Also ...? Tetrodotoxin?"

„Oh, ja, sorry." Matt holte einen Notizblock hervor. „Tetrodotoxin ist in unserem Land nicht erhältlich. Es wird hier nirgends verwendet, aber es gab mal eine Studie, bei der es als Schmerzmittel für Krebspatienten in den Staaten und in Japan getestet wurde. Es wurde außerdem testweise als Behandlungsmethode bei Heroinsüchtigen verwendet, um die Sucht zu mindern und Rückfällen vorzubeugen, allerdings wieder hauptsächlich in den Staaten und in Japan, obwohl es auch zwei private Suchtkliniken in der Schweiz und in Kanada gibt, wo es gelegentlich verschrieben wird."

„Also gibt es keine Möglichkeit für jemanden, es hier zu kaufen?", sagte Nathan. „Was ist mit den Staaten oder in Japan?" Er sah mich bedeutend an; denn natürlich hatte Zack vor kurzem in Japan gelebt, genau wie Aiko und Kimi.

Matt Turner schüttelte den Kopf. „Ne. Sie müssten ein Gesundheitsspezialist sein, um es kaufen zu können. In den Staaten müssten Sie bei der CDC registriert sein und alle möglichen Vorschriften einhalten. Ich konnte nichts Vergleichbares für Japan finden, aber ich nehme an, da läuft's ähnlich. Die würden das nicht irgendwem verkaufen."

„Also, wie würde man vorgehen, wenn man es verschrieben bekommen möchte?", fragte ich.

„Man könnte es nicht verlangen, weil damit noch experimentiert wird und es verdammt teuer ist", erklärte Matt. „Plus, Sie müssten an Krebs leiden oder einen Heroinentzug durchmachen. Oh, oder Parkinson – das ist noch so was, wofür es manchmal verwendet wird. Sie müssten wahrscheinlich für eine Studie ausgewählt werden. Hier." Matt faltete ein Blatt Papier auf, das er zwischen seine Notizen geschoben hatte. „Ich hab das aus dem Internet für Sie ausgedruckt, Boss."

Nathan nahm es ihm ab. „Okay", sagte er. „Wir wissen, dass es verdammt schwer zu bekommen ist, aber irgendwer *hat* es bekommen, also alles, was wir tun müssen, ist herausfinden, wer von den Schauspielern oder der Crew wegen Krebs, einer Sucht oder Parkinson behandelt wurde ..." Nathan schien nachzudenken. „Spontan, was glaubst du, ist am wahrscheinlichsten?"

„Sucht", antwortete ich prompt. „Du weißt doch, wie Filmstars sind ... Aber Heroin ist ein bisschen krass, oder? Stars nehmen doch normalerweise Kokain oder kiffen."

Nathan wirkte amüsiert. „Ach ja?"

„Wenn man der Presse glaubt ..."

***

Nathan ließ DS Turner gehen und sich ein bisschen auf dem Filmgelände umsehen. Das war vielleicht nicht besonders professionell, aber es passierte ja nicht jeden Tag, dass man eine Filmcrew in diesem Teil von Cornwall hatte, und Nathan, der wohl ein richtiger Regelpedant gewesen war, als er hierher gezogen war, schien sich jetzt ab und an zu entspannen und seinen jüngeren Polizisten auch mal Spaß zu gönnen.

Wir schlenderten über das Gelände des Hauses und beobachteten das organisierte Chaos des Films, das sich vor uns entfaltete.

„Okay", begann Nathan. „Wir wissen, jemand hatte das Gift, auch wenn wir noch nicht wissen, wie oder woher er es hatte. Die nächste Sache ist, wie hat er es Jeremy und den anderen verabreicht? Wir wissen jetzt, dass es nicht die Cupcakes waren, die eigentlich gut gepasst hätten, weil wir nicht wissen, wer sie zubereitet hat, und das Toxin hätte beim Backen hinzugefügt worden sein."

„Aber das wurde es nicht."

„Nein. Gibt es irgendeine Chance, dass es einem der anderen Gerichte hinzugefügt wurde? Von denen, die du gemacht hattest?"

Ich dachte darüber nach. „Na ja ... vielleicht. Zack und Aiko hatten das gesamte Essen vom Foodtruck zu seinem Trailer herübergetragen, als ..." Ich wollte nicht zugeben, dass die Möglichkeit bestand, dass es einer von ihnen gewesen war. Nathan lächelte sanft.

„Ich glaube nicht, dass es Zack war. Wieso sich die Mühe geben, ein Gift zu besorgen, dass es aussehen lassen würde, als wärst du der Einzige, der es getan haben könnte? Nein. Aber Aiko?"

„Es kann nicht Aiko gewesen sein", sagte ich bestimmt. „Ich meine, okay, sie hätte es sein können, aber wieso? Sie mag Zack, also würde sie ihn nicht belasten wollen –"

„Es sei denn, sie spielt nur mit ihm."

„Das stimmt, nehme ich an. Aber warum Jeremy töten? Sie kann ihn vor diesem Dreh nicht gekannt haben.“

„Vielleicht war Jeremy gar nicht das Ziel?“, sagte
Nathan. „Vielleicht wollte sie ihre Schwester umbringen – oder Faith …“

„Vielleicht, wenn Zack ihr erzählt hätte, was Faith gesagt hat …“ Ich schüttelte meinen Kopf. „Nein, das
glaube ich nicht. Um ehrlich zu sein, glaube ich nicht
mal, dass Faith diese Sachen gesagt hat, von denen er
meint, sie hätte sie gesagt. Ich glaube, er muss da was
falsch verstanden haben.“

„Ich glaube, wir müssen uns mit beiden noch einmal
unterhalten“, erklärte Nathan.

KAPITEL 26

Wie es der Zufall so wollte, bekamen wir unser Interview beinahe zufällig. Unser Spaziergang hatte uns im Kreis geführt und wir waren fast zurück am Foodtruck, als wir laute Stimmen aus Faiths Trailer in der Nähe vernahmen. Wir blickten einander an und gingen schnell die Stufen hinauf.

Die Tür stand offen und drinnen stand Zack, der Faith anfunkelte, während Aiko versuchte, ihn zu beruhigen.

„Lade mich bloß nicht ein, als wären wir alle Freunde", sprudelte es aus ihm heraus. „Tust so, als ob du dich sorgst, wie so eine Glucke. Als ob es dich kümmert, ob es Aiko gut genug geht, um hier zu bleiben!" Aiko schien es nicht allzu gut zu gehen, um ehrlich zu sein, und sein Zorn ließ sie noch zerbrechlicher wirken.

„Zack!", schrie ich, während Nathan sich zwischen ihn und Faith drängte.

„Junge, du musst dich mal beruhigen", sagte Nathan.

„Schon in Ordnung", sagte Faith genervt. „Wir müssen mal Klartext reden. Komm schon, sag's mir. Du magst mich offenbar nicht, und ich habe keine Ahnung, was es ist, das ich dir angeblich angetan habe."

Zack funkelte sie an. „Ich hab dich in deinem Wagen gehört, wie du mit jemandem gesprochen hast. Ihm gesagt hast, dass Kimi und ich nur engagiert wurden, um irgendeine Diversitätsquote zu erfüllen. Leugne es bloß nicht."

Faith war einen Moment lang verwirrt, dann klarte ihr Gesicht auf. „Oh mein Gott, du dachtest ...? Das war nicht ich, das war Jeremy."

„Ich habe dich gehört", sagte Zack trotzig.

„Ja, ich bin sicher, das hast du, denn ich wiederholte, was er gesagt hat." Sie setzte sich und eine zitternde Aiko tat es ihr nach. „Du musst verstehen, Jeremy war ein Produkt seiner Generation, seiner Erziehung. Er sagte immer, dass er stolz darauf war, sich nicht politisch korrekt auszudrücken –"

„Das heißt im Grunde bloß ‚Ich bin Rassist'", sagte ich und Faith nickte.

„Ich weiß. Jedenfalls, wir hatten denselben Agenten und er rief mich an, um zu fragen, wie der Dreh lief, aber in Wirklichkeit wollte er sich nur nach Jeremy erkundigen. Ihr wisst, dass er den Ruf hat – *hatte*, eine Art Radaumacher zu sein. Ich gab ihm weiter, was Jeremy mir gesagt hat, über euch zwei am ersten Drehtag, als wir in Schottland waren."

Zack sprach nicht, aber er sah verärgert aus und ich erinnerte mich an den Tag der Dinnerparty, als wir ihnen beim Filmen zugesehen hatten. Die zwei Männer schienen an dem Tag gut miteinander auszukommen, und nun hörte er, dass das alles nur Show war. Oder doch nicht?

„Wenn du da geblieben wärst oder besser noch, hereingekommen wärst und mit mir gesprochen hättest", fuhr Faith fort, „dann hättest du gehört, wie ich Howard gesagt habe, dass Jeremy eine Woche später zu mir kam und mir sagte, dass er sich geirrt habe und was du für ein wunderbarer, junger Schauspieler wärst. Ich kann nicht versprechen, dass du ihn davon abbrachtest, ein Rassist zu bleiben, aber er tat sein Bestes."

„Oh", sagte Zack und wirkte noch verärgerter. Er ließ sich auf den Platz neben Aiko fallen, die ihre Hand nach ihm ausstreckte, um seine festzuhalten.

„Ich denke, er versuchte sich in seinem Alter nochmal zusammenzureißen", erklärte Faith. „Er hatte noch einen langen Weg vor sich, aber er hatte für diesen Film eine Nüchternheitsklausel unterzeichnet und hielt sich tatsächlich daran."

„Nüchternheitsklausel?", fragte ich.

„Er war ein hefiger Trinker – ein trockener Alkoholiker, besser gesagt", sagte Faith. „Einer der vielen Gründe, weshalb unsere Beziehung scheiterte und warum ich heutzutage keinen Tropfen mehr anrühre. Wenn ein Schauspieler ein Suchtproblem hat, lassen viele Produktionsfirmen sie Verträge abschließen, in denen sie versprechen, dass sie für die Dauer des Drehs clean bleiben müssen, aber meistens bedeutet das gar nichts; es heißt bloß, dass sie die Tatsache verstecken, dass sie voll sind. Aber Jeremy trank wirklich nichts mehr. Das Einzige, was er getrunken hatte, soweit ich weiß, war der Sake, den Mike Mancuso mit zur Dinnerparty brachte, und das auch nur, weil Mike jedem ein Glas einschenkte, damit wir auf die Geburtstagskinder anstoßen konnten." Faith wurde wehmütig. „Er *hat* es versucht. Er war kein schlechter Mensch tief drinnen; er hatte nur seine Dämonen."

Ein Suchtproblem, dachte ich. Jeremy war alkoholsüchtig gewesen.

„War Jeremy je wegen seiner Sucht in Behandlung, wissen Sie das?“, fragte ich. Nathan sah mich hastig an und ich wusste, er begriff, worauf ich hinauswollte.

„Ich denke nicht“, sagte Faith.

„Es gibt da sicher Medikamente, die man bekommen kann, oder nicht?“, setzte Nathan nach. „Um das Zittern und das Verlangen nach Alkohol zu verhindern? Er nahm nichts in der Art ein?“

„Oh Gott, nein, *so* schlimm war es nicht“, meinte Faith. „Er zitterte nicht oder wurde krank, wenn er nichts trank. Er trank, weil er wollte, nicht, weil er musste.“ Sie blickte von Nathan zu mir hinüber. „Glauben Sie, dass es das ist, was passierte? Dass er an einer Überdosis eines Medikaments gestorben ist?“

„Aber Zack und ich sind doch auch krank geworden, und die anderen“, warf Aiko ein. „Dann war es doch sicher eine Art Lebensmittelvergiftung?“

„Du hast doch gesagt, dass das Labor Kugelfischgift gefunden hat, nur nicht im Fisch“, sagte Zack. Alle drei sahen uns an, verwirrt und verlangten Antworten. Nathan sprach langsam und bedacht.

„Ja, es war Tetrodotoxin – Kugelfischgift“ bestätigte er. „Aber es war nicht im Kugelfisch, den Sie zubereitet haben, Zack. Wir sind nicht sicher, wie es verabreicht wurde, aber es muss etwas gewesen sein, dass Sie alle gegessen haben –“

„Moment“, sagte Faith, ihr Gesicht bleich. „‚Verabreicht‘? Sie meinen, es wurde absichtlich ins Essen gemischt? Ich dachte – ich dachte, der arme Jeremy starb an einer Lebensmittelvergiftung oder einer Art Allergie, aber was Sie behaupten, ist, dass es vorsätzlich geschah.“

„Mord“, sagte Zack und wandte sich an mich. „Das meintest du, als du mir von dem Gift erzählt hast. Jemand hat ihn ermordet, oder?“

Faith zuckte plötzlich heftig und wir alle sahen zu ihr. Sie schluckte schwer.

„Sorry, Muskelkrampf. Hab einen schlechten Rücken.“ Sie zog eine große Show ab, stand auf und streckte sich, mit dem Rücken zu uns. *Lieber fasst sie sich wieder, als uns ihr Gesicht zu zeigen*, dachte ich, denn ihr Gesichtsausdruck war der eines Menschen gewesen, der gerade eine böse Überraschung erlebt oder Enthüllung vernommen hatte ...

„Alles in Ordnung, Ms McKenzie?“, erkundigte sich Nathan höflich. Sie nickte eifrig, während sie sich wieder zu uns umdrehte, ein großes Lächeln auf dem Gesicht.

„Ja, mir geht es gut. Ich bin natürlich geschockt. Armer Jeremy.“ Sie seufzte dramatisch und dann sah sie auf ihre Uhr. „Es tut mir leid, DCI Wither, Jodie, aber ich werde in zehn Minuten wieder vor der Kamera erwartet und muss meinen Text noch einmal durchgehen. Sie lassen es mich doch wissen, wenn es etwas Neues bei den Ermittlungen gibt?“

Da will uns jemand eilig loswerden, dachte ich. *Ich frage mich, warum ...?*

Nathan lächelte. „Natürlich. Und bitte, machen Sie sich deshalb keine Sorgen. Wir kommen dem Mörder immer näher und er wird nichts versuchen, nicht, solange ich und meine uniformierten Kollegen in der Nähe sind.“

Ich musste mir deshalb ein Lächeln verkneifen, denn der einzige Uniformierte war Sergeant Adams und ich konnte mir nicht vorstellen, dass der irgendwen abschreckte.

***

Wir ließen Faith, Zack und Aiko in dem Wohnwagen zurück.

„Werde vor der Kamera erwartet, am Ar-“, begann ich.

„Willst du etwa behaupten, dass der Liebling der Nation da drinnen etwas verheimlicht?“, fragte Nathan. „Also, ich wäre überrascht, wenn sie es nicht täte.“

„Sie weiß auf jeden Fall etwas“, stimmte ich zu.

Er nickte. „Oh ja, diese ganze Geschichte mit dem Muskelkrampf ... Als wäre ihr irgendetwas eingefallen, und es hat sie so erschreckt, dass sie zusammenzuckte.“

„Du glaubst, sie weiß, wer es getan hat?“

„Oh Gott, ja, du nicht?“

Ich nickte, aber ich war mir da nicht ganz sicher. „Doch ...“

Nathan hielt inne und sah mich mit einem Grinsen im Gesicht an.

„Jetzt kommt wieder ein ‚Ja, aber‘, oder?“

Ich lachte. „Ja. Ich denke schon, dass du Recht hast, aber ich glaube, die Tatsache, dass sie sich dessen vorher nicht bewusst war, bedeutet, dass das Motiv des Mordes an Jeremy nicht offensichtlich sein wird. Faith war es auf jeden Fall nicht.“

„Dann war es weniger eine Überraschung, dass jemand getötet wurde, sondern mehr der Gedanke, dass man Jeremy getötet hat?“ Nathan sah mich gedankenverloren an. „Ja, da könntest du Recht haben. Also was bedeutet das?“

„Vielleicht war Jeremy nicht das eigentliche Opfer. Vielleicht wollte man jemand anderen töten. Oder vielleicht wollte man ja *niemanden* töten.“

Nathan sah mich überrascht an. „Sprich weiter.“

„Alle sind krank geworden, oder? Oder jeder, der etwas gegessen hat, was das Toxin beinhaltete. Es gab keine Möglichkeit für den Mörder, zu wissen, wer was essen würde. Ich hatte angenommen, dass es jemand vom Dinner gewesen sein muss, jemand, der sichergehen konnte, dass Jeremy den richtigen Cupcake oder was auch immer, isst, den mit der tödlichen Dosis, aber wie konnte man das tun, ohne dass es verdächtig wirkte?“

„Außerdem waren es nicht die Cupcakes, also musste derjenige das Toxin in das Essen auf dem Tisch mischen, vor allen anderen“, sagte Nathan. „Und ich weiß wirklich nicht, wie man das hinbekommen hätte.“

„Nein ...“, sagte ich. Irgendetwas nagte an mir. „Wir wissen immer noch nicht, worin sich das Gift befand. Aber es scheint mir, dass vielleicht niemand hatte sterben sollen; sie sollten wohl alle einfach nur krank werden –“

„Damit es wie ein weiterer Unfall aussieht, wieder ein Opfer des Fluchs“, sagte Nathan. „Ja, das ergibt Sinn. Aber bis wir wissen, wie das Gift eingenommen wurde ...“ Er holte das Papier hervor, das Matt Turner ihm gegeben hatte. „Tetrodotoxin gibt es in Pillenform, also muss der Mörder sie zerbröselt und auf das Essen gestreut haben.“

„Wodurch es alle anderen bemerkt hätten, es sei denn, es wäre eingekocht worden, und wir wissen, dass das nicht Fall war.“ Ich stöhnte frustriert auf.

„Und wenn es gemahlen und in ein Getränk gemischt wurde, wäre es trüb geworden und das wäre auch aufgefallen“, fuhr Nathan fort. *Trüb*, dachte ich, und etwas regte sich in den hinteren Teilen meines Hirns und winkte mir.

„Nicht, wenn das Getränk ohnehin schon trüb wäre“, sagte ich. Ich schnappte mir seine Hand. „Wir müssen zurück und den Tatort überprüfen.“

***

Nathan hatte das Laborteam schon früher am Tag zurück zu Zacks Trailer gerufen und sie waren noch dort und nahmen Proben von jedem einzelnen Lebensmittel, das übrig war – nicht, dass es noch viel gab. Jeremys Teller hatten sie schon mitgenommen, aber jetzt packten sie alles Geschirr und Besteck und Essstäbchen ein, um sie auf irgendeine Spur von Tetrodotoxin zu untersuchen.

Nathan nickte dem leitenden Polizisten zu, während wir eintraten, und ich machte mich auf den Weg zum Tisch.

„Die Gläser“, sagte ich und deutete auf die kleinen Sake-Gläser, die leer zwischen den Resten des Mahls standen. „Waren die alle leer, als wir hier ankamen? Ich hab sie mir vorher nicht angesehen.“

Der Beamte nickte. „Ja, es war keine Flüssigkeit mehr in ihnen.“

„Wo ist die Flasche?“, fragte Nathan.

Der Beamte sah sich um, dann auf die Liste der eingepackten Beweismittel. „Wir haben keine gefunden“, sagte er.

Nathan hob seine Augenbrauen und sah zu mir. „Der Sake?"

„Ja", antwortete ich. „Aiko sagte mir, dass Mike Mancuso ein großes Ding daraus machte, eine Flasche Sake zu kaufen, damit sie auf richtig japanische Art auf den Geburtstag anstoßen konnten. Sie war aber nicht besonders beeindruckt, weil es ein *nigori* Sake war, der anders gefiltert wird. Er ist weniger fein und, um genau zu sein, trüb."

„Dann könnte man ihm gemahlene Tabletten hinzufügen und niemand würde es bemerken?"

Ich zuckte mit den Schultern. „Ich weiß nicht, aber es klingt plausibel. Kimi hätte ihn nicht getrunken, weil er aus fermentiertem Reis hergestellt wird und sie allergisch ist, und wir beide haben gerade gehört, dass Faith seit Jahren, nach ihrer Beziehung mit Jeremy, keinen Tropfen Alkohol mehr getrunken hat."

„Das erklärt, warum die beiden nicht krank waren."

„Eine dieser Sachen, die mich immer irritiert hat", sagte ich, „war, dass Mike Mancuso einem trockenen Alkoholiker, der eine Nüchternheitsklausel unterzeichnet hat, auf die er selbst vermutlich bestanden hat, ein Glas Reiswein einschenkt, welcher einen ziemlich hohen Alkoholgehalt hat. Ich meine, er ist vielleicht einfach nur ein verdammter Idiot ..."

„Das ist er", sagte Nathan bestimmt.

„Das kann ich nicht bestreiten", sagte ich. „Aber denk mal darüber nach: Er hat Jeremy ermutigt, zu trinken. Nicht nur das, er hat Zack weiterhin erlaubt, den Kugelfisch zu servieren, obwohl außer Gino niemand wusste, dass es nicht riskant war. Ich weiß, er meinte, Gino hätte ihm zugestimmt, aber Fakt ist, wenn man etwas Giftiges kocht, ist da immer die Möglichkeit, dass alles im Desaster endet, oder? Er wusste nicht, dass es *nicht* giftig wäre."

„Okay …", sagte Nathan, und ich konnte sehen, wie es in seinem eigenen Gehirn ratterte. „Nehmen wir mal an, dass man nur wollte, dass alle krank werden. Warum ist Jeremy gestorben?"

„Weil alle Gläser leer waren. Faith und Kimi haben ihren Sake definitiv nicht getrunken. Ein Alkoholiker, der zum ersten Mal seit langem vom Weg abkommt, lässt zwei Gläser Reiswein nicht einfach stehen. Er hat sie wahrscheinlich für sie getrunken."

„Das ergibt Sinn … Aber Mancuso hat sich *selbst* auch ein Glas eingegossen. Ich weiß, er behauptet, dass ihm auch schlecht war, aber sicher hat er ihn nicht wirklich getrunken, oder?"

„Nein", meinte ich, aber dann reckte Nathan eine Siegerfaust in die Höhe.

„Ich hab's! Er hat die Flasche mit dem Nervengift, das er von … irgendwo hatte, versetzt und goss dann jedem ein Glas ein."

Nathan tat, als nähme er ein Glas in die Hand. „,Auf die Geburtstagskinder!' Und dann klingelt sein Telefon wegen eines arrangierten Termins – entweder hat er sich einen Wecker gestellt, der wie ein Klingelton klang, oder hat wirklich seine Tochter oder irgendwen gebeten, ihn anzurufen, also sagt er: ,Sorry, da muss ich rangehen, fangt ohne mich an' und geht nach draußen –"

„Mit seinem Sake-Glas in der Hand –"

„Was er auf dem Gras auskippt, während er am Telefon ist, dann kommt er zurück und tut so, als hätte er es getrunken, und dann spielt er vor, dass er die ganze Nacht krank war." Nathan sah mich an. „Du bist verdammt brillant, Parker."

Ich strahlte ihn an. „Oh, vielen Dank, DCI Withers."

„Ähm ..." Wir wurden von dem Beamten des Laborteams unterbrochen, den wir beide komplett ausgeblendet hatten. „Das ist eine tolle Theorie, wenn wir Spuren an den Gläsern finden können. Wäre außerdem nett, wenn ihr die Flasche für uns finden könntet ..."

„Boss! Boss!" Matt Turner platzte wie ein aufgeregter Welpe in den Wohnwagen herein. Er hielt inne, etwas peinlich berührt, als er das Laborteam entdeckte, das ihn beobachtete.

„Was ist denn, Matt?"

„Ich habe mich ein bisschen umgesehen und mit der Crew gesprochen, und Sie erraten nie, wer eine Teenagertochter hat, die gerade vom Heroinentzug in einer feinen Schweizer Suchtklinik zurückgekommen ist!"

„Mike Mancuso", sagten Nathan und ich im Chor. Matts Gesicht entgleiste und seinem Körper ging die Luft aus – lustigerweise, wie bei einem Kugelfisch.

„Ja", sagte er. Nathan klopfte ihm auf den Rücken.

„Gute Arbeit, Matt", sagte er. „Sie haben wahrscheinlich gerade den Fall gelöst."

„Nicht ganz", sagte ich. „Wir wissen vielleicht, wer und wie, aber wir wissen immer noch nicht, wieso." Und dann klingelte mein Handy und wir wussten daraufhin auch, wieso.

KAPITEL 27

Die Dreharbeiten waren so gut wie zu Ende. Jeder, der nicht am Set war, hatte sein Smartphone bei sich, und sie alle erhielten eine anonyme Gruppenbenachrichtigung mit einem Link zu einer Nachrichtenseite im Internet und die Worte ‚Bitte teilen‘, im selben Moment wie ich.

Die Top-Story auf der Seite, unter der sensationslüsternen Überschrift

Preisgekrönter Produzent in einen Sex-für-Rollen-Skandal verwickelt

war ein Video, das heimlich und provisorisch gefilmt worden war. Es war ein bisschen verschwommen und unscharf, aber der Mann im Zentrum war noch klar genug zu erkennen. Mike Mancuso, gekleidet in einen locker sitzenden Bademantel, saß auf einem Sofa in einem geschmackvoll schlichten, aber teuer aussehenden Hotelzimmer. Es stand ein Eimer mit einer Champagnerflasche vor ihm auf dem Couchtisch. Außerdem war auf dem Tisch ein kleiner Haufen weißes Pulver. Und ihm gegenüber saß ein attraktiver junger Mann in den Zwanzigern.

Der junge Mann hielt ein paar Seiten eines Drehbuchs in seinen Händen. Er las daraus vor, jede Zeile voll des Gefühls; er besaß eine reale Präsenz und Professionalität, was nicht einfach gewesen sein konnte, mit dem verschwitzten New Yorker, der ihm gegenüber saß, seine Beine breiter aufgestellt, als es sich ein Mann im Bademantel und mittleren Alter leisten konnte. Am Ende der Lesung hielt er erwartungsvoll inne. Man konnte seine Hoffnung, dass seine Träume wahr werden würden, beinahe spüren. Aber darunter, in seiner Haltung, seiner Körpersprache, schien die unwillkommene Erkenntnis zu liegen, dass es nicht so einfach sein würde. Oder war das nur die alte Zynikerin in mir? Denn ich hatte ein furchtbares Gefühl, was als nächstes kommen würde.

„Das hast du gut gemacht", sagte Mancuso auf dem Bildschirm. „Du hast das gewisse Etwas, Junge. Du könntest ein großer Star werden."

„Meinen Sie wirklich?", sagte der junge Mann. Sein Eifer war fast herzzerreißend.

„Das tue ich." Mancuso bewegte sich, breitete seine Beine noch weiter aus und ich wünschte mir wirklich, *wirklich*, dass er Unterwäsche getragen hätte. „Aber du weißt, dass es eine Menge Typen wie dich gibt – großartige Schauspieler, gutaussehende Typen. Warum sollte ich dir die Rolle geben und nicht denen?"

Der junge Mann bewegte sich auch auf seinem Platz, aber anstatt sich auszubreiten, wirkte es, als versuche er sich in sich selbst zurückzuziehen. „Ich – ich habe wirklich gute Kritiken für den Romeo bekommen –"

„Ja, die anderen Kerle kriegen auch tolle Kritiken", sagte Mancuso und untersuchte gelangweilt seine Fingernägel. „So funktioniert das nicht, oder?" Er sah auf, mit einem offenen Gesichtsausdruck. „Komm schon. Du weißt, wie das läuft. Eine Hand ...“

„Sie wollen, dass ich Ihnen die Hände wasche?“

Mancuso lachte. „Du weißt genau, was ich will.“

Der junge Mann verharrte einen Moment, und ich dachte: *Sag dem großen, fetten Tyrannen, dass er sich seine Rolle dahin stecken soll, wo die Sonne nicht hin scheint! Steh auf und geh!*

Aber offensichtlich war der junge Mann nicht gegangen, denn sonst wären wir nicht hier und würden uns das Video ansehen. Ich werde nicht in die Details gehen, was dann folgte. Wenn man nicht furchtbar süß und unschuldig war (süßer und unschuldiger als ich, jedenfalls), kann man es sich wahrscheinlich denken. Die Hollywood-Casting-Couch hatte vielleicht ein paar Kratzer nach dem Aufstieg der #MeToo-Bewegung bekommen, aber das Video zeigte, dass es tatsächlich noch nicht vorbei war. Unter dem Video stand ein Zitat einer ‚ungenannten Quelle‘, die das Video veröffentlicht hatte:

Die Spiele der mächtigen Männer in dieser Industrie gehen weiter, trotz unserer Bemühungen. Die jüngere Generation der Schauspieler und Kreativen sollte nicht dasselbe erleben müssen wie wir.

Nathan und ich sahen uns das Video an – oder genug zumindest – die Münder vor Schock weit offen. Da waren wir nicht die Einzigen. Die ganze Crew klebte an ihren Telefonen, viele tippten auf ihnen herum – teilten das Video, nahm ich an. Daisy und Jade rannten mit ihren Handys in der Hand zu uns rüber, aber Gott sei Dank hatten sie nicht auf den Link geklickt (ich hatte Daisy Angst vor Cyberkriminalität eingetrichtert, vor

Online Mobbing und Hacking, was heutzutage immer mehr zunahm) und ich konnte es löschen, bevor sie es sahen. Auf keinen Fall wollte ich, dass sie das sahen.

Mike Mancuso trat aus dem Produktionsbüro-Wohnwagen, das Handy in einer Hand, die Autoschlüssel in der anderen. Er hatte offenbar vorgehabt, so schnell wie möglich zu verschwinden, weg von den schockierten, verurteilenden Blicken der Schauspieler und der Crew, die sich nun nach ihm umdrehten.

Nathan ging auf ihn zu und ich folgte ihm, nachdem ich Jade aufgetragen hatte, ihre Mum anzurufen und sie zu bitten, die beiden abzuholen. Ich würde wohl noch eine Weile hierbleiben …

„Entschuldigen Sie, Mr Mancuso, Sir!", rief Nathan. Mancuso ignorierte ihn, aber wir konnten uns beide denken, wohin er wollte. Nathan erreichte das Auto zuerst und stellte sich ihm in den Weg.

„Mr Mancuso, ich denke, wir sollten uns mal unterhalten, meinen Sie nicht?" Und es gab nicht mehr viel, was der Produzent tun konnte, als zuzustimmen, besonders, da Matt Turner gerade triumphierend aus dem Müllcontainer hinter dem Büro auftauchte und eine leere Sake-Flasche, eingewickelt in eine Plastiktüte, umklammerte.

***

Faith öffnete die Tür zu ihrem Wohnwagen. Sie wirkte erfreut, mich zu sehen, aber ihr Lächeln wurde ein wenig schiefer, als sie auch Nathan hinter mir entdeckte.

„Jodie, DCI Withers, Sie sehen sehr ernst aus. Ich denke, Sie kommen besser herein.“

Sie setzte sich und wies uns auch an, Platz zu nehmen. Ich setzte mich, aber Nathan blieb stehen. *Machtspielchen*, dachte ich.

„Ms Mackenzie“, begann Nathan, „wir würden Sie gerne zu Ihrer Beziehung mit Mr Mancuso befragen.“

„Ich hatte keine“, sagte sie. Sie lächelte mich an, aber dahinter lag etwas Trauriges. „Sie, von allen Leuten, sollten doch wissen, dass ich einen besseren Männergeschmack habe.“

„Wir sprechen hier nicht von einer sexuellen Beziehung“, erklärte ich. „Wir meinten –“

„Sie meinen, Sie wollen wissen, ob ich ihn erpresst habe oder nicht?“

Nathan und ich tauschten überraschte Blicke aus.

„Nun, ja“, gab er zu. „Obwohl es tatsächlich eine rhetorische Frage ist, denn wir haben gerade mit ihm gesprochen und wir wissen, dass Sie es taten.“

„Ist es immer noch Erpressung, wenn ich nie Geld verlangt habe? Oder irgendeine Art persönlicher Bereicherung?“

„Technisch gesehen, ja“, antwortete ich. „Aber Sie haben Geld verlangt.“

Sie schüttelte heftig den Kopf. „Nein, das habe ich nicht. Nicht ein Mal. Wusste er, dass ich es war? Oder war es das Video, das Sie zu mir geführt hat? Ich habe den Leuten von der Internetseite gesagt, sie bräuchten nicht darüber zu lügen, woher sie es haben, wenn sie deswegen Ärger bekommen würden.“

„Ich habe mich an Ihre Worte erinnert", sagte ich. ‚Die jüngere Generation sollte nicht dasselbe durchmachen müssen wie wir ...'

„Ich wollte nur, dass er sich schuldig bekennt und zugibt, was für eine Art Mann er ist."

Nathan betrachtete sie skeptisch. „Wirklich? Ein Mann wie Mike Mancuso würde so etwas niemals zugeben, oder? Was haben Sie von ihm erwartet?"

„Ich weiß es nicht. Ich wollte nur, dass er wusste, dass wir über ihn Bescheid wussten und er so nicht weitermachen konnte." Faith wirkte ein bisschen neben sich und ich bekam das Gefühl, dass sie tätig geworden war, bevor sie die Chance hatte, wirklich darüber nachzudenken. „Ich dachte, dass er sich vielleicht zur Ruhe setzen oder eine große Sache daraus machen würde, dass er sich wegen Sexsucht behandeln lässt oder so was. Er hätte die Kontrolle darüber gehabt, wie es herauskommen würde, er hätte es so aussehen lassen können, als täte es ihm leid. Hollywood vergibt sehr gerne, wenn man reumütig und reich genug ist. Wenigstens hätten die Leute dann gewusst, was für eine Art Mensch er ist." Sie schüttelte den Kopf. „Vielleicht war ich naiv. Ich wollte das Video nie veröffentlichen, aber als ich begriff, was er getan hatte ... Ich dachte, vielleicht dachte er, dass Jeremy dahinter steckte, und als er begriff, dass er es nicht war, wäre ich die Nächste. Wenigstens hatte die Internetseite genug Anstand, das Gesicht des armen Jungen zu verschleiern."

„Wer ist er?", fragte ich.

„Ein Fan. Meine *Mile End* Figur, Clara, hat eine große Fangemeinde unter den Schwulen. Es sind die Kleider, wissen Sie. Und das große Herz. Wie auch immer, er hatte ein Treffen mit Mike wegen einer Rolle, aber einer seiner Freunde arbeitete in dem Hotel in London, die Mike für seine ‚Castings‘ verwendete." Faith verzog das Gesicht, als würden die Worte einen faulen Geschmack in ihrem Mund hinterlassen. „Sein Freund hatte die Gerüchte gehört und er wollte ihn schützen, also versteckte er eine Kamera im Zimmer, und … Nun, Sie haben gesehen, was passiert ist. Er schickte mir das Video, weil er aufgeregt war und nicht wusste, was er tun sollte. Er wollte, dass Mike zur Verantwortung gezogen wird, aber er ist ein Niemand; niemand würde ihn ernst nehmen. Und natürlich hat ihn niemand gezwungen mitzumachen. Ich meine, technisch gesehen war es keine Vergewaltigung, oder? Also schickte ich es Mike anonym und sagte ihm, wenn er sich nicht dazu bekannte, würde ich es der Presse übermitteln. Die Schwulenszene braucht ihre eigene #MeToo-Bewegung."

„Wie haben Sie dann die hundertvierzigtausend Pfund von ihm bekommen?", fragte Nathan, der ihr die Geschichte offenbar nicht abnahm. Aber ich glaubte ihr beinahe.

Faith verschluckte sich fast. „Hat er behauptet, dass er mir so viel gegeben hätte? Verdammter Arsch! Wohl eher fünfzigtausend. Klingt für mich, als würde er sich die eigenen Taschen vollstopfen, für den Fall, *dass* es rauskommt."

„Aber Sie leugnen nicht, dass Sie Geld erhalten haben?"

„Oh nein, obwohl es nicht an mich ging. Es ging nie um Geld für mich. Er hat mir sofort etwas angeboten, um mich zum Schweigen zu bringen, aber ich sagte

Nein. Er kam immer wieder mit höheren und höheren Summen.“

„Für einen Mann wie Mancuso würde es *immer* nur um Geld gehen, und es würde ihm nie einfallen, dass es für jemanden um etwas anderes gehen könnte“, sagte ich. „Er dachte, Sie machten auf hart, wollten ihn dazu kriegen, mehr anzubieten.“

„Und das tat er“, sagte sie. „Er machte weiter, bis er eine Summe nannte, die ich einfach nicht ablehnen konnte. Also ließ ich es ihn auf ein PayPal-Konto zahlen, das ich für wohltätige Zwecke eingerichtet hatte, und dann zahlte ich es an ein paar Organisationen aus, deren Schirmherrin ich bin –“

„Einem Frauenhaus und dem Regenbogen-Jugendzentrum?“, fragte Nathan.

Sie nickte. „Ja. Sehen Sie, ich bin wohl kaum ein kriminelles Superhirn, oder? Sie konnten es ja auch schon zurückverfolgen. Ich machte mir nur Sorgen, dass Mike es herausfinden könnte. Ich wusste, dass er nicht zur Polizei gehen würde.“ Sie seufzte. „Es ist so schade. Ich liebe diesen Film. Das Drehbuch, die Schauspieler, alles. Jetzt ist damit Schluss, oder?“

Ich nickte und dachte: *Es ist das Ende des Films und das Ende der Ermittlungen, aber ist es auch das Ende von mir und Nathan?*

***

Wir saßen draußen vor dem Foodtruck. Es wurde schon spät. Nancy hatte die Mädchen abgeholt und sie zum Tee mit nach Hause genommen, also wartete ich noch mit Nathan darauf, dass Mum aus ihrem Kostüm schlüpfte. Sie war während des ganzen Dramas am Set gewesen, zusammen mit Tony, und ich konnte es nicht über mich bringen, ihr zu sagen, dass ihr Schauspieldebüt es jetzt wohl nicht auf die Leinwand schaffen würde.

Germaine untersuchte das Gras, suchte vermutlich nach weiteren Essensresten. Die Crew stand in Grüppchen herum, manche lethargisch und deprimiert, weil der Dreh wohl gecancelt werden würde, andere begeistert wegen der Ereignisse des Tages. Gino pfiff fröhlich vor sich hin, während er alles einpackte, aber das war nichts im Vergleich zu seinem bekannten Gesang; es hätte auch etwas unangebracht gewirkt.

Tony kam zu uns. Ich lächelte ihn an, wusste, dass ich ihn nie wieder in dem Darcy-anmutenden Outfit sehen würde, das mir solche hormonellen Beschwerden verursacht hatte – obwohl, um ehrlich zu sein, jetzt, da wir uns geküsst hatten, hätte es nicht mehr dieselbe Wirkung auf mich. Ich konnte ihn ansehen und anerkennen, dass er ein gutaussehender Kerl war, aber ... er war mein Freund.

„Eine ziemlich schockierende Wendung", sagte er.

Nathan nickte. „Ich fürchte, du hast deine Chance auf Ruhm verpasst, Kumpel."

Tony zuckte mit den Schultern. „Ich gewöhne mich langsam daran, Chancen zu verpassen", sagte er, während er mich reumütig angrinste. Ich war froh, dass Nathan es nicht bemerkte. Sein Handy klingelte.

„Nicht ein weiteres Video, hoffe ich", witzelte Tony. Nathan lächelte schmal.

„Nicht ganz so aufregend", sagte er und lehnte den Anruf ab. Ich konnte nur erahnen, wer der Anrufer gewesen war ...

„Was hab ich verpasst?", fragte Mum, die sich neben mich setzte. „Ist wirklich alles vorbei?"

Ich nickte. „Ja, ich fürchte schon. Hast du das Video gesehen?"

„Uh, das hier?" Sie holte ihr Handy hervor. Bisher hatte es mich immer genervt, dass sie es wie einen verdächtigen Gegenstand in ihren Händen hielt, als würde es gleich explodieren, aber nun hieß ich ihr Unwissen bei technischen Geräten die komplexer waren als ein Wasserkocher willkommen (um ehrlich zu sein, hatte es nichts mit ihrem Alter zu tun, sie hatte nur ein Problem mit Dingen, die einen Ein- und Ausschaltknopf haben). Sie öffnete die Nachricht und ihr Finger schwebte über dem Link. „Sollte ich das anklicken?"

„NEIN!!!", schrien wir alle und sie sah ein wenig überrascht drein.

„Okay, dann mach ich es nicht", sagte sie. „Also, was ist los? Wieso ist der Dreh abgesagt worden?"

Nathan und ich tauschten einen Blick aus. Das hier würde wahrscheinlich eine Weile dauern.

***

Mike Mancuso war ein mächtiger Mann, und mächtige Männer sind es gewohnt zu bekommen, was sie wollten, besonders in der Filmindustrie. Eines der Dinge, die er wollte – wie kann man das nett ausdrücken – *Gefallen der schmutzigen Art* (so hätte es meine Mutter vermutlich ausgedrückt, hätte sie es mit ihren

Freunden beim wöchentlichen Kaffeeklatsch besprochen, wahrscheinlich laut flüsternd, um zu zeigen, wie schockiert sie war). Und er bekam es normalerweise, denn die meisten Leute, die er missbrauchte, waren verzweifelt genug, beinahe allem zuzustimmen.

Dieser spezielle junge Mann *hatte* zugestimmt, zögerlich, und er hatte es sofort bereut. Ich fragte mich, wie viele weitere junge Männer (und Frauen) dieselbe Sache durchgemacht hatten, von einem Sexualstraftäter wie Mancuso überzeugt zu werden, dass es im Filmgeschäft so ablief. Von dem, was Faith mir zuvor erzählt hatte, war es den frühen Tagen ihrer Karriere nicht unähnlich, was es auf keinen Fall entschuldigte.

Die versteckte Kamera hatte die ganze Sache aufgezeichnet, aber wenn es ernst wurde, selbst mit dem Video als Beweis, was konnten sie tun? Es war nichts Illegales im Video zu sehen – abgesehen von dem weißen Pulver, aber wir konnten nicht mal beweisen, dass es nicht etwa Puderzucker oder Talkum war. Ich würde auf nichts wetten. Mancuso hatte das Opfer nicht gewaltsam zu etwas gezwungen. Es war eher Nötigung als ein Missbrauchsfall, etwas, dass ethisch gesehen zwar falsch war, rechtlich aber für eine ‚Grauzone‘ gehalten wurde.

Die Polizei, meinte Faith, hatte bei solchen Fällen keine gute Aufklärungsrate und zu meiner Schande mussten ich und auch Nathan gestehen, dass sie damit Recht hatte.

Aber sie war Schauspielerin und sie wollte noch immer Karriere machen, also konnte sie öffentlich nichts unternehmen. Sie hatte Mancuso anonym eine Kopie geschickt und ihm gesagt, dass seine Tage gezählt wären, wenn er nicht das Richtige tat und sich stellte. Er hatte sofort angenommen, dass der unbekannte Erpresser Geld wollte.

Er begann damit, Gelder aus dem Produktionsbudget abzuziehen, nicht nur, um den Erpresser zu bezahlen, sondern auch, um selbst ein kleines Polster zu haben, wenn alles herauskam und er sich plötzlich ohne Job wiederfand. Nicht, dass er die hunderttausend gebraucht hätte (obwohl, wenn die Produktionsbuchhalter sich die Zahlen ansehen würden, würden sie entdecken, dass zweihundertfünfzigtausend vermisst wurden), aber er hatte sich wohl gedacht, dass es besser war, vorbereitet zu sein.

Doch der Produktionsleiter hatte angefangen, Fragen zu stellen. Rechnungen waren fällig und plötzlich war nicht mehr genug Geld da, um zu zahlen. Das Budget war überschritten und man war noch nicht ansatzweise mit dem Dreh fertig. Es wäre alles herausgekommen. Die Investoren wollten ihr Geld zurück und das war nicht mehr da.

Die Reihe von ‚Unfällen‘ und das Gerede über den Fluch waren ein wahrer Segen. Wenn Mancuso einen großen Unfall inszenieren würde, würde der Dreh einige Wochen unterbrochen werden, vielleicht sogar einen Monat, dann würde die Unfallversicherung ausgezahlt werden, die Geldgeber wären zufrieden und es würde ihm genug Geld verschaffen, um den Erpresser ein für alle Mal auszubezahlen – oder ihm Zeit geben, ihn zu finden (was er mit ihm gemacht hätte, führte er vor Nathan nicht weiter aus, aber es konnte nichts Gutes gewesen sein). Und da seine Teenagertochter kam, zusammen mit ihren Medikamenten – dem Tetrodotoxin –, um bei ihm im verschlafenen Cornwall zu bleiben, nachdem sie aus dem Entzug entlassen wurde, fügte sich das letzte Teil in seinen Plan. Es war, als reiche das Schicksal ihm die Hand. Er war sich der Brillanz seines Plans so sicher und davon überzeugt, dass niemand je auf die Idee kommen würde, dass es etwas anderes als eine Vergiftung durch Kugelfisch gewesen war, dass er die Sake-Flasche ganz sorglos in dem Container hinter seinem Büro entsorgt hatte.

Niemand hatte sterben sollen. Es war einfach Pech, dass Jeremy, ein trockener Alkoholiker, der vom Weg abgekommen war, woran Mancuso selbst schuld war, mehr getrunken hatte, als er sollte, und seinen Plan ruiniert hatte.

***

„Na ja, von *dem* hab ich noch nie viel gehalten", erklärte Mum naserümpfend, als Nathan und ich die traurige Geschichte erzählt hatten, und wir konnten ihr nur zustimmen.

KAPITEL 28

Es war wirklich zu kalt, um zu dieser Zeit, in der Nacht, noch im Garten zu sitzen, aber ich hatte mich daran gewöhnt, den Tag damit zu beenden, auf der Mauer zu sitzen und auf das Meer zu starren, und mir fehlte das, wenn ich es nicht tat. Es *war* allerdings zu kalt, um auf einer Steinmauer zu sitzen, also lehnte ich mich nur an und blickte auf die Schafswiese, die an mein Haus grenzte. Ich konnte das Meer hinter dem Feld riechen (und auch die Schafe, um ehrlich zu sein), aber es war zu dunkel, um irgendetwas anderes als eine gelegentliche Welle zu sehen, wenn das Mondlicht auf ihr glitzerte. Die Sterne leuchteten hell über mir. Es fühlte sich irgendwie einsam an, aber auch romantisch. Ich fühlte mich wie auf dem Cover einer Romanze, eine einsame Frau, die tapfer aufs Meer hinaus blickt – ein Bild, das ein wenig von den verdauungsbedingten Ausdünstungen der Haufen meiner nahen, wolligen Nachbarn getrübt wurde. Sicher sollten die nicht so heftig riechen, wenn sie sich nur von Gras ernährten?

„Geht's dir gut?" Tony stand an der Hintertür des Hauses, von dem Küchenlicht hinter sich beleuchtet.

„Ja, klar", antwortete ich. „Leistest du mir Gesellschaft?"

Er zog die Tür zu, dann kam er herüber und lehnte sich neben mir an die Mauer. „Wird nachts ganz schön kalt, oder?"

„Jap."

Wir blieben beide eine Minute lang still.

„Hast du Zacks Social Media Post gesehen?", fragte er.

„Nein! Worum geht's?"

„Er organisiert eine Kampagne, um Geld für die Fertigstellung des Films zu sammeln."

„Wirklich?", sagte ich zufrieden. „Das ist toll! Ich hoffe, sie schaffen es, das Geld zu sammeln."

„Ich auch", stimmte Tony zu. „Ich könnte es nicht ertragen, wenn Shirleys Leinwanddebüt verloren gehen würde."

„Ich wünschte, ich hätte es gesehen", gab ich zu. „Ich fühle mich schlecht, weil ich nicht beim Filmen zugesehen habe."

Er zuckte mit den Schultern. „Um fair zu bleiben, du hast einen Mörder geschnappt." Er schüttelte den Kopf und lachte. „Ich muss sagen, du hast was Tolles verpasst."

„War sie gut?"

„Du kennst doch deine Mutter. Sie war großartig. Eine echte Elizabeth Taylor. Sie sollte dir ihre Rolle nochmal vorspielen. Hat sie dir erzählt, was sie sagen sollte?"

„Nein. Spuck's aus!"

„Sie musste Zack ansehen, ganz hochnäsig, und sagen …" Er sprach Folgendes mit einer hohen Aristokratenstimme, gegen die sich Lady Bracknell wie eine Statistin in *Mile End Days* angehört hätte: „Junger Mann, es scheint, als würde etwas aus Ihrer Kniebundhose hervorquellen.'"

Ich starrte ihn einen Moment an, dann brachen wir beide in schallendes Gelächter aus. Er wandte sich mir zu.

„Du und ich, da ist alles okay, oder?"

„Na klar", bestätigte ich. Das war es wirklich. „Klar wie Kloßbrühe. Ich meinte ernst, was ich gesagt habe, Tony."

„Freunde fürs Leben?"

„Freunde fürs Leben."

Wir standen wieder in Stille da, aber es war eine entspannte, gemeinschaftliche Stille.

„Ich habe mir überlegt", begann ich, „wenn wir in zwanzig Jahren immer noch Single sind –"

Er lachte. „Du bist in zwanzig Jahren nicht mehr Single."

„Nun, nein, du auch nicht. Aber falls ..."

„Lass uns nicht so weit vorausplanen", sagte Tony mit einem Grinsen. „Lass uns einfach gucken, was passiert, ja?"

„Äh ..." Ich drehte mich um, als ich eine *weitere* Stimme hinter mir vernahm. Nun stand *Nathan* in der Tür, wirkte verlegen und hielt zwei Tassen Tee. Tony lächelte.

„Oh ja, hab ich vergessen, dir zu sagen, du hast einen Besucher." Er lehnte sich rüber und küsste mich auf die Wange, dann sagte er leise: „Lass den Moment nicht vorbeiziehen."

Ich sah ihm in die Augen; er schien wirklich in Ordnung zu sein. Ich war erleichtert. Er zwinkerte mir zu und sagte: „Dann lasse ich euch mal allein." Er durchquerte den Garten und hielt eine Sekunde vor Nathan inne. Keiner der beiden sagte etwas, aber irgendetwas ging zwischen ihnen vor. Oder bildete ich mir das ein? Es war schließlich ein ermüdender und emotionaler Tag gewesen. Dann ging Tony ins Haus und schloss die Tür hinter sich.

Nathan räusperte sich. „Deine Mum hat uns Tee gemacht", erklärte er, während er die Tassen hielt. Ich saß nun auf der Mauer und versuchte zu ignorieren, wie kalt es unter meinem Hintern war. Er lächelte und setzte sich neben mich.

„Tut mir leid, habe ich dich und Tony bei irgendetwas unterbrochen?", fragte er und reichte mir meinen Tee.

Ich schüttelte den Kopf. „Nein, überhaupt nicht", antwortete ich. Wir saßen einen Moment still da, inhalierten den Dampf unserer Tassen. Er sah hinauf zum Himmel.

„Die Sterne sind heute Nacht hell", sagte er.

„Nicht eine Wolke am Himmel", sagte ich. „Deswegen ist es so kalt."

„Ja …"

Wir nippten an unseren Tees. Ich fragte mich langsam, weshalb er hier war, obwohl ich froh war, dass er da war. Ich musste mich allerdings nicht lange danach fragen.

„Also, ich habe Neuigkeiten wegen des Jobs …", sagte er und mein Herz sank.

„Wann brichst du auf?", fragte ich. Ich wollte wirklich nicht, dass er ging. Er öffnete seinen Mund, um zu antworten, aber plötzlich dachte ich: *Nein, lass ihn nicht gehen, ohne dass er weiß, was du fühlst. Lass den Moment nicht vorbeiziehen!*

„Ich –", begann er.

„Geh nicht", sagte ich.

Er schloss seinen Mund abrupt, dann öffnete er ihn wieder. „Was?"

„Geh nicht. Wir brauchen dich hier. Ich meine, *ich* brauche dich hier. Ich will dich, als meinen Partner und Komplizen. Ich will –" Mir fehlten schon jetzt die Worte, aber dann furzte eines der verdammten Schafe (im Ernst, was hatten die gegessen?) auf dem Feld hinter mir und das brachte mich vollends aus dem Konzept. Die Stimmung war vermiest. Buchstäblich. „Das war das Schaf, nicht ich."

Er lachte. „Ich weiß." Er atmete tief ein. „Ich bin gekommen, um dir zu sagen, dass ich nicht gehe."

Ich starrte ihn verblüfft an. „Was? Aber es ist ein toller Job und nahe bei deinen Eltern ..."

Er verdrehte die Augen. „Versuchst du mich jetzt dazu zu überreden?"

„Nein! Nein, natürlich nicht. Ich meine bloß ..."

Er stellte seine Tasse ab, dann nahm er mir sanft meine aus der Hand und stellte sie auf den Boden. „Jodie, ich gehe nirgendwo hin. Ich habe meinem alten Boss gesagt, dass ich nicht daran interessiert bin, zurück zu ziehen." Er lächelte und nahm meine Hände in seine. „Ich habe meine Versetzung sofort eingereicht, nachdem Andrea ihre Meinung darüber geändert hatte, hier runter zu ziehen, in der Hoffnung, dass wir uns wieder zusammenraufen könnten, wenn ich zurückkäme. Auch nachdem ich begriffen hatte, dass ich sie nicht mehr wollte, fühlte ich mich hier immer noch wie ein Außenseiter, wie ein ... was war nochmal das Wort, das ihr hier dafür verwendet?"

„Ein Emmet, eine Ameise.“

„Ha! Ja, ich fühlte mich wie ein Emmet, lange Zeit. Und dann habe ich dich kennengelernt.“ Er blickte mir tief in die Augen und ich dachte: *JA! SO hätte es sich anfühlen müssen, als Tony mich geküsst hat! Kribbelnd!* Das war exakt das, was mir gefehlt hatte. Nathan lächelte und genau wie an dem Tag, an dem wir uns begegnet waren und er mich zu Tonys desaströser Hochzeit-die-es-nie-gab befragte, war ich sprachlos, weil er einfach so wahnsinnig attraktiv war. „Und jetzt, weißt du was? Jetzt ist nicht mehr Liverpool mein Zuhause. Ich kann nicht zurück, Jodie, weil du mir das Gefühl gibst, als wäre ich schon dort, wo ich sein sollte“, sagte er einfach.

Und dann endlich – *endlich* – zog er mich in seine Arme.

Und in der sanften nächtlichen Brise, die durch unsere Haare wirbelte, unter den Sternen, die uns in ihr himmlisches Licht tauchten und dem leider unverwechselbaren Geruch flatulenter Schafe, der unsere Nasen angriff, küssten wir uns endlich. *Endlich.*

JODIES LIEBLINGSRE-ZEPTE #3

Japanische kakiaage

Diese japanischen Meeresfrüchte- und Gemüsekrapfen sind wesentlich einfacher zu machen, als auszusprechen, und sie schmecken großartig! Was, habt ihr *wirklich* gedacht, dass ich euch das Rezept für *fugu sashimi* gebe? Ich will doch nicht, dass ihr loszieht, giftigen Kugelfisch esst und den Löffel abgebt, bevor ihr Buch 4 kaufen konntet ...

Wie auch immer, ich liebe japanisches Essen. Alle denken, dass das bloß roher Fisch und Nudeln während Karaoke sind, aber es gibt da noch so viel mehr. Knuspriges und mild gewürztes *karaage* Hühnchen, *ebi furai* – frittierte Garnelen in Panko Paniermehl, in der Pfanne frittiertes Teriyaki Tofu ... Die japanische Küche ist abwechslungsreich und köstlich. Na ja, zumindest die herzhaften Sachen. Eigentlich wollte ich ein nettes japanisches Kuchenrezept oder eine andere Süßigkeit finden, um mein Abenteuer abzuschließen, aber das ging nicht gut aus.

Jeder, der schon einmal *The Great British Bake Off* gesehen hat, weiß, dass viele Teilnehmer Matchapulver verwenden, also machte ich mich auf die Suche nach

dieser exotischen (und wahnsinnig angesagten) Zutat.
Matcha ist Grüntee-Pulver und die Japaner verwenden
es für viele Dinge. Zunächst einmal trinken sie es (‚Tee‘
bekommt man in Japan nicht mit Milch und zwei Stück
Zucker gereicht. Hab ich gehört!) und sie fügen es zahl-
reichen Desserts hinzu, nicht nur Kuchen, sondern
auch Eiscreme und Mousse. Also nahm ich Daisy auf
einem Ausflug nach London, wo wir ein paar Freunde
besuchten, mit in eine schicke japanische Bäckerei
(nichts in der Art, wie man es in Penstowan oder gar in
der weltoffenen Metropole Truro fand). Wir wählten einen geschichteten Matcha Crêpekuchen und einen
Matcha Käsekuchen. Beide sahen absolut wunderbar
aus (und kosteten ein verdammtes Vermögen). Wir
beide fielen eifrig darüber her. Der Geschmack war seltsam nostalgisch; er rief Erinnerungen an die Zeit hervor, als ich als Kind im Park vom Fahrrad gefallen war
und ich mit dem Gesicht nach unten, Mund geöffnet,
auf dem Boden landete, denn beides schmeckte, als
würde ich Gras essen. Die gute alte Zeit.

Also, ein herzhaftes Gericht! Diese Krapfen werden in
knusprigem Tempura frittiert, einem leichten Teig, den
man für viele weitere Dinge verwenden kann. Man
kann freitags sogar seine Fish and Chips damit machen. Oder Mars-Riegel, wenn man darauf steht (oder
Schotte ist).

1. Sieben oder acht mittelgroße, geschälte, ent-
    darmte, rohe **Garnelen** grob zerstückeln – man
    möchte schöne kleine Stücke, also nicht zu fein
    schneiden oder sie gehen im Teig verloren
    und *niemand* möchte seine Garnelen verlieren.
    Eine **Karotte** in Streifen schneiden oder man

kann auch **Süßkartoffel**, **Zucchini** oder einen **Brokkolistrunk** – das Teil, das jeder wegwirft – verwenden. Man kann auch eine Mischung aus allem nehmen. Nimm, was du möchtest. Ich bin nicht deine Mutter.

2. Eine **Zwiebel** oder **Schalotte** dünn schneiden (man kann stattdessen auch ein paar **Frühlingszwiebeln** nehmen) und mit den anderen Zutaten kombinieren.

3. Für den Tempura Teig, eine halbe Tasse **Mehl** mit zwei Esslöffeln **Maismehl** mischen. Eine Mulde in der Mitte formen und ein **Eigelb** hinzufügen und eine halbe Tasse **Eiswasser** und rühren, bis alles kombiniert ist. Traditionell wird es mit einem Essstäbchen verrührt und ein bisschen klumpig gelassen, aber das geht gegen meine Prinzipien und ich muss es rühren, bis es eine gleichmäßige Masse ist. Das geschnittene Gemüse hinzufügen und die Garnelen und alles mischen, bis beides von dem Teig bedeckt ist.

4. Um alles zu frittieren, braucht man etwa eine Höhe von 5cm **Öl** in einer Pfanne, auf 170°C erhitzt. Man weiß, dass es heiß genug ist, wenn man einen Würfel Brot hineinwirft und es knistert (so wie es in mir knistert, wenn Nathan mich küsst) und es schnell goldbraun wird (*das* machen meine Innereien nicht). Etwa ein Drittel einer Tasse mit der Mixtur füllen und ins Öl geben, vorher sollte man sichergehen, dass man dabei eine gute Mischung aus allen Zutaten erwischt; man will nicht nur eine Tasse voll Teig, denn dann schmeckt es nur wie ein frittierter Yorkshire

Pudding – was tatsächlich ganz lecker klingt, aber nicht japanisch ist. Beide Seiten für zwei bis drei Minuten frittieren, bis alles goldbraun und knusprig ist, dann zum Entfetten auf ein Küchenpapier legen, während man den Rest macht. Das Erste ist normalerweise ein bisschen labberig, weil das Öl am Anfang nie wirklich so heiß ist, wie man denkt. Aber vielleicht ist das nur bei mir so? Wie auch immer, es ist eine gute Entschuldigung, es zu essen, während man die anderen frittiert, denn natürlich kann man anderen nichts servieren, das nicht perfekt ist …

5. Diese *kakiaage* (und nein, ich weiß nicht, wie man das ausspricht. Ich glaube, es heißt Ka-Ki-Ah-Hey, aber zitiert mich nicht, denn ich könnte falschliegen und werde alles leugnen) schmecken großartig ohne irgendetwas oder man serviert sie mit einer Soße zum Dippen. Nathan mag sie mit süßer Chilisoße, aber das liegt bestimmt daran, dass sie scharf und süß (und lecker) ist, genau wie er …

DANKSAGUNGEN

Diese Dinger werden mit jedem Mal schwerer zu schreiben! Nicht weil ich es ‚My Way‘ (Musik, bitte) oder ganz allein geschafft habe – ganz im Gegenteil –, sondern weil ich wieder und wieder denselben Leuten danke, und um ehrlich zu sein, schulde ich ihnen so viel, dass es anfängt, peinlich zu werden.
Ich würde gerne sagen, ‚danke, ihr wisst, wen ich meine‘, aber das würde nicht reichen, denn diese Menschen verdienen öffentliche Anerkennung.
Zuallererst mein Ehemann Dominic und mein Sohn Lucas. Ihr zwei seid die wichtigsten Menschen in meinem Leben, das Yin zu meinem Yang, die Sahne auf meiner Torte und ich liebe euch. Ihr habt mich unterstützt (finanziell, emotional und wahrscheinlich gelegentlich sogar physisch) und ich bin euch dankbarer, als ihr es euch vorstellen könnt. Dominic, ich hoffe, dass ich eines Tages so wahnsinnig erfolgreich bin, dass ich dir sagen kann, dass du deinen Job kündigen und den ganzen Tag Golf spielen kannst. Aber im Moment musst du dich leider mit ein paar neuen Bällchen zufriedengeben. Lucas, ich könnte den Booker Preis und den Nobelpreis für Literatur gewinnen *und* für Richard und Judys/Oprah Winfreys/Reese Witherspoons Buchclubs* ausgewählt werden und du wärst *TROTZDEM* meine größte Errungenschaft.

Ich habe so großes Glück, dass ich die Unterstützung einiger brillanter Ladys habe, ebenfalls Autorinnen, die während turbulenter Zeiten eine Oase der Ruhe für mich waren, eine Armee an Schultern, an denen ich mich ausweinen konnte, und ein sicherer Ort, an dem ich mich aufregen, jammern und mir Luft machen konnte, wenn es nötig war. Oh, und wir lachen auch *DIE GANZE VERDAMMTE ZEIT,* was wirklich schön ist. Carmen Radtke, Jade Bokhari, Sandy Barker, Nina Kaye und Andie Newton, ich fühle mich gesegnet, dass ihr ein Teil meines Lebens seid.

Oh, und ich habe *tatsächlich* ein paar neue Leute, denen ich dieses Mal danken kann! Danke an Julie Fergusson von der North Literary Agency, die sich um mich gekümmert hat, während meine eigentliche Agentin Lina Langlee im Mutterschutzurlaub war, und danke an Bethan Morgan und Charlotte Ledger von One More Chapter, die bei Nosey Parker die Zügel in die Hand genommen haben. Es ist ein Vergnügen, mit euch zu arbeiten.

Und mein letztes Danke ist auch eine freche Bitte. Danke *DIR,* liebe:r Leser:in (wenn du immer noch da bist), dass du dieses Buch gelesen hast. Ich schätze das sehr. Wenn es dir gefallen hat, nimm dir bitte dreißig Sekunden und hinterlasse ein paar Sternchen oder eine Rezension und erzähl deinen Freunden davon. Wenn du es gehasst hast, dann bitte nicht!

*ja, ja, ich weiß, das wird nie passieren ...